마이 선샤인 어웨이

마이 선샤인 어웨이

M. O. 월시 지음
송섬별 옮김

My
Sunshine
Away

자각
정신

차례

나를 새라고 불러준 케이티에게

너는 내 햇살

내 하나뿐인 햇살

날이 흐려도

네가 있어 행복해

넌 모르겠지

내가 널 얼마나 사랑하는지

부디 내 햇살을 앗아 가지 말아줘

_ 지미 데이비스, 루이지애나주 주지사

(1944년~1948년, 1960년~1964년 재직)

* 일러두기

1. 본문 내 각주는 내용의 이해를 돕기 위해 모두 번역자가 넣은 것이다.
2. 원서의 이탤릭체는 볼드체로 표기했다.

1

파이니 크리크 로드 인도 초입에서 일어난 린디 심프슨 강간 사건 용의자는 네 명이었다. 오래전 우드랜드 힐스 구역에 처음 생긴 거리의 주민으로 입주한 우리 부모님이 희망에 부풀어 이름의 머리글자를 새겼던 바로 그 인도에서 일어난 일이었다. 동네 아이들이 고카트[1]를 타고 돌아다니고 진입로에 분필로 사람을 그려 색칠하거나 하수구 속으로 뱀을 쫓아 보내는 대낮에는 일어날 수 없을 범죄였다. 그러나 밤이면 우드랜드 힐스의 거리들은 텅 비고 잠잠해서 주택들 뒤편으로 펼쳐진 늪지대에서 와글와글 피어오르는 모기떼를 맞이하며 기뻐하는 개구리 울음소리만 울려 퍼졌다.

---

1   단순한 프레임에 작은 타이어가 달린 놀이용 1인승 자동차.

그러나 사건이 있었던 그날 밤에는 파이니 크리크 로드 역사상 처음으로 고장이 난 가로등 밑 캄캄한 길모퉁이에 한 남자, 어쩌면 소년이 기다란 밧줄을 들고 서 있었다. 그는 밧줄 한쪽 끝을 길가 고장 난 가로등 기둥에 묶고 반대쪽 끝은 손에 쥐었다. 자신이 누구의 눈에도 띄지 않았다 여기며 그는 케이스모어 영감님 댁 옆에 우거진 철쭉 덤불 밑으로 기어들어 간 뒤, 그늘 속에 꼬리처럼 늘어져 있던 밧줄을 아마도 한 번, 어쩌면 두 번 연습했음 직한 솜씨로 팽팽히 당겨서 인도위 허공을 가로지르게 했다. 그다음에, 린디 심프슨이 어디를 몇 시에 지나가는지 알고 있었던 이 남자, 어쩌면 소년은 바나나 안장이 달린 슈윈 자전거가 덜컹거리는 소리를 내며 길모퉁이를 돌아오기를 기다렸다.

네가 알아야 하는 게 있다.

루이지애나주 배턴루지는 덥다는 사실.

해가 져도 더위는 가시지 않는다. 컴컴한 공용지역과 늪지를 쓸어내는 산들바람도, 열기를 식히는 비도 없다. 배턴루지에 내리는 비는 보도 위에서 끓어오르다 안경에 김을 서리게 하는 것이 고작이다. 그러니 이 남자, 어쩌면 소년은 덤불 속에 웅크리고 있는 동안 분명 땀을 흘렸을 것이고 분명 벌레들에게 산 채로 물어뜯기고 있었을 것이다. 여기 사는 벌레들은 지독하니까. 온몸을 뒤덮으니까. 그렇기에 만약 그가 한결 자비로운 장소에 살았더라면 이 같은 폭력을 단념할 수도 있지 않았을까 생각해볼 만도 하다. 덤불 속 남자, 어쩌면 소년을 떠올릴 때, 단 한 줄기 바람이라도 그를 어루만져 달래주

었더라면, 기분이 누그러져 마음을 바꾸지 않았을까 생각해
보는 것이 중요하다고 나는 믿는다.

하지만 바람은 불지 않았다.

그렇기에 어둠과 침묵과 열기 속에서 그 일은 벌어지고 말
았고, 린디 심프슨이 기억하는 건 자전거 앞에 별안간 등장한
밧줄, 가슴 앞을 가로지른 밧줄에 홱 잡아채이던 느낌 말고는
없었다. 여러 달 뒤, 여러 번의 심리치료를 받은 뒤에야 린디
는 자기가 고꾸라진 뒤에도 자전거가 혼자 앞으로 나아갔던
걸 기억해낸다. 양말 한 짝이 입속에 쑤셔 박히고 잔디밭에
얼굴을 처박을 때까지도 자전거는 넘어지지 않았던 것도 기
억해낸다. 등을 으스러뜨릴 듯 실리던 몸무게. 아스팔트 바닥
에 긁힌 무릎. 린디는 그것들도 기억하게 된다. 그러다가 들
려오던 모르는 사람의 목소리. 뒤통수를 강타한 통증.

린디는 열다섯 살이었다.

1989년 여름이었고 체포된 사람은 없었다. 요즈음 범죄 드
라마에서 보여주는 것들을 다 믿으면 안 된다. 케이스모어 영
감님 댁 잔디밭에서 족집게로 머리카락을 집어내는 일 같은
건 없었다. 밧줄 토막을 연구소로 보내지도 않았다. 콘크리트
보도 위 자갈에서 DNA를 채취하지도 않았다. 그리고 우드랜
드 힐스 주민들이 경찰의 최초 질의에 전부 성실하게 대답하
면서 온 힘을 다해 수사를 도왔음에도, 이렇다 할 직접 증거
는 하나도 없었다.

네 명의 주요 용의자는 모두 비공식적인 용의자였고 기소
당하지도 않았는데, 강간에 걸린 시간이 무척 짧았으며, 명확

한 목격자가 없었고, 린디 심프슨이 의식을 되찾고 다시 자전거에 올라 단 네 집 건너에 있는 자기 집으로 돌아가 평소와 같은 자리에 자전거를 세운 그 순간부터 범죄 현장은 훼손되기 시작했기 때문이다. 린디가 뒷문을 통해 집으로 들어간 뒤 계단을 올라 욕실로 가서 온도를 알 수 없는 물로 샤워를 하자 증거는 더욱 희미해졌다.

나는 때로 그 물이 몸을 벌겋게 익힐 정도로 뜨거웠을 거라고 상상하기도 한다. 어떤 때는 얼어붙을 정도로 차가웠을 거라고 상상하기도 한다.

물 온도가 어쨌건 그날 린디는 저녁 식사 자리에 나타나지 않았다.

부모님은 그 애가 어린아이 티가 나는 손가락으로 전화선을 빙빙 꼬아대며 전화기에 대고 재잘재잘 수다를 떨고 있으리라 생각했다. 나중에 린디의 어머니 페기 아주머니가 빨래 바구니를 들고 집 안을 돌아다니기 전까지는 말이다. 아주머니가 욕실에서 한 짝뿐인 운동화 옆, 새빨간 피가 점점이 묻은 딸의 팬티를 발견한 것은 늦은 밤이었다. 나머지 한 짝의 파란 리복 운동화는 사라지고 없었다.

그때 아주머니의 딸 린디는 뇌진탕에 시달리며 자기 방 침대 위에 웅크리고 있었다.

오늘 아침만 해도 어린아이의 침대였던 그 침대에.

내가 네 명의 용의자 중 한 사람이었다는 사실을 말해야겠다.

내 말을 들어주려무나.

설명해줄 테니까.

14

2

4학년부터 12학년까지 다니는 퍼킨스 스쿨은 우드랜드 힐스 구역에서 2.5킬로미터쯤 떨어진 곳에 있었다. 퍼킨스 스쿨은 재정이 탄탄한 사립학교였다. 본관 건물 앞에는 커다랗고 하얀 석조 기둥들이 서 있고 떡갈나무가 드넓게 펼쳐진 잔디밭에 그늘을 드리웠다. 사각형 안뜰을 지나는 벽돌을 깐 통로마다 옛 졸업생들을 기념하는 구리 명판이 장식되어 있었다. 자부심이 넘치는 학교였고 응당 그럴 만한 자부심이었다. 본관 뒤 주차장 근처에는 풋볼 경기장과, 여름날 저녁이면 정확히 5시마다 린디 심프슨이 나타나던 트랙이 있었다. 그곳에서 린디는 해 질 녘마다 친구들과 함께 훈련―스트레칭, 가볍게 달리기, 전력 질주, 웃기―을 했고 어둠이 짙어지는 8시 반이면 저녁을 먹으러 집으로 돌아갔다.

그래서 1980년대 후반의 여름날 저녁, 린디의 피아노 레슨이 끝나고 내 수업이 시작하기 직전인 4시 55분경이면 나는 우리 집 거실에 엎드린 채 통창을 가린 블라인드 밑으로 바깥을 내다보았다. 맞은편 두 집 건너인 심프슨 가족의 집에서는 볼품없는 외모인 모리슨 선생님이 먼저 모습을 드러냈다. 모리슨 선생님은 내가 다니던 퍼킨스 스쿨의 교사로 여름에는 개인 강습을 했는데, 어지간히도 고상한 분이라 이런 식으로 시작하는 이야기에 카메오로 등장하는 것조차 상상이 안 되는 그런 사람이었다. 선생님은 어깨 패드를 댄 밝은색 꽃무늬 블라우스를 입었다. 복사한 음계표와 악보가 두둑하게 든 서류철을 가지고 다녔다. 때때로 모자를 쓰기도 했다. 선생님은 시대에 뒤떨어진 순진한 사람이었다. 이 동네 하늘에 핀으로 달아놓아도 될 정도다. 동네 친구들에게 나는 피아노 수업도 싫고 모리슨 선생님도 싫다고 투덜거렸지만, 거짓말이었다.

4시 59분 모리슨 선생님이 보도에 오르기 전, 린디 심프슨은 자전거를 허리에 받친 자세로 끌면서 서둘러 진입로로 나오곤 했다. 그 시절 아이들은 헬멧 같은 건 쓰지 않았고, 우리는 아이들이었다. 그래서 린디는 잔디밭 언저리에 서서 머리를 묶었다. 포니테일을 느슨하게 묶은 뒤 흘러내린 머리 몇 가닥은 귀 뒤로 넘긴 다음 자전거에 올라 출발했다.

길이 굽어 있었고 우리 집은 팔꿈치의 안쪽처럼 딱 길모퉁이에 있었기 때문에, 블라인드 아래로 린디 심프슨이 내 쪽을 향해 페달을 밟아 달려오는 모습이 보였다. 머릿속으로 그 애가 자전거에서 내려 내 인생 속으로 영원히 들어오는 상상을 한참이나 떠올리고 있으면 그 애는 페달을 밟아 멀어졌다. 매일 오후 5시마다. 이 의식이 내 즐거움이었다.

그 애는 탱크톱에 얇은 면 반바지를 입고 다녔고, 육상부의 유망주였다.

린디에 대한 수많은 기억들 중, 전형적인 8학년 남학생들이 점심시간에 꾸리는 그런 달리기 경주를 했던 날이 떠오른다. 퍼킨스 스쿨 학생들은 교복인 하얀 옥스퍼드 셔츠에 파란 슬랙스를 입었는데 달리기 내기를 하는 녀석들은 주로 셔츠 깃을 세우고 바짓단도 멋을 부려 접어 올리는 그런 남학생들이었다. 벌써 여자친구를 사귀는 아이들, 여름방학마다 스포츠 리그에서 활동하는, 곱슬기 없는 금발의 남학생들 말이다. 연필처럼 깡마른 데다가 곱슬머리인 내가 그들 틈에 섞일 수 있었던 건 오로지 작은 학교에 다닌 덕분이었다.

그날의 목표 지점은 실외 휴게 공간에서 50미터쯤 떨어진 학교 한복판에 있는 떡갈나무였다. 우승자에게 암묵적으로 주어지는 상은 30분간의 영광 그리고 약간의 명성, 그게 다였다. 아이들은 신발 끈을 여미고 허벅지 뒤쪽 근육을 늘렸다. 내가 주머니에 있던 펜 두 자루를 꺼내 잔디 위에 내려놓았을 때, 우리 뒤편에 있던 빨간 벽돌 도서관에서 린디 심프슨이 걸어 나온 게 기억난다. 앞서 말했듯 그 애는 나보다 한 살 많은 열다섯 살이었고, 그때는 고등학생이었다. 당시는 그 사건이 일어나기 1년 전, 모두가 그 일을 알게 되기 전이었기에, 그 애의 일거수일투족이 궁금한 사람은 분명 나 혼자가 아니었으리라. 린디는 다른 애들과 마찬가지로 고등학교 여학생 교복, 금빛 쇄골과 늘씬한 종아리가 드러나는 점퍼스커트 차림이었지만, 샌들이나 케즈 운동화를 신는 다른 애들과는 달리 리복 러닝화를 신었다. 하지만 그 애가 여신 취급을 받은 건 아니다. 나와 내 친구들이 침이 마르게 이름을 주워섬기고 밤마다 떠올리는 더 예쁜 여학생들도 여럿 있었다. 그러나 린디는 여자인 데다 연상이었기에, 또 새하얀 면양말 위로 털 없이 매끈하고 가느다란 발목을 언뜻 드러내고 있었기에 그날 운동장에 있는 우리에게 영향력을 행사했다.

"나도 낄래." 그 애가 그렇게 말하는 바람에 나는 잔디 위에 놓았던 펜 두 자루를 다시 집어 들었다.

린디와 달리기로 겨뤄볼 생각은 추호도 없었다. 나는 그 애가 동네 형들보다 더 빨리 달리는 모습을 평생 지켜봤는데, 그건 운동장의 다른 얼간이들은 아무도 모르는 나만의 특권이었다. 나는 수많은 아이들이 떡갈나무를 향해 달리기 시작하는 모습, 그리고 달리는 린디의 점퍼스커트가 다리께에서 펄럭여 그 속에 입은 분홍색 속바지가 언뜻 드러나는 모습, 그 애의 허벅지 근육이 꿈틀거리는 모습을 지켜보았다. 그 풋풋한 모습은 아직도 내 꿈속이나, 차 안에 혼자 있는 뜻밖의 순간에 떠오르곤 한다.

린디는 톰보이가 아니었고, 그런 애들이 흔히 그렇듯 통짜 허리도 아닌 데다가, 아무렇게나 입고 다니지도 않았지만, 우리와 어울려 동네 뒤편 숲을 헤집고 다니곤 했다. 길에서 같이 풋볼을 하기도 했다. 린디는 빨랐다. 민첩했다. 잡힌 적이 한 번도 없으니 거친 편인지는 알 수 없었다. 그래서 그날 경주에서 린디가 모두를 누르고 1등으로 떡갈나무에 도착해 반

18

지 하나 끼지 않은 손가락들을 펼쳐 머리 양쪽에 대고 너풀거리며 다른 아이들을 놀려댔을 때, 나는 "내가 뭐랬어?" 하는 말로 린디와 내가 사소하게나마 연결되어 있다는 걸 증명하고 싶어 내 말을 들어줄 만한 사람을 찾아 운동장을 둘러보았다. 그러나 그날 린디와 달리기 경주를 하지 않은 사람은 나뿐이었다. 그때, 떡갈나무 아래에서 린디가 마치 여기가 파이니 크리크 로드라도 되는 듯 내게 손을 흔들어 보인 뒤 다시 고등학교 건물을 향해 총총 달려갔다. 내가 마주 손을 흔들어주었는지는 기억나지 않는다. 기억나는 건 그 애가 들어간 고등학교 건물을 바라보면서 1년만 더 지나면 저 천국으로 들어갈 수 있겠구나 생각했던 것뿐이다.

내가 네게 이 이야기를 전부 해주는 건, 아직은 내가 그곳, 고등학교에 들어가기 전, 거실 바닥에 엎드려 그 애가 페달 밟는 모습을 훔쳐보던 시절이었기 때문이다. 나는 그저 어린 소년에 불과했고, 여름날 오후 5시마다 우리 집 진입로를 뒤뚱뒤뚱 걸어 들어오는 모리슨 선생님이 싫지 않았다. 선생님이 시킨다면 음계를 연주하고, 선생님 숨결에서 풍기는 커피향을 맡고, 내 손등에 얹힌 선생님 손의 선득한 감촉을 느낄 준비가 되어 있었다. 필요하다면 몇 시간이나 선생님의 지도를 따라 연습할 준비도 되어 있었다. 그런 게 다 무슨 상관이었겠니? 린디가 자전거를 타고 지나가면 내 생각도 종종걸음쳐 그 애를 따라갔다. 짝사랑에 빠져 머릿속에 다른 건 들어오지도 않았다.

모리슨 선생님 앞에선 손가락만 놀릴 뿐이었다.

즉 1989년 여름, 린디 심프슨을 내 걸로 만들고 싶다는 생각을 세상 어느 열네 살 소년에게도 지지 않을 만큼 맹렬하게 끊임없이 한 건 사실이다. 그 애가 강간당한 그해 여름. 내가 우리 둘의 미래는 함께일 거라고 믿었던 건 사실이다.

나는 모리슨 선생님께 문을 열어드렸다.

"옷 좀 봐라," 선생님이 말씀하셨다. "매일 이러네. 셔츠 앞판이 다 구겨졌구나."

3

그해, 1989년 여름 초입엔 우리 동네 배롱나무 껍질이 다 벗겨졌다.

흔한 일이었다. 여름에 강한 이 나무들은 이스트 배턴루지의 주요 도로며 대로마다 줄지어 서 있었다. 원한다면 해마다 싹 베어버려도 상관없다. 배롱나무들은 끄떡없으니까. 우리 동네는 이 나무들의 고향이었고, 덕분에 유월이면 분홍, 빨강, 보라색 꽃이 넘쳐났다. 그런데 배롱나무꽃이 만개하는 철이면 나무줄기에서 껍질이 기다랗게 벗겨져 나온다. 벗겨진 껍질들은 뿌리 주변에 허물처럼 둥그렇게 떨어져 있다.

어린 시절 정원 일을 할 때면 이 껍질을 주워내는 게 내 몫의 할 일이었다. 내 고향에서는 이런 식으로 아이들이 일을 도왔다.

일주일에 한 번씩은 스위트검 나무sweetgum tree에서 떨어진 뾰족뾰족한 검 열매들을 갈퀴로 긁어모았다. 보도 위로 촉수처럼 기어 다니는 센티피드 잔디centipede grass를 뽑아냈다. 다른 집 아들들도 자기 집에서 똑같은 일을 할 때가 많았다. 예를 들어 몇 집 건너에 사는 보 컨과 듀크 컨 형제가 그랬다. 보와 듀크는 고물 차를 만질 줄 아는, 나로서는 어떻게 알게 된 건지도 알 수 없는 쓸모 있는 지식을 가진 녀석들이었다. 당시 열아홉 살이었던 보 컨은 입술에 구순열 흉터가 있었고 머리는 박박 깎았다. 여자애들에게 인기가 많은 열일곱 살짜리 동생 듀크에게는 잔인하게 굴었다.

그게 여자애들한테 인기가 많은 원인인지, 아니면 결과인지는 모르겠지만, 듀크 컨은 윗옷을 입고 있을 때가 별로 없었다. 털 없이 늘씬한 몸에는 근육이 잘 잡혔고, 허영심이 강했다. 이제 와서 돌아보면 나는 듀크를 우상으로 생각했던 것 같다. 자기 집 마당에서 윗옷을 벗어 던지고 일하고 있는 듀크를 슬쩍 엿보면서 그 나이쯤의 내 모습을 상상하면 내 몸도 그의 몸처럼 될 것 같았다. 실제로는 그렇게 되지 않았지만 말이다. 컨 형제는 제초기나 잔디깎이 같은 중장비를 가지고 일했지만 나는 갈퀴를 썼다. 그들은 기화기를 세척하고 점화플러그를 교체했다. 일을 하다가 말싸움을 하고 주먹다짐을 하기도 했다.

나에겐 주먹다짐할 형제는 없었고 그 대신 열 살, 열한 살 많은 두 누나가 있었는데 둘 다 이미 집을 떠난 뒤였다. 나는 아직 운전을 할 수 없는 열네 살이었다. 기화기가 어떻게 생겨먹은 것인지도 몰랐고 살면서 주먹으로 맞아본 적도 없었다. 그러니까 컨 형제와 나는 한동네에 살았고 자주 얼굴을 보는 사이였지만 다른 세상에 사는 거나 다름없었던 거다.

이 점은 나중에 자주 나올 이웃 랜드리 씨도 마찬가지였다. 정원 일을 하던 시절 나는 랜드리 씨가 잔디깎이를 몰고 널따란 자기 집 부지를 돌아다니는 모습을 종종 보았다. 키가 거진 2미터에 체중은 130킬로그램이 넘는 거구였던 랜드리 씨는 검은 선글라스와 목이 높이 올라오는 스포츠 양말 차림으로 중간중간 별다른 이유 없이 잔디깎이를 멈추고는 숲으로 들어가버리기도 했다. 몇 시간이 지나서야 돌아올 때도 있었다. 랜드리 부부는 제이슨이라는 아이를 입양해 키우고 있었는데, 문제아였던 그 녀석 이야기도 나중에 다시 나올 것이다.

그러나 나에게 그 무엇보다 중요한 사실은 맞은편 두 집 건너에서 린디 심프슨 역시도 자기 집 마당에서 일을 하고 있다는 사실이었다. 그 애는 화단의 잡초를 뽑고 보도를 비로 쓸었다. 그 애가 몸을 수그리고 근육을 쭉 늘리는 모습을 보겠단 생각에 나는 배롱나무 꽃그늘 아래 앉아 땀을 식히기도 했다. 당시만 해도 금슬 좋은 부부였던 그 애 부모님은 각각 찬물과 새빨간 쿨에이드를 채운 주전자 두 개를 현관 앞 포치 난간에 놓아두곤 했다. 그다음엔 허리께에 손을 얹고 서서 린디가 빗물받이에 들어찬 낙엽을 치우려 사다리를 오르는 모습을 빤히 바라보곤 했다. 나처럼 말이다. 두 사람은 내겐 들리지 않는 소리로 가족끼리만 통하는 농담을 하며 크게 웃기도 했다. 앞으로 무슨 일이 일어날지는 까맣게 모르는 채로. 린디는 동창회 티셔츠, 스포츠 브라, 분홍색 러닝용 반바지 차림이었다. 발목에는 자메이카에 사는 크리스천 펜팔 친구가 보낸 초록색 우정 팔찌를 감고 있었다.

볼만했다.

그 사건이 일어나기 몇 주 전 어느 날, 나는 풀밭에 앉아 린디를 구경하면서 배롱나무가 떨어뜨린 껍질을 집어내고 있었다. 그러다 그 애의 머리색을 닮은 금빛 도는 갈색 나무껍질을 발견한 나는 껍질을 가늘게 찢었다. 그다음에는 그 애의 콧대를 닮은 가늘고 조그만 나무껍질을 찾아서 발치에 펼쳐놓았다. 그 애의 눈을 닮은 옹이 진 조각을 찾아서 그것도 맞는 자리에 놓았다. 나무로 된 구불구불한 리본 같은 나무껍질은 그 애의 턱을 닮아 있었다.

나는 그 애의 가슴을 닮은 부드러운 W 모양, 그 애의 당당한 몸통과 번쩍 치켜든 두 팔을 닮은 대문자 Y 모양을 찾겠다고 근처를 들쑤셨다. 그 애의 다리를 닮은 거꾸로 뒤집힌 V자 모양을 찾아낸 나는 나뭇조각을 코에 대고 내가 상상하는 그 애의 무릎 내음(밴드에이드 냄새), 허벅지 안쪽 내음(바닐라향 캔들 냄새), 그리고 내겐 알 수 없는 수수께끼로만 느껴지는 신체 부위에 해당하는 냄새를 한껏 들이켰다. 어머니가 내 뒤에 서 있다는 사실을 알았을 때 나는 창피해 죽을 것 같았다.

어머니는 내가 만들어놓은 그림을 내려다보았다.

들킨 기분이었다. 까발려진 기분이었다. 부끄러웠다.

"어머, 애야," 어머니가 말씀하셨다. "이거 나니?"

어머니의 잘못은 아니었다.

그저 우리 사이에 이미 생겨버린 거리감을 어머니가 과소
평가했던 것뿐이다.

4

그 사건이 일어나기 몇 년 전, 내가 열한 살, 린디가 열두 살이던 해 여름, 아이들이 하루 종일 이끼를 모으던 날이 있었다. 장소는 동네에서 가장 어수선한 곳, 우리가 축구를 하고 가터뱀을 비비탄총으로 쏘던 공터였다. 우리는 모두 다섯이었다. 옆집에 사는 나와 제일 친한 랜디 스틸러, 우리가 예술가 줄리라고 불렀던 여자애(그 애가 지워지지 않는 마커로 자기 양팔에 잠자리를 그리거나 앞마당에서 자기 집 고양이를 위한 고상한 결혼식을 열어주는 모습을 보고 어른들이 붙인 이름이다), 듀크 컨, 린디 심프슨, 그리고 나였다. 그때는 우리 중 고등학생이 아무도 없었기에 이렇게 모여 다니는 일이 드물지 않았다. 그날의 목표는 이끼 더미를 최대한 크게 쌓는 거였고, 우리는 도움닫기를 해 펄쩍 뛰어서 나무에서 수염처럼 길게 늘어진 이끼를 뜯어냈다. 한 번에 한 줌씩 뜯었다.

훗날 나는 이 공터들이 결국 주택지로 개발되었고 지금은 우드랜드 힐스 이스트라는 지역이 생겼다는 사실을 알게 되었는데, 그 나무들은 어떻게 되었을지 궁금하다. 이 떡갈나무들은 장 라피트[2]가 미시시피강을 따라 영토를 탐험할 때부터 있었음 직한 나무들, 검은 피부의 쿠샤타 원주민[3]들이 끼니에 쓸 토끼와 사슴을 뒤쫓을 때 몸을 숨겼을 나무들이었다.

우리한테는 이 나무들이 정글짐이었다.

어릴 때부터 키가 컸던 듀크 컨은 어떤 나무건 맨 아래 가지를 움켜쥐고 체조 선수처럼 두 다리를 머리 위로 훌쩍 넘기며 타고 오를 수 있었다. 우리 손이 닿지 않는 곳에 있는 이끼도 뜯을 수 있었기에 듀크는 이끼를 많이 모았다. 랜디와 내가 이끼를 한데 모으면 린디가 모양을 내서 쌓았다. 그러는 동안 예술가 줄리는 우리가 아예 존재하지도 않는다는 듯이 풀밭에 앉아 클로버를 따서 목걸이를 만들고 있었다.

눈앞에 있는 나무란 나무의 이끼는 전부 뜯어낸 뒤에 우리는 길이가 180센티미터쯤 되고 높이는 10센티미터도 넘는 이끼 더미를 완성했다. 막상 이끼를 다 쌓은 뒤에 뭘 할지는 생각해놓지 않았던 우리는 이끼 더미를 둘러싸고 선 채 가쁜 숨을 몰아쉬며 혼란스러워했다. 잠시 후, 린디가 이끼 더미

---

2   19세기 실존했던 해적으로 루이지애나주 뉴올리언스에서 불법 노예 무역을 했다.

3   오늘날 루이지애나, 오클라호마, 텍사스 지역에 거주하는 미국 원주민.

뛰어넘기를 하자고 제안했다.

랜디가 맞장구쳤다.

"조금이라도 닿으면 악어한테 잡아먹히는 거야." 랜디가 발끝으로 이끼를 툭툭 치더니 괴로운 듯 절뚝거리며 빙빙 돌았다. "그러면 이렇게 걸어야 돼."

예술가 줄리가 웃음을 터뜨렸다. 모두 웃었다.

듀크 컨은 이끼가 침대처럼 생겼다고 했다.

나는 상상력도 재미도 없는 아이디어라고 생각했기에, 린디가 듀크와 함께 이끼 위에 눕는 걸 보고 실망했다. 이제 이끼 더미는 이 공터의 왕과 왕비만 누울 수 있는 왕실 침상이라고 했다. 누가 왕과 왕비가 될지 뽑은 적도 의논한 적도 없었지만 나머지 우리들은 토를 달지 않았다. 그 시절 우리 사이에서는 짝을 지어 왕과 여왕을 할 만한 사람이 듀크와 린디뿐이었다. 우리도 알았다. 늘 믿음직한 조수 역할을 맡는 랜디가 왕실 경비병을 하겠다며 나섰다.

"조심하십시오, 전하." 랜디가 말했다. "침대에서 내려오시면 상어한테 물어뜯긴답니다."

예술가 줄리 역시 그 장면에 끼어들어 국왕 부부의 발치에 클로버를 뿌린 다음 보이지 않는 하프를 뜯는 척했다. 듀크와 린디는 미소를 지었다. 둘은 보석 박힌 잔의 술을 들이켜고, 왕홀로 세상을 지휘하고, 서로 포도를 먹여주는 척했다.

듀크가 말했다. "린디, 왕세자가 있어야겠소."

그때 랜디가 차렷 자세를 취하더니 "침입자 경보!" 하고 외쳤다. 그러더니 숲 언저리를 향해 상상의 검을 던지는 척했다.

숲 언저리를 향해 고개를 돌리자 우리를 향해 느적느적 다가오는 랜드리 씨가 보였다. 초록색 티셔츠와 파란 반바지 차림이었는데, 옷은 땀에 푹 절었고 손에는 기다란 지팡이를 들고 있었다. 나는 랜드리 씨가 무서웠다. 나만 그런 건 아니었다. 그럴 만한 이유도 있었다.

내가 랜드리 씨를 무서워한 이유 중 하나는 옛날, 아버지와 아직 함께 살던 시절, 대학생인 누나들이 집에 오는 날이면 우리 가족이 뒤뜰 파티오에 앉아 있는 시간이 길어지는 때가 있어서였다. 밤이 오고, 석탄 그릴 위에서는 고기 조각이 익어가고, 수영장 저편에 달린 조명 하나만 동그마니 켜져 있는 가운데 다 함께 대화를 나누고 있을 때면 어머니의 경쾌한 웃음소리 때문에 모든 게 아주 편안하게 느껴졌다. 천국 같았다.

항상은 아니지만 이런 마법 같은 순간이 종종 두 집 건너에 사는 랜드리 부부가 알아들을 수 없는 시끄러운 소리를 내며 싸우는 바람에 깨져버릴 때가 있었다. 아이들이 알 만한 일은 아니었지만, 조명을 받은 우리 가족의 얼굴에 떠오르는 걱정스런 표정을 보면 나도 어른들의 사정이 일어나는 중이란 걸 짐작할 수 있었는데, 그런 일에 대해 하나도 몰랐던 게 참 다행이었다. 한번은 랜드리 가족의 집 진입로에서 병이 깨지는 소리가 들렸고, 또 어떤 때는 자동차 엔진이 목적 없이 공회전하는 소리가 들렸다. 랜드리 씨의 억센 목소리가 기억난다. 당시에는 정확한 뜻을 몰랐지만, 그때 "생각만 해도 몸서리가 쳐진다"는 말을 처음 들었는데 아마 어머니의 입에서 나온 말이었던 것 같다.

그래서 나는 랜드리 씨가 더 가까이 다가오지 않아 다행이라는 생각이 들었다.

그가 잔디 위에 서 있는 우리를 향해 고함을 질렀다.

"너희들 여기 개 한 마리 돌아다니는 것 못 봤냐?"

"못 봤어요."

랜드리 씨는 우리 말이 미덥지 않다는 얼굴이었다.

"보거든 가까이 가지 마라. 개가 보이면 나한테 와서 알려주렴."

"알았어요."

나는 랜드리 씨가 다시 숲속으로 돌아가 작은 개울을 건너는 모습을 지켜보았다. 그가 지팡이를 물속에다 찔러댔다. 검은 더벅머리를 한 그의 직업은 정신과 의사였다.

다시 친구들이 있는 곳을 돌아보니 린디와 듀크는 마치 랜드리 씨와 주고받은 대화는 벌써 까맣게 잊었다는 듯 다시 이끼 침대 위에 누워 있었다. 두 사람은 키득키득 웃으며 서로에게 귓속말을 주고받았고, 린디는 듀크의 배에 손을 올려놓고 장난스레 그의 배꼽을 만지작거리고 있었다.

며칠 뒤 우리 집 전화벨이 울렸다. 어머니가 나를 욕실에 밀어 넣더니 조그만 손전등을 잇새에 문 채로 내 머리카락을 손가락으로 이리저리 헤집었다. 꼬불꼬불한 회색 스페인 이끼는 살아 있는 생물이고, 그 안에 사는 수많은 생물 중에는 이도 있다고 어머니가 말했다. 린디와 듀크가 이끼 침대 위에 눕는 바람에 이가 옮았다고 했다. 현미경이 있어야 보일 정도로 조그마한 이가 두 사람의 온몸에 들러붙어서는 살살이 물어뜯었다고 했다. 나는 두 사람이 급기야는 새로운 동맹이라도 맺은 듯 서로를 침대에서 일으키던 장면을 떠올리면서 그 애들의 살갗에 깨알 같은 벌레가 들끓는 모습을 그려보려 했다.

"아무것도 못 봤는데요." 내가 말했다.

"그러니까 엄마가 네 몸을 살펴봐야지." 어머니의 대답이었다.

하지만 아마도 그 모든 이야기는 그 사건이 듀크와 린디 사이에게 만들어준 공통의 역사가 되어버린 셈이었다. 그때부터 두 사람은 우리가 노는 동안 따로 한편에 같이 서 있곤 했다. 다음 날 머리를 전부 밀고 나타난 듀크는 린디를 퀴니 Queenie라고 부르기 시작했다. 그 시절엔 그 누구도 자기 머리에 손도 못 대게 했던 린디는 어머니가 이를 잡겠다고 머리카락에 들이부은 지독한 식초 냄새를 덮으려고 듀크의 야구 모자를 쓰고 있었다. 린디는 듀크의 게토레이병에 입을 대고 마셨고, 듀크는 린디의 트위즐러를 먹었으며, 다들 이제부터는 풋볼을 할 때마다 듀크가 린디를 지켜줄 기세로 그 애를 자기편에 넣을 거라고 생각하게 되었다.

2년 후 그 사건이 일어난 뒤, 그리고 린디와 내가 밤늦은 시간까지 전화 통화를 하던 시절, 린디는 이끼 침대에 누웠던 날 이후로 몇 주 동안 부모님 몰래 집에서 나와 듀크네 집 진입로에서 그와 만났다고 털어놓았다. 듀크의 아버지가 몰던 57년식 쉐보레 차량 후드 위에서 키스했다고, 그가 자기 셔츠 안에 손을 집어넣게 허락했다고도 했다. 이상하게 질투가 나지도 화가 나지도 않았다.

그 애들은 어렸다. 둘 다 아름다웠다.

듀크 컨은 용의자가 아니었다.

5

반면, 보 컨은 용의자였다.

보는 퍼킨스 스쿨을 졸업했지만 사건이 일어난 건 바로 그
다음 해였다. 동네 사람들은 누구나 보를 알았고, 보기 싫은
구순열 흉터와 짧게 깎은 머리 때문에 한눈에 알아보기 쉬웠
다. 십 대 아이들이나 학교 친구들은 보를 자신들이 하는 무
모한 일보다 언제나 한발 앞서 나가는 녀석이라 생각했는데,
그 말대로 보는 사람들이 모일 기회만 있으면 예측할 수 없
는 행동을 했다. 하우스 파티에서 보 컨이 춤을 추다 흥에 겨
워 골동품 탁자를 넘어뜨리는 바람에 파티가 중단되기도 했
다. 집 주인인 여자애들은 술에 취해 몸싸움을 하던 보가 부
모님 차에 움푹 팬 자국을 만들어서 울었다. 보는 자신에게
일말의 관심도 없다는 걸 온 세상 사람들이 다 아는 여자애
들의 관심을 끌고 싶은 마음이 간절한 나머지 무슨 도전이든

공공연하게 받아들이는 사람이었다.

퍼킨스 스쿨 풋볼 코치들에게 보 컨은 졸업반이 되기 전 여름에 덩치가 풍선처럼 불어나면서 가공할 만한 블로킹백이 되어버린 굼뜬 녀석이었다. 그가 맡을 수 있는 포지션이라고는 민첩성이 전혀 필요하지 않은 풀백이나 블로킹백이 전부였다. 이 포지션이 가진 단 하나의 목적은 선수가 스스로 미사일이나 공성 망치가 되어서 진로에 끼어드는 어떤 장해물이건 부수고 나아가는 것이었다. 더 기량이 뛰어난 러닝백들이 능력을 발휘하고 점수를 딸 공간을 만들기 위해 희생하는 역할이었다. 풀백이라는 포지션이 그리 보람찬 일은 아니었으나, 그럼에도 보 컨은 졸업반이 된 뒤의 처음 몇 경기에서 활약하는 바람에 미시시피주 디비전 3의 라이벌 팀이던 밀샙스와 벨헤이븐 컬리지 스카우터들의 이목을 끌었다. 엄청난 뉴스였다. 스카우터들이 경기를 보러 온 날에는 풋볼 경기장을 둘러싼 철책에다 응원단이 **"보는 블로킹을 안다, 조geaux[4] 보"**라는 현수막을 써 붙였다. 시월이었고 날씨는 아직 따뜻했다.

그 경기에서 보 컨은 반칙으로 두 번의 페널티를 받았고, 세 번의 신체 접촉 반칙을 저질렀으며, 상대 팀인 더치타운 가톨릭의 선수와 싸우는 바람에 방출되었다. 잘 차려입은 스카우터들에게 학부모와 팬들은 이건 긴장해서 한 실수일 뿐이라고,

---

4   'go'의 남부 사투리.

평소엔 없는 안타까운 일이라고 설명하려 애를 썼지만 상대방도 이미 사태를 충분히 파악한 뒤였다. 그렇기에 내 또래 아이들은 망할 것 같을 때마다 보 컨을 떠올렸다. 그가 졸업을 할수 있다면 우리도 희망이 있다는 식의 생각이었는데, 이런 면에서 그는 전설이나 마찬가지였다. 그러니 보 컨은 사람들이 대체로 그렇듯 그의 이름이 오르내릴 때마다 다 알고 있다는 식으로 심각한 듯 고개를 주억거리는 대상이었다.

동네 사람들의 생각으로는, 보 컨은 린디의 강간 사건에 있어 요주의 인물이기도 했다.

퍼킨스 스쿨에서도 우드랜드 힐스에서도 신체 기형을 가진 사람이 보기 드물다는 사실은 보에게 하등 도움될 게 없었다. 내 기억으로는 장애를 가진 아이들은 아무도 없었다. 휠체어를 타는 아이도, 기형을 가진 아이도 없었다. 우린 모두 성공한 부모의 산물인 중상위 계층 백인 아이들이었고 학교에서 같이 노는 건 거울을 보며 노는 것과 비슷했다.

그런 환경에서 보 컨의 구순열은 사람들을 불편하게 했다.

보는 고등학교 졸업반이라고 믿기 힘들 정도로 다부진 체격이었고, 비쭉 올라간 입술 때문에 앞니가 항상 잇몸까지 들여다보였다. 웃는 일은 거의 없었는데 심지어 웃는 표정을 하고 있어도 실제로 웃는 게 맞는지 알 수 없었다. 그러니 나는 보 같은 사람들, 태어날 때부터 자기가 통제할 수 없는 상황에 의해 불운해진 아이들에 대해 생각하지 않을 수가 없다. 우리 같은 아이들에 둘러싸인 그에게 어떤 기회가 있었겠니? 그의 미래가 얼마나 일찍 결정되고 말았겠어?

보와 비슷한 다른 아이들도 있었다. 그중 하나가 체스터 맥
크리디였다.

나와 같은 학년이던 깡마르고 창백한 체스터는 윗입술에
난 검은 수염을 밀지도 않고 학교에 왔다. 셔츠는 때가 묻었
고 신고 있는 운동화에서 풍기는 악취가 교실에 진동했으며,
얼굴은 사기꾼의 조수 같은, 어둠 속에 혼자 있는 게 어울리
는 녀석 같은 인상이었다. 고등학교 2학년 때, 미시 보이스라
는 여자아이가 지난주 금요일 풋볼 경기 관람석에서 체스터
가 자기 몸을 더듬었다고 주장했다. 관심을 끌고 싶어 안달이
던 다른 여자애들 역시도 곧 똑같은 일을 당했다고 들고 일
어나는 바람에 체스터한테는 성추행범 체스터라는 별명이 붙
게 됐다.

처음에 미시와의 일이 어떻게 된 거냐고 물었을 때 체스터
는 이렇게 대답했다. "누가 날 걔 쪽으로 민 거야. 그 자리에
그 망할 년이 있었던 게 내 잘못은 아니잖아."

체스터는 진심이었고 나는 그가 솔직했다고 믿는다.

그럼에도 불구하고 지금까지 체스터를 알던 아이들은 그
를 모른 척하기 시작했으며, 고등학교를 졸업할 때까지 그는
성추행범 체스터일 뿐이었으니, 그 시절이 그에겐 분명 고문
같이 느껴졌을 것이다. 체스터의 이름은 10주년 동창회에서
까지 입에 오르내렸는데, 얼마 전 그가 일하던 샌드위치 가게
에서 성희롱으로 고발당했다는 것이었다. 그날 동창회에 온
사람들 중에는 그 사건을 아이러니하다고 보는 이들도 있었
지만 나는 그보다는 우리가 어린 시절 그를 피할 수 없는 결

말을 향해 밀어낸 결과라는 생각이 들었다. 너도 알다시피, 어린 시절에도 우리는 종이배를 강물에 밀어 보낸다. 그리고 배가 물살을 타고 나아가는 모습을 구경한다.

그 이야기를 들은 뒤 나는 공공도서관에 가서 그 사건이 실린 신문 기사를 찾아보았다. 지역 소식란에 다른 범죄자들 사진과 나란히 실린 체스터의 사진을 보고서 그의 얼굴을 빤히 바라보았지만 낯설게 느껴졌다. 지금의 그는 뾰족하게 다듬은 염소수염을 기르고, 숱이 적은 머리는 앞으로 빗어 내린 스타일이었다. 입이 작았다. 기사에 따르면 사건 당시 피해자는 열여섯 살 소녀였는데, 이 모든 일이 시작되었을 때 미시도 그 나이쯤이었다는 생각이 들었다. 마치 세월이 흐르는 동안 그가 가진 문제가 조금도 성숙되지 않은 것처럼 말이다. 그날 기사를 읽으면서 나는 공범이 된 것만 같은 기분에 사로잡혔고, 지금의 체스터를 향한 뜻밖의 동정심이 일었다.

그러나 똑같이 심한 취급을 받는 보 컨에게는 안타까움을 느끼기가 어려웠다.

뻔뻔하고 비열한 보는 고등학생 시절부터 우드랜드 힐스 뒷골목에다 분노를 쏟아냈기에 폭력배로 유명했다. 하이랜드 로드 파크에 세워진 정지 표지판을 뽑아다가 그걸로 어떤 남자애를 폭행하는 바람에 경찰의 손에 이끌려 귀가한 적도 있었다. 그는 훈방 조치 후 풀려났다. 또 한번은 그가 딱히 이렇다 할 이유 없이 학교 주차장에 서 있는 차 유리를 주먹으로 부수는 모습을 본 적도 있었다.

어느 날은 체육 시간이 끝난 뒤 전날 밤 타코벨 주차장에서 있었다는 몸싸움 이야기로 전교생이 떠들썩했다. 보 컨이 동네 저쪽에 사는 어떤 남자애를 두들겨 패서 병원에 실려 가게 만들었다는 이야기였다. 내 친구 랜디가 말하길, 싸움이 끝난 뒤 보가 의식을 잃은 그 남자애를 제 친구의 픽업트럭 짐칸에 실으려다가 경찰이 오는 바람에 도망쳤단다. 물론 이건 떠도는 소문일 뿐이라고 랜디가 인정했음에도 우린 그 소문에 열을 올렸다.

"어디로 싣고 가려던 걸까? 대체 어디로 싣고 갈 작정이었던 거지?" 랜디가 내게 물었다.

생각만으로도 몸서리가 쳐졌다.

그런데 퍼킨스 스쿨을 졸업한 뒤에 보 컨은 훨씬 더 난폭해졌다.

대학에는 다 떨어졌고, 체육 장학금도 받지 못한 보는 밤마다 루이지애나주립대학교 캠퍼스 주변에 있는 스포츠라는 미성년자 출입 불가 클럽에서 바운서 일을 했다. 그때도 부모님 집에서 살던 그는 새벽 서너 시쯤 술에 취한 채 아버지의 57년식 쉐보레를 몰고 포석 긁는 소리를 내며 파이니 크리크 로드로 돌아오곤 했다. 스포츠에서 일한 지 고작 두 달째에 그는 단골이던 영문학과 여자 대학생으로부터 접근금지명령을 받았다. 소송에서는 그녀가 이겼고 보는 클럽에서 잘렸다.

공공 기록인 법원 문서에 따르면 그녀는 보 컨을 "위협적 인물"이라고 묘사했고, 그의 얼굴이 등장하는 악몽을 꾼다고 주장했다.

우리 모두 하고 싶었던 말을 그녀가 요약해준 셈이다.

정황증거는 점점 늘어갔다.

린디 사건이 일어나기 한 달 전에 보 컨은 훤한 대낮에 아버지의 차를 박살 냈다. 농구에서 반칙을 했다며 그에게 삿대질을 한 옆집 아이의 손가락을 부러뜨렸다. 자기 집 마당에서 눈가에 시커먼 멍이 들 정도로 제 동생을 때렸다. 루이지애나 주립대학교에서 풋볼 경기가 열리는 동안 주차된 차들의 문을 억지로 따고 들어가 신용카드를 훔쳐냈다는 이야기를 우리한테 하기도 했다. 동네 사람들이 입이라도 열려 하면 "뭘 쳐다봐, 씨발"이라고 했다.

그러니 어떻게 되었겠니? 이런 일들이 전부 어떤 결말을 불러왔을까?

린디가 강간을 당했다는 사실이 알려진 뒤 우리 부모님 역시 불안해하셨을 것이다. 그래서 최근 이런 기억들을 되짚어보기 시작한 나는 어머니에게 그 당시에 보를 의심했는지 여쭤보았다.

어머니는 경찰이 집집마다 찾아와 수상한 행동을 목격한 적이 있는지 묻고 갔고, 그 뒤엔 린디의 부모님이 직접 집집마다 찾아왔다고 했다. 두 분은 눈물이 홍건한 눈으로 서로 힘이 되어주고 있었단다. 늙고 지쳐 보였다고 한다. 린디의 아버지 댄 심프슨은 특히 보를 의심했는데, 보에게 알리바이가 있었고 그날은 집에 없었다고 증언할 목격자까지 있었는데도 그 의심은 가시지 않았다고 했다. 그렇게 두 분이 마침내 컨 가족의 집을 찾은 날, 보의 어머니 베티 컨이 두 사람과 부엌 식탁에 마주 앉았단다. 그러고는 린디의 아버지가 경찰이 보를 한 번 더 심문했으면 한다는 말을 미처 꺼내기도 전 울음을 터뜨렸다고 한다.

아무리 달래도 그칠 줄 몰랐다고 한다.

"죄송해요," 보의 어머니가 울며 말했다. "두 분이 무슨 생각을 하는지 알아요. 저도 미칠 것 같아요. 저도 그 애를 가장 먼저 떠올렸어요."

그러니까, "그래," 어머니는 이렇게 말했다. "모두가 그 애를 의심했었지."

6

내가 '강간'이라는 단어를 알게 된 게 언제인지는 중요하다.

사건이 일어나기 1년 전, 나는 랜디와 함께 랜디네 집 부엌 바닥에 앉아 있었다. 노란 리놀륨 타일이 깔린 널따랗고 탁 트인 부엌이었다. 우리는 6미터쯤 떨어진 벽을 마주 보며 냉장고에 등을 기대고 앉아 있었다. 그 당시 우리는 액션 피규어를 많이 가지고 있었는데 보통 지아이조나 스타워즈 등장인물들로, 나는 아버지가 우리 집에 두고 간 플라스틱 낚시 상자에, 랜디는 투명한 터퍼웨어 용기에 보관했다. 그날 우리는 피규어들을 바닥에 펼쳐놓았다. 보바 펫, 코브라 커맨더 따위였다.

우리는 열세 살이었고, 아직까지 이런 장난감을 가지고 노는 건 둘만의 비밀이었다.

랜디와 나는 이런 비밀을 많이 공유했다.

예를 들면 마음 약한 랜디네 부모님이 아직까지 산타클로스가 없다는 사실을 차마 알려주지 못했기 때문에, 랜디는 보통 아이들보다 더 오랫동안 환상을 품고 살았다. 나는 아홉 살 때 해나 누나에게 산타클로스가 없다는 이야기를 듣고 이 슬픈 소식을 알려주려고 단숨에 랜디 집으로 달려갔다. 크리스마스 전 주였고, 랜디네 집에 도착했더니 랜디는 집 밖 그네에 길게 누워 연필 꽁다리를 물어뜯어가며 받고 싶은 크리스마스 선물 목록을 만드는 중이었다. 그래서 녀석에게 도저히 산타클로스가 없다는 말을 할 수가 없었다. 나는 랜디가 산타클로스 이야기를 입에 올릴 때마다 화제를 바꿔버리는 식으로 몇 년을 버텼다. 쉽지 않았다. 당연히 결국은 랜디가 스스로 그 사실을 알게 됐고, 고등학생 때 이미 서로 너무나 달라진 우리가 학교 친구의 집에서 열린 파티에서 만났을 때 그는 술 취한 목소리로 왜 말해주지 않았는지 물었다.

"모르겠어." 내가 대답했다. "그냥 망치고 싶지 않아서였나 봐."

랜디가 고개를 설레설레 젓더니 미소를 지었다. 그러더니 내 어깨에 팔을 둘렀다.

"내가 잘 모르겠는 건 딱 하나야." 그가 말했다. "내가 북극으로 보낸 그 많은 편지들은 도대체 어디로 간 거야?"

"좋은 질문이야." 내가 대답했다. "나야 모르지."

하지만 랜디는 내 비밀도 시시콜콜 알고 있었다.

아버지가 떠났던 밤, 나는 몰래 집을 나와 랜디를 찾아가서는 어린애처럼 엉엉 울었다. 우리는 열 살이었고, 평일 밤에는 우리를 제외한 온 세상 사람들이 자고 있을 거라고 생각했다. 그날 랜디에게 주워섬긴 말들이 무엇이었는지는 기억나지 않는다. 기억나는 건 침대에 엎드린 채 눈물로 베개를 흥건히 적시고 있는데 방문을 짧게 두드리는 소리가 났던 것뿐이다. 나는 들켰다는 생각에 허둥지둥 몸을 숨길 곳을 찾다가 침대 밑으로 기어들어 갔다. 랜디는 문을 열고 자고 있었던 척 눈을 비벼댔다. 문밖, 바닥에 따뜻한 쿠키가 담긴 접시가 놓여 있었다. 우유 두 잔도 함께. 계단을 도로 내려가는 발소리가 들렸다.

우린 친구였다.

그러나 장난감은 졸업하기로 마음먹은 그날, 우리는 부엌에 앉아 새총으로 장난감을 반대편 벽에 날려서 부수고 놀기로 했다. 피규어의 머리나 팔다리가 부서지면 득점이었고, 점수는 지워지는 펜으로 냉장고에 적었다. 피규어에 부딪친 굽도리널에 빨갛고 파란 자국이 생겼고 떨어져 나간 머리는 랜디의 개 루비가 삼켜버렸다.

그렇게 몇 판째 놀고 있는데 랜디의 누나 알렉시가 들어왔다.

대학생이지만 여전히 같은 집에 살았던 알렉시 누나는 금발에 몸매가 날씬했고 항상 따라다니는 남자들이 있었다. 그중 한 명이 로버트로, 1년이나 랜디네 집 주변을 어슬렁거렸다. 로버트는 대학교 캠퍼스 주변 식당에서 즉석 조리 요리사로 일하다가 알렉시를 만났고, 몸에선 늘 튀긴 어니언링 냄새가 났다.

우리가 만들어놓은 난장판을 본 알렉시가 말했다. "뭐 하는 짓이야, 멍청이들아." 그러나 우리의 대답을 기다리지는 않았다. 알렉시가 로버트에게 레모네이드를 한 잔 만들어달라고 하자 그는 시키는 대로 했다. 그다음에 알렉시 누나는 곧장 거실 쪽 벽에 붙은 전화기로 다가가서 다이얼을 돌렸다. "젠," 알렉시가 수화기에 대고 말했다. "로버트네 파티에 안 온다니 대체 무슨 소리야?"

로버트가 우리 쪽으로 다가오더니 냉장고에서 얼음을 한 줌 꺼냈다.

그가 랜디에게 물었다. "네 누나 미친 사람인 거 너도 알았니?"

"말해 뭐 해요." 랜디가 대답했다.

우리는 로버트가 좋았다. "미쳤다"는 말을 자주 쓰는 것도 좋았고, 그를 보면 대학에 가면 무슨 일들이 펼쳐질까 궁금해져서 좋았다. 알렉시가 전화 통화를 하는 사이 우리는 로버트를 따라 바깥 파티오로 나왔다. 로버트가 담배를 피우고 닥터 페퍼 캔 안에 재를 떠는 모습을 구경했다. 그때 랜디네 집에서 키우는 개 루비가 개 전용 출입구로 나오더니 잔디밭으로 총총 걸어가서 색색깔의 피규어 머리들을 토해냈다. 로버트가 말했다. "저 개도 미쳤어."

우리는 웃으면서 발목에 달라붙은 모기를 손으로 찰싹 때려잡았다.

그다음엔 로버트가 랜디에게 알렉시에 대한 질문들을 퍼붓기 시작했다. 누나가 좋아하는 꽃은 뭐냐, 누나가 좋아하는 식당은 어디냐, 혹시 누나가 남학생 클럽 소속 남자애랑 데이트한 적이 있느냐. 당연히 랜디는 아는 게 하나도 없었다. 조금 뒤 알렉시가 목에 수화기를 낀 채 전화선을 길게 늘여 바깥으로 나왔다.

"로버트, 젠이 경기 결과가 궁금하대."

배턴루지에서는 종종 그렇듯, 누나가 말하는 경기란 루이지애나주립대학교 풋볼 경기였고, 당시는 풋볼팀의 암흑기였다. "44 대 3." 로버트가 대답했다. **"완전 강간당했지."**

그렇게 강간이라는 단어가 나타나 나를 유혹했다.

이렇게 의미는 모르지만 너무나 신비로운 나머지 꼭 내 것으로 만들고 싶은 단어들은 전에도 있었다. 횡격막. 예방책. 졸도. 6학년 때, 빨간 머리 척 비어드라는 녀석이 쉬는 시간에 나를 딜도라고 부른 적이 있었다. 퍼킨스 스쿨의 벽돌 통로에서 땅따먹기를 하다가 내가 던진 공이 경계선을 넘어가는 바람에 녀석이 실격당한 것이다. 척은 노발대발했다. 그날 수업이 끝난 뒤 어머니가 주차장으로 나를 데리러 왔다. 어머니는 파란 아이섀도를 떡칠하는 윌리엄스 선생님께 제출한 과제는 어떻게 되었는지 물었다. "B 받았어요." 내가 대답했다. "윌리엄스 선생님은 딜도 같아요."

그러자 어머니가 길 한편에 차를 세웠다.

"방금 뭐라고 했니?" 어머니가 물었다. "그 말이 무슨 뜻인지 알고는 있니?"

아름답고 아직 젊었던 우리 어머니. 이혼한 뒤 머리도 새로 잘랐다.

"당연히 알죠. 짜증 난다는 뜻이잖아요."

어머니가 마음을 가라앉히는 동안 차들이 우리 옆을 지나쳐 갔다.

그러나 런디 사건이 있고 며칠이 지나서, 어머니가 방에 있던 나를 불러냈을 땐 상황이 더 심각했다. 거실에 가보니 어머니 옆에는 런디 부모님이 서 있었고, 어머니는 울었던 것 같은 얼굴이었다. 세 사람은 식탁 의자를 하나 끌어다가 내게 앉으라고 하더니 나를 반원 모양으로 둘러싸고 섰다.

"애야," 어머니가 입을 열었다. "너한테 이 이야길 어떻게 해야 할지 모르겠구나. 이 이야기를 한다는 것 자체가 믿기지가 않는데, 런디 심프슨이 강간을 당했대."

"혹시 아는 게 조금이라도 있니?" 런디 어머니가 말했다.

"널 의심하는 게 아니야." 런디 아버지의 말이었다. "어머님 말씀으론 그땐 가족 모두 집에서 저녁을 먹고 있었다고 들었다. 하지만 부탁이니 조금이라도 아는 게 있으면 알려주렴."

무슨 말을 해야 할지 몰라 의자에 앉은 채 어른들을 올려다보고 있는데 부엌 속에서 작게 짤그랑 소리가 들렸다. 누군가가 부엌을 돌아다니며 스푼으로 커피 잔이나 찻잔을 젓는 소리 같았다. 누나들은 집에 없었고, 아버지는 우리를 떠난 지 오래였는데 말이다.

"엄마, 부엌에 누가 있어요?"

"우리 아가," 어머니가 입을 열었지만 채 말이 이어지기도 전에 정복을 갖춰 입은 경찰관이 부엌에서 거실로 이어지는 모퉁이에 모습을 드러내더니 아무렇지 않게 문틀에 몸을 기댄 채 뜨거운 커피 잔 속을 저었다. 경찰관은 키가 크고 다부

졌으며 입고 있는 제복 덕에 천하무적으로 보였다. 가슴엔 반짝이는 배지를 달고, 허리에는 총이 꽂힌 두꺼운 유틸리티 벨트를 둘렀는데, 그 모습을 보자 불안감이 밀려왔다. 경찰관이 추궁하면 내가 전부 다 실토하고 말 것 같았다. 그 사건뿐 아니라 나와 린디의 전반적인 관계에 대해서도. 내가 그 애를 너무 많이 생각한 나머지 그 애는 이제 깨어 있을 때뿐 아니라 꿈속에서도 살아 숨 쉬는 지경이었다. 경찰관이 나를 훑어보자 나는 꼿꼿하게 자세를 고쳤다.

"난 신경 쓰지 말고," 경찰관이 그렇게 말하더니 린디 부모님을 향해 고갯짓했다. "이분들이 묻는 말에만 대답하렴. 아는 게 좀 있니?"

어머니를 쳐다보았더니 어머니는 내게 다정하게 미소를 지어 보였고, 그때 난 무슨 말을 하더라도 어머니는 내 말을 믿어줄 거라는 사실을 알아차렸다.

"얘야," 어머니가 말했다.

"린디가 강간을 당했어요?" 내가 물었다.

"그렇단다." 어머니가 대답했다.

"끔찍하네요."

"그래, 그렇구나."

나는 한참 동안 그 일에 대해 생각했다.

"하지만 이해가 안 돼요," 내가 입을 열었다. "상대 팀이 누구였길래요?"

내 대답에 그 방 안의 어른들이 얼마나 당황했던지, 모두들 아이가 들어서는 안 될 이야기를 아이한테 해버린 죄책감을

47

느끼는 듯 발에 실린 체중을 이리저리 옮겨가며 옷의 보푸라 기를 집어내기 시작했다. 경찰관은 고개를 설레설레 젓더니 커피를 홀짝 한 모금 마시고 다시 부엌으로 갔다. 어머니가 다가와서 내 이마에 입을 맞췄다.

"하나님, 감사합니다." 어머니가 이렇게 밀하는 소리가 들렸다. "고맙습니다, 예수님."

경찰관은 떠나기 전에 자기 명함을 냉장고에 붙여놓고 무슨 생각이라도 떠오르면 연락을 달라고 했다. 그다음에는 어머니에게 커피 감사드린다고 말한 뒤 내 어깨를 다정하게 툭툭 치더니, 물건을 팔지 못한 영업사원들처럼 린디 부모님과 함께 혹독한 여름의 열기 속으로 나갔다. 어머니와 나는 다시 부엌으로 돌아갔다. 어머니가 냉장고에서 경찰관의 명함을 떼어 한참 살펴보다가 전화기 옆 서랍장 안에 집어넣었다. 그다음에는 달걀, 설탕, 밀가루와 믹싱 볼을 꺼내더니 쿠키를 만들기 시작했다.

며칠 뒤 방에 들어가보니 침대 위에 성교육 팸플릿이 하나 놓여 있었다. 따로 쪽지는 남겨져 있지 않았지만 팸플릿을 펼쳤더니 안에 들어 있던 콘돔 한 줄이 굴러떨어졌다. 이 일에 대해 어머니와 따로 이야기를 해본 적은 없었지만 그즈음 어머니는 내게 아낌없이 후하게 굴었다. 끼니마다 마카로니앤드치즈를 만들어주었다. 축구 시합에 나갈 때마다 오렌지를 싸 들고 보러 오셨다. 한동안 어머니와 나의 사이는 더없이 좋았다. 하지만 그러다 어머니는 나를 의심할 만한 진짜 이유를 알게 되었다. 죄를 지을 때 강간이라는 단어를 아는지 모르는지가 중요한 건 아니라는 사실을 깨달은 순간, 어머니는 괴로웠을 것이다.

7

내가 런디 심프슨을 사랑하게 된 날은 1986년 1월 28일이었다. 스페이스셔틀 챌린저호가 폭발하고 일곱 명의 용감한 우주비행사가 사망한 날이기도 했다. 나는 열한 살, 5학년이었다.

미국의 어지간한 다른 학교와 마찬가지로 퍼킨스 스쿨의 과학 교과도 챌린저호 미션을 중심으로 꾸려졌다. 우리는 별과 은하에 대해 배웠고 스티로폼으로 조잡한 은하수 모빌을 만들어서 교실 천장에 낚싯줄로 매달았다. CNN에서 생중계할 챌린저호 발사 장면을 보려고 텔레비전이 있는 교실에 4학년에서 6학년, 7학년과 8학년처럼 비슷한 학년끼리 모였다. 그 시절엔 학교에서 케이블 텔레비전을 보는 건 이례적인 일이었고, 텔레비전은 수레에다 실어서 칠판 앞쪽에 갖다 두었다. 화면 아래쪽에 플라스틱 손잡이며 버튼이 달린 텔레비전이었다. 여유 공간을 만들기 위해 교실의 나무 책상은 복도에다 쌓아둔 채로 우리는 카펫 깔린 바닥에 반별로 길게 줄지어 앉았다.

린디와 같은 6학년 학생들은 전체 숙제로 다 함께 크리스타 매콜리프에게 보내는 편지를 썼다. 초등학교 교사였던 매콜리프는 2만 명이 넘는 지원자 중에서 선발되어 우주비행사들과 함께 우주로 가게 될 국민 영웅이었다. 학생들이 줄 친 종이에 연필로 쓴 간단한 편지는 용감한 모습을 보여주어서 감사하다는 내용이었다. 챌린저호 발사 몇 주 전에 매콜리프는 답장 삼아 성조기와 함께 우주 탐사대가 다 함께 찍은 홍보용 단체 사진에 사인을 해서 6학년생들에게 보내주었고, 답장과 사진 모두 지금 빨강, 하양, 파랑 주름종이를 붙인 커다란 게시판에 걸려 있었다. 선생님들도 게시판 앞에 모여서 열심히 수다를 떨었다. 교실 전체가 명절을 맞은 것처럼 들떠 있었다.

우리는 프루트펀치를 마시고 별 모양 쿠키를 먹었다. 성조기 배지를 달고 국가를 불렀다. 우리 모두 기분이 좋았다. 담임이던 나이트 선생님이 성조기 앞에 서서 국가를 따라 부르던 장면을 영영 잊지 못하게 될 줄 그때는 몰랐다. 그 시절 선생님들은 나에겐 다들 엄청나게 늙어 보였지만, 나이트 선생님은 갈색 단발머리의 젊은 여선생님이었다. 선생님이 퍼킨스 스쿨에 부임한 첫 해였고 사실 교사가 된 첫 해이기도 했지만, 그해가 마지막 해가 되어버렸다.

그날 아침은 이상하게 춥고 건조했던 것이 기억난다. 루이지애나주는 1월에도 겨울이 올 기미가 없다. 나는 크리스마스에도 티셔츠를 입었고 추수감사절은 반바지에 운동화 차림으로 보냈다. 하지만 그날 우린 다들 긴 바지에 단추가 달린 긴소매 셔츠를 입고 있었고, 내 자리에서 두 줄 앞에 가부좌를 틀고 앉아 있는 린디 심프슨은 점퍼스커트 위에 남색 스웨트셔츠를 걸쳐 입고 있었다.

나는 린디는 안중에도 없었다. 로켓을 보고 싶었다.

카운트다운 시간이 오자 선생님들은 텔레비전 볼륨을 높이고는 잘 보라고 했다. 우리는 멀리서 핸드헬드 카메라로 촬영한 발사대 위 스페이스셔틀의 모습을 관광객이 된 양 열심히 쳐다보았다. 케네디우주센터가 발사대가 있다는 것 외에는 꼭 폐허처럼 황량했던 게 기억난다. 하얀 스페이스셔틀을 세 개의 원통형 로켓 부스터가 받치고 있었는데, 가운데 있는 하나는 15층 높이였고 피처럼 빨간색이었다. 미국의 좋았던 시절이다. 선생님들도, 학생들도 꿈에 부풀어 애국자의 마음으로 하나가 되어 이 임무에 함께하고 있었다.

카운트다운이 시작되자 우리는 모두 입을 모아 숫자를 외쳤다. 8을 외치는 순간 로켓 아래에서 결의에 찬 듯 연기가 뿜어져 나온 덕에 우리는 목소리를 높였다. 온 힘을 다해 "1"을 외친 다음 챌린저호가 묵직하게, 기적처럼, 발사 패드에서 솟아오르며 아래에 있던 걸 전부 태워버리는 모습을 보았다. 선생님들은 환호했다. 아나운서는 "이륙! 이륙했습니다!" 하더니 지금 우리가 역사의 현장을 지켜보고 있는 중이라고 했다.

우리는 아나운서의 말을 믿었고, 불기둥 위로 솟아오르는

셔틀을 지켜보았다.

73초 뒤, 모든 게 끝나버렸다.

극도의 풍속 변화 때문에, 그리고 오른쪽 로켓 부스터 오링의 결함 때문에, 챌린저호 외부 연료 탱크에 불꽃이 옮겨 붙어 우주선에 결함이 생겼다. 지상에서는 시스템 이상을 알 수 없었다. 카메라 뒤에 서 있던 사람들이 기쁘게 환호하는 것도, 아나운서의 세련된 말투에 흥분이 묻어 있는 것도 들렸다. 우린 아무것도 알 수 없었다. NASA가 탑승 대원들에게 마지막으로 전한 교신에 따르면, 심지어 관제탑에서도 문제가 발생했다는 걸 마지막 순간까지 몰랐다. 마지막 교신은 폭발 10초 전, "라저, 챌린저호, 출력 최대로,"라는 내용이었고, 그건 모든 게 잘되었다, 여러분. 이제 온 힘을 다하도록, 이라는 뜻이었다.

연방 당국이 사건을 수사하고 자세한 사정이 대중에게 공개된 다음에야 우리는 그게 다가 아니라는 걸 알게 됐다. 챌린저호 폭발은 누구도 예측하지 못한 사고가 아니었다. 폭발 1초전 챌린저호에 타고 있던 조종사 마이클 J. 스미스가 지상으로 또 한 번의 교신을 보냈는데, 게이지를 살펴보다 알게 됐거나 본능적으로 알아차린 듯한, "이런,"이라는 내용이었다.

비극이 일어날 때는 단체로 눈앞에서 일어난 일을 믿지 못하는 지연이 발생하기도 한다.

그러나 그때는 아니었다.

복도에서 곧바로 비명 소리가 울려 퍼졌기 때문이다.

스페이스셔틀이 폭발하며 불길에 휩싸이자마자 선생님들

부터 가슴을 움켜쥐고 비명을 지르는 바람에, 첫 번째 잔해가 대서양으로 떨어지기도 전에 교실 안은 혼돈 그 자체로 변했다. 나이트 선생님이 황급히 다가가서 텔레비전을 껐고, 자원봉사를 하러 온 학부모인 엘로이 씨는 바닥에 웅크리고 있던 어떤 아이한테 발이 걸려서 간식 테이블 위로 엎어졌다. 펀치를 담았던 그릇이 깨지면서 카펫에 빨간 주스가 쏟아지는 순간 우리의 히스테리가 절정으로 치솟았다. 복도를 이리저리 뛰어다니는 소리가 들렸다. 옆 교실에서 8학년 학생들이 걱정스레 웅성대는 소리도 들렸다. 머리를 땋은 여자애들이 꺅 비명을 질렀다. 뭘 해야 할지 알 수 없었다.

그래서 나는 카펫 위에 가만히 앉아 이 광경을 바라보았다. 사람들의 발에 밟히지 않으려고 조심하면서.

맞은편에는 린디 심프슨이 나처럼 카펫 위에 앉아 있었다.

우리 둘 사이를 메우고 있던 사람들이 사라지자 그 애가 입은 스웨트셔츠가 토사물 범벅인 게 눈에 들어왔다.

린디는 나를 보더니 입을 꼭 다물었는데, 수치스러워서가 아니라 그저 아는 얼굴을 마주한 반가움의 표현이었으리라고 나는 믿는다. 린디는 웃지 않았지만 울지도 않았다. 그저, 아직도 내 머릿속을 떠나지 않는 그 표정을 지었을 뿐. 마치 이 사건으로부터 완전히 분리된 것만 같은 표정이었다.

오랜 시간이 흐른 뒤 그 애를 만났을 때 다시 보게 될 표정이기도 했다.

앉아 있는 린디를 발견한 나이트 선생님이 이쪽으로 달려왔다. 선생님은 더러워진 스웨트셔츠를 린디의 머리 위로 단숨에 능숙하게 벗겨낸 다음 다른 아이들에게 안 보이도록 둘둘 말았다. 그때 린디가 울기 시작했다. 나이트 선생님은 린디를 일으켜 세우더니 머리를 쓰다듬으며 교실 밖으로 데리고 나갔다. 두 사람이 내 앞을 지나갈 때 나이트 선생님의 말소리가 들렸다. "그래, 아가, 알아."

그 순간이 어째서 내 감정에 불을 지핀 건지는 잘 모르겠다. 아마도 그때 내가 울고 있지 않았다는, 심지어 반응할 겨를조차 없었단 사실 때문이었던 것 같다. 희한하지만, 어쩌면 사탕이며 달콤한 펀치로 이루어져 있던 린디의 밝은 분홍색 토사물을 본 덕분인지도 모르겠다. 린디가 몸속에 이런 걸 품고 있을 만큼 섬세한 아이였나? 자유분방하게 동네를 뛰어다니고 파이니 크리크 로드 포석 위에서 스노콘을 먹던 그 애가 사실은 이렇게 상처받기 쉽고 연약했단 말야? 방금 본 장면을 그 애는 얼마나 예민하게 받아들였던 걸까? 한 사람이 삶을 얼마나 강렬하게 경험할 수 있는 걸까? 여자들은 원래 이런가? 그제야 나는 깨달았다. 여자들은 우리와는 완전히 다른 생물이라는 것을. 그렇지 않다면 영웅들이 죽는 장면을 보자마자 교실 안에 퍼진 공황을 어떻게 린디가 그렇게 곧바로 느꼈겠니? 어떻게 내가 자리에서 채 일어서기도 전에 그 애는 토하기까지 했을까?

그러니 남자들, 지구상의 거대한 실패작들에 대해서는 아무렇게나 말해도 좋지만, 그 순간 내 안에서 어떤 깨달음이 불꽃을 튀우면서 단단한 생각 하나가 자리 잡기 시작했다. 난 아직 남자라기엔 부족한 어린 소년에 불과했지만, 어쩐지 이 여자아이 하나를 앞으로 일어날지 모르는 어떤 모호한 위협에서건 지켜주어야 한다는 생각이었다. 그 사건 얼마 뒤 내 또래 다른 아이들이 린디가 토하는 걸 봤다며 웃음거리로 삼으려 들었을 때 나는 그 애들과 다퉜다. 성을 냈다. 그런 일은 절대 없었다고 우겼다. 나는 바꿀 수 없는 역사를 놓고 성을 낸 셈인데, 이런 행동은 훗날 내 습관이 되었다.

시간이 흐르고 이런저런 알 수 없는 사건들이 지나간 뒤 나는 동네 식당에서 우연히 나이트 선생님을 만났다. 나는 대학생이었고, 선생님은 여전히 젊고 귀여웠다. 선생님은 교직을 완전히 그만두고 어느 계약업체 사원으로 일하고 있다고 했다. 하지만 챌린저호가 폭발했던 날의 내 모습은 아직도 기억난다고 했다. 선생님은 남편에게 나를 소개하면서 충격에 사로잡힌 아이들을 인솔해야 했던 악몽 같은 그날에 대해 설명했고, 또 아직도 그날을 떠올릴 때가 있다고 했다. 그다음에는 내 기억에는 없는 이야기를 하나 해주었다.

린디를 화장실로 데려간 나이트 선생님은 그 애의 스웨트셔츠를 세면대에서 행군 뒤 다시 나왔다. 그런데 복도에 서서 기다리던 내가 입고 있던 긴팔 티셔츠를 린디에게 벗어주었다고 했다. 창피하고 당황스러웠던 린디는 나를 못 본 척하고 아이들 속으로 달려가버렸다고 했다. 선생님은 그때 울컥하는 기분이 들었던 것, 자신은 이런 재난 상황에 대한 마음의 준비가 하나도 되지 않았다고 생각했던 것, 그리고 린디가 자리를 떠날 때 내가 한 말이 아직도 기억난다고 했다.

"뭐라고 했는지 기억나니?" 선생님이 물었다.

기억나지 않았다.

"넌 다가와서 내 손을 잡았어." 선생님이 말씀하셨다. "나한테 이런 말을 했지. '옛말이 틀린 게 없네요, 나이트 선생님. 설상가상이라잖아요.'"

소소한 기억을 들은 나는 미소를 지었고, 선생님도 웃었다.

"그 말이 잊히지가 않더구나." 선생님이 말했다. "참 어른스럽다고 생각했어. 글쎄, 꼭 어린아이의 몸에 들어간 늙은 현자 같았거든. 네가 크면 어떻게 될까 하는 생각을 늘 했단다."

"뭐," 내가 대답했다. "이렇게 됐죠."

"그리고 그 심프슨이라는 여자애 말이야," 선생님이 말을 이었다. "참 안됐어. 아직도 연락하니?"

"아뇨." 내가 대답했다. "이젠 안 해요."

그러니까 내가 린디를 사랑하게 된 날은 정오에 학교 수업이 취소되었다.

아이들을 태우러 온 부모님의 차가 길게 늘어서 있었다. 어른들 역시 스페이스셔틀 사고로 심란했으니, 아이를 데리러 직장에서 조퇴할 수 있던 게 다행인 셈이었다. 랜디와 나는 우리 어머니 차를 타고 더 가까운 우리 집으로 갔는데, 랜디는 차에 타 있는 내내 이를 딱딱 부딪는 소리를 냈다. 어머니가 제발 그만 좀 하면 안 되겠느냐고 했다. 손에 스웨트셔츠를 들고 혼자 집을 향해 걷는 린디가 보였다. 춥고 우울해 보이는 그 모습에 어머니가 길가에 차를 세웠다. 나는 차에서 폴짝 뛰어내려 린디를 앞자리에 태웠다. 린디는 내게 한마디도 하지 않았다. 마음이 미어졌다.

그날 밤 어머니가 텔레비전에 로널드 레이건이 나온다며 나를 거실로 불렀다. "얘야, 대통령이 나왔네."

그 방송도 생생히 기억난다.

레이건은 차분하고 진지한 얼굴로 대통령 집무실에 앉아 있었다. 감색 정장을 입고 손으로는 종이 클립을 만지작거리고 있었다. 뒷배경에 희미하게 보이는 캐비닛에 가족사진들이 붙어 있었다. 레이건 대통령은 예정된 국정 연설을 하는 대신 우리나라의 비극을 애도했고 사망한 우주비행사들의 이름을 하나하나 읊었다. 대통령의 입에서 비행사들의 이름이 나오자 어머니가 소리 죽여 울었는데, 그즈음 어머니는 그럴 때가 잦았다. 어머니는 소파에 나란히 앉은 나를 팔로 감싸 안고 더 가까이 끌어당겼다. 우리는 어둠 속에 앉아 대통령의 말에 귀를 기울였다.

"그리고 이제 스페이스셔틀이 이륙하는 장면을 생방송으로 보고 있었던 미국 어린이들에게 하고 싶은 말이 있습니다."

어머니가 나를 쳐다보셨다. 손가락으로 내 머리카락을 쓸어내리셨다.

"여러분은 이해하기 어렵겠지만, 때로는 이렇게 괴로운 일이 일어나곤 합니다. 이런 일 또한 탐험과 발견에 있어 꼭 필요한 과정이니까요. 기회를 잡으려면, 인간의 지평을 넓히려면 필요한 과정입니다. 미래는 겁쟁이들의 것이 아닙니다." 대통령은 우리에게 알려주었다. "미래는 용감한 이들의 것입니다."

나는 어머니를 올려다보았다. 이제 와 생각하면 그때 어머니는 이미 당신 인생의 가장 큰 비극을 똑바로 마주할 수도 없을 만큼 산산이 부서져 있었던 것 같다. 어머니가 부드러운 손수건으로 내 눈가를 톡톡 닦아주더니 내 머리를 감싸 안았다.

"잘 듣고 있니, 아가?" 어머니가 물으셨다. "무슨 말인지 알겠니?"

그날은 내가 첫사랑에 빠진 날이었다. 아무것도 이해할 수 없었다.

나는 어머니의 어깨에 고개를 기댔다.

어머니가 손으로 내 눈을 가렸다.

8

그 시절 린디를 짝사랑하는 사람은 나 혼자만이 아니었다.

중학생 땐 브렛 배럿이라는 녀석이 린디를 너무 좋아한 나머지 그 애한테 반지를 사주려고 2년 동안 여름마다 잔디 깎는 아르바이트를 했다. 도금이 된 가느다란 반지였는데, 가운데에 파란 원석이 박혀 있었다. 듣자 하니 몇 년 전 어릴 때 키스 체이스 놀이를 하다가 술래였던 린디가 그 녀석의 뺨에 입맞춤을 하고 이겼다고 했다. 그 뒤로 브렛 배럿은 마치 그 짧은 입맞춤이 무슨 언약이나 케케묵은 궁중 예법이라도 되는 양 자신과 린디가 운명의 상대라고 생각하게 되었고 곧바로 아르바이트를 시작했다. 번 돈은 한 푼도 빠짐없이 모았다. 마침내 8학년이 되자 녀석은 학교 한가운데에 있는 떡갈나무 아래로 린디를 불러내 반지를 보여주었다.

"이걸 내가 왜 받아야 하는데?" 린디의 물음이었다.

상처 주려고 한 말이 아니었다.

브렛 배럿이 몇 년 동안 확고부동한 마음으로 린디를 짝사랑하느라 정작 그 애한테 좋아한다는 말을 하는 걸 잊었던 것이다.

카일 윔스라는 녀석 역시 점심시간에 길거리 농구를 할 때 린디가 자기편을 들어줬다는 이유로 그 애를 좋아하게 됐다. 통통하고 희멀겋던 카일은 뛰지 않다시피 하고 3점 슛 라인 언저리에서 팔을 흔들며 어정거리기만 했다. 그는 자기가 3점 슛의 명수라고 생각했던 것 같은데, 솔직히 말하면 실력이 나쁘진 않았던 걸로 기억한다. 그래도 운동에 소질이 있는 애들이 달리면서 불가능에 가까운 레이업 슛을 성공시키는 동안 녀석에게 공이 가는 일은 거의 없었다. 린디는 나중에 발리볼, 소프트볼, 축구를 즐기는 타입이 될 여학생들과 코트 근처에 나란히 앉아 구경하고 있었다. 자기들끼리 이야기를 나누던 와중 린디는 흥분한 나머지 이렇게 외쳤다. "야, 이 얼간이들아! 카일한테도 패스 좀 하지그래? 쟤 지금 손이 텅텅 비어 있잖아!" 그 순간 카일은 린디에게 홀딱 빠져버렸다.

다음 해, 사춘기 때문인지 열심히 살을 빼서인지는 몰라도 15킬로그램이나 체중을 감량한 카일은 린디에게 새 학기 댄스파티 파트너가 되어달라고 부탁했다. 린디는 순수하게 친절한 마음으로 좋다고 답했고 이 때문에 상황은 더 나빠지고 말았다. 린디는 예뻤고 운동도 잘했고 그 시절엔 아직 인기가 많았다. 그래서 린디가 체육관에서 카일과 포즈를 취하고 사진 찍기를 마친 뒤, 친구들이랑 춤을 추러 갈 테니 그동안 구두를 가지고 있어달라고 했을 때도 카일은 좋다고 시키는 대로 했다. 나머지는 다들 녀석을 비웃었다. 결국 그에게 주제를 파악하고 꿈 깨라고 한 사람은 아마 토미 게일이었던 것 같고, 카일은 그날 밤 내내 혼자 구석에 서 있었다. 그런데 마지막 곡이 흘러나올 때 린디가 달려오더니 카일을 사람들 속으로 끌고 갔다. 그 애가 부드러운 두 손을 카일의 어깨에 올리자 녀석은 린디가 안 보는 사이에 우리를 향해 가운뎃손가락을 들어 보였다. 다음 주, 카일은 린디와 같이 찍은 사진들을 자기 사물함 안쪽에 붙여두었지만 그 뒤로 린디 이야기를 입에 올리는 일은 없었다.

동네 저쪽에 살던 남자애 하나도 린디에게 반했다.

린디가 8학년 때, 같은 학년이었던 그는 크로스컨트리 시합에서 린디를 보고 좋아하게 됐다. 린디는 출전한 부문에서 어렵잖게 우승했고 그 역시 그랬는데, 그래서 두 사람이 천생연분이라 여겼던 거다. 그 친구의 편을 들어주고 싶어서 하는 이야긴데, 그 시절 린디는 사귀겠다 마음먹기 쉬운 상대였다. 그 애는 과분한 상대와 잘하면 얻을 수 있는 상대 사이의 아슬아슬한 경계에 있었기 때문이다. 쾌활하면서도 유치하지는 않았고, 예쁘지만 특이하지는 않았으며, 가까우면서도 닿을 수 없었다. 그래서 시합 이후 그는 린디를 찾아 쇼핑몰이며 영화관을 드나들기 시작했다. 우리 학교 교복을 입은 애들을 동네에서 만나면 다가와 묻기도 했다.

"린디 심프슨 알아? 1마일 부문에서 우승한 남자애가 찾는다고 전해줘."

그가 우리에게 자기 집 전화번호가 적힌 쪽지를 나누어준 덕에 우리는 몇 년이나 그 집에 장난 전화를 걸었다. 그가 이런 대접을 받는 건 우리 동네 연못에 무단 침입해 낚시를 하다 걸린 것과 같은 일이어서, 우리는 그의 짝사랑이 이뤄지지 못하게 단단히 단속했다.

그러나 린디를 쫓아다니는 남자들이 전부 그만큼 도덕적인 건 아니었다.

비듬투성이에다가 항시 어색한 태도를 지닌 클레이 톰킨스가 쉬는 시간마다 초록색 작문 공책에 뭔가를 끄적거린다는 건 다들 알았다. 친구가 별로 없었고, 친구 따위는 필요 없어 보였지만 이제 와 생각해보면 그럴 리는 없었을 것 같다. 8학년 마지막 학기에 클레이는 책상 밑에 공책을 두고 화장실에 가는 실수를 저질렀는데, 그 공책이 예전부터 궁금하기 짝이 없었던 우리는 공책을 넘겨보았다. 첫 장에는 이름이 스무 개 정도 나열되어 있었고 전부 우리 학교 여학생들 이름이었다. 그 장에 붙은 제목은 '**내가 같이 뒹굴고 싶은 여자애들**'이었는데 과학적으로 순위를 매겨놓은 모양이었다. 린디의 이름은 7위에 자리 잡고 있었다.

페이지를 넘기는 아이 주변에 다른 아이들이 잔뜩 몰려들었다. 첫 장의 목록에 등장한 여자애들이 본인들은 상상도 못했을 포즈를 취한 그림이 각각 한 페이지씩을 차지하고 있었다. 예를 들면 애나 젱크스는 가슴을 드러내고 엉덩이만 간신히 가리는 동물 가죽 무늬 팬티를 입은 채로 포도덩굴에 매달려 있었다. 2위인 케이티 코모는 벌거벗은 채 무릎을 꿇고 양손을 들어 뒤통수에 붙인 자세였다. 쿵쾅거리는 음악에 맞춰 춤을 추는 것같이 그림 속 케이티의 음모는 가느다란 띠처럼 깔끔하게 다듬어져 있었다. 메이 폰테닛은 정면을 향해 다리를 쩍 벌리고 누워 허벅지 사이를 양손으로 움켜쥔 자세로 혀끝을 앞니에 대고 있었다. 그림은 전부 엄청났고 그 당시 우리 대부분에게 없었던 상상력을 자극했다.

나는 내 자리에서 곁눈질로 공책을 엿보고 있었다.

마침내 린디가 나오는 페이지가 펼쳐지자, 다른 애들보다 더 공을 들여 그린 린디의 모습이 눈에 들어왔다. 린디는 달리기를 할 때처럼 등을 보인 채 어깨 너머로 이쪽을 넘겨다보고 있었다. 포니테일로 묶은 머리카락은 어깨뼈 사이 부드러운 골짜기를 따라 흘러내렸고, 상반신은 벗고 있었다. 아래 입은 체육복 반바지와 팬티는 무릎까지 내려져 있었다. 이 페이지에 채색된 부분은 새파란색으로 칠한 두 군데뿐이었다. 그 애가 신고 있는 리복 운동화 두 짝이었다.

이 그림을 손에 넣을 수만 있었더라면 나는 전 재산을 다 털었을 거다.

아이들은 또 무슨 신기한 그림이 기다리고 있나 하고 페이지를 계속 넘기다가 마침내 클레이의 해부학 실험이 펼쳐진 페이지에 다다랐다. 발기한 남성기를 온갖 각도에서 자세히 그린 그림, 음모를 여러 가지 방식으로 다듬은 수많은 여성기들의 정밀 묘사였다. 내가 그 그림을 보던 그 몇 분간 알게 된 게 여태 알던 것보다 더 많았다. 그리고 공책에 정신이 팔려 다른 건 전부 까맣게 잊고 있던 우리는 도대체 왜 이리 소란인가 하며 다가오는 버코위츠 선생님의 존재를 눈치채지 못했다. 선생님이 오자 우리는 곧장 공책을 내놓았다. 그 뒤엔 우린 아무 죄도 없다고 지껄여댔다.

그날 이후 나는 예전으로 돌아갈 수 없었고, 클레이도 마찬가지였다.

그날 클레이는 학교에서 쫓겨나서 다시는 돌아오지 않았다. 녀석에게 무슨 일이 일어난 건지, 퇴학을 당한 건지 아니면 우리를 마주할 낯이 없어서인지는 모르겠지만, 클레이 톰킨스를 다시 볼 수는 없었다. 우리는 혹시 클레이가 전학을 갔나 하고 다른 학교 애들에게 물어보기도 하고, 스포츠 경기나 식당에 갔을 때 그 녀석이 있나 찾아보기도 했다. 없었다. 오랫동안 나는 녀석이 어디로 갔는지가 궁금했다. 어떻게 한 소년이 그렇게 사라져버릴 수가 있을까?

그로부터 수십 년이 흐른 뒤, 나는 《USA 투데이》에 등장한 클레이 톰킨스를 보았다. 그는 파트너와 함께 시애틀에 살고 있으며, 비디오게임을 디자인하는 회사를 차렸다고 했다. 기사에 따르면 그가 만드는 게임은 최첨단이었는데, 즉 성인용이라는 뜻이었다. 그런 게임들을 요즘엔 1인칭 슈팅 게임이라고 부르는데 굉장히 인기가 있었기에 녀석은 돈을 쓸어 담고 있을 게 분명했다. 그가 행복했으면 좋겠다. 그런 녀석들을 생각하면 안타깝다. 그는 재능이 넘치는, 호기심 많은 소년이었을 뿐이었고, 잘못이 있다면 그 재능을 남들에게 보였다는 게 다였다.

그러나 클레이 톰킨스는 내게 묘한 선물 하나를 남겼다. 음란물이 주는 끝없는 즐거움을 알려주었다는 것이다. 나는 순식간에 빠져들고 말았다. 그날 밤 집으로 돌아온 나는 서둘러 저녁을 먹고 내 방으로 달려갔다. 그다음에는 이불 속에 들어가 스케치북에 연필로 상상할 수 있는 온갖 모습의 린디를 그려냈다. 물론 초기에 그린 그림 대부분은 알아보기조차 힘든, 작대기처럼 뻣뻣한 사람 형상을 콜라주처럼 모아둔 것에 지나지 않았지만, 창작 행위는 내게 어마어마한 만족감을 가져다주었다. 내 방에서, 내 머릿속에서, 어설픈 내 손으로 내키는 대로 린디를 만들어낼 수 있었다.

그리고 살면서 처음으로 욕망이 불러일으킨 영감을 느낀 나는 린디의 머리 위에 그 애의 감정을 표현하는 생각 구름을 그려 넣었다.

내가 린디에게 생각하게 만든 것들. 내가 린디에게 원하게 만든 것들.

그것들은 곧 내게 돌아와 큰 문제를 일으키게 된다.

9

나는 루이지애나주가 부당한 악명에 시달린다고 믿는다.

내 이야기가 그 악명에 가세하지 않길 바라지만, 분명 그렇게 되겠지. 우리가 이곳에서 하는 말들은 종종 무시당하니까. 남부 사람들은 이 위대한 미국의 국민 대다수보다 수준이 낮다고 폄하된다. 마치 우리가 겪는 비극이 전부 우리의 유감스러운 과거사 때문에 치르는 대가라는 듯이. 예를 들면 이런 식이다. "그래, 뉴올리언스 사람들이 익사했다니 정말 안됐다. 그래도 대피를 하면 됐을 텐데." 아니면, "그 아이가 총을 맞은 건 끔찍하지만, 거기 인종 문제가 워낙 심각하잖아."

또 재난이 일어났대? 또 부당한 일이 일어났다고? 미안한데 놀랍진 않네.

나는 이런 취급이 지긋지긋하다. 남부 사람이라면 누구나 그렇다.

그러니까, 네가 아직 모를 수도 있으니 이렇게 설명해보자. 그래, 여긴 덥다. 비가 오고 홍수도 난다.

만약 이 말을 듣고 "기온이 아니라 습도 때문이겠죠"하는 사람이 있다면 그건 그 사람이 이곳이 아니라 해가 쨍쨍한 다른 고장 출신이며 고작 그 정도를 덥다고 여기며 살았기 때문일 거다. 이곳은 기온이 높은 **동시에** 습도도 높다. 괜찮다. 죽지는 않을 거다. 버텨낼 방법들이 있거든.

그 방법 중 하나가 먹는 즐거움을 극대화하는 것이다. 여기선 하루에 세 번 친구나 가족과 한자리에 모여 앉는데 운이 좋다면 세 번 다 같은 사람들이다. 더위를 피해 휴식 시간을 가진다. 무릎에 냅킨을 펼쳐두고 나서 믿을 수 없는 극도의 기쁨을 누린다. 목숨을 살려낼 수도 있을 것 같은 토마토의 서늘한 과육, 구원 같은 시원한 맥주나 아이스티. 이건 탐식과는 다른 거다.

이렇게 식사를 하는 덴 다 이유가 있다.

뙤약볕에 익어 땀을 흘리고 녹초가 되면 속일 수 있는 건 오로지 혀만 남는다. 그래서 이 혀에다가 약속 같은, 해도 해도 너무한 이 땅으로부터의 짧은 탈출 같은 맛을 가지고 장난을 치는 것이다. 알싸한 향신료, 진한 스튜, 얼음을 넣은 칵테일을 혀로 맛본다. 떠올릴 수 있는 모든 맛을 말이다.

루이지애나주 남부에는 "식사를 하면서 다음 식사 이야기를 한다"는 말이 있는데, 정말 그렇다. 안 그럴 사람이 있을까? 상상 속 메뉴엔 미래가, 예상할 수 있는 삶이, 공동체가, 어쩌면 활기와 맛있는 음식으로 가득한 주말까지도 담겨 있다. 토요일에 무슨 요리를 하지? 그런 생각을 한다. 그래, 여보, 그래, 자기, 그거 진짜 좋겠다. 그리고 길 건너에 있는 집에선 비슷한 가족이 똑같은 대화를 한다. 냄비에 콩을 끓이며 보내는 일요일. 방습지에 싼 뜨거운 포보이 샌드위치로 하는 점심 식사. 식탁에서 정치를 입에 올리지 않는 것 역시 불문율이다. 그건 아둔해서, 케케묵어서, 또는 예의를 차려서가 아니라, 우리가 그 모든 걸 꿰뚫어보기 때문이다.

세상은 어중된 것이다. 근사한 식사를 망칠 가치가 없다.

그러니 이 고장의 영혼은 이곳에서 이루어지는 파티들 속에 깃들어 있다. 마르디 그라[5]뿐 아니라 이웃이나 친척에게 전화 한 통 걸면 성사되는 파티 이야기다. 날이 덥다는 이야기로 통화를 시작해 고민거리를 나누고 나면 어서 반갑게 만나자고, 너도, 네 아이들도, 네 미소도 보고 싶어, 하면 된다. 그렇게 여러 개 이어 붙인 신문지를 깐 식탁 위에 무럭무럭 김을 뿜는 미국가재 요리가 담긴 알루미늄 냄비들이 듬뿍 차려져 정원의 짙은 초록빛을 배경으로 새빨간 빛깔을 뽐내게 된다. 거대한 주걱으로 저어야 하는 큰 요리다. 사람들이 요리 주변으로 모인다. 모두가 이 요리를 열렬히 좋아한다. 하나도 이상할 게 없다.

그걸 이상하게 보는 사람들이 안된 거지.

5 　사순절 전에 열리는 축제로 루이지애나주 뉴올리언스에서 열리는 것이 가장 잘 알려져 있다.

이십 대 시절, 미시건 출신의 어느 친구와 짧은 우정을 맺은 적이 있었다. 루이지애나주의 대학에 진학한 그 친구에게 나는 이 고장 사람들이 늘 하는 방식으로 이곳의 음식이며 우리가 중요하게 생각하는 역할인 친절한 환대 같은 걸 자랑했다. 장엄한 유물이며 랩어라운드 포치[6]를 볼 수 있는 배턴루지의 가든 디스트릭트에 사는 친구가 파티를 열자 나는 그를 초대했다. 세상의 빛을 못 본 루이지애나의 위대한 요리사 중 하나인 집주인은 종일 뼈 빠지게 가재 요리를 만들었다. 내가 초대한 친구에겐 대낮의 열기를 식힐 수 있는 이 고장의 맥주며 얼린 수박도 권했다. 그렇게 삶은 옥수수와 감자, 그리고 멀지 않은 데 있는 연못에서 잡은 가재로 만든 매콤한 요리를 상다리가 부러지게 내왔는데 내 친구는 사람들이 없는 곳으로 가버렸다. 맘껏 먹어, 우리 모두 말했다. 껍데기 벗기는 법은 우리가 알려줄게.

그는 예의를 잃지 않았지만 배가 고프지 않다고 우기며 끝까지 요리에는 손도 대지 않았다.

"안 먹는 사람이 손해지." 우리는 그렇게 말했는데, 진심이었다.

나중에 차에 오른 뒤 그는 내가 가재를 먹었다는 게 믿기지 않는다고 했다.

---

6   미국 남부 지역의 특징적인 주택 형태로, 포치 구조가 주택 외부의 여러 면에 걸쳐 이어져 있다.

"진흙벌레잖아. 방금 너희들은 벌레를 한 무더기 먹은 거라고. 상상했던 것보다 더 역겨웠어."

나는 그의 무식함을 비웃지 않았다. 그 대신 나는 그에게 가재는 갑각류이며 생물학적으로는 앤아버의 최고급 레스토랑에서 네가 사 먹는 로브스터와 다르지 않다고 설명해주었고, '진흙벌레'는 잘못된 명칭이라고 알려주었다. 방금 네가 본 가재는 크기만 작을 뿐 귀하고 비싼 요리였다고 말이다.

"내 눈엔 벌레밖에 안 보이던걸." 그가 말했다. "술에 취한 사람들이 땀범벅이 되어 죽은 벌레 대가리를 빨아먹는 모습이었어."

그러려니 하고 넘길 일이 아니다.

루이지애나를 골칫거리로 만드는, 엉뚱한 데다 망원경을 들이대는 일이 바로 이런 것이다.

예를 들면, 어린 시절 나는 랜디네 집 뒤에서 랜디와 풋볼을 하며 놀았다. 뒤뜰에 있는 두 그루 떡갈나무 사이를 엔드존, 줄지어 선 샛노란 돼지풀을 경계선으로 정했다. 우린 무성한 풀숲을 손가락으로 더듬어가며 풋볼 경기를 펼쳤고 열광한 팬들이 지켜보고 있다고 상상했다. 뜨겁고 습한 공기 속에서 우리는 걷고, 뛰고, 피하고, 서로에게 스파이럴 킥을 날렸다. 몸을 날려 공을 잡고, 득점을 하면 세리머니를 했다. 그러던 어느 날, 랜디가 펀트를 하다가 공이 발에 빗맞았다. 공은 나무에 맞고 튀어서는 주거 지역 뒤쪽, 당시엔 얇은 막처럼 녹조가 덮여 있던 작은 늪에 빠지고 말았다. 우리 둘은 부모님이 가면 안 된다던 늪가 방죽에 함께 서서 뱀이 나올까

71

봐 마음 졸였다. 우리가 어렸으니 어린이용 사이즈이던 공이 잠잠한 수면에 떠 있는 모습을 보던 우리는 흙바닥에 무릎을 꿇고 숨을 골랐다. 생각을 해보려고 했다. 그런데 우리가 공을 꺼내 올 방법을 채 떠올리기도 전에, 수달처럼 생긴 늪지대의 대형 설치류인 뉴트리아 한 마리가 진창을 가르고 헤엄쳐서 공 쪽으로 가는 모습이 보였다. 뉴트리아는 코로 공을 툭 건드린 뒤 시커먼 물속에서 공이 빙글 도는 모습을 쳐다보다가 공을 먹어버렸다.

자, 이제 바깥 세상에 가서 이런 이야기를 해보려무나.

뉴트리아의 역사를 너한테 묻는 사람은 아무도 없을 것이다. 타바스코사 창립주인 맥길헤니 가족이 처음 아르헨티나에서 뉴트리아를 들여왔고 에버리섬에서 번식시켜 모피를 얻으려 했다는 설에 대해 말이다. 그러니 뉴트리아를 들여온 지 이틀 뒤 허리케인이 불어닥치는 바람에 길이길이 기억될 용감한 연인처럼 철장을 탈출한 뉴트리아 두 마리가 낯선 땅에서 가족을 꾸렸다는 대서사를 이야기할 기회도 없겠지. 듣는 사람은 그런 이야기엔 관심이 없다. 뉴트리아가 우리에게 크나큰 은혜를 베푼 우리 조상과 마찬가지로 이 늪지대에 정착한 사연을 사람들은 모른다. 이 이야기에 나오는 나와 랜디 같은, 반짝이는 눈에 커다란 심장을 지닌 행복한 두 아이가, 너에게만큼에게나 자신들한테도 기괴하기만 했던 그 장면을 목격했었단 사실도 모를 것이다. 그 대신 이 이야기를 듣고 루이지애나에 대해 가졌던 선입견을 다시금 확인할 뿐이다. 루이지애나는 녹조 속에 거대한 쥐가 사는 두메산골이고 마주할 일 없는 게 다행인 끔찍한 악몽이라고 말이다.

또 한 가지 예를 들자면, 어린 시절 폭우가 쏟아져 우드랜드 힐스 뒤의 늪이 범람한 적이 있었다. 동네가 물바다가 됐다. 파이니 크리크 로드도 물에 잠겼고, 위풍당당하던 우리들의 집은 어느 구정물 같은 만을 따라 지어놓은 별장들처럼 되었다. 뱀이 이틀이나 물을 헤엄쳐 다녔다. 집집마다 키우는 개들은 어린애처럼 물을 튀기며 돌아다녔다. 아이들은 진입로 끝에 서서 낚싯줄을 던졌고, 그러다 낚싯바늘이 콘크리트에 끼면 낚싯대를 들고 물에 잠긴 잔디 위를 첨벙첨벙 가로질렀다. 우리는 통조림 음식과 뜨뜻미지근한 콜라를 먹었다. 비가 그치자 케이스모어 영감님이 간이 차고에 있던 알루미늄 보트를 타고 나와서는 사설 해안 경비대라도 된 듯 동네를 돌아다니며 직접 만든 음식을 가져다주었다. 그러다가 물이 빠지자 우리 동네도 다시 평소대로 돌아왔다.

루이지애나주 남부에 사는 많은 아이들에게는 이런 추억이 있을 것이고, 그 애들은 자라서 세상으로 나와 그 추억을 이야기한다. 그건 문제가 안 된다. 외부인들이 이 이야기를 듣고 왜곡해버리는 바람에 우리가 곤란해지는 게 문제다. 한 예로, 캘리포니아 출신의 어떤 남자는 나한테 학교 갈 때 배를 타고 다녔느냐고 물어보았다. 디모인 출신의 어떤 여자는 이렇게 물었다. "어땠나요? 포치까지 온 악어를 쫓으며 어린 시절을 보냈다면서요? 정말 무시무시하네요."

루이지애나주의 삶은 그런 게 아니다. 장담한다.

그 예로, 런디의 강간 사건이 있었던 그 여름에조차도 기쁨

73

은 있었다.

우리는 길거리에서 야구를 했다. 아이스크림 장수를 따라 두 블록을 쫓아가기도 했다.

린디도 함께였다.

사실, 그 사건이 일어나고 경찰이 집집마다 돌아다니며 탐문을 한 뒤 몇 주 동안 린디에게서 달라진 건 그 애의 하루 일과뿐이었다. 실망스럽게도 린디는 피아노 레슨을 그만두었다. 이제는 피아노 레슨 대신 심리 치료를 받으러 다녔던 것이다. 다섯 시에 자전거를 타고 트랙으로 향하는 일은 더는 없었고, 이제는 부모님 차를 타고 다녔다. 사소한 것들이었다. 우리 눈에 린디는 언제나처럼 밝고 잘 웃는 아이였으나, 오래지 않아 모든 건 달라지게 된다.

린디의 강간 사건이 있었던 그 끔찍한 여름 역시도 화창한 푸른 하늘과 엄청난 즐거움 속에서 지나갔다. 그 사건 때문에, 또 범인을 체포하지 못했다는 사실 때문에 심각해졌던 부모님들조차도 동네에 가루이가 출몰하는 늦여름이 되자 다시금 힘을 합쳐 대처하기 시작했다.

작지만 가공할 위력을 지닌 생물인 가루이는 보푸라기처럼 생겼다.

한 마리만 있을 때는 손끝으로 먼지를 꾹 누르는 것처럼 쉽게 터뜨려 죽일 수 있다. 그러나 떼로 모였을 땐 재앙에 가까운 존재가 되어 초록색이라고는 가리지 않고 다 먹어치워 버렸다. 놈들은 아무 꽃 잎 뒷면을 정복한 다음 조그만 턱을 놀려 식물의 즙액을 빨아먹는다. 그건 별 큰일이 아니다. 그 뒤에 놈들은 감로를 배설해 그을음병을 유발하는데, 그을음병의 증상은 이름 그대로다. 시커먼 그을음이 식물에 퍼지며 점점 두꺼워지면 햇빛을 받지 못한 식물은 우울증에 사로잡히고 만다. 붓꽃은 군락지에 누워버린다. 나무는 계절도 아닌데 잎을 떨어뜨린다.

그래서 그해 늦여름 가루이가 파이니 크리크 로드를 포위하자 동네 사람들은 똘똘 뭉쳤다. 아이들은 정원에 비눗물을 뿌렸고, 어른들은 서로 전화를 걸어 성공과 실패, 진보와 역행 등 린디와 강간 용의자 **외의** 다른 화제로 이야기를 하면서 눈앞에 닥친 한층 감당할 만한 문제에 집중할 수 있다는 사실을 다행으로 여겼다.

감염이 통제되었나 싶었던 노동절 휴일에는 내 친구 랜디 스틸러네 집에서 파티가 열려서 다들 기분 좋은 시간을 보냈다. 어른들이 마가리타며 얼음처럼 차가운 맥주를 마시는 동안 아이들은 반바지 수영복 바람으로 미친 듯이 뛰어다녔다. 린디 심프슨도 그 자리에 있었고, 사건 이후 이런 종류의 사교 모임에는 잘 나오지 않았던 그 애 부모님은 오지 않았다. 린디는 파란색 원피스 수영복을 입고 있었고 나는 물총을 들고 그 애를 쫓아다녔다. 웃고 떠들던 와중 여섯 시쯤 멀리서 사슬톱이 윙윙거리는 소리가 들리는 바람에 다들 길가로 나가 무슨 일인지 살펴보았다. 파이니 크리크 로드 맨 끝에 있는 굽이에는 공유지가 있었는데 그 누구의 땅도 아닌 빈터였다. 동네 사람들은 가루이에 맞서 최선의 대책을 세웠지만 그 누구도 공유지에 있는 커다란 떡갈나무 한 그루를 돌보는 걸 자기 책임이라고 생각하지 않은 모양인지 이 나무는 결국 가루이들의 최후의 보루가 되고 말았다. 그러다 그 노동절 날에는 떡갈나무도 결국 항복했는지 패배 신호처럼 잎을 전부 떨어뜨렸다. 그렇게, 모든 사람들이 파티에 모여 기억에서 지우고 싶었던 여름과 작별하는 사이 린디의 아버지는 행동에 나섰던 것이다. 고글과 반바지에 티셔츠 차림으로 사슬톱을 들고 오래된 나무에 달려드는 린디 아버지의 그 모습이 생경하리만치 난폭해서 우린 뭐라 말해야 할지 알 수 없었다.

파티에 왔던 이웃 사람 두 명이 그를 말리겠다고 껑충껑충 뛰어갔다. 나무는 죽은 게 아니라고, 내년엔 원래대로 돌아올 거라고, 이러시면 안 된다고 말할 작정이었다. 그런데 길 중간쯤에서 두 사람은 우뚝 멈춰 섰다. 가까이 다가가 자세히 보니 파티 장소에서는 보이지 않았던 것, 나무가 잎을 떨어뜨리고 헐벗은 뒤에야, 오로지 린디 아버지의 눈에만 보였던 무언가가 그들의 눈에도 보여서였다.

아직 살아 있는 떡갈나무의 밑에서부터 세 번째 가지, 얼기설기 난 잔가지들에 감긴 신발 끈에 의지해 매달려 있는 빛바랜 파란색 리복 운동화 한 짝이었다.

숙연해진 두 사람은 사슬톱으로 나무를 베고 있는 린디 아버지를 그대로 두고 다시 돌아왔다. 뭐가 보였느냐고, 왜 말리지 않았느냐고 우리가 묻자 두 사람은 우리가 자기 아들이고 딸이라도 된다는 듯이 커다란 손을 우리 머리 위에 얹었다.

"다시 파티하러 가자꾸나." 그들이 말했다. "전부 가서 뭐라도 좀 먹자."

그래서 우리는 그렇게 했고, 내 기억 속 린디가 행복해하는
모습은 그날이 마지막이었다.

하지만 나무에 걸려 있던 운동화 때문은 아니었다.

아니, 인정해야겠다.

이번에는 내 탓이었다.

10

사건이 일어난 뒤 몇 주 동안, 린디가 강간을 당했다는 소식은 기묘한 종류의 비밀이었다.

동네 사람들이 전부 '알았는데도', 그 시절 랜디도, 예술가 줄리도, 나도, 정확히 우리가 아는 게 무엇인지 **알지는** 못했던 셈이다. 물론 우리는 경찰이 한동안 동네를 돌아다녔다는 사실을 알았고, 모두가 간단한 몇 가지 질문에 대답했다는 사실도 알았지만, 부모님으로부터 이 범죄(그 시절 내게 또 하나 수수께끼처럼 다가왔던 단어)에 대해 말을 삼가라는 주의를 들었기에 우리가 이해한 것은 거기까지가 다였다. 우리가 알았던 건 기껏해야 이제 사람들이 린디 앞에서 전과는 달리 행동한다는 사실, 그해 여름 부모님들이 린디에게 말을 걸 때면 목소리를 올린다는 사실, 린디와 함께 놀 때는 저녁 먹을 시간이 지나도 밖에서 좀 더 놀 수 있게 허락해준다는 사실 정도였다. "린디와 좋은 시간 보냈니?" 어머니는 이렇게 묻곤 했다. "아이들은 즐겁게 놀아야지."

그 뒤에 내가 저지른 일을 말하자니, 이건 다 핑계에 불과하다는 생각이 든다.

내가 아직 채 열다섯 살이 되지 않았던, 고등학교에 입학한 첫 학기의 첫 주, 체육 시간이 끝나고 다시 교복으로 갈아입던 중 남자애들 몇 명의 입에서 린디 이야기가 나왔다. 앞서 시간 순서대로 이야기해주었듯이 오래전부터 린디에게 눈독을 들이던 남자애들이 많았는데, 녀석들은 고등학교에 입학하고 나니 아직 내게는 없었던 용기가 생긴 모양이었다. 탈의실에서 그 애들은 무슨 정찰 보고서라도 써 온 것처럼 린디에 대한 소문을 주고받기 시작했다. 내가 알기론 린디와 사귄적도 없는 어떤 남자랑 사귀었다느니, 지난여름 어느 수영장 파티에서 린디의 가슴을 본 애가 있다느니 하는 이야기였다. 그런데 그때 지금 생각해도 부끄럽고 이기적인 충동을 느낀 나는 린디에 대해 내가 아는 사실을 말해버렸다. 나는 그 단어를 낮게, 소리 죽여 속삭였는데, 지금까지 내 앞에서 그 단어를 말하는 사람들은 다들 그렇게 했기 때문이었다.

강간.

최근 들어 자주 듣게 되긴 했지만 아직까지 내겐 아무 이미지도 불러일으키지 않는 단어였다. 지난 몇 주 동안 방에 혼자 앉아 이 단어에 담긴 음울한 의미가 뭘까 생각해볼 때마다 린디가 얻어맞는 모습이 떠올랐지만, 린디의 얼굴에 멍이 든 걸 본 적은 없었다. 그 단어를 이해해보려고 작년에 학교에서 배운 알렉산더 포프의 시 「머리타래의 강탈*The Rape of the Lock*」을 떠올려보기도 했지만, 한층 더 갈피를 잡기 어려워질 뿐이었다. 나중에는 오로지 그 단어의 뜻을 알고 싶어서 아버지가 서재에 두고 간 유의어 사전을 찾아보았다. 그러자 이런 유의어가 나왔다.

약탈. 점유. 폭행.

그러니까 나는 '강간'이 엄청나게 부당한 일과 동급이라는 사실은 알았다. 나도 바보는 아니니까. 하지만 그 단어가 린디의 순결함, 그 애의 파릇파릇한 영혼, 그리고 그 애의 몸이 성적인 방식으로 학살당했다는 뜻이리라고는 전혀 예상하지 못했다. 결코 되돌릴 수 없는 어떤 일이라는 사실도 전혀 몰랐다. 난 그저 그날 탈의실에서 오가던 린디 이야기에 끼고 싶었던 게 다다.

내 말은 즉시 효과를 발휘했다.

소문은 고등학교라는 회로를 타고 흐르는 전류처럼 빠르게 번졌다. 그리고 소문이 린디한테까지 닿자 그 애는 그런 일은 절대 없었다고 했다. 하지만 갑자기 큰 소리로 울음을 터뜨리고 고함을 지르며 성을 냈기에 설득력은 없었다. 그날 오후 수업을 시작하는 종이 울렸을 때 린디는 우리 눈앞에서 나이가 들어버린 것 같았다. 포니테일로 묶은 머리는 산발이 되어 한쪽으로 비뚤어졌다. 책가방에서 공책이 쏟아져도 가만히 있었고, 태우러 온 어머니가 기다리는 주차장을 향해 터덜터덜 걸어가는 길에는 아무와도 말을 섞지 않았다.

그날 저녁, 막 저녁 식사를 하려는데 린디가 우리 집 문을 두드렸다. 외시경으로 린디가 보이자 속이 울렁거렸다. 나는 거실 바닥에 엎드려서 린디가 어서 나타나기를, 그 애가 자전거에서 내려 내게 다가오기를 바랄 때마다 그 애가 진짜로 나타나면 무슨 말을 할지 상상했었다. 그런데 구석에 놓인 식물 화분들 옆에 서 있던 그 순간 내가 상상한 말들은 전부 멍청하고 쓸모없게 느껴졌다.

나는 문을 열고 그 자리에 섰다.

그 애 뒤로 제 위치를 찾아가 저녁 비를 내릴 준비를 하는 전함 같은 보랏빛 구름이 보였다. 그 애, 린디는 맨발이었고, 교복 위에는 검은 티셔츠를 입었고, 또, 맙소사, 그때 그 앤 내게서 이미 멀어져 있었다. 우리 모두에게서 말이다.

"네가 소문냈다던데 진짜야?" 그 애가 물었다.

나는 대답하지 않았다.

"어떻게 알았어?" 그 애가 물었다. "어떻게 안 거냐고."

그 질문은 참 이상했다.

"너희 부모님한테 들었는데." 내가 대답했다. "경찰한테도 들었고. 다들 알아."

그 말에 린디는 부서진 것 같은 표정을 했다.

그러면 그 애는 부모님이 경찰을 대동하고 집집마다 돌아다니던 그 시절 자기 부모님이 뭘 하고 있다고 생각한 걸까? 우리 어머니들이 누가 죽기라도 한 것처럼 린디네 집으로 음식을 갖다 나른 이유가 뭐라고 생각한 걸까? 이해할 수 없었다. 그 애는 우주비행사들이 죽는 장면을 보고 토하기까지 한 애였다. 그런데 이웃들이 안타까워하는 걸 전혀 몰랐다고?

아니면, 그 일이 있고 두 달 가까이 지났으니 그저 모두가 잊었길 바랐던 걸까?

그런 걸 물어볼 기회는 없었다. 린디가 몸을 돌려 뛰어가버렸으니까.

그 뒤로 1년 동안 그 애는 나와 말을 섞지 않았다.

그해, 린디는 다른 사람이 되어보려 여러 번 시도했는데 전부 어울리지 않았고 모두 실패로 돌아갔다. 처음에는 마치 자기 비밀이 새어 나간 적 없다는 듯 외모에 이상한 자신감을 가지더니 학교에서 제일 잘나가는 애들과 같이 다니기 시작했다. 린디는 머리에 커다란 리본을 달고 손목에는 짤랑거리는 팔찌를 여러 개 끼고 학교에 왔다. 그리고 남학생들이 가장 눈독을 들이는 여자애들 옆에 딱 붙어서는 몇 살 어린 남자애들이 지나갈 때마다 음흉하게 웃어댔다. 하지만 이런 시도가 잘 풀리지 않고, 같이 다니는 애들한테서도 비난을 받자 그 애는 육상팀을 그만두고 어두운 성격으로 변했다. 우리보다 나이가 많은 형 누나들이나 듣던 더 큐어, 조이 디비전 같은 무겁고 느린 음악을 듣고, 검은 아이라이너를 칠하고 학교에 왔다. 그 시절 그 애는 학교에 있을 때를 빼면 늘 어두컴컴한 장소를 돌아다녔다. 예를 들면, 가면 안 되는 걸 모두가 알고 있는, 배턴루지에 있는 지미 스와가트 목사의 불명예스러운 교회 부지 내 짓다 말고 버려진 기숙사 같은 곳 말이다. 아니면 영화관 언저리를 어슬렁거리며 딱히 거기 있을 이유도 없는 컴뱃 부츠 신은 연상 남자들과 시시덕거리고 있거나.

그런 가면들은 그 애와 하나도 어울리지 않았다.

하지만 나는 그 애한테 미안해서, 그 애를 사랑해서, 그 애의 바뀐 성격까지 따라했다.

린디가 아직 리본을 달고 다니던 시절에 나는 어머니에게 크리스마스 선물로 고급 옷가게에 데려다달라고 했다. 어머니가 짝퉁 폴로셔츠와 할인하는 신발을 사주려 하면 마치 당신이 나를 망치려 들기라도 한다는 듯 나는 길길이 뛰며 성을 냈다. 나는 초조해졌고, 타인을 의식하게 됐고, 팀버랜드 로퍼 가죽 끈을 '비하이브'라는 방식으로 묶겠다며 며칠씩 애를 썼는데, 퍼킨스 스쿨에서 제일 잘나가는 마이클 터미넬로를 따라하려고 한 것이었다. 주말이 오면 새로 산 파스텔 색조의 옷을 차려입고 우편함 옆에 나와 섰다. 린디가 혹시라도 창밖을 내다볼까 하는 생각으로 파이니 크리크 로드를 오락가락하며 휘파람을 불어댔다. 그러다가 린디가 어둡게 변했을 때는 나도 따라하려고 어머니가 사준 값비싼 옷들을 본체만체하기 시작했다. 이번엔 어머니를 레코드 가게나 중고품 할인 상점으로 끌고 다녔다. 어머니를 졸라 해골 반지, 향, 린디가 책가방에 달고 다니는 패치에 적혀 있던 밴드 이름과 같은 이름이 적힌 검은 티셔츠를 샀다. 어머니는 걱정스러워하면서도 전부 허락해주셨다.

하지만 린디의 관심을 끌고 싶은 마음에 사로잡힌 나머지, 나는 나 자신, 그리고 전형적인 교외 출신 같은 겉모습을 탓하고 혐오하기 시작했다. 오래지 않아 나는 내가 곱슬머리인 것도 싫어졌는데, 린디가 좋아하는 록 가수들의 머리는 전부 드라마틱한 각을 내어 자르고 젤로 고정시킨 직모였기 때문이다.

그래서 나는 머리카락이 곧게 펴지도록 야구 모자를 쓰고 잤다. 고데기로 앞머리 모양을 냈다. 옆머리는 밀어버렸다.

이런 나날이 극에 달했을 땐 학교에서 자잘한 사고를 치기 시작했다. 소변기에 종이 타월을 쑤셔 넣어서 막히게 했다. 사물함엔 매직 마커로 낙서를 했다. 내심 이런 사고를 계속 치다 보면 린디와 내가 함께 방과 후에 남는 벌을 받을지도 모른다고, 선생님들이 둥근 탁자에 앉혀놓고 잘못한 일들을 서로 고백하라 억지로 시키는 바람에 어쩔 수 없이 이야기를 나눌 수도 있을 거라고 여겼다. 하지만 그런 일은 한 번도 일어나지 않았고 린디와 마주칠 일은 전혀 없었다.

그러다 보니 나는 밤늦은 시간까지 잠을 아끼며 린디가 듣는다던 음악을 듣기 시작했는데, 난 그 음악이 싫었다. 우울하고 통찰력도 없는 가사가 자기파괴적이고 자의식으로 가득한 멜로디로 포장되어 있었다. 어렸지만 알 수 있었다. 린디 취향의 음악을 듣는 건 죽어가는 남자의 노래를 따라 부르는 거나 마찬가지였다. 그러니까 내가 그러려고 했다는 거다. 나는 빨간 잉크로 린디에 대한 시를 썼다. 귀걸이를 했다. 그렇게 사춘기가 왔다.

이 모든 이야기를 하는 건 그해 이후로 린디와 나는 달라졌다고 설명하기 위해서다.

이제 린디는 혼자 퍼킨스 스쿨 복도를 배회하는 음울한 여자애가 됐다. 얼마 안 되던 친구들은 그림자나 다름없는 소심한 여자애들이었다. 린디는 파란색을 포함해 밝은색은 전부 멀리했고 교복 치마 아래에는 회색 속바지만 입었다. 다리털도 밀지 않고 내버려두었다. 나로서는 어떻게 발음해야 하는지도 알 수 없는 바우하우스라는 밴드에 점점 빠져들었고 신고 다니던 척테일러 하이톱 스니커즈에는 아나키 기호 같은 것을 끄적거려 놓았다. 머리는 턱 길이로 잘랐고 부드러운 얼굴은 덩굴 같은 앞머리로 가려버렸다.

그 애는 살이 빠져버렸고 사람들은 그 애가 폭식 증세를 보인다고 했다. 볼에는 자잘한 여드름이 줄줄이 돋아났다.

못 봐줄 지경이었다.

하지만 다음 해, 우리가 다시 말을 섞게 되었을 때, 우리가 가까웠던 시절, 린디는 어쩌다 그렇게 된 것인지 설명해주었다.

부모님이 시키는 대로 받았던 몇 달간의 집단심리치료는 인생 최악의 일이었다고 했다. 사건이 일어난 그해에 아버지가 그 애한테서 한시도 눈을 떼지 않고 몰래 감시하던 것보다 더, 알지도 못하는 남자애들한테서 담배를 얻어 피우다가 영화관 주차장에 눈에 띄지 않게 대놓은 아버지의 차가 보이던 것보다 더 최악이었다. 열한 시에 그 애를 태우러 온 아버지가 감시한 적 없는데 도대체 무슨 소린지 모르겠다며 둘러대던 것보다도 최악이었다. 심지어, 나중에야 후회한 아버지가 그 애한테 제발 말 좀 하라고 비는 한편으로 현관문에 복잡한 잠금장치를 설치했던 것보다도 최악이었다.

심리치료를 받은 덕에 만약 치료를 받지 않았더라면 영영 모를 수도 있었던 수많은 문제들을 알게 되었기 때문이었다. 칼로 자기 몸을 자해한 여자애가 같은 그룹에 있었다. 거식 증세를 가진 아이들. 폭식 증세를 가진 아이들. 성욕을 주

85

체할 수 없는 아이들. 그런 아이들 각자가 린디에게 남들과는 다른 삶의 가능성을 제시했고 그 애는 그 가능성을 탐구해본 거다. 린디의 그룹에는 자기가 낸 자동차 사고 때문에 자기 어머니가 죽는 모습을 본 여자애도 있었다. 우울증이 뭔지 알게 된 거지, 하고 린디는 말했다. 삼촌한테 성추행을 당한 남자애도 있었다고 했다. 세상에나.

그렇게 심각한 문제들을 보다 보니 파이니 크리크 로드는 가당치도 않은 곳처럼 보이기 시작했다고 린디는 말했다. 배롱나무에서 꽃이 피어나는 모습 같은 것 말이다. 예쁘게 생긴 우리 동네의 거리는 무식한 농담이나 마찬가지였다. 심리치료는 린디에게 그런 걸 가르쳐주었고, 그 애는 배운 것들을 전부 얼굴에 써 붙이고 다녔다.

그래서 나도 문제아 행세를 하기 시작했다. 나는 앞머리를 길러 눈을 덮고 다니다가 어른이 다가오면 그제야 넘겼다. 좋아하고 잘하던 축구팀은 그만두고 기타를 치기 시작했는데, 린디 눈에 섹시해 보일 것 같아서였다. 평일에 타코벨 주차장에서 담배를 피웠고 나중에는 대마초까지 피웠다. 웃는 일은 거의 없었다.

그러나 그건 다 종이를 이겨 만든 가면에 지나지 않았다.

그 시절의 나를 구멍 뚫어보면 린디 옷장에 들어 있던 것들만 쏟아져 나왔을 것이다. 피 한 방울 안 들어 있었을 것이다. 집착에 사로잡힌 심장 말고는 아무것도 없었으니까. 난 그 무엇도 지지하지 않았고, 그 무엇도 지키려 들지 않았다. 이제 알겠니?

내가 나를 아무 죄도 없는 사람으로 그려내고 있다는 걸.
우리 모두 그러지 않니?

11

린디의 강간 사건에서 세 번째 용의자는 제이슨 랜드리라는 입양아였다. 랜드리 씨와 아내인 루이즈 아주머니가 파이니 크리크 로드에서 위탁보호하던 수많은 아이들 중에서 그 집에 계속 남은 건 제이슨이 유일했다. 고아였던 제이슨은 아기 때부터 랜드리 부부 밑에서 자랐고 나이는 나보다 두 살 많았다. 어떻게 봐도 호감 가는 녀석은 아니었는데, 우드랜드 힐스 주민들은 제이슨이 이 사건과 무슨 관계가 있지 않을까 생각하는 한편으로 어쩌다 랜드리 부부가 그 수많은 위탁 아동 중에 하필 **그를** 키우기로 했는지도 의아해했다. 조금 알아보니 랜드리 가족 같은 위탁가정이 위탁아동 중 하나를 입양해 다른 아이들의 놀이 친구로 만드는 경우가 드물지 않다는 사실을 알게 됐다. 이걸 전문용어로 닻내림이라고 하던데, 그 과정을 아주 후하게 해석한 용어인 셈이다.

내 생각에 랜드리 부부가 제이슨을 입양한 목적은 따로 있었다. 일탈을 일삼는 문제아 제이슨은 닻이라기보다는 노멀라이저 역할을 했다. 쉽게 말하면 아무리 유별나더라도 이렇게 잘 먹고 잘 지내는 그 애의 존재는 그 집에 드나드는 다른 고아들에게 랜드리 가족과 잘 지낼 수 있다는, 견뎌낼 수 있다는 실증적 증거였던 것이다. 물론, 아동복지국에 내놓을 증거이기도 했다. 그렇기에 랜드리 집에서 일주일을 지낸 아이들이 어쩐지 불편하고, 뭔가 잘못된 것 같다는 생각이 들어도, 제이슨이 그들에게 "신경 꺼. 받아들여. 이건 정상이야"라고 말해줄 수 있었던 거다.

어차피 비교군도 없었다.

제이슨은 나이가 어렸는데도 머리가 하얀색에 숱이 적었는데 그래도 색소결핍증인 건 아니었다. 눈은 강가의 깨끗한 모래 빛이었고 잇새가 전부 벌어져 있었다. 난 그가 무슨 인종인지, 출신지가 어디인지 감도 잡을 수 없었다. 아마 아무도 몰랐을 수도 있다. 지금 생각하면 녀석의 피부는 누런색이었고 몸에선 항상 그의 어머니가 부엌에서 피우던 담배 냄새가 났다. 제이슨은 8학년 때 퍼킨스 스쿨에서 퇴학당했고, 이유는 밝혀지지 않았지만 떠도는 소문에 따르면 다른 남학생과 화장실에서 무슨 일이 있었단다. 루푸스를 앓던 병약한 스페인어 선생인 깁슨 선생님을 성적으로 위협했다는 소문도 있었다. 청소년 축구팀에도, 수영팀에도 들지 않았던 그 녀석은 이웃 아이들과 같이 노는 일이 별로 없었다. 가끔 같이 놀더라도 끝이 항상 안 좋았다.

예를 들면, 길에서 10달러짜리 지폐를 발견한 날 제이슨은 보 컨과 그걸 서로 갖겠다고 싸우다가 흠씬 두들겨 맞았다. 제이슨은 비명을 지르며 자기 집으로 도망갔다. 그날 오후, 우리가 태클 풋볼을 하며 노느라 아까의 사소한 싸움은 까맣게 잊었을 무렵 제이슨 랜드리가 칼을 가지고 다시 나타났다. 녀석은 우리에게 말을 걸지도, 보에게 달려들지도 않고, 다만 길 건너편에 서서 소나무를 칼로 계속 찔러댔을 뿐이었다. 마치 눈에 띄지 않으려는 듯 카모 바지에 녹색 티셔츠를 입은 채로, 우리 사이로 차가 지나갈 때마다 바닥으로 몸을 숙였다.

제이슨이 그렇게 행동하는 건 한두 번 일어난 일도 아니었다.

동네 아이들끼리 풋볼을 할 때 제이슨이 여자애들에게 태클을 거는 방식이 이상하단 것도 모르는 사람이 없었다. 녀석은 여자애들 몸을 과하다 싶게 오래 깔아뭉갰다. 자기 몸으로 그 애들 몸을 짓눌렀다. 예술가 줄리는 제이슨이 보이면 막대기 두 개를 들어 십자가 모양을 만들었다. 린디는 패스할 때 녀석이 방어해준다고 해도 거부했다. 여름철 고카트를 타고 돌아다닐 때면 제이슨은 한 번만 운전대를 잡게 해달라고 애걸했다. 마지못해 자리를 내어주면 녀석은 그대로 길을 내달려서 돌아오지 않았다. 녀석의 등에는 사연을 알 수 없는 10센트짜리 동전 모양 흉터가 여러 개 있었다.

우리와 친해져보려고 하던 시절 제이슨은 얼마 없는 하얀 머리를 한 줌 잡아 뜯으며 "너희들은 이런 거 못 할걸" 했고, 우리는 그가 싫었다. 녀석을 싫어하기는 쉬웠다.

린디의 강간 사건이 일어나기 전에도 녀석이 하는 행동은 전부 범죄의 증거 같았다.

그런데 그 사건이 일어나기 1년 전 어느 날, 어쩌면 여러 날, 나는 제이슨 랜드리네 집 뒤편 언덕 위에 녀석과 함께 앉아 있었다. 우리 집에서 두 집 건너에 사는 랜디네 옆집이 녀석의 집이었는데, 녀석과 나는 철제 창고에 등을 기댄 채 앉아 있었다. 내가 왜 그날 오후 거기 있었는지는 기억이 안 난다. 얼마나 심심했으면 거기까지 갔을까? 우리는 풀을 잡아뜯고, 흙바닥을 파헤치고, 손안에서 세차게 몸을 일으키는 오뚝이를 가지고 놀았다.

잠시 후, 제이슨이 내 어깨를 쿡 찌르더니 숲속을 손짓했다.

"잭팟인데." 그가 말했다.

숲 언저리에 개 한 마리가 서서 우리 쪽을 기웃거리고 있었다. 개가 무슨 종이었는지는 모르겠다. 그럴 리야 없겠지만, 털에 진흙이 묻어 굳어 있고 살갗 아래 갈비뼈가 훤하니 드러난 모양이 꼭 늪에 사는 개 같았다. 오래전에 벌인 난투의 흔적인 듯 두 갈래로 갈라진 한쪽 귀가 어정쩡하게 옆통수에 늘어져 있었다. 우리는 개가 나무 사이를 총총 오가는 모습을 지켜보았다.

제이슨이 방수포 아래에 손을 집어넣었다.

"여태 저놈을 기다렸다고." 녀석이 말했다.

"뭐 해?" 내가 물었다.

"가만있어 봐." 제이슨은 그렇게 대답하더니 창고 안에서 녹이 슨 양철 밥그릇을 하나 꺼내 왔다.

그러더니 그가 일어나서 진입로에 놓인 쓰레기통을 뒤지

기 시작했다. 쓰레기통에서 음식 찌꺼기 조금, 돼지 뼈 조금, 닭 껍질, 오래된 파스타를 꺼내 그릇에 담은 녀석은 그릇을 들고 풀밭을 걸으며 이름도 없는 개를 부르기 시작했다. "야, 똥개야!" 그가 외쳤다. "이리 오라고, 바보 같은 사냥개야! 안 괴롭힐게."

그날 해가 하늘 높이 떠 있었던 게 기억난다. 떡갈나무 그늘이 풀밭 위에 줄무늬처럼 이랑을 만들고 있었다. "누구 집 갠데?" 내가 물었다. "어디 사는 개야?"

"아무 집 개도 아니야." 그가 대답했다. "그냥 허접스러운 똥개라고. 우리 집 쓰레기통을 뒤지고 우리 집 마당에 똥 싸는 놈이야. 저놈 때문에 우리 아빠가 돌아버리려고 해. 하루 종일 저놈을 찾아다니지."

나는 개가 우리 쪽으로 슬금슬금 다가오며 몇 발짝에 한 번씩 멈춰 서는 모습을 보았다. 뒷다리 사이에 꼬리를 숨긴 걸 보니 겁을 잔뜩 먹은 것 같았는데 제이슨은 놈의 품새를 보고 웃어댔다.

"이리 오라니까, 멍청한 똥개야." 그러면서 그는 들고 있던 그릇을 짤랑짤랑 흔들어 보였다.

"그냥 아빠한테 찾았다고 하면 안 돼?" 내가 물었다. "너희 집에서 키우면 되잖아."

그러자 제이슨은 꼭 모르는 사람처럼 나를 쳐다보았다.

"우리 아빠는 저 개를 키우려고 찾는 게 아니야."

그렇다면 대체 뭣 하러 찾는 건지 나는 짐작도 가지 않았다.

"그럼 내가 키우지 뭐," 내가 말했다. "목욕이라도 시켜줘야지."

"빌어먹을 내 개한테는 손도 대지 마." 제이슨이 말했다. "손대자마자 죽여버린다."

진심인지는 알 수 없었다. 아마 그건 제이슨의 성격이 가진 가장 큰 특성이었던 것 같다. 제이슨 랜드리는 종잡을 수 없게 굴어서 상대를 불편하게 하는 재주가 있었다. 함께 웃고 떠들 땐 평범한 녀석 같다가도, 갑자기 어린애가 할 법하지 않은 말을 내뱉어서 겁을 줬다. 잔인한 일을 저지르겠다고 예고하거나, 천박한 농담을 한다든지 말이다. 그때마다 상대는 거리감을 느꼈는데 때로는 그 거리감이 너무 커서 차라리 애써 좁히지 않는 게 낫다고 생각하곤 했다. 이렇듯 제이슨은 최소한 예측 불가라는 점에서는 예측 가능한 녀석이었기에, 나는 말보다 행동으로 보여주는 보 컨만큼 제이슨을 무서워하지는 않았다. 그래도 녀석을 믿지는 않았지만.

그래서 나는 제이슨이 개를 살살 꼬여내는 모습을 풀밭에 서서 지켜보면서, 언제라도 일어날지 모르는 위급 상황에 대비해 마음을 단단히 먹었다. 제이슨이 바닥에 그릇을 내려놓고 물러서더니 입으로는 쯥쯥 소리를 냈다.

"이리 오라니깐," 녀석이 말했다. "안 괴롭힌다니까."

개는 멀찍이 떨어진 채 우리 주위를 맴돌았다. 그러더니 바닥에 코를 쿵쿵대며 조금씩 거리를 좁혔다.

"밥 먹어," 내가 말했다. "뭐라도 좀 먹어."

"그래," 제이슨도 말했다. "먹을 수 있을 때 먹어두라고."

개가 코끝으로 그릇을 부비더니 서서히, 조심스럽게, 고기

조각을 물어 올려 씹기 시작했다. 게걸스레 뼈를 핥아댔다.

"착하네." 내가 말했다.

그때, 개가 드디어 마음을 놓고 그릇에 코를 박는 순간 제이슨이 개를 향해 달려갔다.

"당장 꺼져버려!" 녀석이 고함쳤다. "가라니까, 멍청한 똥개야!" 그가 땅을 발로 차며 손뼉을 짝짝 쳤다. "빨리 가라고!"

개는 혼란스러운 듯 빙빙 원을 그리며 달렸다. "이 쓸모없는 들개 새끼야, 어서 꺼지래도!" 제이슨은 돌을 주워 들어 개 쪽으로 던졌다. 허공에 두 팔을 휘두르더니, 밥그릇을 발로 걷어차버렸다. 개가 낑낑 울더니 뒷발을 눈에 띄게 절룩이며 쏜살같이 숲속으로 도망가버렸다.

"바보 같은 똥개 놈." 제이슨이 말했다. 그다음에는 진입로의 쓰레기통들을 옆으로 넘어뜨리더니 누가 헤집어놓은 것처럼 안에 있던 것들을 흩어놓았다.

"뭐 하는 거야?" 내가 물었다.

"어서 나가자." 그가 말했다. "우리 아빠 꼭지가 돌아버릴 걸."

그래서 나는 제이슨을 따라갔다. 개의 편을 들어주지는 않았다.

말했지만, 이 이야기 속에 등장하는 주인공은 영웅하고는 거리가 멀다.

다시 거리로, 세상으로 돌아가는 길, 제이슨은 걸음을 멈춘 뒤 차고 근처에 놓여 있던 부동액이 담긴 그릇을 엎어버렸다.

우리는 부동액이 뜨거운 아스팔트를 녹색으로 물들이는 모습을 지켜보았다.

"내가 그 개 목숨을 구한 거야." 제이슨이 말했다. "칭찬 안하고 뭐 해?"

같은 해, 어쩌면 같은 날, 나는 제이슨 랜드리와 숲속에 서 있었다. 누가 알겠니? 그 시절의 기억에는 달력이 없고 생생한 사건은 단 하나뿐이다. 린디가 강간당하기 전과 그리고 그 후가 있었을 뿐이다. 그리고 그날은 그 일이 일어나기 전이었다. 내가 너에게 알려줄 수 있는 건 그게 다다.

제이슨과 나는 마체테Machete로 수풀을 베어 오솔길을 내면서 나무 위 오두막을 지을 만한 자리를 찾아다니고 있었다. 우리는 이 오두막을 요새처럼 튼튼하게 짓겠다고, 만약 누군가 우리 동네에 침입한다면 숨을 수 있을 정도로 짓겠다고 다짐했다. 가운데에 구멍을 뚫어 지하까지 파낼 수 있는 굵직한 나무를 찾아야 한다는, 그래서 요새가 포위당하면 이 구멍 속으로 도망쳐서 적군 몰래 반대쪽으로 탈출해야 한다는 이야기도 했다. 그날이 오기 전까지 요새 안에 창, 코카콜라, 활과 화살 같은 것들을 모아두기로 했다. 바깥을 향해 화살을 쏠 수 있어야 하니 요새에 창문을 내야 한다는 이야기도 했다. 어쩌면 해자를 파야 할지도 몰랐다.

미국의 여느 어린 남자애들이 주고받는 이야기일 뿐이었다.

나는 랜디와도 이런 이야기를 나누곤 했다. 랜디와도 보이스카우트처럼 함께 숲속을 짓밟고 다녔다. 그러나 제이슨과 있을 때면 이 이야기의 무게가 달라졌다. 제이슨이 공중에서

강하하는 러시아군이라든지 숲에서 튀어나와 우리를 덮치는 광견병 걸린 늑대 무리 이야기를 할 때면 어쩐지 녀석이 진지하다는, 불가피한 적들의 습격에 대비하고 있는 것 같다는 생각이 들었다.

그렇기에 제이슨은 요새를 지을 나무를 정할 때도 전문가처럼 굴었다. 녀석은 나무껍질을 뜯어보고, 소리를 확인하려는 듯 바닥에 발을 쿵쿵 굴러본 다음에 원시시대 기술자처럼 머릿속으로 요새를 구상했다. 각재角材를 데크처럼 깔겠다고 했다. 안에서 무기를 쏠 수 있도록 벽에는 좁고 긴 틈을 낸 난공불락의 요새를 어찌나 자세히 묘사하는지, 이야기가 끝날 무렵에는 머리 위 양철 지붕에 빗방울이 똑똑 떨어지는 가운데 자신이 지은 안전한 요새 안에 동그마니 들어가 있는 녀석의 모습이 눈앞에 그려질 지경이었다. 그는 손에 보이지 않는 활을 든 채 저 아래 마당에 서 있는 표적, 오랜 기다림 끝에 맞서게 된 육중한 짐승을 눈으로 좇으리라.

"좋아," 그는 이렇게 중얼거릴 것이다. "조금만 더 가까이 오라고."

요새 안에서 신중하게 자세를 잡은 제이슨이 왼눈을 감고 쏘아 보낸 화살은 명중할 것이다.

녀석은 나더러 이 요새의 위치를 누구에게도 발설하지 않겠다고 맹세하라고 했다.

"랜디한테도?" 내가 물었다. "알려달라고 할걸."

"그 자식 무기는 다룰 줄 알아?"

"몰라." 내가 말했다.

"말하고 싶으면 해." 제이슨이 말했다. "하지만 누구라도 우리 아빠한테 일러바치는 순간 다 죽여버린다."

"린디한테는?" 내가 물었다.

"그거 괜찮은 생각이네," 녀석이 말했다. "인구를 불리려면 여자도 한 명 필요하긴 해."

"아냐. 걘 그런 애 아니야."

제이슨은 내 대답에 웃음을 터뜨리더니 요새 위치를 표시하려고 나무껍질을 크게 뜯어냈다.

"뭐냐? 너 그 걸레 좋아하냐?"

"걔한테 그런 말 쓰지 마."

제이슨은 또다시 웃었다. 누가 간지럼이라도 태운 것 같은, 진짜 웃음이었다.

"따라와봐. 보여줄 게 있어."

그렇게 우리는 땀이며 벌레 물린 자국으로 범벅된 채 다시 숲을 헤치며 제이슨의 집으로 향했다.

퍼즐 한 조각이 맞춰지기 직전이었다.

12

제이슨네 집에 도착하니 랜드리 씨가 아까 녀석이 넘어뜨린 쓰레기통들을 주워 세우고 있었다. 아저씨는 머리에 푸른색 땀 흡수용 헤어밴드를 둘렀고, 눈이 보이지 않게 렌즈에 어두운 색을 넣은 안경을 쓴 채로 혼자 툴툴대며 넋두리를 하고 있었다. 그러니까, 이게 다 같은 날 일어난 일이 맞을까? 아니면 여러 번 반복된 패턴이었나? 나는 랜드리 집 아들과 얼마나 많은 시간을 함께 보냈던 걸까? 이제 와서는 진상을 파악해 네게 알려줄 수 없는 일이다. 알려줄 수 있는 건 거구의 랜드리 씨가 했던 말뿐.

"너희들 개 한 마리 돌아다니는 거 못 봤냐?"

"봤으면 제가 말을 했겠죠." 제이슨이 대답했다.

"입만 살아서는." 랜드리 씨가 대답했다.

제이슨은 아무 죄 없다는 듯 어깨를 으쓱 추어올렸다. "뭐가요? 우리 아무것도 못 봤잖아, 그렇지?"

랜드리 씨가 나를 쳐다보았다.

"못 봤어요." 내가 말했다.

나를 데리고 차고로 들어간 제이슨은 제 아버지의 눈이 닿지 않는 곳으로 오자마자 짧게 기쁨의 춤을 췄다. 내게 하이파이브도 했다. 녀석은 그때 아마 자기가 만든 일종의 오이디푸스적 게임에서 한 번 이겼던가 보다. 그는 아버지 쪽을 향해 가운뎃손가락을 들어 보이기도 했다. **씨발**, 녀석은 입 모양으로 중얼거렸다. **좆까라고.**

뒷문을 통해 집 안으로 들어가자 아무도 없는 것처럼 컴컴하고 고요했다. 부엌으로 가니 제이슨네 어머니가 어둑한 간이 식탁에 말없이 앉아 있었고 손에 들린 담배에서는 연기가 단조롭게 피어올랐다. 아주머니 왼쪽에 위탁아동인 틴틴이 앉아 있었는데, 아픈 사람처럼 깡마른 혼혈 여자애였다. 조용한 데다 말을 시켜도 대답이 없던 그 애는 랜드리 가족의 집을 금방 떠나게 됐다. 우리가 부엌에 들어가자 틴틴은 대강 소리가 나는 방향을 빤히 쳐다보았는데, 그 모습이 꼭 장님 같았다. 그날은 내가 그 애를 본 몇 번 안 되는 날 중 하나였다.

제이슨의 어머니 루이즈 랜드리는 매력적인 여성은 아니었지만, 젊을 적, 아주머니의 인생이 지금과는 다르던 시절에는 매력적이었을지도 몰랐다. 그러나 내가 알던 세계에선 루이즈 아주머니는 머리를 단단하게 땋아 어깨 앞으로 넘기고 다녔다. 눈 밑에 깊은 주름이 잡혔고, 목소리는 쉬어 있었으며, 담배를 피울 때 노란색과 회색이 섞인 땋은 머리 꽁지를 자꾸 잡아당기는 버릇이 있었다.

내 기억이 정확할는지는 모르지만 루이즈 아주머니는 미시시피주 시골의 오순절교인 대가족 출신이었는데, 랜드리 씨와 결혼하면서 가족과도 종교와도 연을 끊었다. 거인과 시골뜨기 아내라는 특이한 조합의 이 부부를 보면서 동네 사람들은 대체 두 사람이 어쩌다 사귀게 된 건지 궁금해했다. 루이즈 아주머니를 담당한 정신과 의사이던 랜드리 씨가 선을 넘은 거라는 소문도 있었고, 아저씨가 투벨로에 있는 농장에서 아주머니를 납치해 온 거라는 소문도 있었으며, 어느 독선적인 종교 단체가 아주머니를 아저씨한테 팔아넘긴 거라는 소문도 있었다.

우리는 대체로 두 사람을 두려워했다. 굳이 물어보지도 않았다.

그 시절 루이즈 랜드리의 성격을 짐작할 단서라고는 아주머니가 집 밖에 나오는 일이 거의 없다는 사실이 전부였다. 이웃집 파티에서 의무적으로 준비해 온 데블드에그 접시를 나르고 있는 모습 말고는 우리가 아주머니를 볼 일조차 없었다. 긴 데님치마를 입은 아주머니는 다른 사람들이 다들 수영을 하는 동안 뒷문 포치에 앉아 커피를 마시며 담배를 피웠다. 아주머니는 친하게 지내는 사람이 거의 없었고, 아주머니와 아저씨가 서로에게, 또는 제이슨에게, 아니면 알 수 없는 위탁가정에서 맡고 있는 아이들을 향해 애정 표현을 하는 모습을 나는 한 번도 본 적이 없었다. 그러니 모르는 사람 눈에는 그들이 가족으로 보이기는 어려웠을 것 같다. 파티에서 랜드리 부부가 입을 여는 건 랜드리 씨가 과음을 해서 지역 정치인들을 비방하거나 여자와 아이들을 향해 부적절한 발언을 할 때가 전부였다.

예술가 줄리한테 듣기로는, 열두 살 때 독립기념일 파티에서 랜드리 씨에게 이런 말을 들었단다.

이리 오려무나, 얘야. 살냄새 한번 맡아보자.

하지만 랜드리 씨 이야기는 나중에 하기로 하자.

우리 어머니는 루이즈 아주머니와 친해져보려고 몇 년이나 노력했다지만 잘되지 않았다고 했다. 특히 우리 가족이 뒷문 포치에 앉아 있다가 그 집 부부 싸움 소리를 듣고 난 뒤로 어머니는 아주머니에게 잘해주려고 했단다. 어머니는 오찬 모임, 테니스, 쇼핑 등 남편 없이 대화를 나눌 온갖 핑계를 생각해 아주머니를 불러냈다. 그러나 아무리 친해지려 노력해도 아주머니의 답은 똑같았다고 한다. 루이즈 아주머니는 인상을 찌푸린 채 미시시피주 산골 지역 사투리로 "왜 이래요, 캐스린. 쓸데없는 짓 하지 마세요" 했단다.

캐스린은 우리 어머니 이름이다. 이토록 오랜 세월이 흘렀는데도 어머니를 나와는 별개인 이 세상 속 한 개인, 한 어른으로 생각하는 게 참 낯설게 느껴진다.

그러나 랜드리 가족과 우리 가족은 확실히, 완전히 달랐다. 어둡다거나, 위탁아동들을 보살핀다거나, 가족사가 있다거나 하는 문제가 다는 아니었다. 문제는 그 가족에게서 느껴지는 긴장감이었다. 부엌으로 터벅터벅 걸어 들어오는 제이슨과 나를 본 루이즈 아주머니는 마치 무언가를 들킨 사람처럼 쏘아붙였다. "뭐 하다 온 거니? 제이슨, 무슨 일이야?"

"아무 일 없어요, **루이즈**." 제이슨이 대답했다. "그냥 칼 구경 시켜주러 온 거예요."

"침대 시트는 갈았니?"

"나중에 할게요."

"안 할 거잖아." 루이즈 아주머니가 말했다.

틴틴은 잠든 것처럼 식탁 위에 엎드렸다.

제이슨이 내 셔츠 뒤춤을 붙들었다.

"이리 와." 제이슨이 말했고 나는 녀석을 따라 그의 방으로 향했다.

어수선한 거실을 지나 좁다란 복도로 접어드는 내내 제이슨은 전등 스위치를 하나도 켜지 않았다. 우리 집과 랜드리 집의 구조가 똑같았기 때문에—방 네 개, 욕실 세 개가 있는, 창문이 많이 달린 널찍하고 기능적인 랜치하우스[7]—나는 우리가 살금살금 돌아다니고 있는 이 집이 우리 집과 똑같다는 생각을 했다. 다만 거실이 반대 방향에 있고, 벽난로를 이루는 벽돌이 다를 뿐이었다. 소파 곁 작은 탁자에 우리 어머니는 향초를 두었지만 제이슨의 집에는 다 피운 꽁초가 흘러넘치는 재떨이가 놓여 있었다. 모든 게 똑같았다. 완전히 달랐다. 이제 와 생각하면 우리가 집을 서로 바꿔서 다른 삶을 사

---

7   개방된 직사각형 평면에 방들을 일렬로 배치한 단층 목조주택으로, 미국 전역에서 널리 쓰이는 주택 건축양식.

는 게 얼마나 쉬웠을까 하는 생각이 든다.

우리 집이었다면 해나 누나의 방이었을 방 앞을 지나칠 때 제이슨은 걸음을 멈추고 문을 가리켰다. "여기가 바로 금광이야."

문에는 걸쇠가 여러 개 달려 있었고, 각각의 걸쇠를 번호 조합식 마스터 자물쇠가 하나로 묶고 있었다.

"안엔 뭐가 있는데?" 내가 물었다.

녀석은 벌어진 이를 드러내며 웃었다.

"너도 알고 싶지?"

제이슨을 따라 녀석의 방 안으로 들어가자 그는 드디어 불을 켰다.

"뭐라도 하는 척하고 있다가 **루이즈**가 오거든 알려줘."

녀석은 벽장 안으로 들어가더니 바닥에 앉아 지저분한 옷가지를 뒤지기 시작했다.

나는 제이슨의 방 안을 둘러보았다. 방에 덕지덕지 붙은 포스터들은 우리 나이엔 너무 유치해 보였다. 창피할 만한 것들은 아니었지만 몇 년 전에 붙여놓고 그 뒤로 바꿀 생각도 안 한 게 확실했다. 트랜스포머 포스터, 곰돌이 푸 포스터, 벽지에는 광대 모양의 띠가 둘러져 있었다. 내 것과 비슷하게 생긴 서랍장에는 스타워즈와 핫휠 스티커가 덕지덕지 붙어 있었고, 책상 위엔 탁한 녹색 물이 담긴 조그만 어항이 있었다. 어항 안에 있는 거라곤 성 모양 구조물 안에 허물을 벗고 죽어 있는 테트라 한 마리뿐이었다.

제이슨의 침대에 걸터앉아 녀석이 벽장 안에서 벽에 붙은 패널을 칼로 비틀어 떼는 모습을 지켜보고 있는데 반바지 안으로 찬기가 스몄다. 손으로 침대를 더듬어보니 축축했다. 나는 일어나 셔츠에 손을 훔쳤다.

"왜 침대가 다 젖어 있어?" 내가 물었다.

"입 다물고 우리 엄마 오는지 귀 기울이고 있으라고." 그가 말했다. "닌텐도라도 하고 있든지."

나는 방구석으로 걸어가서 작은 텔레비전을 켰다. 닌텐도 전원 버튼도 눌렀다. 텔레비전이 뜨거워지며 화면에 상이 떠오르려는데 복도를 걸어오는 루이즈 아주머니의 발소리가 들렸다.

"제이슨," 내가 말하자마자 아주머니가 방 안으로 들어왔다.

아주머니는 품에 침대 시트를 한 아름 안고 있었다.

"뭐 하고 있었니?" 아주머니가 물었다. "제이슨은?"

제이슨이 손에 칼을 든 채로 벽장 밖으로 나왔다.

"당신이야말로 뭐 하러 들어왔어요? 내 방이잖아요."

"뭐 하러 오긴." 아주머니는 그렇게 대답하더니 제이슨의 침대 쪽으로 갔다. 시트를 벗긴 다음 바닥에 뭉쳐 내려놓자 드러난 플라스틱 매트리스 한가운데에 짙은 노란색 얼룩이 크게 묻어 있었다.

"나가라고요, **루이즈**." 제이슨이 말했다. "칼 구경시켜주려고 데려왔다니까요?"

"내가 있어도 구경할 수 있잖니." 아주머니가 내 쪽을 쳐다보더니 물었다. "정말 칼 구경하고 있었니?"

"전 그냥 닌텐도 하고 있었는데요." 내가 대답했다.

결국 제이슨은 아주머니가 침대 시트를 가는 동안 내게 칼을 구경시켜주는 척했다. 녀석은 칼이 잔뜩 담긴 상자를 꺼내놓았다. 안에는 스위스 아미 나이프 몇 개에 람보 나이프도 하나 있었고, 보위 나이프는 여러 개 있었다. 제이슨은 가죽 칼집에서 칼을 꺼내서는 자기 팔에 난 가느다란 털을 잘라 보였다.

"이렇게 날카롭다고. 이 칼로 할 수 있는 게 얼마나 많겠어?"

"병따개도 달려 있네." 내가 말했다.

"아예 못 알아들었구나." 그의 말이었다.

루이즈 아주머니가 침대 시트를 다 갈고 나서 더럽혀진 시트를 갈무리해 들었다. 문을 나서려던 아주머니는 우리 쪽을 돌아보더니 내게 물었다. "어머니는 잘 계시니?"

"잘 계세요." 내가 대답했다.

"잘됐구나." 루이즈가 말했다. "요즘 만나는 분은 있고?"

그땐 아버지가 떠난 지 두어 해쯤 지난 뒤였는데, 나는 어머니가 만나는 사람이 있다는 걸 알고 있었다. 웬 남자가 집에 전화를 걸어오면 어머니는 그저 배관공이나 전기기술자한테서 온 전화라고 둘러대면서도 내게 수화기를 들고 있으라고 한 뒤 다른 방에 들어가서 전화를 받았다. 어머니가 '디너 파티'나 '사교 모임'에 가느라 나더러 랜디네서 자고 오라고 하는 일도 생겼고, 랜디의 방에서 창밖을 보고 있으면 밤 10시에서 11시경 남자들이 어머니를 집에 데려다주는 모습이 보였다. 차를 세워놓고 그 자리에 한참 있을 때도 있고, 때로는 내려서 어머니를 문간까지 바래다준 다음에 어머니의

105

손에, 뺨에 입을 맞추고, 머리카락도 어루만진 다음에야 떠나기도 했다. 어머니는 그들의 이름을 알려주지 않았고, 데이트를 할 때, 또는 차 안에서 무엇을 했는지도 말해주지 않았으며, 당신이 그들을 어떻게 생각하는지도 이야기한 적이 없었다. 그건 어머니 탓이 아니다.

세상에는 말하지 않는 게 나은 일들도 있으니까.

"몰라요." 나는 루이즈 아주머니에게 그렇게 대답했지만, 대답하기 전에 뜸을 너무 오래 들였던 것 같다.

"어머니는 참 운이 좋으시다." 아주머니의 말이었다. "그렇게 새로 시작할 수 있다는 게 말이다. 어머니 만나거든 말씀드려라. 정말 운이 좋다고 말이다."

"그럴게요." 내 대답을 듣고 아주머니는 방을 나갔다.

제이슨은 아주머니가 나가자마자 문을 쾅 닫았다.

"문 열어!" 아주머니가 외쳤다.

"열게 해보든가!" 제이슨은 고함을 지르고는 내게 또 하이파이브를 했다.

"이제 시작해보자고."

내가 침대 모서리에 앉자 제이슨은 벽장 속 비밀 공간에서 마닐라 봉투를 하나 꺼내 왔다.

"한번 볼까." 녀석도 내 옆에 걸터앉았다.

그는 봉투를 열더니 전문가의 솜씨 같은 흑백사진을 한 무더기 꺼냈다. "너 린디 걔 좋아하지? 그럼 이것 좀 볼래?"

녀석이 들고 있던 사진 무더기를 들쑤셨고, 나는 이 사진들이 전부 우리 동네 여자들 사진이라는 걸 한눈에 알아보았다.

유모차를 밀고 인도를 걷는 여자들, 잡초를 뽑는 컨 아주머니. 재주넘기를 하는 예술가 줄리의 사진, 그리고 차를 몰고 파이니 크리크 로드를 달리는 우리 어머니를 몰래 찍은 듯한 사진도 있었다.

"잠깐만, 이게 다 뭐야?"

"몇 달 전에 아빠가 서재 문을 열어놨더라. 그래서 슬쩍했지."

"자물쇠 달린 그 방 말야? 그 안에 뭐가 있는데?"

제이슨이 고개를 들더니 나를 쳐다보았다. "끝내주는 사진들 볼 거야, 말 거야?"

"알았어." 내가 대답했다.

녀석은 들고 있던 사진 중에서 열 장쯤을 따로 뽑아내 빠르게 살펴보더니 그대로 내게 건넸다. "메리 크리스마스."

꿈만 같은 사진들이었다.

사진의 주인공은, 당연히 린디였다.

첫 세 장의 사진 속 린디는 때로 하던 것처럼 자기 집 앞마당에 담요를 펼쳐놓고 수영복 차림으로 누워 있었다. 누워서 팔꿈치로 바닥을 받치고 상체를 들어 올린 린디. 하늘을 보는 린디. 사진의 각도는 전부 같았지만 시간을 충분히 들여서 찍은 듯 확대 비율은 전부 달랐다. 그중 한 장이 유치하게 생긴 비키니 끈이 걸쳐진 그 애의 쇄골만을 확대해 찍은 사진이었던 게 기억난다. 다음 사진들은 린디가 자전거를 타는 모습들이었다. 희미한 미소를 띤 채 작은 요철을 뛰어넘는 모습. 자전거를 세우려 페달을 거꾸로 밟는 그 애의 도드라진 종아리

근육. 잠시 자전거를 멈추고 사진에 나오지 않는 누군가와 이야기를 나누는 그 애 다리 사이로 보이는 자전거의 몸체. 이런 기적적인 사진들이 정도를 벗어난 거라는 건 알았다. 하지만 나는 상관없었다.

"누가 찍은 건데?"

"너 바보냐?" 제이슨이 대답했다. "빨리 봐. 어영부영하고 있을 시간 없으니까."

다음 사진들 역시 앞서와 같이 가치 있는 모습들이 담겨 있었다.

물구나무를 선 린디. 혼자 노래를 부르며 걷는 린디.

어떤 말로 표현할 수 있었을까? 어떤 생각을 해야 좋을까?

"가져가도 돼?" 내가 물었다.

"변태 자식." 녀석이 대답했다. "답도 없는 변태 새끼 같으니라고."

그때 나는 열세 살이었다. 변태라는 말이 무슨 뜻인지도 몰랐다. 녀석과 나 사이의 거리감을 느낀 또 다른 순간이었다.

그러나 싹싹 비는 내게 녀석은 노래를 부르는 린디 사진 한 장은 가져가도 된다고 했는데, 그건 자기가 자주 보는 사진들 중에는 없다고 했다. 사진을 끈적거리게 더럽히면 안 된다고 경고했다. 자기가 돌려달라고 하면 바로 돌려준다는 약속을 받아내는 제이슨은 심각했다.

"그 사진 갖고 있는 거 들키면 우리 아빠가 너 죽일걸."

나는 죽음의 위협은 얼마든지 무릅쓸 수 있었다.

다른 누구도 아닌 린디니까. 이번만큼은 겁나지 않았다.

그 애의 사진이 내 손에 있고, 그 애의 수수께끼 같은 노래
가 내 손안에 있으니 제이슨네 아버지가 나를 잡으려면 날개
라도 돋아나야 할 터였다.

13

어쩌면 아버지들이란 날개가 돋는 존재인지도 모르겠다.

무슨 책에라도 적혀 있는 게 아닌가 싶은 일이다. 딱히 언제라고 정해지진 않은 어느 때가 오면, 세상의 아버지들은 누구나 등이 아려오는 것을 느끼게 된다. 밤에 잘 때는 한때는 따뜻하고 폭신하던 이불 속에서 불편하게 이리저리 몸을 뒤치게 된다. 혼자 있을 때면 거울 앞에서 목을 쭉 빼고는 도대체 요즘 뭐가 그리 간지러운지 찾아보게 될 텐데, 처음에는 어깨뼈 바로 위에 난 조그만 돌기 두 개가 전부겠지만, 나중에는 그 자리에 깃털로 뒤덮인 날개 뿌리가 자라나겠지. 아버지들이 얼마나 겁이 날지는 상상도 안 된다. 상상할 수 있는 것은 그들의 선택뿐이다. 날개 달린 생물이라면 당연히 날개를 써야지. 안 그러면 도도새 신세가 될 테니까.

그래서 아버지들은 마지막 커피를 홀쩍 들이켠다. 보는 사람이 아무도 없을 때까지 기다린다.

그리고 하늘로 날아가버린다.

예를 들면 린디의 아버지는 너무 늦은 나이에 날개가 돋았다. 그래서 그 불쌍한 남자는 불행한 매가 되어 린디가 강간당한 그 밤 이후로 딸이 자기를 떠나는 순간까지 그 애 머리 위를 빙빙 돌게 됐다. 영화관 주차장 위로 솟아오르는 그의 모습은 참 이상했다. 파이니 크리크 로드의 나뭇가지 위에서 희미하게 들리는 거억거억 울음소리다. 그렇게 린디의 아버지는 비통하고 애절한 새, 자기 깃털을 쪼느라 너덜너덜해진 한심한 새가 되었고, 마침내 제자리로 돌아왔을 때 린디는 떠나고 없었다.

그러나 그런 사람이 린디 아버지 혼자만은 아니었다.

지금 내 머릿속에 떠오른 사람은 컴컴하고 쾌쾌한 자기 집 빗물받이 위에 두꺼운 날개를 접고 쪼그리고 앉아 있다. 랜드리 씨는 아무도 지나가지 못하게 막는 살찐 부엉이, 고개가 360도 돌아가는 사냥꾼 같다. 이런 남자들이 정말 위험한 건, 이들이 너무나도 꼼짝 않고 조용히 있기 때문에, 사람들은 늦은 밤 그릴에 요리를 해 먹으려 기다리고 있을 때라든지 가족과 평화로운 시간을 보내는 순간까지 그의 존재를 잊어버린다는 것이다. 그러다가 터널 저편에서 들리는 목소리 같은 부엉이의 울음소리를 듣는 순간 한기가 든다. **누가 널 위해 요리해주지?** 부엉이가 말한다. **누가 우리 모두를 위해 요리해주나?**

그 질문에 답을 할 때면 이미 너무 늦었다. 랜드리 씨 같은 포식자는 캄캄한 마당을 향해 그림자처럼 활강한다. 바람 소리인가 할 것이다. 그렇게 우리는 그의 발톱에 잡아채인 다음, 둥지까지 채 가기도 전에 내장을 파 먹히고 만다. 실수하면 안 된다. 부엉이가 그 자리에서 삼켜버릴 테니까. 그다음에는 기침하듯 살점을 발라먹은 뼈를 토해낼 것이다.

그러나 이런 상상들을 펼쳐보는 건 전부 우리 아버지 이야기를 하기 위해서다. 깨끗한 철제 새장을 탈출하고자 했던 한 마리 카나리아. 다른 수많은 남자들처럼, 자기가 만든 우리에서 나가고 싶었던 남자.

달리 어떻게 설명할 수 있겠니?

아버지는 마르고 키는 훤칠했으며, 내가 태어나기도 전부터 머리가 벗겨지기 시작했다.

내가 태어나자마자 병원에서 찍은 사진 속에서 아버지는 성긴 머리숱을 한쪽으로 쓸어 넘겨 젤로 고정시킨 채였는데, 아마 그때부터 자신의 진짜 모습을 숨긴 거겠지. 세상에는 이런 순간들, 아버지 품에 안겨 있던 갓난아기 때를 기억한다고 우기는 이들이 있다. 내 친구들 중에도 한두 살 때 기억이라며 애틋하고 아름다운 어린 시절을 읊어대던 이들이 있었다.

말도 안 된다. 터무니없는 소리다.

아버지가 떠날 때 난 열 살이었기에, 아버지와 함께한 시절에 대한 제대로 된 기억이 거의 없다. 마치 아버지가 떠나는 순간 비로소 내 의식의 스위치가 켜지기라도 한 것처럼. 물론 아버지와 함께 세차를 하던 기억은 흐릿하게 남아 있다. 우리 둘은 수영복 반바지 차림으로 수영장 옆에 서 있었던 것 같다. 그러나 아마도 그 장면은 어머니가 앨범에 간직하던 오래된 사진 속에서 본 것일 테지. 사진 속 모습은 진짜가 아니다. 실제 그 일이 있었던 순간과는 아무 관계가 없다. 나는 이 점을 안다.

하지만 어머니는 꼭 나를 설득이라도 하려는 것처럼 자꾸만 이런 말을 해댔다. **아빠랑 네가 해먹에 누워서 잔 거 당연히 기억하지? 아빠랑 폴스 리버에 메기 잡으러 갔던 것도 기억나지? 뷰트에서 열린 비즈니스 박람회에서 아빠랑 한 안장에 꼭 붙어 앉아 말을 탔던 것도 당연히 기억나지?** 기억나지 않았다. 그러면 어머니는 이렇게 말했다. **수영장 파티에서 아빠한테 수영 배운 거 기억나지?** 아니요. **아빠가 세차하는 동안 차 안에 있던 네가 문을 잠갔던 건?** 전혀 기억 안 나요. 그러면 어머니는 앨범을 뒤지기 시작했다. **이런, 이리 와보렴. 그때 사진 보여줄 테니까.**

그러나 아버지가 떠난 뒤 내가 그와 가장 가까이 있는 것 같았던 순간은, 방과 후 어머니의 손에 이끌려 백화점을 돌아다니며 쇼핑을 하다가 남성복 코너를 지나쳤을 때다. 가죽 구두의 냄새. 그래, 이 냄새 안에서 무언가가 느껴졌다. 특정한 남성용 향수의 향기. 그 안에도 기억이 있다. 그래서 나는 그 뒤에도 이런 냄새를 맡을 때마다 어쩐지 가슴속 깊은 곳이 동요하는 듯 느껴져 고개를 들고 주위를 둘러보곤 했다.

나는 아무것도 기대하지 않을 셈이었다. 그래야 뭐라도 얻을 수 있을 테니.

그러나 남자들을 비판하는 것은 얼마나 쉬운 일일까? 만약 아버지에게 실망한 아들과 딸들이 다들 복수를 꾀한다면, 지구상에 오십 대 이상 남성이 몇이나 남겠니? 그럼 누가 대통령이 되겠니? 누굴 탓하며 살겠니? 그러니 아버지에 관해서는 사실만을 말하는 게 낫다. 수많은 우리들이(우리 같은 사람들은 수도 없기에) 한때 우리들의 어머니를 안았던 남자, 한때 맹세를 했고 지킬 생각이 있었던 남자를 다시금 꿰매붙일 때는 감정을 끼어들게 해서는 안 된다.

그러니 네게 이 이야기까지는 해줄 수 있다. 내 아버지는 부동산 중개인이었다.

우드랜드 힐스 같은 도시 외곽 지역에 손을 담그고 있었던 아버지는 마흔 즈음에는 부자가 되어 있었다. 부와 함께 1960년대부터 1970년까지는 존재했던 아메리칸 드림이 찾아왔다. 큰 집. 세 아이. 컨트리클럽. 테니스 파트너. 메르세데스.

그다음엔, 형형색색의 날개.

아버지는 두 날개에 실려 우리를 떠나 그리 멀지 않은 익숙한 곳을 향했다. 페어뷰 골프 앤드 테니스 클럽, 열여덟 살 난 기운찬 아가씨가 조작하는 금전등록기 위에 내려앉았던 것이다.

내겐 영영 오명으로 느껴질 로라라는 이름을 가진 그 사람은 금발에 완벽한 미인이었다.

당시 루이지애나주립대학교 생물학과 신입생이던 로라는 근무 시간마다 금전등록기 위로 날아와 앉는 카나리아 한 마리에게 과학적 호기심이 생겼을 것이다. 그녀를 탓할 수는 없는 일이다. 테니스 클럽에서 하는 일은 별 보람이 없었을 테니까. 그때 카나리아의 노래가 그녀를 꼬여냈을 것이다. 어쨌든 아버지는 장사꾼이었으니까.

어쩌다 그런 일이 일어난 건지는 뻔했다.

그리고 골프연습장에서 로라가 순진무구한 얼굴로 내게 골프공을 내어주고, 매점 창문 안에서 스노콘을 건네주던 시절을 제외하면 내가 처음 그녀를 만난 것은 아버지가 떠난 지 5년가량 흐른 1990년이었다. 린디가 나와 말을 섞지 않던 시기, 그 무시무시한 침묵의 해가 끝날 무렵 어머니는 아버지의 의무를 다하라며 연락했다. 아버지는 어머니와 이혼한 뒤 당시 주택 붐이 막 시작되었던 배턴루지에서 약 15분 거리에 있는 루이지애나주 프레리빌이라는 작은 마을에 살고 있었으나, 위스콘신주로 가버렸더라도 달라진 건 없었을 것이다. 나는 아버지를 거의 만나지 못했고, 만나더라도 명절이라든지 다른 정신 사나운 일들(선물을 열어본다든지, 케이크를 자른다든지, 노래를 부른다든지)이 있는 특별한 날에나 만났기 때문에 깊은 대화를 나눠본 적은 없었다. 그 시절 나는 아버지가 나를 어떻게 생각하는지 몰랐고, 내가 그를 어떻게 생각하면 좋을지도 몰랐다. 내가 아는 건 아버지가 어머니에게, 누나들에게, 그리고 나에게 상처를 주었다는 사실이 전부였다. 하지만 그 사실을 바꿀 방법은 알 수 없었다. 어린애가 뭘 할 수 있었겠니? 그래서 나는 아무 노력도 하지 않다.

그 대신 나는 바꿀 수 있음 직한 것들에 매달렸다. 예를 들면 외모라든지, 나를 보는 린디의 시선 같은 것들이었다. 이런 일에 사로잡힌 나를 보다 못한 어머니는 내가 어두운 음악을 듣고 검은 티셔츠를 입고 죽상을 하고 집 안을 돌아다니며 걱정이라고 아버지에게 털어놓기에 이르렀다. 아들에겐 아버지가 있어야 된다고, 더는 명절마다 찾아오거나 돈이 잔뜩 든 기프트카드 같은 걸로 때울 수 있는 게 아니라고 했다. 그래서 어느 토요일 오전 아버지가 우리 집에 나타나게 된 것이다.

어머니가 일주일 내내 대청소를 하는 걸 보고 충분히 예견할 수 있었을 일이다. 어머니는 미용실에 가서 머리 모양을 바꾸셨다. 그날 아침엔 일찍 일어나 옷을 차려입고 온 집 안을 돌아다니며 소파 옆 테이블 먼지를 떨어냈고 부엌 창문에 얼굴을 비춰 보며 마스카라를 칠했다. 나는 어머니의 행동을 모른 척했고, 그래서 아버지를 맞이할 마음의 준비가 전혀 되어 있지 않았기에, 우리 집 진입로로 들어오는 메르세데스를 보고도 아버지 차라는 걸 알아보지 못할 뻔했다.

"왔구나." 어머니가 말했다. "좋아, 그래, 괜찮아……."

어머니와 나는 이제는 대머리가 바위처럼 반지르르한 늘씬한 체구의 아버지가 구혼자라도 된 양 현관 앞 계단을 오르는 모습을 부엌 창문으로 지켜보았다. 아버지는 걸음을 멈추더니 지난번 왔을 때보다 헐거워진 계단널을 발로 걷어찼다. 손상된 곳이 있는지 확인하려는 듯 지붕을 빤히 올려다보기도 했다.

아버지가 문을 두드리기도 전에 우리가 현관문을 열자 아버지는 말했다. "안녕, 캐스린. 안녕, 아들아."

나는 그때 내가 재치 있는 말로 그 인사를 받아쳤다고 생각하고 싶다.

십 대가 된 나에게 아버지가 전혀 관심이 없는 게, 당신의 일상에서 그토록 쉽게 나를 내보내버린 게 화가 나 있었다고 생각하고 싶다. "오셨어요, 정자 기증자님." 이렇게 대답했더라면 좋았을 것이다. 아니면, "안녕하세요, 유령 아저씨"라거나. 하지만 실제로 아버지와 눈이 마주친 순간 내가 느낀 감정은 린디의 관심을 끌고 싶어 옆을 다 밀어버린 나의 괴상한 머리 모양이 부끄럽다는 게 다였다. 우울해진 린디를 따라 입은 새 로큰롤 티셔츠 차림이었던 나는 왼쪽 귀에 단 은색 링 귀걸이가, 내가 몇 달이나 아버지를 생각한 적 없다는 사실이 불편하게 느껴졌던 것 같다.

그래서 나는 고작 이렇게 대답했다. "안녕하세요, 아빠."

아버지는 나를 데리고 낚시를 갈 계획이었다. 갈 만한 데를 안다고 했다.

모르는 사이에 어머니가 이미 아까부터 정리하던 빨래 속에서 야외 활동에 맞는 옷가지를 가방에 챙겨둔 뒤였다. 어머니는 아버지에게 저녁 식사로는 로스트비프를 준비하겠다고 했다. "종일 끓일 생각인데, 돌아오면 같이 저녁 먹고 가도 되고."

아버지는 내 어깨를 토닥이더니 그날 밤엔 당신이 나를 데리고 있겠다고 했다. 부자간의 진지한 유대 관계를 맺어야 하니, 루이지애나주의 물고기를 깡그리 잡기 전까진 안 돌아올 거라고 생각하라고 했다.

"아, 알았어." 어머니의 대답이었다.

세월이 흘렀는데도 어머니는 아직 아버지를 사랑했다. 우리 셋 다 그 사실을 알았다. 그러니까, 함께할지도 모른다고 생각했던 저녁 식사를 또다시 혼자 하게 되리라는 걸 안 순간 어머니의 눈 속에 떠올랐다가 그대로 굳어버린 그 표정을 네게 다시 이야기해줄 필요는 없겠지.

목적지로 가는 내내 아버지와 나는 대화를 거의 나누지 않았다. 차로 세 시간이 걸리는 곳이었다. 아버지가 축구는 잘하고 있느냐고 묻자, 나는 그만두었다고 했다. "뭐라고? 네가 팀에서 최고 선수였잖니. 축구를 엄청 좋아하는 줄 알았는데." 그 말은 맞았다. 나는 축구를 정말 좋아했다. 그러나 축구는 그 시절 린디가 좋아하는 것들과는 거리가 멀었다. 그래서 나는 "모르겠어요" 하고 대답했다. "축구 하기엔 너무 커버렸나 봐요." 아버지는 이 소식에 다소 실망한 기색으로, 주제를 바꾸고 싶다는 듯 여자애들 이야기를 물었다. 나는 마음에 둔 여자애가 하나 있는데 그 애한텐 마음의 응어리가 좀 있다고 대답했다. "그렇군, 잘했다." 아버지가 말했다. "그러니까 넌 그 애 하나만 있으면 된다는 거구나?"

그 말을 하면서 아버지는 멍청하게 웃었는데, 그게 바로 아버지와 나 사이의 문제였던 것 같다.

내 아버지는 그 정도로 멍청한 사람이었을까?

타당한 질문이지만, 아버지란 사람들이 잘 받지 않는 질문이기도 하다.

바깥에서 보면 당연히 아버지는 멍청한 사람과는 거리가 멀다. 그때 우리는 메르세데스를 타고 고속도로를 달리는 중이었고, 뒷좌석에는 갈고리처럼 휜 값비싼 낚싯대 두 대가 놓여 있고, 트렁크에 실린 아이스박스가 이리저리 움직이며 찰랑 소리를 내고 있었다. 아버지는 칼라가 달린 고급 셔츠에 카키색 반바지, 황갈색 가죽 보트슈즈 차림이었는데, 신발 끈은 내가 아버지 도움 없이 익혀보려고 기를 썼던 바로 그 비하이브 방식으로 묶여 있었다. 그러니까 내 아버지는 수표책의 잔고를 맞출 줄 아는 남자였다. 언제 어떤 포크를 쓰면 될지 아는 남자. 농담을 던지고 악수를 건넨 다음 수십만 달러짜리 집을 팔아치우는 남자. 전부 내 아버지가 팽팽 돌아가는 두뇌를 지닌 사람이란 증거였다.

하지만 나한텐 그렇게 간단한 문제가 아니었다.

그리고 사실만을 말하기 위해서 이 점에 대해선 깊이 생각하지 않으련다.

넌 그 애 하나만 있으면 된다는 거구나? 아버지는 내게 그렇게 말했다. 이혼하며 두고 온 자기 아들한테 말이다.

그러면 내가 무슨 생각을 하게 되겠니? 아버지는 아이러니를 깨닫지 못하는 사람이었던 걸까? 생각이라고는 없는 남자, 자신이 떠난 뒤 생긴 균열을 알지 못하는, 자신이 무슨 짓을 했는지 내가 **알고**, 누나들이 **알고**, 모두가 안다는 사실을 까맣게 몰라서, 이런 말을 해도 된다고 생각하는 그런 남자였나? **진심이세요?** 나는 묻고 싶었다. **남자한테는 단 한 사람만 있으면 된다고요?**

어쩌면 진실은 그보다도 더 암울한 것이었을까?

아버지는 그리 똑똑하지도, 멍청하지도 않은, 그저 보통 사람에 불과했던 것일까? 그저 머릿속에 떠오르는 생각을 그대로 입 밖에 뱉어버리곤 하는 생각 없는 사람인가? 재치 있는 사람, 분별 있는 사람으로 보이고 싶은 나머지 자기가 하는 생각에, 목소리에, 아니면 지금의 상황에 어떤 의미도 두지 않는 그런 사람? 아버지는 내게 너무나도 중요한 것들을 말하고 약속했지만 사실은 그 말을 할 때도 정신이 딴 데 가 있었기 때문에 까맣게 잊어버리곤 하는 그런 사람이었을까? 내 어깨를 붙들고, **잘 들어라, 아들아. 난 널 떠나지 않을 거야. 상처 주지도 않을 거야. 그 무엇도 변하지 않을 거야**, 했을 때도 말이다. 아버지는 이미 내게 없는 사람이었던 걸까?

그 시절에도 나는 그 답을 알고 있었다.

그러니까, 그게 사실이다.

차 안에서 기분 좋은 향수 냄새가 났다. 아버지의 옆얼굴에서 나와 똑 닮은 턱이 보였다.

아버지는 언제나처럼 누나들의 안부를 물었다.

"아빠가 전화하려고 했다고 전해주렴."

그리고 이런 순간들 때문에, 겉으론 멀쩡해 보이지만 한 꺼풀 아래선 조용히 후회하고 있을 아버지의 더 나은 모습을 내가 상상했기 때문에, 어느 날 아버지를 향한 앙심은 동정심으로 변했다. 그날이 언제였는지 우리 이야기 속에 곧 등장할 것이다.

이날 우리의 행선지는 멕시코만 근처 코코드리라는 어촌 마을이었다. 우리는 필로티 구조의 나무 오두막들이 늘어서 있는 곳을 지나 굴 껍질이 잔뜩 깔린 주차장으로 들어갔다.

부둣가에 차를 세웠다.

한 시간 정도 우리는 오래된 부두 위에 서서 반대쪽 풀밭을 향해 인조 미끼를 던지며 나름대로 괜찮은 시간을 보냈으나 고기는 한 마리도 잡히지 않았다. 그러다 잠시 후, 젊은 남자들이 잔뜩 탄 차 한 대가 주차장으로 들어왔다. 남자들은 이십 대 중반인 데다가 루이지애나주립대학교 로고가 새겨진 야구 모자에 '차임스'니 '머피스'니 하는 대학교 인근 술집 상호가 쓰인 티셔츠를 입고 있는 모습이 알렉시 누나의 옛 남자친구 로버트를 연상시켰다. 그즈음 반항아 행세를 하며 학교에서 사고나 치고 다니던 내 눈에는 진부해 보이는 이들이었다. 비슷한 선글라스에 비슷한 머리 모양을 한 선량한 남자들은 린디가 듣는 음악들이 비판하는 대상 그 자체였다.

"어이, 왔어?" 아버지가 그들에게 인사하자 그들도 똑같이 우리를 향해 인사한 뒤 트렁크에서 아이스박스며 낚싯대를 부려주었다. 한 명이 런 디엠시의 〈워크 디스 웨이〉가 흘러나오고 있는 휴대용 라디오를 꺼냈는데, 그즈음 내가 몰래 좋아하던 노래였다. 라디오를 든 남자가 내 곁으로 다가와선 물속에 낚싯줄을 던졌다.

"뭐 좀 잡히니?" 그가 물었다.

"아뇨." 그렇게 대답하고 고개를 돌렸더니 아버지가 무리 중 몇몇과 어울려 그들의 차 후드에 몸을 기댄 채 맥주를 마시는 모습이 보였다. 자기 나이의 절반밖에 안 되는 사람들과 친구인 척 굴고 있는 아버지가 좀 당혹스럽다는 생각에 나는 그쪽을 향해 눈을 굴렸다.

그런데 바로 그때, 낚시를 하다 보면 종종 그렇듯, 내가 집중하지 않고 있었던 덕분인지 레드피시 한 마리가 내가 던져둔 미끼 위에서 몸을 홱 뒤집었다. 검은 점이 박힌 꼬리지느러미가 수면 위로 솟아오르는 모습을 본 내가 초짜답게도 낚싯대를 확 당겨버리는 바람에 물고기가 미끼를 도로 토해냈다. 부두 위로 튕겨 날아온 미끼는 내 청바지에 걸려버렸다.

사람들이 내 모습을 보고 신나게 웃어댔고 전전긍긍하고 있는 내 몸짓도 흉내 냈는데, 우리 아버지도 그중 하나였다. "진정하라고, 친구!" 아버지가 그렇게 외치며 내 쪽으로 맥주를 들어 보였다.

나는 다시 바다를 향해 몸을 돌려버렸다.

"**누가** 할 소리." 그렇게 중얼거리는 내 말을 옆에 있던 남자가 들은 모양이었다.

"이봐, 꼬마. 기분 나쁘라고 한 소린 아니잖아."

그 말에 나는 그를 사납게 쏘아보았다. "아무것도 모르면서. 저 바보 천치는 우리 아빠라고요."

그러자 그는 웃음을 터뜨렸다.

"나도 알아. 우리 집에 뻔질나게 드나들거든."

14

오래지 않아 로라가 모습을 드러냈다.

초록색 비키니 상의 위에 빛바랜 트라이델타 여학생 클럽 티셔츠를 겹쳐 입은 로라가 자신과 똑같이 햇볕에 그을린 구릿빛 피부를 한 귀여운 여자 둘과 같이 타고 온 차 뒷좌석에서 내렸다. 셋 다 돌고래가 그려진 분홍색 면 반바지에 매니큐어를 칠한 발가락이 드러나는 플립플롭을 신고 있었다. 누가 보아도 그들이 이제 막 대학을 졸업하고 드넓은 세상을 마주한 이들이란 걸 알 수 있었다. 그리고 나는 그 사람이 로라라는 걸 알아보기 직전 일이 초 동안 이미 그녀를 가지고 온갖 상상을 다 했다. 그 시절 내가 사춘기 소년이었으며 내 머릿속에 든 건 온통 그런 것뿐이었다는 걸 이해해주길 바란다. 세월이 지난 지금 생각하면 어쩌면 내가 그 여학생 클럽 여자들에게 끌린 이유는 린디가 자라면 저런 몸매를 갖게 되

지 않을까 하는 생각 때문이었는지도 모르겠다. 린디가 포니
테일을 하고 운동을 즐기던 시절, 명랑하고 인기가 많던 시
절, 나는 우리 둘이 언젠가 어수선한 내 기숙사 방 안에서 벌
거벗은 채로 기진맥진해 누워 있는 모습을 상상했다. 우리 둘
을 놓고 그야말로 미국적인 눈부신 미래를 그려본 것이다.

그러나 그 애한테 일어난 일, 그리고 그 일 때문에 내가 느
끼게 된 어마어마한 죄책감 때문에, 내가 중고품 가게에서 산
옷을 걸친 채 교외의 반항아처럼 굴며 그 애를 따라했던 것
때문에, 난 내가 눈앞에 있는 피어나는 이십 대 여자들의 세
계와는 이미 단절되었다는 사실을 알았다. 그렇기에 그들이
차를 타고 오느라 피곤했던 등허리를 구부리고 펴는 모습, 내
아버지와 어울리던 남자들 무리를 향해 반쯤 빈 와인 쿨러를
흔들어 보이던 모습을 볼 때 이미 나는 그들의 눈에 내가 보
잘것없어 보이리라는 걸 알았고, 이 때문에 더욱더 그들을 갈
망했다. 그러니 그날 이후, 우리 아버지가 나 그리고 대학생
또래의 여자친구 사이를 오가며 바람을 피우는 것 같다고 함
부로 상상했던 밤들에 대해서는 자세히 말하지 않겠다.

그 대신, 나는 아버지가 로라와 불안한 듯 포옹하며 인사를
나누는 모습을 아무런 관심 없다는 듯 지켜보기만 했다. 나는
아예 그쪽으로부터 등을 돌려버렸고, 한참 뒤 내 등 뒤로 다
가오는 두 사람의 발소리가 주차장을 뒤덮은 굴 껍질 덕분에
크게 울려 퍼졌다.

"정말 괜찮을까?" 로라가 속삭이는 소리가 들렸다. "글렌,
자신 있어요?"

"괜찮다니까." 아버지가 대답하더니 내게 말했다. "아들아, 로라 기억하지?"

나는 앞머리로 눈을 덮은 채 뒤돌아보았다.

아버지는 로라가 마치 가족끼리 친한 친구라든지 몇 년 동안 만나지 못한 고모처럼 아끼는 사람인 양 그녀의 어깨 언저리를 한 손으로 감싸고 있었다.

"안녕." 로라가 부드럽게 내게 인사했다. "오랜만이야. 다시 만나니 반갑다."

"그러네요." 내가 대답했다. "기념사진이라도 남겨야 할 순간이네요."

그 순간, 그 시절에 내게 거의 일어나는 법이 없었던 행운이 일어났다. 또다시 레드피시 한 마리가 내 미끼를 물었던 것이다. 시선을 돌리니 물속에서 내 낚싯줄이 움직이는 게 보였다.

"어머, 글렌." 로라가 말했다.

"괜찮아. 고기가 걸린 거야."

두 사람은 부두 위로 올라와 내 곁에 섰다.

"온 힘을 다해 당겨보렴, 아들아." 아버지의 말이었다. "절대 놓치지 마라."

그러더니 두 사람은 더는 할 말이 없다는 듯 내가 낚싯대와 씨름하는 모습을 지켜보았다.

네가 알아야 할 게 있다.

루이지애나주는 스포츠맨에겐 천국이라는 사실.

그게 우리 주를 나타내는 구호다.

루이지애나주에서는 차량 번호판에도, 대형 광고판에도 이 구호를 쓴다. 어린 시절 나는 이런 구호에 공감하기 어려웠고, 사람들이 총으로 사슴을 쏘거나 미끼에 속은 오리를 허공에서 쏘아버리는 이야기를 할 때면 입을 다물고 가만히 있는 아이였음에도, 그때는 그 구호를 다 이해할 수 있을 것만 같았다. 코코드리에서 레드피시 한 마리와 씨름하던 그 순간만큼은 세상 모든 다른 일이 완전히 잊혀져버렸다.

레드피시는 예상보다 절박하게 낚싯줄을 잡아당겼다. 제 목숨을 구하느라 물속에서 몸부림치던 그 녀석은 묵직했고 부두 위 내가 처한 난처한 상황에는 관심이 없었다. 마음만 먹는다면 나를 물속으로 끌고 들어가 익사시킬 수도 있을 것 같았다. 소금기에 빛이 바랜 낡은 기둥뿌리 아래로 나를 끌고 갈 수도 있을 것 같았다. 내가 할 수 있는 건 맞서 싸우는 것 말고는 다른 선택지가 없었다. 이해할 수 있겠니? 인생이란 복잡한 거다.

다른 선택지가 없는 상황은 일종의 기쁨이기도 하다.

그래서 나는 낚싯대를 흔들어 바늘을 깊숙이 꽂았다. 그대로 버텼다. 레드피시와 맞서 싸우는 그동안만큼은 내 뒤에 서 있는 두 사람들로부터, 고민거리로부터, 내가 있고 싶지 않은 장소로부터 빠져나올 수 있어서였다. 물고기가 탈출하려 애쓰는 한, 내가 놓아주지 않으려 버티는 한, 우리에겐 서로가 있다.

그러니 인생에 큰 문제를 떠안은 사람들한테는 이런 스포츠가 천국일 만도 하다. 집에 아픈 아내가, 전신이 마비된 아이가 있는 그런 사람들 말이다. 어째서 그런 남편이며 아버지들이 추운 아침에 굳이 바깥에 나와 덕 블라인드[8]에 숨어 커피를 마시는지, 한 가지에 골똘히 집중하고 싶어 하는지, 그런 나날들이 얼마나 쉽게 한 계절이 되어버리는지 알 법도 했다. 나는 그렇게 지금까지와는 완전히 다른 방식으로 루이지애나주라는 곳을 서서히 이해하기 시작했으나, 레드피시를 나의 첫 트로피처럼 낚아 올린 그 순간은 시작이 아닌 끝처럼 느껴졌다.

레드피시는 근사했고 다들 나를 축하해주었다. 물고기한테서 물이 뚝뚝 떨어졌다.

사람들은 물고기 무게를 달고 내장을 손질했다.

그러다 해가 졌지만 아버지의 친구들은 떠나지 않았다.

알고 보니, 그날 밤 우리는 모두 같은 오두막집에서 묵기로 되어 있었는데, 왜 그렇게 된 건지는 아무도 말해주지 않았다. 이들과 함께하게 된 이유를 해석할 방법은 여럿 있었지만, 사실 이유가 무엇이건 상관없었다. 내가 알게 된 건 아버지는 나와 함께 시간을 보내고 내게 인생을 알려줄 기회가 생겼을 때 아무것도 희생하고 싶지 않았다는 것뿐이다. 아버지는 아무 계획도 바꾸지 않았고, 이런 상황이 내 입장에서 얼마나 부적절하기 그지없는 일일지 고려하지도 않았다. 아

---

8   오리 사냥을 할 때 몸을 숨기기 위해 만든, 목조 구조에 풀이나 이끼로 위장한 구조물.

들이 요즈음 사고를 치고 다니니 아버지가 필요하다는 어머니의 말을 듣고 아버지는 그저 단 하룻저녁 나를 참아주기를 택했다.

어쨌든 이 이야기는 내 이야기가 아니고, 이야기의 목적은 린디에게 일어난 일을 밝히는 것이기에, 그날 내가 얼마나 낙심했는지에 대해서는 말을 아껴야겠다. 그날 밤 아버지와 그 친구들이 술을 잔뜩 마신 뒤에 포커를 쳤다는 것만 말해두겠다. 때때로 젊은 남녀가 내가 그 자리에 있다는 걸 잊고 테이블에 앉은 채 입을 벌리고 키스를 하기도 했다. 아버지에게 맥주 살 돈을 달라고 부추기기도 했다. 로라는 나름대로 내게 잘해주려고 노력했고, 아버지는, 아마 자기 나름대로의 심리 치료인지 모르겠지만, 스티로폼 컵에다가 버번 콕을 몇 잔씩 만들어 마셨다.

그들이 음악을 틀어놓고 목제 패널로 된 오두막집 안에서 춤을 추기 시작하자 나는 아무도 모르게 바깥으로 나와서는 부두 끝까지 걸어간 뒤 시커멓고 잔잔한 물속으로 굴 껍질을 돌멩이처럼 차 넣으며 서 있었다. 한 시간 뒤, 누군가의 발걸음 소리가 들렸다. 아버지였다. 투광 조명등 아래, 기둥에 몸을 기대고 서 있는 아버지의 셔츠가 허리춤에서 삐져나와 있었다.

"어이, 아들아." 아버지가 말했다. "별문제는 없지?"

나는 아버지를 쳐다보았지만 대답은 하지 않았다. 아버지는 양발에 체중을 이리저리 바꾸어 실으며 서 있다가 귀 언저리에 벌레가 날아오자 어설프게 손뼉을 쳐서 잡았다. 오두막으로부터 음악 소리, 여자들이 까르르 웃는 소리가 들렸다.

"밖은 깜깜하다. 벌레도 있고." 아버지가 말했다.

우린 한참이나 서로를 빤히 바라보며 서 있었다. 그리고 이런 장면들은 이제 와서는 묵직하고 중요한 것처럼 마음속에서 끝없이 되풀이되지만, 그 당시에 나는 딱히 깊은 생각을 하고 있지 않았다. 그저 물고기들이 얕은 모래톱을 따라 떼를 지어 움직이는 소리에 귀를 기울이며 아버지가 딸꾹질을 잠재우려 애쓰는 모습을 지켜보았을 뿐이다. 잠시 후 맥주를 사러 갔던 아버지 친구가 돌아오면서 헤드라이트 불빛이 우리가 서 있는 부두 위를 밝혔다. 빛 속에 서 있는 우리 두 사람은 아무런 관계도 없는, 그저 병원 엘리베이터에서 마주친 낯선 사람들처럼 어색해 보일 거라는 생각이 들었다. 아버지와 나는 헤드라이트 불빛 때문에 눈을 가렸고, 금세 다시 깜깜해졌다. 아무것도 보이지 않았다.

아버지가 코로 거칠게 숨을 들이쉬는 소리가 들렸다.

"내일 아침에 집에 데려다주마." 아버지가 말했다.

"그래요." 내가 대답했다.

나는 한참 뒤에야 소파베드에서 잠이 들었고, 아버지는 필로티 구조의 오두막 입구 포치에 놓인 정원용 의자에서 손에 스티로폼 컵을 그대로 든 채 곯아떨어졌다. 로라는 자기 몫의 방에서 혼자 잤다.

다음 날 나는 몸이 안 좋은 척했다.

나는 거의 입을 열지 않았고 집으로 돌아오는 길에는 줄곧 잠든 척했다. 술이 깨자 죄책감을 느낀 아버지는 차 안에서 내게 인생에 대해 알려줄 셈인지 사랑은 기대하지 않을 때 오는 것이며 나이나 상황 같은 건 중요하지 않다고, 언제나 꼭 정정당당한 것만은 아니라는 소리를 늘어놓았다. 어머니는 당신이 영원히 사랑할 특별한 여자고, 최고의 대우를 받을 가치가 있는 사람이니 잘 돌봐달란 소리도 여러 번 했다. 심지어 내가 자는 줄 알면서도 아버지는 말을 멈추지 않았는데, 대개가 의미 없는 말이었다. 어쩌면 내가 그저 아버지의 말에 귀를 기울이지 않았던 건지도 모르고.

내게도 그럴 만한 이유가 있었다.

그날 아침 일찍, 아버지가 로라에게 나를 배턴루지까지 데려다준 뒤에 저녁에 다시 이곳으로 돌아오겠다고 말하는 걸 우연히 들었던 것이다. 나는 아버지가 로라에게 정말 수고했다고, 나는 그저 불만 많은 십 대 아이일 뿐이라고, 나를 데려다준 뒤에 다시 와서는 "진짜 재밌게" 보내자고 말하는 걸 들었다. 아버지에게 들을 말은 그 정도로 충분했다. 하고 싶은 말도 없었다.

집에 도착한 뒤 아버지는 어머니에게 내가 몸이 안 좋다고 전했다. 주말쯤 몸 상태를 확인하려 전화하겠다고, 하지만 오후에 약속이 있어 금방 가봐야겠다고 했다. 어머니의 얼굴에 울었던 흔적이 역력한 게 내게도, 아버지에게도 보였다.

"캐스린." 아버지가 말했다. "호들갑 떨지 마. 그냥 감기 기운 정도야. 말을 붙여보려고 했는데 오는 내내 자더라고."

"글렌," 어머니가 대답했다. "애가 아픈 이유는 따로 있어."

그러면서 어머니는 내 쪽을 쳐다보았는데, 그 순간, 태어나서 처음으로 어머니의 표정을 읽을 수가 없었다.

"보여줄 게 있어." 어머니가 아버지에게 말했다. "그 애 방에서 뭘 찾았는지 당신이 좀 봐야 해."

15

그 이후 나는 그날을 지긋지긋할 정도로 여러 번 상상했다. 내가 용의자가 된 날이었다.

어릴 때 상상한 첫 번째 버전에서, 어머니는 만신창이가 되어 있다. 내가 아버지를 따라 집을 나서자마자 엄마는 찻주전자를 앞에 두고 운다. 세탁물 앞에서도 운다. 멋진 옷은 벗고 잠옷으로 갈아입은 채 나와 아버지가 나온 옛날 사진을 보며 운다. 어머니는 남자들이라는 존재를 생각하며 도대체 그들은 왜 이따위로 구는 걸까 생각한다. 이 상상 속에서 어머니는 아직 내가 착한 아이라고, 분만실에서 강보에 꽁꽁 싸인 채 당신 가슴에 안겨 있던 그 아기와 똑같다고 생각하기에, 다음 주에 내 식사로 무엇을 차려줄지 계획을 세운다. 어머니는 울면서도 다음 날 내게 먹일 샌드위치에 넣으려고 로스트비프를 얇게 썬다. 내가 좋아하는 감자칩이 떨어지지는 않았는지 한 번 더 확인한다. 그다음에는 깨끗하게 갠 옷가지를 들고 내 방에 들어왔다가, 우연히 침대 밑, 내가 깜박하고 걸쇠를 잠가놓지 않은 나무 상자에 발가락을 찧는다.

두 번째, 내가 좀 더 큰 다음에 상상한 버전에서, 어머니는 복잡한 사람, 누군가가 필요한 외로운 여자다. 이 상상 속에서 어머니는 내가 나가자마자 금세 기운을 차리고, 텅 빈 집이 드디어 자신의 지배하에 들어온 궁전이라고 여긴다. 어머니는 점심 식사 전에 와인을 한 잔 마신다. 소파에 길게 누워 블라우스의 단추를 끄른다. 어른들의 환상에 젖어 수많은 구혼자들에게 전화를 건다. **나 지금 집에 있어요. 혼자예요. 기분 전환 좀 하고 싶은데.** 그래서 구혼자들이 찾아온 건지 아닌지, 어머니가 수많은 사람들이 쓰는 그 방법으로 좌절감을 벗어던진 건지 아닌지는 우리가 알 바 아니다. 어쨌든 시간이 흐르고 밤이 오자 다시 혼자 남은 어머니는 술에 취해 비틀거리며 내 방을 향한다. 개다 만 옷가지를 바닥에 대충 부려놓은 어머니는 피곤한 나머지 아직 섬유유연제 냄새가 풍기는 내 검은 티셔츠와 헐렁한 청바지를 베고 눕기로 한다. 그러다 곯아떨어지기 직전, 어머니는 침대 밑, 내가 깜박하고 걸쇠를 잠가놓지 않은 나무 상자를 발견한다.

세 번째, 지금까지도 내 잘못이 아니라고 생각하고 싶을 때마다 간간이 상상하는 버전에서, 어머니는 내가 문을 나서자마자 내 방을 염탐하기 시작한다. 어머니는 내가 아버지의 메르세데스에 올라 손 흔드는 모습을 보고 싶지 않고, 로스트비프는 애초에 만들지도 않는다. 어머니는 곧장 내 방으로 들어가 서랍 속 옷가지를 다 꺼내놓는다. 학교 책가방에 있는 물건들은 책상 위에 쏟아버린다. 내 노트들을 뒤진다. 랜디와 예술가 줄리에게 전화를 걸어 내가 어떤 아이냐고 캐묻는다. 발 받침대를 밟고 올라가서 옷장 맨 위 서랍에 있던 물건들도 끄집어낸다. 매트리스 아래까지 확인한다. 그러다 막 포기하려던 순간, 내 반항심은 금세 지나쳐 갈 사춘기에 불과할 뿐 걱정할 건 없다고 결론 내기 직전, 어머니는 엉망이 된 방을 정리하려 바닥에 앉는다. 바로 그때 어머니의 시선 끝에 침대 밑, 내가 깜박하고 걸쇠를 잠가놓지 않은 나무 상자가 들어온다.

어쩌다 일어난 일이건, 어머니가 찾아낸 상자 안에 있던 물건들은 다음과 같았다. 시 다섯 편. 린디와 내 모습을 외설적으로 그린 그림 27개. 자메이카에 사는 린디의 크리스천 펜팔 친구가 만들어 보낸 초록색 우정 팔찌. 머리핀 두 개. 로니 깁스라는 녀석이 학교에 가져왔던 《체리》라는 외설 잡지에서 찢어낸 페이지 여섯 장. 지갑에 들어가는 사이즈의 린디 사진 일곱 장(그중 두 장은 얼굴 부분을 잘라서 앞서 이야기한《체리》페이지에다 붙였다). 다른 누구도 아닌 어머니 당신이 내게 준 콘돔과 성교육 팸플릿. 믹스테이프 네 개. 조그만 병에 든 아스트로글라이드 윤활제(반쯤 비어 있었다). 자판기에서 산, 머드 그립, 프렌치 티클러, 램스킨스 따위의 이름이 붙은 콘돔 여섯 개. 제이슨 랜드리에게서 얻어온, 혼자 노래를 부르며 걷고 있는 린디 사진. 린디가 **야, 안녕! 여름방학 잘 보내! 포옹을 보내며, 린디가**(i 위의 점 대신 하트를 그려놓았다)라고 적어준 7학년 학교 연감 마지막 페이지를 뜯어낸 것. 싸구려 플라스틱 쌍안경 하나. 그리고, 마지막으로, 유감스럽게도, 파란색 리복 러닝화 한 짝.

그 물건들 대부분은 어렵잖게 설명할 수 있었다.

예를 들면, 나는 평소에도 시를 끄적거리곤 했다. 내가 쓰는 시는 거의 다가 애매모호했기에, 옆에다 그림을 그려놓지 않았더라면 내 뮤즈가 누구인지 어머니는 알 수 없었을 것이다. 내가 기억하는 시 중 한 편은 제목이 「106 걸음」이었는데 우리 집에서 린디네 집까지 가는 걸음 수였다. **여섯 걸음, 너 한테선 분명 픽시 스틱스⁹ 맛이 날 거야**, 그딴 내용이었다. 심프슨 가족의 집을 **천국, 열반, 낙원** 같은 말로 표현했으니 당연히 시에 린디라는 이름이 등장하는 건 아니었다. 또 다른 시는 「손에 든 장미 다발」이라는 시였는데, 그 애 몸에서 내가 만지고 싶은 붉은색 부위들을 넌지시 빗대어본 것이었다. 내숭을 떨려는 것은 아니었고 그저 어린 나에게는 모든 게 애매모호했기 때문이다. 그 애의 **열기**를, **오라**를, **영혼**을 어루만지고 싶었지만 만약 그 애가 허락해준다 해도 난 그것들이 신체의 어디에 위치하는지 몰랐을 것이다. 마지막 한 편은 시각적 효과를 내려고 자주색 크레욜라로 쓴, 「내 피는 너」라는 제목의 시였다.

그렇게 나쁜 시는 아니었다. 유행가를 듣다 보면 더 얄궂은

---

9   신맛이 나는 가루가 묻은 빨대 모양 젤리.

가사도 있었으니까.

내 죄의 증거물 대부분은 내가 린디네 집 앞 인도를 서성거리는 습관이 있다는 사실로 해명할 수 있었다. 이런 건 죄와는 상관없는 물건들이었다. 머리핀, 비 오는 날 풀려 떨어진 초록색 우정 팔찌. 남자아이가 그런 걸 주워 왔다고 나무랄 수는 없는 노릇이다. 선글라스에 챙이 넓은 모자까지 갖춰 쓰고 해변을 돌아다니며 금속 탐지기로 모래 속을 샅샅이 뒤지는 남자들을 생각해보라. 또 어머니로부터 물려받은 금도금한 브로치라든지 아버지가 전쟁에 나가 받아 온 훈장 상자를 소중히 간직하는 우리 부모들을 생각해보라. 우린 모두 작은 역사들을 기록하며 살아간다. 모두가 허가받지 않은 보물 사냥꾼이다. 그러니 그 사건이 일어난 뒤 우연히 린디네 집 앞 쓰레기 더미 위에 놓여 있던 리복 운동화 한 짝을 발견한 내가 그것을 주워 오지 않을 도리가 있었겠니?

그러나 나는 바보가 아니었다. 내가 손수 만든 음란물에 대해선 해명하기 어려웠다. 아무리 작대기 형상으로 그렸다 해도 그 의도가 욕정이라는 것은 분명했다. 음란한 생각들을 적어 넣던 생각구름은 최근 한층 진화했기에, 학교 바인더에서 충동적으로 찢어낸 색상지에 그려 넣은, 무릎을 꿇은 린디의 머리 위에서 신랄한 비판이 되어 터져 나왔다. 이 장면에서 린디는 긴 문장으로 이런 말을 하고 있었다. **지난여름 풋볼을 하다 네가 태클을 걸었을 때부터 쭉 이런 일이 일어나길 바랐어.** 아니면, **남자들이 내게 해줬으면 하는 게 바로 이거야**라든지. 아니면, 내가 후회해 마지않는 그 그림 속에서 네발로 엎

136

드린 린디가 하는 말처럼, **좋아! 제발! 한 번 더!**

도저히 변명할 도리가 없었다.

그 당시에도 나는 어머니가 이 그림을 발견했을 당시 뼈저리게 느꼈을 절망감을 이해할 수 있었다. 또 이 그림을 발견하자마자 어머니가 우리 집 거실에서 경찰관과 나누었던 대화를 되새겼으리라는 사실, 그와 동시에, 다시 말해 내가 심프슨 부부 앞에서 순진한 연기를 펼쳐 보이는 순간에도 이 상자는 이미 내 침대 아래 조용히 놓여 있었을 것임을 깨달았다는 사실도 이해할 수 있었다. 어머니는 어떻게 할 작정인 걸까?

나는 묻지 않았다.

내 은밀한 수집품들은 그것들이 나와 있어서는 안 될 곳인 환한 빛 속에서 보니 사악하기 그지없었다. 특히 잡지에서 찢어낸 페이지 위에 린디의 얼굴을 잘라 붙여놓은 것들이 그랬다. 가엾은 린디. 아무것도 모른 채 학교 사진사를 향해 미소 짓던 린디의 얼굴은 이제 몸에서 분리되어 페이지 위에 풀로 붙여진 채로 거대한 남성기 위로 몸을 수그리고 있거나 정액 범벅이 된 가슴의 젖꼭지를 꼬집고 있었다. 불쌍한 린디. 이제는 알겠다.

당시엔 내가 하는 짓이 무슨 짓인지도 몰랐다. 제발 이해해다오. 난 널 잃고 싶어서 이런 고백을 하는 게 아니다. 남자애들은 처음으로 자위행위를 할 때 자기가 무슨 짓을 하는지 모른다. 얼빠지고 정신 나간 십 대 시절 우리는 아마추어 발명가가 되고 린디는 그저 내 작업실이나 실험실에 놓인 재료

137

에 불과했다. 그리고 나는 그 뒤로 오랫동안, 만약 내가 다른 수백만 명 남자애들처럼, 사생활을 지키는 특권을 가진 다른 보통 사람들처럼, 이런 환상들을 응당 그래야 하는 대로 내 마음속, 내 가슴속에 감춰놓고, 입에 오르내릴 만한 어떤 실증적 증거도 남기지 않았더라면, 들키지 않았더라면, 내 인생이 얼마나 달라졌을까 하는 생각을 했다.

하지만 그건 하나 마나 한 소리다. 나는 숨기는 덴 자질이 없었다.

그 예로 지금의 나를 보렴. 다른 누구도 아닌 너에게 이 이야기를 털어놓는 나를.

그런데 알고 보니 진짜 문제는, 아버지가 듣자마자 웃어넘긴 외설적인 만화 따위가 아니었다. 내가 별안간 말도 안 되는 용기에 사로잡혀 케이앤드비 드럭스토어에 자전거를 타고 가서 사온 아스트로글라이드 윤활제도 아니었다. 심지어 횡설수설 써 내려갔던 시도, 직접 만들었지만 린디에게 건네지 못한 믹스테이프도 아니었고, 방금 내가 너에게 설명했던 것처럼 해명할 수 있었을 파란색 리복 운동화도 아니었다.

그렇다. 진짜 문제는 쌍안경, 그리고 랜드리 가족의 집에서 가져왔다고 어머니에게 털어놓은 그 사진들이었다. 이 물건들은 후폭풍을 불러왔다. 그 뒤로 우리 집은 결코 예전으로 돌아가지 못했다.

16

저 쌍안경 이야기부터 하자.

1988년, 린디가 강간당하기 1년 전, 랜드리 가족은 타일러 배니스터라는 어린 범죄자를 위탁했다. 틴틴이 아무런 설명 없이 조용히 사라진 직후 나타난 타일러는 열여섯 살로 랜드리 가족이 위탁한 아이들 중 가장 나이가 많았다. 알고 보니 그는 여러 가족을 전전하며 지낸 시절 동안 그런 연옥에 빠져버린 다른 아이들과 마찬가지인 영향을 받은 탓인지 의심이 많고 잔인한 성격이었다. 우드랜드 힐스 주민들 그 누구도 그를 반기지 않았다. 이유는 여러 가지였다.

타일러 배니스터는 나를 포함한 다른 아이들한테는 아직 없던 새로운 문제들을 우리 동네에 들여왔다. 이미 보 컨, 그리고 제이슨 랜드리에게서 서서히 싹트기 시작한 문제들로 골머리를 앓고 있었던 동네 사람들에게 타일러의 존재는 감당하기 버거운 것이었다. 그는 우리 동네에 약물과 기물 파손이 무엇인지 알려주었다. 그는 심지어 외모도 아이가 아니었다. 계절을 가리지 않고 머리는 항상 박박 밀었으며 손목과 목, 발목에는 시퍼런 타투가 있었다. 어떤 때는 바늘과 빅 볼펜으로 직접 새긴 거라고 하고, 또 어떤 때는 원치 않았지만 억지로 누가 새긴 거라고 했다. 그는 병적인 거짓말쟁이였다. 우리가 알았던 건 간신히 알아볼 수 있는 조악한 타투 중 하나가 손에 총을 든 남자의 형상이라는 게 다였다. 또, 짙푸른 구름 한가운데를 번개가 꿰뚫는 그림으로 된 것도 있었다. 그리고 오른쪽 귀 바로 아래 목에는 날개가 하나뿐인 새가 새겨져 있었다.

타일러는 우리들의 앞마당에서 우리로서는 아직 들을 준비가 되지 않은 이야기들을 해주었다. 그중 기억나는 이야기 하나는 전에 어느 위탁 가정에 머물렀을 때 그 집 어머니였던 중년 여성과 진이 빠질 정도로 성관계를 나누었다는 이야기였다. 그녀는 "그 짓이 좋아서 어쩔 줄 몰랐고" 아버지가 자는 동안 자기 방에 몰래 들어와서 입으로도 해주었다고 했다. 또 한번은 함께 시설에서 지냈던 어느 여자애의 질 안에 전구를 집어넣었다는 이야기도 했다. 우리는 그 이야기가 믿기지가 않아서 눈을 비볐다. "계집애들은 별나거든." 그의 말이었다. "내숭을 떨더라도 믿으면 안 돼."

그러나 랜디와 나, 심지어는 타일러에게 완전히 홀려 있었던 제이슨마저도 이 이야기들을 다 믿지는 않았다. 타일러가 하는 이야기는 앞뒤가 안 맞았을뿐더러 파이니 크리크 로드에서의 우리의 삶과 너무나도 동떨어진 이야기라 뭐라고 반응해야 할지도 알 수 없었다. 블로우를 얻으려고 어느 흑인 남자에게 자기 성기를 만지게 해준 적도 있다는 이야기를 들었을 땐 우린 얼굴을 가린 채 이렇게 생각했다. **도대체 블로우[10]가 뭐길래?** 불안해서 물어볼 수조차 없었다. 한때 집시 무리와 살았고, 그들이 자신을 플랭크 로드에 있는 케이마트 주차장에 내보내서 몸을 팔게 했다는 이야기를 들었을 땐 이렇게 생각했다. **뭐, 별로 나쁘지 않은 것 같은데?** 우리가 알아들었던 건 섹스를 했다는 게 전부였으니까. 그러나 세세한 사항들은 끔찍했다. **트럭 운전수들이 최악이었지. 고환에서 지독한 냄새가 나거든.**

그가 해준 다른 이야기들 때문에 이야기들의 진위 여부조차도 의심스럽다는 게 우리한테는 다행이었다.

예를 들면 그의 진짜 아버지, 생물학적 아버지는 그의 눈앞에서 외계인에게 납치당했단다.. 외계인은 영화에서 보는 것처럼 "머리가 큰 조그만 초록색 인간 따위"는 아니라고 했다. 진짜 외계인은 나무, 다람쥐같이 "평소에 눈앞에 있는 것들"처럼 생겼다고 했다. 그 말을 들었을 때 우리는 웃었다. "웃고 싶으면 웃어. 직접 겪어보면 웃음이 안 나올걸." 그의 말이었다.

그는 안 겪어본 일이 없었다.

---

10   코카인의 속어.

한번은, 자기 어머니가 병원비가 없어서 자기를 서커스단에 팔아버렸다고 이야기했다. 그러더니 그다음에는 자기 어머니는 어느 유명 배우와 윌리엄 텔 놀이를 하다가 죽었다고 했다. "어느 배우인지는 절대 말 못 해. 그게 중요한 건 아니니까. 입막음 조로 돈을 엄청나게 받았단 말이지." 하지만 또 그다음에는 어머니가 백만장자의 요트를 타고 가다가 떨어져 바다에서 실종되었다고 말하는 바람에 우리는 혼란에 사로잡혔다. 어머니는 지금쯤 아마도 "기억상실증에 걸린 채" 다른 남자의 아이를 키우고 있을 거라고 했다. 언젠가 어머니가 자신을 찾으러 올 수도 있겠지만 기다리지는 않는다고 했다. 그럼에도 타일러는 여기저기 스프레이 페인트로 자기 이름을 낙서하고 다녔는데, "어머니가 코마 상태에서 깨어날 때를 대비해" 그런다는 거였다.

타일러의 망상은 세계지도 위를 종횡무진 누볐다.

앞뒤가 하나도 안 맞는 이야기였지만, 그의 행동은 일관적이기 그지없었다. 린디가 강간당하기 1년 전 고작 몇 달 우리 동네에 있었을 뿐인데도 타일러는 우리에게 인상적인 방식으로 테러가 무엇인지 알려주면서 우드랜드 힐스에 지워지지 않는 흔적을 남겼다. 그는 수제 폭발물이며 잔뜩 쟁여두었던 듯한 M-80 폭죽으로 동네 우편함들을 터뜨리고 다녔다. 거리 표지판과 집 간판을 전부 훔쳐서 파이니 크리크 로드를 따라 나 있는 빗물배수관에 처박았다. 몇 주가 흐른 뒤 비가 내리고 물이 넘쳤을 때, 열린 맨홀에서 갑자기 파커네 집에서 오래전 잃어버린 "딸이 태어났어요!"라고 적혀 있는 간판이 튀어나온 바람에 그 사실을 알게 되었다. 그는 두루마리 휴지를 풀어 던져 집을 뒤덮고 마당에는 소금을 뿌렸다. 가로등이며 떡갈나무에 자기 타투와 똑같은 그림을 낙서했다. 이웃집에서 키우는 동물들이 울타리를 넘어오게 만들었다. 열려 있는 차창 안으로 정원 호스를 집어넣고 물을 틀었다. 게다가 그는 우리 집 뒷마당에서, 난생처음으로 조인트[11] 피우는 모습을 내게 보여주기도 했다.

그날은 잊지 못할 하루였다. 나는 어머니가 깜짝 선물로 사다 준 원격조종 미니카를 가지고 바깥에서 놀고 있었다. 호넷이라는 이 미니카는 조립하기 어려운 복잡한 물건이었다. 노란색으로 코팅된 비싼 건전지를 넣어야 작동했고, 건전지는 매일 밤 충전해주어야 했으며, 모터도 계속 관리해야 했다. 나중에는 여러 이유로 그 장난감이 싫어졌는데, 나한테는 너무 빨랐던 데다가 갖고 놀고 싶을 때마다 제대로 움직여주지 않아서였다. 거의 매주 일요일마다 어머니는 이 미니카를 관리하기 위해 나를 하비 헛이라는 가게로 데려갔고, 어머니가 가게 주인과 이야기하는 사이 나는 발사나무로 만든 비행기를 가지고 놀았다. 집으로 돌아오면 호넷을 밖으로 가지고 나와 리모컨으로 조종했고, 그러다 보면 호넷은 포석에 부딪쳐 뒤집혀버렸다. 결국은 와이어가 타버리는 바람에 배터리에서 연기가 한 줄기 솟아오르며 놀이는 끝났다.

---

11   대마초를 궐련 모양으로 종이에 만 것.

"미안하구나, 다른 걸 사줄걸." 어머니는 이렇게 말했다.

그러면 나는 이렇게 대답했다. "그런 말 하지 마세요. 진짜 마음에 들어요."

그날 뒷마당에 나온 나는 미니카의 속도를 내가 감당할 수 있을 정도로 늦출 수 있게 잔디 위에서 조종하며 놀고 있다가 숲 언저리를 돌아다니는 타일러와 제이슨을 보았다. 두 사람은 숨도 못 쉬게 웃으면서 내 쪽으로 다가왔다. 제이슨이 말했다. "방금 시냇가에서 개구리가 짝짓기하는 걸 봤거든. 타일러가 폭죽으로 터뜨려버렸지."

나는 웃어준 뒤 다시 리모컨과 씨름했다.

타일러가 나를 잠시 쳐다보더니 주머니에서 대마초가 든 봉지를 꺼냈다. 잔디에 앉은 그가 전문가의 손길로 대마초를 꺼내 종이에 말기 시작했다.

"이제야 말이 통하네." 제이슨이 그렇게 말하면서 양 손바닥을 비볐다.

타일러는 지포라이터를 켜더니 조인트에 불을 붙였는데, 나는 그게 담배라고 믿어 의심치 않았다.

"피우려고?" 내가 물었다.

"더럽게 지루한 동네야." 타일러가 대답했다. "이런 거라도 안 피우면 뭐 해?"

나는 두 사람 옆에 앉아서 미니카가 떡갈나무 둥치를 빙글빙글 돌도록 조종했다. 모터 소리 말고는 아무 소리도 나지 않았다.

"내 말 들었지?" 타일러가 그렇게 말하더니 내게 조인트를 건넸다.

나는 알레르기가 있다고 말했다. "싫다"고도 했다.

"게이처럼 굴지 말고." 그가 말했다.

"걘 게이 아냐," 제이슨이 말했다. "심프슨네 집 딸 보면서 발기하거든." 그러더니 손으로 성기를 문지르는 흉내를 냈다. "하루에 개 생각하면서 30번씩 싼다던데."

"아니거든." 내가 말했다.

"그럼 내가 준 사진은 어디다 썼는데?"

"몰라, 잊고 있었어." 내가 말했다.

"그러시겠지." 제이슨이 말했다.

"사진이라니 뭔 소리야?" 타일러가 입에 물었던 조인트를 꺼내며 물었다.

제이슨이 자초지종을 설명했다.

타일러는 미소를 지었지만, 그 사진이 제이슨네 집 자물쇠 달린 방에서 찾은 거라는 이야기를 듣는 순간 그는 내가 영영 잊지 못할 표정을 지었다. 강렬하고도 외로운 표정, 마치 정신을 주먹으로 두들겨 맞기라도 한 듯 고통스러워 보이는 표정이었다. 그는 소중한 물건이라도 되듯 조인트를 코 밑으로 들어 올리더니 누리끼리한 연기를 들이마셨다.

"같이 피울 거야, 말 거야?" 제이슨이 말했다.

"내가 왜?" 타일러는 그렇게 대답하며 제이슨의 요구를 무시했다.

대신 그는 주머니에서 M-80 폭죽을 두어 개 꺼내 그중 하나에 조인트의 불을 옮겨 붙인 다음 내 미니카를 향해 집어

던졌다. 불꽃은 미니카에 명중하지는 않았지만 나무 그루터기 옆 흙무더기를 폭발시켜버렸다.

"무슨 짓이야?"

"호넷은 어차피 엿 같잖아." 그가 말했다. "배터리가 늘 타버린다고."

세상에 타일러가 모르는 게 있기는 했을까?

"그래도 엄마가 준 거란 말이야."

"나라면 네 엄마한테 주겠다." 타일러가 말했다.

"나도." 제이슨도 거들었다.

"네 그 조그만 여자친구한테도 줘야겠네," 타일러의 말이었다. "린디 뭐라든가 걔한테 말이야. 토끼 인형이랑 뉴 키즈 온더 블록 포스터로 도배된 그 애 방에 들어가서 주면 되겠네."

"무슨 소린데?" 나는 발끈했다.

알지도 못하는 부랑자 같은 녀석이 린디의 방 생김새를 자세히 알고 있는 게 어처구니가 없었다. 나는 당연히 말도 안 되는 소리라고 생각했고, 지금까지 그가 지어낸 말도 안 되는 이야기들이 쌓인 악취 나는 무더기 속에 던져버리기로 했다. 왜냐하면 어린 시절, 눈부신 여름을 몇 번이나 함께 보내며 붙어 다녔으면서도, 나는 린디의 방에 한 번도 들어가본 적이 없었던 것이다. 물론 상상이야 했다. 린디의 방엔 흰 장미를 새겨 넣은 흰색 연철 침대 위에 회색과 흰색 체크무늬 침구가 덮여 있고, 그 옆에는 색지를 여러 장 펼쳐놓은 흰색 나무 책상이 있고, 그 옆에는 그 애가 전화 통화를 할 때 드러눕는 용도인 폭신한 흰색 쿠션들이 놓여 있고, 그 위에 걸린 흰색

146

게시판 테두리에는 그 애가 받은 파란 우승 리본들을 정갈하게 달아두었고, 또 그 아래엔 분홍색 카세트 플레이어가 놓인 협탁이 있으며, 그 옆, 야광별로 가득하고 격자망 속에선 실링팬이 끊임없이 돌아가는 천장 아래 복슬복슬한 분홍색 러그 위, 학교 연감과 사진 앨범이 가득 꽂힌 하얀 책꽂이 옆에 내가 만든 믹스 테이프도 놓일 거라고 말이다.

그 모든 걸 나는 당연히 다 상상해보았다. 하지만 실제로 본 적은 없었다.

"들어가보기라도 했어?" 내가 말했다.

"이 멍청아," 그가 말했다. "꼭 **들어가야** 그게 보여?"

두 사람이 웃어댔다.

"못 알아들은 것 같은데." 제이슨이 말했다.

"왜 이래, 내가 이런 것까지 하나하나 알려줘야겠어?" 타일러가 말했다.

그러더니 그는 자기 손목에 침을 탁 뱉고 거기다 아직 불이 붙은 조인트를 눌러 껐는데, 그 동작이 내게는 대단히 영웅적인 행위로 보였고, 고작 1년 뒤에 나 역시도 서투르게 따라하게 된다. 그는 자리에서 일어서더니 수상해 보이지 않도록 미니카를 들고 따라오라고 했다.

함께 거리로 나오자 타일러는 내게 미니카를 린디의 집 쪽으로 가게 조종하라고 시켰고, 그렇게 우리는 미니카 꽁무니를 따라갔다. "자, 3시 방향을 보라고. 저 집 옆에 서 있는 떡갈나무가 보이지?"

고개를 들자 키가 큰 습지성 떡갈나무 한 그루가 심프슨 가족의 집과 그 집으로 들어가는 진입로 사이 풀밭에 동그마니 서 있었다. 9미터쯤 되는 그 나무의 가지 몇 개가 린디 입장에선 마치 자기 방 창문에 기대 있다는 생각이 들 법한 모양으로 뻗어 있었다.

"나무둥치를 보면 떠오르는 게 없어?" 그가 말했다.

보통 떡갈나무가 그렇듯 이 나무도 둥치가 비틀리고 우둘투둘했다. 가슴 높이쯤에 튀어나온 옹이가 보이자마자 나는 타일러의 말뜻을 알아들었다. 딱 발 딛기 좋게 생긴 옹이였다.

"저 옹이를 타고 올라서 가지로 뛰어오르면 바로 성공이거든." 그가 말했다. "거기선 훤히 들여다보인다고."

"너무 악질인데." 제이슨이 말했다.

"상관없어." 타일러가 대답했다. "티니바퍼[12]가 전화기 붙잡고 있는 모습이 뭐가 재밌다고 한참 보겠어."

영원히, 라고 나는 생각했다. 끝도 없이 보고 있을 수도 있을 것 같았다.

"진짜 볼거리는 거리를 내려가면 있는 저 집이야," 타일러가 말했다. "뚱뚱한 아줌마가 사는 집."

"무이 가족의 집 말이야? 그 아줌마 임신하지 않았어?" 내가 물었다.

"내가 무슨 의사야?" 타일러가 말했다. "난 그 아줌마를 '큰 재미'라고 불러. 그러니까, 그 여자는 **그 짓** 하는 걸 되게

---

12   유행에 민감한 10-13세 여자아이들을 가리키는 속어.

좋아하거든."

우리가 그 자리에 서서 수상하기 짝이 없는 모습으로 각자의 망상에 빠져 있는데, 린디가 자전거를 허리께에 받쳐 끌고 진입로를 걸어 나왔다. 초록색 러닝 반바지에 분홍색 탱크톱을 입은 그 애가 자기 집 앞에 서서 그 애를 훔쳐볼 궁리를 나누는 우리를 보는 순간, 나는 엄청난 죄책감에 사로잡혔다. 구릿빛에 근육이 잡힌 다리. 탄탄한 엉덩이. 미소. 나한텐 너무 과분한 모습이었다.

"뭐 해, 멍청이들." 그 애가 말했다.

"그냥 미니카 갖고 놀아." 내가 대답했다.

"야, 어디 가?" 타일러가 물었다.

"육상 트랙." 그 애가 대답했다.

"우리랑 같이 안 놀래? 네 거 보여주면 우리도 우리 거 보여줄게." 타일러가 말했다.

그러자 린디는 얼굴을 잔뜩 구겼다.

"토할 거 같아," 그 애가 말했다. "볼 게 뭐 있다고."

"아, 난 있는데." 제이슨이 말했다.

"넌 닥쳐." 타일러가 제이슨에게 말하더니 린디를 향해 웃었다. "쟤들은 그냥 어린애야. 우리가 무슨 소리 하는지도 몰라."

그때 린디의 아버지 댄 심프슨이 퇴근을 한 듯, 은색에 푸른색이 섞인 스테이션 웨건이 파이니 크리크 로드를 달려왔다. 우리가 길을 비켜서자 아저씨는 한 손으로 손잡이를 돌려 창문을 내리고 다른 손을 우리에게 어색하게 흔들어 보였다. 나도 마주 손을 흔들었다. 아저씨는 진입로로 들어서더니 린디 옆에 차를 멈추고 물었다. "오늘 목표는 뭐니? 포미닛마일[13] 기록 깨기?"

린디가 웃더니 자전거를 끌고 아버지 차로 몇 발짝 가까이 다가갔고, 두 사람은 우리 모두 이미 알고 있는, 그 애가 어디로 가는지, 몇 시에 돌아올 것인지, 누구와 있을 것인지 하는 이야기를 태평스레 되풀이했고, 린디의 아버지가 지독한 이탈리아 억양으로 "너무 늦지는 마라, **미 아모르**[14], 오늘 밤엔 아빠가 심프슨 특제 스테이크 피자이올라를 만들 거니까!" 했을 때는 우리 모두 비웃음을 터뜨렸다. 아저씨는 **델리시오소!**라고 말하기라도 하는 듯 자기 손가락에 쪽 입을 맞추더니 우리한테 잘 있으라고 손을 흔든 다음 차고를 향해 차를 몰았다.

린디는 아버지의 요리가 정말 기대된다는 듯 활짝 웃으며 자전거 안장에 올라타 한 발로 자전거 지지대를 밀어 올렸다. 그 애가 우리를 바라보더니, 그다음엔 타일러가 그 자리에 있는 줄 잊고 있었다는 듯 그를 빤히 쳐다보았다.

"이제 할머니들 집이라도 털러 가야 하는 거 아냐?" 그 애가 물었다.

그러자 타일러는 웃었다. "그래야겠다, **미 아모르.**"

"잘됐네," 린디가 말했다. "그럼 적어도 나는 안 귀찮게 할

---

13   1마일(약 1600미터)을 4분 내로 완주하는 종목.

14   '내 사랑'이라는 뜻의 이탈리아어.

거 아냐."

린디는 혀를 쑥 빼물더니 자전거를 타고 인도를 달려갔다. 엉덩이를 들고 페달을 세게 밟던 그 모습은 지금에 와선 최악이었던 시절의 내 눈에는 유치한 유혹처럼 보였다. 타일러가 내가 들고 있던 리모컨을 빼앗더니 호넷이 그 애를 따라가게 조종했다. 알고 보니 타일러는 원격조종에 아주 능숙했고, 미니카는 그 애를 거의 따라잡다시피 했다.

"나한테 못되게 굴면 큰코다칠걸." 타일러가 린디를 향해 고함쳤다. "난 너희 집이 어딘지도 안다고."

린디는 우리 쪽으로 가운뎃손가락을 치켜들었고, 끼익끼익 소리를 내며 인도 위를 따라가던 미니카는 결국 조종 범위를 벗어나서 그대로 멈춰 서고 말았다. 우리는 그 애의 자전거가 시야에서 사라지는 걸 지켜보았다.

"쟤는 네가 가져." 타일러가 내게 말했다. "성미가 고약해서 난 별로니까."

나는 대답하지 않았다.

그러자 타일러가 이제는 쓸모없어진 리모컨을 내게 돌려주며 말했다. "그 뚱뚱한 아줌마나 보러 가자고. 그 집 창문 바로 앞에 엄청 큰 관목이 있거든. 남편이 출근하고 나면 그 아줌마도 아주 가관이야. 온갖 기구들이며 뭐며, 장난 아니야. 여자들이 내숭을 떨더라도 믿지 말라니까."

그렇게 두 사람은 그 집으로 향했고 나는 따라가지 않기로 했다.

그 대신 나는 린디가 갔던 길을 따라가 배터리에서 탄내를 풍기는 미니카를 주워 들었다. 하지만 그날 공기 중에 감돌던 냄새는 그뿐만이 아니었다. 어쩌면 그건 그 애의 체취였는지도 모르겠다. 꼭 그 애의 흔적이 남은 것만 같았다. 나는 그 자리에 한참이나 가만히 서 있었다.

아직도 나는 타일러 배니스터를 종종 생각하지만, 그날 이후 내가 그를 본 일은 몇 번 없었다. 한번은 내가 어둠 속 린디네 집 앞 떡갈나무 아래 쌍안경을 들고 서 있었을 때였다. 가지에서 부스럭거리는 소리, 나직하게 끙끙거리는 소리가 나더니 벨트 버클을 푸는 쩔겅 소리가 들렸다. "여기서 꺼져." 그가 목소리를 낮춰 을러댔다.

그래서 나는 그 자리를 떠났고, 타일러는 한 달쯤 뒤에 랜드리 가족의 집을 떠났다.

그는 린디의 강간 사건이 있기 전에 이곳을 떠났다. 그는 용의선상에 오른 적이 없었다.

17

몰래 찍은 린디 사진에 대한 설명은 나중에 하기로 하자.

어머니가 내 침대 밑 상자를 발견한 날부터 거의 1년쯤 지나 그 문제가 마침내 풀리게 된 시점까지, 시간은 흘러갔다. 어머니에게 그 사진이 어디서 난 것인지를 넌지시 알렸는데도 어머니는 그 문제를 곧장 랜드리 가족에게 따지고 들지 않았다. 그 대신 어머니는 나에게 무기한 외출 금지라는 벌을 내리고 제이슨과 어울리지 말라고 한 뒤 어머니 그 자체나 마찬가지가 되어버린 다른 재난들에 몰두했다.

첫 번째 재난은 미묘했다.

어머니는 내 방에서 상자를 발견하고 얼마 뒤 린디의 어머니 페기 심프슨에게 연락했고 둘은 친한 친구 사이가 됐다. 어머니가 처음으로 린디 어머니를 집에 초대한 날 나는 내 비밀스런 환상이 아주머니에게 새어 나갈지도 모른다는 생각에, 너무나 수치스러운 나머지 온 힘을 다해 방해 공작을 펼쳤다. 문간에서 폐기 아주머니에게 인사를 했다. 아주머니를 극진히 모셨다. 커피를 따라드리고 아이스티도 가져다드렸다. 내가 부엌에 앉아 있는 두 사람 옆에 의자까지 끌어다 앉자 어머니도 내 속셈을 눈치챘다. 어린애가 어머니들끼리의 모임에 끼고 싶을 이유가 어디 있겠는가? 어머니는 내 이상한 머리 모양, 왼쪽 귀의 귀걸이, 창백한 팔을 쳐다보았다. 그러면서 더는 내가 아이가 아니란 걸 알아차렸던 것 같다.

그러나 어머니는 내 간절한 사랑을 이해하진 못했다.

내 상자에 들어 있던 물건들에 대해 내가 울면서 변명했던 그날 나는 린디에 대한 내 마음을 어머니에게 털어놓았다. 하지만 엄청나게 큰 그 감정을 도대체 무슨 수로 표현할 수 있단 말인가? 나에게는 그런 감정을 나타낼 어휘가 부족했다. 예를 들면, 내가 어머니한테 "전 린디 생각밖에 안 해요" 하자 어머니는 "그래 보이는구나. 부끄러운 줄 알아라" 했다. 또 내가 "아니에요, 엄마. 전 그 애를 사랑한다고요!" 하자 어머니는 "내 손에 들린 이건 사랑이 **아니야**, 아들아. 이건 집착이야" 하셨다.

그 말에는 반박할 수가 없었다.

그럼에도 내가 처음 사랑이라는 말을 입에 올린 그 대화 속에는 어머니를 머뭇거리게 하는 무언가가 있었던 것 같다. 그러니까, 어머니 마음에 와닿은 무슨 말을 내가 한 게 틀림없었다. 그 사실을 알게 된 건 내가 이제 린디와 행복해질 가능성은 다 끝났다고 생각하며 거실에 서서 둘의 대화를 엿들었을 때였다. 페기 아주머니가 "아이가 참 착해요, 캐스린. 좋으시겠어요" 하자 어머니는 대답하기 전에 한참 뜸을 들였다.

그 순간 어머니의 마음속에 어떤 생각이 스쳐 갔을지 궁금하다.

분명 벼랑 끝에 선 기분이었겠지.

고역이라면 이미 질리도록 겪었을 페기 아주머니에게 어머니가 상자 안 물건들을 보여줄 수 있었을까? 학교에서 찍은 어린 딸의 사진이 성인 잡지에 붙어 있는 것을 과연 보여줄 수 있었겠니? 게다가, 자식 교육을 제대로 시키지 못했다는 사실을 털어놓고 신뢰를 잃을 위험을 무릅쓸 수 있었을까? 그러니까, 어머니는 우리가 경찰에게 증거를 숨긴 것만 같다는 생각을 내심 하지 않았을까? 이런 생각을 하면서 신나게 즐기는 아들을 낳았다는 이유만으로 어머니 역시 일종의 죄책감과 책임감을 느낀 건 아니었을까? 그 시절 내가 이해했던 것보다 훨씬 복잡한 상황이었다. 내가 진짜 죄가 없는 것인지, 내가 걷잡을 수 없이 집착하고 있는 여자애가 얼마 전 강간을 당했다는 사실이 당신의 바람대로 정말 우연에 불과한지를 몰랐던 어머니가 자기 아들에 대해 하지 않아도 될 말을 할 수 있었을까?

어머니가 입을 열었을 때 나는 그 답을 알게 된 것 같다.

"얘기 좀 해봐요, 페기. 댄은요? 남편분은 어떻게 지내요?"

"남편은 가망이 없어요." 페기 아주머니가 대답했다. "잠도 못 자요. 자기 탓을 하죠. 우리 모두 그래요."

"이해해요." 어머니는 그렇게 말한 뒤 깊은 숨을 길게 들이

쉬었다. "그런데, 진전은 좀 있어요? 뭐가 좀 나왔나요? 아니면 이 애기는 안 하는 게 좋으시겠어요?"

"새로운 건 없어요," 페기 아주머니가 말했다. "린디는 기억하는 게 거의 없고, 자세히 얘기하라고 부담을 주면 더 힘들어해요. 방문을 잠그고 나오지 않아요. 우리한테 말도 안 하고요. 댄도 애를 이해해주면 좋겠는데, 남자들이 좀 그렇잖아요. 뭐든지 다 고쳐놓고 싶어 하죠."

"참 이상하죠?" 어머니가 말했다. "그러니까 남자들 말이에요. 애초에 남자들이 부수고 다니지만 않았어도 이것저것 고치느라 그렇게 힘들지 않아도 될 텐데."

두 사람은 의미심장한 웃음을 터뜨렸고, 나는 두 사람이 커피를 홀짝이며 웃는 얼굴로 각자가 인생에서 만나온 어처구니없는 남자들을 떠올리며 남자들 없이 사는 방법을 궁리하는 모습을 그려보았다. 그러다가 이 가벼운 분위기가 사라져버리자 페기 아주머니가 심호흡을 했다. 멀찍이 서 있는 나에게도 들리는 큰 숨소리였다.

"경찰에서 이젠 연락이 안 와요." 아주머니가 말했다. "내심 다행이란 생각도 드네요."

"다행이라뇨?" 어머니가 물었다.

"끔찍한가요?" 페기 아주머니가 말했다.

아주머니의 목소리가 갑자기 작고 가냘파졌다. "그냥 다 끝났으면 하는 제가 끔찍한가요?"

어머니가 몸을 움직이는 소리가 들렸다. 나는 어머니가 몸을 앞으로 내밀어 페기 아주머니의 눈을 바라보며 아주머니의 무릎에 손을 갖다 대는 모습을 상상했다. "아니에요," 어머니의 목소리였다. "아니요, 당신은 끔찍하지 않아요. 우리 그냥 다른 이야기 해요. 페기가 하고 싶은 이야기를 하죠."

"그래요," 아주머니가 대답했다. "좋아요." 그리고, 잠시 후 다시 아주머니의 목소리가 들렸다. "그런데 제가 하고 싶은 얘기가 뭔지 잘 모르겠어요."

그 말까지 듣고 나는 방으로 돌아와버렸다. 어쩐지 용서받은 기분이었다.

보호받은 기분이었다.

그럼에도 나는 이 우정이 우리 어머니에게 미친 영향을 생각하면 재난이라고 생각한다. 어머니는 그날 이후 심프슨 집안 여자들에 대한 연민에 사로잡혔다. 그게 내 상자 안 물건 때문에 생긴 어떤 죄책감 때문이었는지, 아니면 어머니가 가진 특별한 자질 때문이었는지는 중요한 게 아니다. 어머니는 그 뒤로 몇 달간 페기 아주머니와 셀 수 없이 자주 어울려 다녔다. 같이 쇼핑을 다니고, 현관 앞 포치에서 함께 커피를 마시고, 밤늦은 시간까지 전화 통화를 하고, 심지어 부모를 위한 집단심리치료에까지 아주머니와 동행했다.

페기 아주머니의 회한에는 끝이 없었기에 이런 나들이를 다녀오고 나면 어머니는 슬픔에 지칠 대로 지쳐버렸다. 심지어 오후 느지막이 집으로 돌아와 소파에 누워 천장을 바라보는 어머니의 얼굴에도 그 슬픔이 묻어 있었다. 어머니는 발로 차듯 구두를 벗어버리고 양 손바닥으로 뺨을 문질렀다.

"엄마?" 그럴 때면 내가 물었다.

"참 좋은 사람이야." 어머니는 이렇게 중얼거렸다. "가여워라, 불쌍해라."

아주머니 이야기인지 린디 이야기인지 나는 한 번도 묻지 않았다.

어쨌든 두 번째 재난은 갈팡질팡하던 우리 아버지가 다시 나타났다는 것이다. 안 좋게 끝난 코코드리 여행에 침대 밑 상자를 발견한 사건까지 겹쳐지니 내면에 숨어 있던 아버지 본능이 깨어나기라도 한 모양이었는데, 이런 감정을 어떻게 처리하면 좋을지 몰라 쩔쩔매고 있는 게 틀림없었다. 그래서 아버지는 부동산 일로 배턴루지에 갈 일이 있을 때면 가끔 집에 들렀는데, 오래 머무르지는 않았고 우리가 잘 있는지 확인하고 때로는 손님용 욕실의 물이 새는 수도꼭지를 고쳐주는 정도였다. 그러던 기간 동안 아버지가 내 행동에 대해 할 "중요한" 이야기가 있다며 나를 방에 앉혀놓은 일은 딱 한 번 있었다.

"그러니까, 아들아." 아버지가 입을 열었다. "불편한 이야기일 줄은 알지만 네 엄마가 정말 많이 놀랐다. 경찰이 왔을 때 네가 엄마한테 숨긴 게 있다고 걱정하셔."

"알아요." 내가 대답했다. "이제 절 안 믿으세요. 저도 느껴져요."

"다 지나갈 거야." 아버지가 말했다. "여자들은 다 그렇거든. 여자에겐 항상 시간이 필요하단다."

"그 바보 같은 상자를 잠가둘걸 그랬다는 생각밖에 안 들어요. 엄마가 내 방에 안 들어왔으면 좋았을 거라는 생각이랑요."

"나도 그렇게 말했다." 아버지가 대답했다. "이 동네 남자애들의 벽장을 뒤져보면 외설 잡지를 무더기로 숨겨놓지 않은 집이 없을 거라고 네 엄마한테 말했어. 아무 의미 없는 행동에 불과하다고 말이야. 여자들은 그런 걸 이해 못 하는 것 같아. 너도 알다시피 우리는, 남자와 여자는 좀 다르게 만들어졌잖니. 남자에겐 사생활이 필요하다고. 상대가 심프슨네 집 딸아이만 아니었어도 이렇게 심각해지지는 않았을 거야."

"전 그 애한테 상처 주려고 한 게 아니에요." 내가 말했다.

그러자 아버지가 웃었다.

"여자를 아프게 하고 싶은 남자는 없지. 그래서 아빠는 네 걱정은 안 해. 엄마한테도 네 걱정은 할 필요가 없다고 얘기했지. 네 친구한테 그런 짓을 한 놈은 남자가 **아니거든.** 그놈은 짐승이야. 알겠니? **너는** 남자다. 그게 그놈과 네가 다른 점이야."

나는 그 말을 한참 생각해보았다. 사실 아버지의 말을 믿고 싶은 생각이 컸다.

"그게 무슨 뜻이에요? **진정한** 남자라면 실수로만 여자를 아프게 한다는 뜻이에요?"

"정답." 아버지가 말했다.

아버지와 내 사이에 끼어 있던 이름 붙일 수 없는 공기가 걷히는 게 느껴졌다. 하지만 거기까지였다.

아버지가 우리 집에 점점 자주 들락거린다고 해서 우리 사이가 다시금 편해지는 일은 없었다. 그보다는 우리 모두가 하기 시작한 빤한 연극이 불편하게 느껴졌다. 아버지가 돌아왔으니 난 행복한 척해야 했고, 나도 이해했고, 노력했지만, 사실 그 모든 것을 너무나 진지하게 받아들인 어머니를 지켜줘야 한다는 압박감이 더 크게 밀려왔다.

아버지는 때로는 저녁 식사까지 하고 갔고, 그렇게 저녁에 아버지가 떠나고 나면 어머니가 페기 아주머니에게 전화를 걸어 아버지의 일거수일투족을 분석해대는 소리가 들릴 때가 많았다. 아버지의 미소. 어머니의 닭 요리를 칭찬하던 것. 아버지는 아직 로라와 함께라는 걸 알면서도 말이다.

"사람들이 그러잖아, 사랑한다면 자유롭게 해줘야 한다고." 어머니가 그렇게 말하는 게 들리곤 했다.

그다음에는 와인을 홀짝이며 수화기에 귀를 기울였다.

"맞아," 어머니는 말했다. "만약 진정한 인연이라면 말이야."

어머니 외에는 그 누구도 아버지의 방문을 그런 식으로 받아들이지 않았다.

이 시기에는 누나들이 집에 전화할 때마다 묻는 첫마디가 "아빠 또 집에 왔어?"였다. 내가 "아니" 하면 누나들은 "다행이다. 엄마 좀 바꿔줘" 했다.

그리고 이제 와서 돌아오면 어머니도 두 사람이 다시 "합친다는" 게 우스꽝스러운 촌극이라는 걸 알았던 것 같은데, 두 사람이 부엌에서 함께 시간을 보내며 예전처럼 부부다운 다정한 모습을 보인 밤이면 아버지가 집을 나설 때 싸우는 소리가 들렸기 때문이다.

"전부가 아니면 다 놓치는 거야," 엄마는 그런 말을 했다.

"하고 싶은 것만 하고 살 수는 없어."

우리 아버지로서는 이해할 수 없는 관념이었다.

그래서 아버지는 그 뒤로도 계속 우리 집에 들렀고, 때로는 와인이나 친구가 운영하는 가게에서 빌린 비디오테이프를 가져왔다. 내게 가장 생생하게 남아 있는 건 당시에도 나온 지 10년도 더 지난, 아버지가 특히 좋아하던 영화인 〈에어플레인〉을 보았던 밤이었다. 아버지는 영화 대사를 거의 다 외우고 있었고, 내가 이해할 수 없는 농담을 어머니와 주고받았다. 이 영화는 성인용도 아니었고 등장하는 소품들도 유치했으나, 나로서는 이해할 수 없고 부모님만 이해할 수 있는 어른을 위한 내용이 담겨 있었다.

예를 들면, 디스코를 추는 특정 장면이 나오자 갑자기 부모님은 회상에 빠져버렸다. 아버지가 영화를 정지시키더니 말했다. "이리 와봐, 캣. 내 전매특허였던 번개 찌르기 못 잊은 거 알아." 아버지는 리클라이너에서 일어나더니 바닥에 빈자리를 만들었다. 그러더니 검지를 들어 허공을 찔렀다.

"짜잔!"

"어머, 세상에." 어머니가 웃음을 터뜨렸다. "자꾸 기억나게 하지 마."

그러나 아버지는 어머니의 기억을 되살리겠다고 작정한 듯싶었다.

아버지가 선반에서 레코드를 한 장 꺼내 틀었다. 그러면서 두 사람의 옛 이야기를 펼쳐놓기 시작했다.

"지금의 모습만 보면 넌 못 믿겠지만, 네 엄마와 아빠가 한

161

때 디스코 장을 찢고 돌아다녔다."

"디스코 수업도 한 번 받은 적 있잖아." 어머니가 말했다.
"당신은 싫어했었지."

아버지는 미소를 짓더니 어머니의 손을 잡고 소파에서 끌
어내렸다. "글쎄, 내 기억엔 다른데."

아버지가 틀어놓은 레코드는 다이애나 로스의 앨범이었던
것 같다. 나에게는 아무런 마력도 발휘하지 못하는 음악이었다.

그래도 나는 두 분이 춤추는 모습을 지켜보았다.

넥타이를 헐겁게 풀어헤친 아버지가 어머니를 가슴에 바
짝 끌어당겼다. 발로 바닥을 두드리며 박자를 맞췄다. "준비
됐어?" 그러더니 아버지는 어머니를 어색하게 빙빙 돌리며
온 방 안을 돌아다녔다. 어머니는 웃으면서 스텝이 기억나지
않는다며 부끄러워하는 척했다. 그 말은 사실이었던 것 같은
데, 그 뒤로 이어진 춤이라고는 그저 아버지가 한없이 번개
찌르기를 되풀이하는 게 다였지만 두 분은 질리지도 않는 것
같았다.

나는 내 방으로 가려고 걸음을 옮겼다.

"얘," 어머니가 불렀다. "너도 배울 게 있을 거야. 넌 몰랐
겠지만, 네 아빠는 춤을 정말 잘 췄단다. 엄마가 아빠한테 관
심을 가진 이유 중에 그것도 있었지."

"정말이야?" 아버지가 말했다.

"알면서." 어머니가 말했다.

그날 밤 내가 잠들 때까지도 음악은 계속 흘렀고 두 사람
이 가끔 가다 웃음을 터뜨리는 소리가 방문 아래 틈으로 새

어 들었다. 다음 날 아침, 잠에서 깬 나는 평소 하던 대로 혹시 린디가 보이지 않을까 하는 생각으로 내 방 창밖을 내다보았다. 그건 나한테 아침 식사 같은 일이었다. 가끔 자기 아버지한테 신문을 갖다주려고 목욕 가운에 슬리퍼 차림으로 나온 린디가 보이기도 했지만, 지난 몇 달간은 한 번도 보지 못했다.

그날도 마찬가지였다.

대신 내 눈에 보인 것은 아직도 우리 집 진입로에 서 있는 아버지의 메르세데스였다. 마치 사막 풍경을 보는 것처럼 낯선 장면이었다. 나는 넋을 잃고 말았다. 그 순간에도 내가 이 모든 일에 대해 냉소적이었다고 말한다면 그건 거짓말이다. 만약 누나들이라면 여전히 냉소했을 테지만, 나는 어머니와 마찬가지로 가슴속에 몽상가적 기질이 있었다.

그래서 나는 서둘러 옷을 챙겨 입었다. 어쩌면 인생의 조그만 조각 하나가 제자리에 맞춰진 것 같다고, 아버지에 대한 오래 지난 기억들이 다시 뒤섞인 다음 지금까지 오랜 세월 내게 보여주었던 것보다 더 보기 좋은 무늬를 만들어내는 걸지도 모르겠다고 생각했다. 사실 한두 가지만 눈감아준다면 아버지는 완전히 나쁜 놈은 아니라는 생각이 들었다. 결국 진짜 남자라면 의도적으로 누굴 아프게 하진 않을 테니까.

거실로 들어가는데 커피 향기가 났다.

크리스마스트리 앞에 밝은색 포장지로 싸인 선물이 놓여 있을 것 같은 기분이었다.

그런데, 거실로 들어갔을 때 앞문 자물쇠가 돌아가는 소리가 들렸다. 현관 전실로 나가보니 어제 입었던 옷을 그대로 입고 넥타이를 등 뒤로 넘긴 아버지가 보였다. 아버지는 손에 커피 잔을 들고 있었고, 구두끈은 풀려 있었다. 새끼손가락에서 열쇠고리가 달랑이고 있었다.

"아빠, 무슨 일이에요?"

아버지는 나를 쳐다보지도 않았다.

"엄마는요?" 내가 물었다. "아무 일 없는 거죠? 지금 가는 건 설마 아니죠?"

단순한 질문이었는데도 아버지는 대답하지 않았다. 그리고, 아버지는 예전 모습 그대로, 머릿속에 처음 떠오르는 말을 내뱉었다.

"아들아. 부탁이다. 나를 셜리[15]라고 부르지 말려무나."

그러더니 아버지는 문밖으로 나가버렸다.

그날 오전 내내 나는 빈 와인병들을 치우고 전날의 흔적인 지저분한 유리잔들을 설거지했다. 도저히 못 봐줄 물건들이었기 때문이다. 어머니는 그날 저녁 식사 시간까지 방 안에 혼자 있었고, 나와서도 내게 거의 말을 걸지 않았다. 방 안에서 혼자 우는 건 어머니의 습관이 되었다. 그다음에 최악의 재난이 일어났기 때문이다.

15　코미디영화 〈에어플레인〉에 등장해 인기를 끈 농담으로, '설마 아니
　　죠?'라는 말의 'Surely'를 '셜리Shirley'라는 이름으로 알아듣는 장면에
　　서 유래했다.

18

누나의 죽음은 내 세상을 반으로 쪼개놓았다.

1991년 4월 6일에 일어난 그 사건은 나와 린디 사이에 자리 잡은 무시무시한 침묵의 나날을 끝맺은 계기이기도 했다. 이 사건은 내 어머니를 망가뜨려버렸다.

그 순간에 대한 내 기억은 흐릿하기만 하다. 그 사실이 자랑스럽진 않다.

내가 기억하는 건, 어느 토요일 아침 집에 나 혼자 있었던 게 전부다. 어머니는 쇼핑몰에 갔다. 옷을 사러 갔는지, 머리를 자르러 갔는지는 알 도리가 없다. 내가 막 열여섯 살이 되었을 때다. 차도 없었다. 그날 오전, 정확히 10시 정각에 전화벨이 울리더니 어떤 여자가 해나 누나가 집에 있느냐고 물었다. 누나는 집에 없었다. 해나 누나는 스물일곱 살이었다. 도시 반대편에 있는 아파트에서 혼자 살았다. 나는 전화한 사람에게 그렇게 말했다. 그 전화는 계속 걸려왔고, 계속해서 똑같은 여자 목소리가 부모님이 집에 있는지, 내가 몇 살인지 물었다.

나는 상대가 돈을 뜯어내려는 사기꾼일 거라고 생각했다.

"이제 전화하지 마세요." 내가 말했다.

"부탁이야." 그 사람이 말했다. "전화번호라도 받아 적어주렴."

나는 그 말을 듣지 않았다.

그땐 핸드폰이 없었던 시절이니, 부모님이 무슨 수로 그 소식을 알았는지는 알 도리가 없다. 내가 기억하는 것은 마지막으로 아버지가 전화를 걸어 교통사고가 났다고 한 게 전부다. 그러면서 어머니가 지금 운전을 할 수 없는 상태니 아버지가 태우고 병원으로 갈 거라고 했다.

"괜찮은 거예요?" 내가 말했다. "엄마는 괜찮아요?"

"아니." 아빠가 대답했다. "엄마가 아니야. 누나다."

"무슨 일이에요? 누나 찾는 전화가 자꾸 오던데."

"가만히 있거라. 아무 데도 가지 말고."

내게 전해진 소식은 거기까지였다.

그 뒤로 근질근질한 침묵 속에서 몇 시간이 흘러갔다. 전화벨은 줄기차게 울렸지만 부모님 전화는 아니었다. 목소리는 이모였다가, 삼촌이었다가, 조부모님이었다가 했는데, 다들 이야기를 하기 전 먼저 내게 어디까지 알고 있느냐고 조심스레 물었다. 나는 그들에게 엄청난 진실을 말해주었다.

나는 아무것도 모른다고 말이다.

오후 느지막이 우리 가족이 전부 차 한 대에 모여 타고 우리 집으로 오는 모습이 보였는데, 그 장면이 아직까지도 나에겐 이 사건의 가장 선명한 이미지로 남아 있다. 아버지가 모는 메르세데스 뒷좌석에 두 사람이 타 있었고, 차가 우리 집 뒤편 차고로 들어가는 게 보였다. 뒷좌석에 탄 사람들이 누구인지 깨닫기까지 시간이 한참 걸렸다. 이 사람들이 한 가족처럼 느껴지지 않은 지 아주 긴 시간이 흐른 뒤였으니까. 아버지의 차에는 어머니, 그리고 이제야 지금까지 내가 이야기 속에서 한 번도 이름을 언급하지 않았다는 생각이 드는 레이첼 누나가 타고 있었다.

딱히 이유는 없다. 그냥 그 시절 나는 레이첼 누나와 별로 친하지 않았다. 누구의 탓도 아니다.

나보다 열 살 많은 레이첼 누나는 대학원에 다니느라 배턴루지에서 한 시간 떨어진 라피엣에 살고 있었기에 내 머릿속에는 누나가 왜 집에 왔지 하는 생각뿐이었다. 말이 안 되는 일이었다. 누나가 차에서 내리는 어머니를 힘겹게 부축하는 모습이 보였다.

그때 내 눈에 비친 어머니는 낯선 사람 같아 보였고, 솔직히 말하면 어머니의 아름다운 모습을 다시 보기까지는 그 뒤로도 오랜 세월이 필요했다. 어머니는 등을 구부리고 있었다. 힘이 하나도 없는 얼굴은 눈물범벅이었다. 그럴 능력만 있다면, 아직도 내 뇌리에 생생한 어머니의 슬픈 모습을 끄집어내 네 눈에 보여주고 싶다. 그러나 나한테 그런 능력은 없다. 레이첼 누나 역시도 흐트러진 옷차림에 괴로워 보였고, 아버지는 로봇처럼 뻣뻣했다.

모든 걸 알게 된 건 그 순간이었다. 가족들이 내게 소식을 알리기도 전에 나는 오열하기 시작했다.

그 순간에 대한 내 마지막 기억은 내가 아버지의 배에 얼굴을 묻고 셔츠를 흠뻑 적시며 울었다는 것이다. 그 뒤로 한참의 시간에 대해서는 아무 기억이 없다.

그 장면을 떠올릴 때마다 가장 많이 드는 생각은, 어째서 내가 아버지한테 매달려 울었나 하는 것이다. 어머니는 뭐라고 생각했을까? 어머니에게 난 어떤 위로의 말을 건넸지? 나는 내 생각밖에 못 하는 이기적인 아이였나? 구체적으로 떠올리려 하면 할수록 들리는 것은 어머니가 "미안하다, 아들아. 정말 미안해" 하던 목소리뿐인데, 어머니가 내게 사과할 이유가 뭐가 있을까?

그 시간을 되돌릴 수 있으면 좋을 텐데.

하지만 내가 할 수 있는 건 친척들이 황급히 우리 집으로 몰려들었던 그날 저녁을 회상하는 것뿐이다. 가족끼리 오래 알고 지냈던 사람들. 우드랜드 힐스 주민들. 그리고, 그 누구보다 가슴 아프게 보였던 건 슬픔을 가누지 못하던 해나 누나의 약혼자, 우리가 파이널리 더글러스라고 부르던 남자였다.

그때 나는 그 별명에 담긴 뜻을 이해하지 못했는데, 아마 십 대 시절 내가 누나의 연애 같은 것에 전혀 관심이 없어서였을 것이다. 그런데 이제 와서 생각하면 더글러스라는 남자에게 붙은 파이널리 더글러스라는 이름은 칭찬이고, 해나 누나가 여러 번의 해로운 연애 끝에 마침내 누나에게 잘해주고 사랑해주는 좋은 사람을 만났다며 어머니와 누나가 내쉰 안도의 한숨이었다. 누나와 그는 그해 시월, 배턴루지 북부의 매그놀리아 마운드라는 아름다운 농장에서 결혼식을 올릴 예정이었다.

그런데 이런 일이 일어난 것이다.

내 말의 신빙성을 높이기 위해 불편한 진실을 네게 털어놓으마. 사실 나는 해나 누나에 대한 기억이 별로 없다. 세월이 흐른 지금 누나를 생각하면 생각나는 것은 누나의 죽음뿐이고 그 상세한 내용은 다음과 같다.

하늘이 맑고 푸르른 어느 날 누나는 제퍼슨 고속도로에 있는 어느 쇼핑센터에서 후진을 하다가 회색 픽업트럭과 측면 추돌했다. 누나는 목이 부러졌고 병원에 도착하기 전에 사망했다. 고통은 느끼지 않았다고 했다. 나는 이 이야기를 수없이 들었다.

하지만 그 이야기가 과연 정확했을지는 모를 일이지.

사람들이 내게 들려주지 않은 진실은 얼마나 많을까? 내가 네게 들려주지 않는 진실은 또 얼마나 많겠니?

만약 누나가 병원에 도착했을 때 이미 사망한 상태였다면, 우리 가족은 어째서 병원에 그렇게 오래 있었을까? 왜 내게 전화하지 않았을까? 누나의 장례를 치르기 전 밤을 지새는 동안 사람들이 주고받던 말로는, 누나는 그 사고가 일어날 때 아이스크림 가게에서 나오는 중이었고, 사망하는 순간엔 누나가 제일 좋아하던 맛인 더블 초콜릿 퍼지가 아직도 입술에 묻어 있었다고 했다. 누나는 죽는 순간 행복했다고 사람들은 말했다. 그보다 더 나은 죽음도 없을 거라고 말이다.

나는 오랫동안 그 말만 믿고 매달렸다.

하지만 이제 와서 생각해보면 첫 번째 전화를 받았던 게 오전 10시였으니 아이스크림 가게가 그렇게 일찍 열 리가 있을까 싶다. 물론 전화번호부를 뒤져 그 가게에 전화해볼 수도 있다. 아무 일도 아니라는 듯이 문을 여는 시간이 몇 시냐고 물어볼 수도 있다. 나도 안다.

하지만 그러고 싶지 않다. 내 기억에 의존하고 싶다. 네가 꼭 이해해주었으면 한다. 사랑 말고 우리가 가진 게 뭐가 있겠니?

그렇기는 하지만, 해나 누나에 대한 생각에 깊이 잠기면, 잡다한 기억 속에서 떠오르는 몇 안 되는 장면들이 있다. 전부 딱히 중요해 보이지는 않는 기억들이다. 그중 하나는 누나의 집에서 내가 하룻밤 머물렀을 때 누나와 파이널리 더글러스가 야채 피자를 만들어주었던 기억이다. 우리는 '미안해!' 게임을 하고 〈듄〉을 봤다. 영화는 하나도 이해가 안 됐다. 딱히 기억나는 대화는 없다. 가장 생생하게 기억나는 건 누나 집 거실 한구석에 있던 작은 테이블이 체스 판 겸용이었다는 거다. 테이블 상판을 들어 올리면 체스 말을 보관할 수 있는 공간이 나왔다. 옻칠을 한 짙은 색 나무로 된 것이었다. 그 정도다.

기억이란 참 고맙기도 하지.

또 하나의 기억은 고등학교 졸업반이던 누나가 방에서 음악을 듣고 있었던 기억이다. 그때 나는 고작 일곱 살이었지만, 방에 들어갔을 때 누나가 졸업식에 걸칠 초록색 학사모와 가운 차림으로 전신 거울을 보고 있었던 게 기억난다. 누나가 듣고 있던 음악은 매드니스라는 밴드의 〈(우리 거리 한가운데에 있는) 우리 집〉이라는 노래였는데, 누나가 벽에 붙여놓은 앨범 표지에는 밴드 멤버들이 미소를 지은 채 당구대 랙 안에 머리를 한데 모으고 있는 사진이 실려 있었다. 누나가 거울에 비친 내 모습을 보고 돌아서더니 양팔을 내밀었다.

"이것 봐," 누나가 말했다. "이거 입고 있으니 누나 마법사 같지 않니?"

그 기억이 더 생생했으면 좋았을 텐데. 누나에 대한 기억이 더 많았으면 좋을 텐데.

내가 가장 아끼는 기억은 언제인지는 알 수 없는 때인데, 그래도 누나가 파이널리 더글러스와 사귀던 시절에 일어난 일인 것 같다. 내가 방 안에 있는데, 누나가 들어와서 내 침대에 앉더니 뭔가를 물어보았다. 부탁이었던 것 같기도 하고, 질문이었나, 초대였나, 기억은 안 난다. 내가 기억하는 건 누나의 길고 짙은 갈색 머리였다. 나와는 다르게 곧게 펴진 머리였지만 그날은 손질을 했는지 곱슬곱슬했다. 기다란 기둥 모양으로 둥글게 만 누나의 머리카락은 어깨까지 늘어뜨려져 있었고 누나는 말을 하면서 머리를 만지작거렸다. 누나는 향수 냄새를 풍겼고, 하얀 면 티셔츠와 청바지를 입고 터키석 색깔의 목걸이를 하고 있었다. 굵은 밧줄 무늬로 뜬 스웨터를 목과 어깨 언저리에 느슨하게 걸치고 있었다. 누나가 죽은 뒤 가족들의 말을 들으며 떠올려본 해나 누나는 예술가 같았고,

171

우리보다 좀 더 자유로운 영혼이었던 것 같았으니, 아마 그 스웨터는 당시 유행이었던 것 같다. 그때 우리가 주고받았던 이야기가 뭐였는지는 전혀 알 수 없다.

기억나는 것은 내 방을 나갈 때 누나가 행복했다는 것, 누나의 인생은 즐거웠다는 것이다. 그 사실을 알았던 건 누나가 방을 나설 때 손끝이 문틀 윗부분에 닿을 정도로 과장된 퇴장 인사를 했기 때문이다. 그 동작을 하면서 누나가 경쾌하게 폴짝 뛴 것도, 누나의 손목에 걸린 가느다란 팔찌들이 짤랑거리던 소리도, 내가 누나를 사랑했던 것도 생생하게 기억난다.

그래서 누나가 죽은 뒤부터 나는 그 장면에 커다란 힘이 있다고 믿기 시작했다.

다음 해, 멀지 않은 곳에서 엄마와 레이철 누나가 흐느끼는 소리가 안 들리는 척 내 방에 혼자 앉아 있을 때면 나는 문틀에 해나 누나의 손이 닿았던 자리를 빤히 바라보곤 했다. 누군가가 폴짝 뛰어서 저 자리에 손을 대게 만드는 충동은 대체 무엇일까 하는 생각도 해보았다. 분명 기쁨이었을 것이다. 분명 어떤 종류의 깊은 만족감이었을 것이다. 분명 평온이었을 것이다.

아니라는 말은 말렴. 나는 그 기억만으로도 행복하니까.

그러나 그 사건이 우리 가족을 초토화시켰다는 것이 현실이다.

이제 어머니는 도저히 이해할 수 없는 사람이 되어버렸다. 그렇다고 그 뒤로 몇 년간 어머니가 나를 방치한 것은 절대 아니다. 그 대신 어머니는 나를 지나치게 추켜세우고 내가 무

172

슨 잘못을 하든 다 잊어버렸는데, 솔직히 말하면 그게 실수였던 것 같다. 인생의 모든 것이 고통스러웠던 어머니는 나를 천사라고 믿어야만 했던 것 같다. 내가 진짜 천사였더라면 좋았을 텐데.

무슨 할 말이 더 있겠니?

레이철 누나도 변했다. 누나는 대학원을 자퇴하고 1년이나 우리 집에서 지냈다. 우리 가족은 소극적인 가톨릭 신자였지만(축일에는 미사에 참여하고, 다른 할 일이 없을 땐 주일학교에도 갔다), 해나 누나가 죽은 뒤 레이철 누나는 분명하고도 영구적인 방식으로 그리스도를 영접했다. 그 당시 내게는 노엽기 짝이 없는 일이었다. 아무 죄가 없는 누군가가 이유도 없이 죽었다는 사실은 레이철 누나에게는 신은 모두에게 계획을 마련했다는 증거였던 것 같지만 나한테는 신이란 애초에 존재하지 않는다는 생각을 심어주었던 것이다. 나는 누가 봐도 종교의 위선으로 보이는 것들을 빌미로 누나에게 시비를 걸어댔다. 개신교 하느님은 어째서 성장 배경 때문에 사람을 지옥에 보내느냐, 자기에게 죄를 짓지도 않은 사람들에게 질병과 전쟁을 퍼뜨리느냐 등등이었는데, 그건 주로 누나의 심기를 거스르고 싶어서, 또 누나와 어머니가 저녁 식탁에 앉아 손을 마주잡고 기도하는 모습이 질투가 나서였지만, 어쩌면 그 시절 나는 많은 청소년들이 그렇듯 신을 부정하기 직전 아슬아슬한 경계에 서 있었고, 그게 두려웠는지도 모르겠다.

이를 알아차린 레이철 누나는 내 베개 위에 작은 기도 카드를 하나씩 올려두기 시작했다. 간이 식탁 위에 모래 위 외따로 남은 발자국 두 개가 그려진 포스터를 걸어놓고, 말할 때는 종교적인 문구를 남발했다. 누나는 신이 "문을 닫는 동시에 창문을 연다"고, "우리가 힘든 나날을 헤쳐나가게 한다"는 이야기를 했고, 누나가 가장 좋아하는 말은 "모든 일이 일어나는 데에는 이유가 있다"는 말이 되었기에, 나는 누나와는 더 이상 말이 통하지 않는다고 생각하게 되었다. 지금 생각하면 물론 나는 그저 누나의 신앙심이, 그리고 그 신앙심을 갖기 위해 누나에게 필요했던 힘이 두려웠던 것 같다. 해나 누나 일에 대해, 신에 대해, 그리고 그 시절에는 침몰하는 듯했던 우리 가족에 대해 화를 내는 게 나한텐 더 쉬운 일이었으니까.

아버지도 역시 문제였다.

이혼 후 아버지는 누나들, 특히 해나 누나와 사이가 좋지 않았기에 누나의 죽음이 아버지에게 특히 더 고문 같았으리라. 그리고 내 눈엔 아버지와 해나 누나 사이가 나쁜 게 이상하지 않았지만, 두 사람의 사이가 틀어진 진짜 이유를 알게 된 건 세월이 지난 뒤, 로라가 누나의 친구였으며, 누나가 탈퇴하기 전까지는 같은 여학생 클럽 소속이기까지 했다는 사실을 알았을 때다. 그 사실을 알고 나니 나도 상황을 좀 더 뚜렷이 이해할 수 있었다. 로라가 어리다는 건 원래도 알고 있었지만 똑같은 녹색 학사모와 가운을 입고 누나와 나란히 서 있는 모습을 그려보자 그 사실이 한층 더 와닿았다. 어쩌면 둘은 화학 수업을 같이 들었을지도 모른다. 어쩌면 어느 잘생긴 남학생에 대해 같이 소곤거렸을지도 모르고. 그보다 더 최악인 건 어머니는 아마 아버지와 로라를, 두 사람이 성관계를 나누는 모습을 상상할 때마다 아마도 아직 기저귀 차림에 웃옷 앞자락에 딱딱하게 굳은 사탕을 묻히고 다녔던 시절의 해나 누나가 떠올랐으리라는 사실이다. 그 일로 인해 어머니가 보는 아버지는 얼마나 달라졌을까. 아버지가 얼마나 낯선 사람으로 보였을까. 그렇게 나이 많은 남자가 제 몸에 손을 대게 허락하는 그런 여자와 사귀는 남자는 대체 어떤 부류란 말인가? 뿐만 아니라, 그 나이 많은 남자를 다시금 당신 침대에 들인 우리 어머니는 또 어떤 부류의 여자란 말인가?

당시 파이니 크리크 로드에서 일어나던 문제는 그런 것들이다.

그렇게, 해나 누나의 죽음은 우리들 각자의 잘못을 선명히 드러냈고 마침내 아버지를 갉아먹었다. 그 뒤 세월이 지나 내가 아버지와 함께 술을 마시고 아버지의 눈에도 다 자란 남자로 보이는 나이가 된 뒤, 우리가 친해지고 난 뒤, 아버지는 간혹 짧지만 깊은 절망감에 사로잡힐 때가 있었다. 해나 누나 이야기를 할 때였다.

"도저히 입에 올리지도 못하겠구나." 아버지는 그렇게 말한 뒤 내게 레이첼 누나와 자주 연락하느냐고 물었다.

"아빠랑 똑같아요. 명절 때만 하죠."

그러면 아버지는 말했다. "이해가 안 되는구나. 왜 그 애는 너만큼 날 사랑하지 않을까?"

내가 무슨 말을 해야 했을까? 아버지는 대답할 수 없는 질문만 하는 남자였다. 지금도 그렇다.

그래서, 나는 아버지가 벌을 받은 거라고 생각했었다.

그러나 이 사건의 궁극적 진실이자, 내가 너를 여기까지 데려온 진짜 이유는 해나 누나의 죽음이 불러온 예기치 못한 결과를 이야기하기 위해서다.

그 사건 덕분에 내가 린디와 다시 가까워졌던 것이다.

19

댄스파티의 이름은 스프링 배시였다.

때는 여전히 1991년, 누나가 죽은 그달이었고, 나는 2주째 학교에 나가지 않으면서 장례식 문제를 처리하고 검은 티셔츠 차림으로 집 안을 돌아다니며 걸레질이나 하고 있었다. 아마 해나 누나의 죽음이 내가 모든 십 대들이 바라는 바대로 최대한 이기적으로 행동할 명분이 되어주었던 것 같다. 나는 매일 버거킹을 먹었다. 내 방 작은 텔레비전으로 흐릿한 성인 영화를 보느라 늦게까지 깨어 있었다. 이상한 시간대에 소파에 뻗어 잠을 잤다. 아마 다른 사람의 눈에는 괴로워하는 것처럼, 아니면 우울하거나 좌절한 것처럼 보였을 것이다. 하지만 솔직히 말하면 전혀 아니었다. 지금에 와서 찢어진 청바지 차림으로 〈프라이스 이즈 라이트〉를 보던, 이웃들이 어머니를 찾아와 부엌에서 이야기를 나누는 소리에 짜증이 나던 여위고 멀쑥한 그 시절의 나를 돌아보면, 내 안에 그런 깊은 감정은 없었던 것 같다. 나는 그저 외로웠을 뿐이다. 게을렀을 뿐이다. 그저 모든 걸 외면하고 싶었을 것이다.

하지만 어머니는 내게 스프링 배시에 가라고 했다.

나도 모르는 사이에 내 파트너는 예술가 줄리로 정해졌다. 예술가 줄리가 이끼 침대에 축복을 내리듯 클로버를 흩뿌리던 어린 시절과 달라진 건 신체적인 면밖에 없었다. 그리 나쁜 일은 아니었다. 줄리는 살이 좀 찌는 바람에 사람들이 "뼈대가 굵다"고 에둘러 칭찬하는 그런 여자가 되었지만 그렇다고 해서 매력이 없는 건 절대 아니었다. 그 애의 잘못이 있다면 활짝 피어난 히피였던 그 애가 시대를 잘못 타고 태어났다는 것뿐이다. 그 애는 머리에 꽃을 꽂고 학교에 왔고 공책에 유니콘 따위를 그렸으며 두꺼운 영웅 판타지 소설을 읽었다. 예를 들면, 난 그 애가 점심시간 식당에서 우리 학교의 여드름투성이 남학생들과 둥글게 모여 앉아 던전 앤 드래곤을 하는 모습을 본 적 있었다. 10면 주사위를 던져서 원하는 숫자가 나오자 그 애가 주먹을 쥐고 거칠게 흔들었다. 자기 몫의 매시드포테이토 위에 마법 약을 뿌리는 흉내를 냈다. 순수한 기쁨에 취한 모습이었다. 그 시절 우리는 고등학생이었으니, 당연히 그런 행동은 사회적 자살이나 다름없었다. 그 애가 인기가 많은 애였다면 남의 눈을 신경 쓰지 않는 그 모습이 근사해 보였으련만. 하지만 그 앤 인기가 없었다.

그 애는 교복과 어울리지 않는 신발을 신었고, 성적은 최상위권이었고, 극소수 외에는 아무도 못 알아듣는 농담 같은

178

걸 했다. 길고 검은 머리는 감지 않는 날이 많아서 빗질을 하면 머리카락에 빗살이 지나간 자리가 남았다. 딱 한 쌍 있는 것 같은 귀걸이는 플라스틱으로 된 초록색 나비 모양이었다. 그 애와 우리가 어울릴 여지는 거의 없었다. 하지만 고등학교 1학년이 되면서 예술가 줄리의 몸매가 풍만해져서 체크무늬 점퍼스커트 가슴 부분이 갑자기 꽉 차버리는 바람에 그 애가 우리 사이에서 완전히 무시당하는 위치는 아니었다.

그 애는 푸른 블레이저에 물방울무늬 넥타이를 한 나보다 더 불편해 보이는 주름 장식이 있는 초록색 드레스 차림으로 나를 데리러 왔고, 우리는 서로에게 코르사주를 선물했다. 부모님들은 호들갑을 떨며 집 안팎에 우리를 세워놓고 여러 포즈를 취하게 시키며 사진을 찍었고 우리는 사진을 망쳐버리려고 이상한 표정을 지었다. 어머니는 아직도 그 사진들을 액자에 넣어 벽에 걸어두었는데, 그 사진을 볼 때마다 나는 시간 여행을 하는 기분이다.

줄리와 내가 파티 장소에 도착하자 벌써 밴드가 무대에 올라 〈브라운 아이드 걸〉과 〈머스탱 샐리〉 같은 곡들을 연주하고 있었고, 줄리는 마치 롤링스톤스 콘서트 1열에 온 관객처럼 열광했다. 나한테는 신경도 쓰지 않고 무대 앞에서 혼자 몇 시간이나 미친 듯 춤을 췄다. 공간을 넓게 쓰면서 마치 부족 신이라도 소환하는 것 같은 극적인 몸짓을 했다. 분위기가 무르익자 인기 있는 아이들도 앞으로 나와서 싫은 척 춤을 췄지만, 줄리는 그들을 무시하고 혼자 춤췄다. 춤은 그 애한테는 개인적인 것이었고, 비록 그 사실이 사회적으로는 그 애를 힘들게 했을진 몰라도, 아니, 어쩌면 그 사실 때문에 나는 그 애가 존경스러웠다. 내가 알기로 줄리는 언제나 내가 절대 할 수 없는 일들을 할 수 있는 애, 남들 시선에 신경 쓰지 않는 애였다. 그 애 어머니가 반짝거리게 땋아서 초록색 머리핀으로 고정해준 머리는 네 번째 곡이 나올 때쯤 풀려버렸다. 드레스 배 부분에 땀 얼룩이 나 있었다. 중간 휴식 시간, 그 애가 간식 테이블에서 펀치를 벌컥벌컥 들이켤 때에야 나는 간신히 그 애한테 말을 걸 수 있었다.

"재밌어?" 내가 물었다.

"목말라 죽겠어." 그 애가 대답했다.

그게 다였다.

강당 밖에서 담배를 피우고 돌아온 기타리스트가 다시 무대로 올라오자마자 줄리는 다시 달려가서 음악이 시작되기도 전에 하이힐을 벗어 허공에서 드럼을 치는 흉내를 냈다. 그때 남자애들 몇 명이 나한테 오더니 어깨를 툭툭 쳤다. "잘 생각했어," 그들이 말했다. "가슴이 끝내주잖아." 그렇게, 나는 예술가 줄리가 인기가 아주 없는 건 아니라는 사실을 알았다. 그 애한테는 나름의 장점이 있었고 솔직히 말하면 나 역시도 그걸 의식하지 않은 건 아니다.

하지만 여기서 중요한 건 그날의 댄스파티에서 내가 나 자신에 대해서도 새로운 걸 알게 되었다는 사실이다. 누나가 죽고, 그 뒤로 학교를 오래 빠진 뒤 나는 조금 유명인이 된 것 같았다. 평소엔 내게 말도 걸지 않던, 풋볼을 하거나 학생회에 입후보하는 잘생긴 녀석들이 나한테 엄지손가락을 들어 보였다.

복도에서나 라틴어 수업에서 만나도 내가 있는지 없는지도 모르던 여학생들도 이렇게 물었다. "월요일엔 학교에 와?"

"그럴걸." 내가 그렇게 대답하면 그들은 "잘됐다" 했다.

아마 그들의 태도가 변한 데는 두어 가지 이유가 있는 것 같았다.

첫째는 내게 다가오는 그들의 묘한 표정을 보면서 추측한 이유였다. 나는 그들이 낯선, 어쨌거나 십 대 청소년에게는 익숙하지 않은 감정을 마주했다는 사실, 그리고 그 감정 중 가장 큰 것은 동정심이라는 걸 알 수 있었다. 어색하게 악수를 건네거나 정중한 질문을 던지는 그 애들의 눈 속에서, 그 애들이 각자의 집 부엌이나 식당에서 부모님으로부터 우리 가족에게 일어난 비극 이야기를 듣고 있는 장면이 보이는 것 같았다. 그 애들이 자신과 딱히 상관없는 이야기라고 가볍게 넘기면 부모님은 분명 그 비극을 재차 강조했을 것이고, 어쩌면 그 애들의 형제자매 이야기를 입에 올리거나, 나아가 그들에게 부모의 사랑이 얼마나 깊은지, 아이를 잃은 부모의 심정이 어떨지 설명하려 했을지도 모른다. 그러다가 부모의 진지한 말투 때문에 그들은 잠시나마 그 마음을 이해하게 되었을 것이다. 따지자면 그것은 나를 위해서가 아니라, 여태까지는 한 번도 생각해본 적 없었던 사실, 자신들 역시 언젠가 죽을 것이며, 사람의 운명은 미끄러운 카드로 쌓아 만든 허술한 집이나 마찬가지라는 사실 때문이었다. 그러나 그들이 보여주는 우정은 계속 이어지지 않았으며 댄스파티 날 보여준 몸짓 이상으로 발전하지도 않았기 때문에 나는 그들이 내게 잠시

나마 신경을 써준 또 다른 이유를 생각해보았다.

앞서 이야기한 대로 퍼킨스 스쿨은 사립학교이자 작은 공동체였기에, 배턴루지에 사는 다른 사람들은 이곳을 일종의 천국이라 생각했다. 그렇기에 외부인들은 자식을 이 학교에 입학시킬 수만 있다면 집이라도 팔았을 부모들조차도 우리를 현실을 모르고 버릇없이 자란 아이들이라며 비난하기도 했다. 그러니 우리는 그런 시선에 걸맞은 결과를 내야 했다. 파란에 휘말리고 깊은 우울에 빠져 학교에 나오지 못한 누군가의 빈자리가 있는 교실은 학교 홍보지의 내용과는 어울리지 않았다. 예를 들면 출석을 부를 때 내 이름 뒤에 뒤따르는 침묵. 테일러 선생님의 교실 벽, 내 역사 과제물이 붙어 있어야 했던 빈자리. 그런 것들은 용납할 수 없었다. 그렇기에 내가 월요일에 학교로 돌아오는 게 그토록 중요했던 것이다. 내 비극으로 그들이 배워야 했던 것들을 잊을 수 있게.

그러나 모두가 그런 놀이에 가담했던 건 아니다. 예를 들면 린디는 내게 어떤 위로의 말도 건네지 않았다.

그 애는 맷 호크라는 남자애와 뒤늦게 파티에 도착했다. 맷 호크는 몸싸움이 일어나기로 유명한 공립학교인 매킨리 고등학교 졸업반이었다. 우리 퍼킨스 스쿨 학생들의 비웃음의 대상이기도 했는데, 사실 그건 우리가 속물이라서가 아니라 쉬는 시간에 싸움이 일어나고 모범생들이 화장실에서 두들겨 맞는 그런 학교에서 우리 같은 아이들이 얼마나 오래 버틸 수 있을까 하는 두려움을 달래기 위한 것이었다.

그리고 매킨리 고등학교에는 복장 규정이 없었기에 그 학교 학생들 앞에서 우리 사립학교 학생들이 나름대로 시도한 반항아 같은 겉모습은 유치하기 그지없었다. 예를 들면, 퍼킨스 스쿨에서 나는 문제아 취급을 받았는데 그건 앞머리로 눈을 덮고 다녀서였다. 왼쪽 귀를 뚫기까지 했다. 하지만 맷 호크는 눈썹에 은빛 피어싱을 했다. 코에는 검은 링을 달았다. 그는 퍼킨스 스쿨 학생들은 절대 엄두도 내지 못하는 펑크족이었고, 숱이 많고 흐트러진 긴 머리는 그 무엇으로도 길들일 수 없을 것처럼 제멋대로였다. 그리고 아마도 미래의 기술자나 목수가 될 그의 근육질 팔에는 검은 가죽 팔찌가 여러 개 채워져 있었다. 팔찌 너머 강인하게 생긴 손은 핏줄이 울퉁불퉁 도드라졌다. 그리고 무엇보다 최악이었던 건, 그날 밤 그 손에 린디의 손이 잡혀 있었다는 것이다.

린디는 내 깜냥으로는 청회색이라고밖에는 설명할 수 없는 색의 드레스를 입고 있었고, 자신의 아름다움을 감추려 애썼음에도 눈부시게 아름다웠다. 검은 아이라이너를 칠하고, 컴뱃 부츠를 신었으며, 머리는 어느 우울한 예술가처럼 뒤로 팽팽하게 당겨 묶었다. 최근 몇 달간 다시 조금 살이 붙었지만, 덕분에 다행히 거식증 환자처럼은 보이지 않았다. 그래도 턱선은 아직 예리하고 선명했다. 그 애의 분노는 선명하고도 단단했다. 내게 린디는 그 누구보다도 우월해 보였다.

그 애는 맷 호크와 함께 저녁 내내 심판이라도 되듯 강당 구석에 서 있었다. 두 사람은 우리보다 어른스러워 보였다. 다른 여학생들은 뒤에서 린디를 놀려댔지만, 내 생각엔 사실 맷 호크를 데려온 걸 질투했던 것 같다. 그들이 몇 명씩 무리를 지어 조심스레 다가가서는 맷에게 우리 지난번에도 본 적 있다고 말하며 악수를 건네는 모습이 보였지만 맷은 무심하게 굴었다. 확실한 건 댄스파티 자원봉사보호자들 역시 나만큼이나 그의 존재를 거슬려 했다는 것이다.

린디는 저런 놈을 대체 어디서 만난 걸까? 저놈한테 자기를 얼마나 내준 걸까? 내가 지난해 놓쳐버린 그 애의 삶이 얼마나 많을까?

린디에게서 눈이 떨어지지가 않았다.

음악 사이의 쉬는 시간에 그 애와 맷은 밴드 멤버와 함께 밖으로 나갔고, 돌아올 땐 대마초나 코카인에 흠뻑 취한 듯같이 낄낄 웃고 있었다. 오래지 않아 퍼킨스 스쿨의 운동선수들도 맷의 존재를 탐탁지 않아 하기 시작했고, 주차장에서 그를 두들겨 패서 이곳이 누구의 영역인지 보여주자는 이야기를 해댔다. 그러나 이 환상은 오래가지 않았는데, 그들 중 제일 힘이 센 녀석이라도 조만간 영화관 주차장에서 공립고등학교 깡패단에게 붙들려 보복을 당할 게 뻔해서였다. 그곳에서는 누구도 살아남지 못한다는 걸 우리는 알았다. 그래도 우리는 애들답게 센 척을 그만두지 않았다.

그 외엔 별다른 일 없이 스프링 배시는 끝이 났다.

나는 즐거운 척하면서 내내 린디를 지켜보았다. (한번은 건스앤로지스 곡이 나올 때 그 애가 맷과 함께 춤을 추고 싶어 했다. 화장실에는 세 번 다녀왔다. 그 애가 맷의 허리를 끌어안았지만 그는 그 애를 떨쳐내버렸다.) 그 밖에 그날의 댄스파티에서 기억나는 건, (그사이에 사립학교 학생에 걸맞은 모습으로 자라나 운동을 시작한) 이미 나와 서먹해진 랜디가 파트너의 팔을 어깨에 두른 채로 〈프리티 우먼〉 커버 곡에 맞춰 춤을 추었던 것이다. 녀석은 행복해 보였고, 나도 그 모습이 보기 좋았다. 녀석이 잘 지내기를 빌어주었다.

댄스파티가 공식적으로 끝나기 전에 잘나가는 애들은 강당을 빠져나가기 시작했다. 우리, 예술가 줄리와 나 역시 묘하게도 그 틈에 끼어서 보호자 없는 뒤풀이 파티에 초대를 받았다. 고등학교에선 늘 그렇듯, 여기부터가 재미있어지는 순간이다.

20

　파티를 연 건 멀린다 존스라는 여자애였다. 퍼킨스 학교의
기준으로 보아도 그 애 집안은 더럽게 부자였다. 멀린다의 아
버지는 변호사이자 주 의원이었는데 그 지위 덕분에 부모 노
릇을 비롯한 모든 것에서 면제되기라도 한 것인지 우리 눈에
멀린다가 사는 저택은 잘 꾸며진 매음굴이나 다름없었다. 물
론 나로서는 전부 전해 들은 소문에 불과했다. 멀린다의 집에
가본 건 그날이 처음이었으니까.

　그래서 나는 굉장히 들떴다.

　예술가 줄리와 나는 다른 네 명의 아이들과 차 안에 끼어
탔다. 체육관 주차장을 채 벗어나기도 전에 좌석 밑에 숨겨져
있던 미지근한 12개들이 맥주가 나타났고, 순식간에 조인트
가 말리더니 불이 붙었다. 나는 그 모든 것을 마음껏 탐닉했
다. 반면 예술가 줄리는 이 모든 것이 익숙지 않은 듯 흥미 없

다는 얼굴로 술도 대마초도 정중하게 거절했다. 그 애는 술에 취하지 않고도 이미 기분이 좋은 상태였고, 땀에 흠뻑 젖어 있었는데, 내 옆에 앉은 그 애의 체취를 나도 맡을 수 있었다. 줄리는 차창 밖으로 머리를 내밀고 목을 덮었던 숱 많은 머리카락을 들어올렸다. 나는 이상하게도 줄리가 질투 났고, 그 애의 머릿속에서 무슨 생각이 굴러가고 있을지가 궁금했다. 예를 들면, 우리가 파이니 크리크 로드를 돌아다니던 어린 시절, 줄리는 나를 어떻게 생각했을까? 지금은 나를 어떻게 생각할까? 다른 모든 것들을 줄리는 어떻게 생각할까?

나는 묻지 않았다.

사실 우리가 멀린다의 집에 도착했을 무렵엔 나는 파트너인 줄리에 대해서는 거의 잊어버리고 있었다. 이유는 뻔하고도 당연했다. 나는 열여섯 살이었다. 얼마 전에 누나가 죽었다. 린디가 파티에 올 것이다. 나는 불행했다. 그래도 그날 하루는 예외가 될지도 몰랐다.

8학년 시절 학교 운동장에서 경주를 해서 명성을 얻으려던 것과 별반 다르지 않은 일이었지만, 나는 어쩌면 이 파티에서 내가 무언가를 보여줘서 자리매김한다면 거친 남자, 어쩌면 좀 위험한 남자로 이름을 알릴 수 있지 않을까 하는 생각이 들었다. 퍼킨스 스쿨에서 내가 본 선배 남학생들, 인기가 많고, "파티광"에다가 린디 같은(내 바람이다) 여자들이 무의식적으로 따라다니는 남자들처럼. 그러니까, 맷 호크 같은 사람처럼 말이다.

그래서 파티 장소로 들어간 뒤 나는 사고를 칠 만한 게 뭐가 있나 찾아다녔다.

거실의 값비싼 소파며 앤티크풍 작은 탁자는 전부 벽에 밀어붙여둔 채였고 내가 모르는 남자들이 밴드 장비를 설치하고 있었다. 2층으로 올라가는 계단에 줄지어 선 아이들이 그들의 준비 과정을 구경하고 있었다. 밴드 멤버들은 앰프, 마이크, 드럼, 기타처럼 대단해 보이는 장비들을 갖고 있었다. 부엌으로 들어가니 반쯤 빈 술병들이 대리석으로 된 조리대 위를 가득 메우는 걸로도 모자라 타일 바닥에도 굴러다녔고, 아이스박스 여러 개에 상상할 수 있는 온갖 종류의 싸구려 맥주들이 가득 차 있었다. 내추럴 라이트. 밀러 하이 라이프. 올드 밀워키. 그중에서도 롤링 록스가 가득 담긴 아이스박스가 하나 있었는데, 열린 상자 안에 들어 있는 병들이 에메랄드처럼 빛나고 있었다. 롤링 록스를 한 병 꺼낸 다음 벌컥벌컥 들이켜서 처음 느끼는 것만 같은 갈증을 채우고 나자 갑자기 용기가 생겼다. 나는 한 손에 맥주 두 병 정도는 거뜬한 사람인 양 맥주를 한 병 더 집어 들고 바깥으로 나왔다. 사람들이 수영장 언저리에 서서 담배를 피우고 있었는데 몇몇은 연기를 속까지 들이마셨지만 대부분은 흉내만 냈다.

부모님 없이 자유의 몸이 된 우리는 오늘 밤 난장판을 벌일 생각이었다. 우리는 아직 더러워지지 않은 비싼 옷을 입은 채 돌아다니며 반짝이는 수영장을 마치 결승 지점처럼 바라보았고 조만간 그렇게 될 것임을 알았다. 나는 평소에 말을 섞어본 적도 없는 아이들과 이야기하면서 일부러 혀 꼬인 소리를 냈다. 얼마나 마신 거냐는 질문에는 "이제 시작인걸" 했고 그러면 상대는 더 마시라고 부추겼다. 당구대가 있는 오락실에서 60센티미터짜리 봉[16]으로 대마초를 피웠다. 가져오고 싶은 약이 있었는데 집에 두고 왔다고 거짓말했다. 정확히 무슨 뜻인지도 모르면서 '퀘일루드[17]' 같은 단어를 주워섬기며 뭔가 있어 보이는 인상을 주려 애썼다. 집 안에서 음악이 쾅쾅 울려 퍼지기 시작하자 나는 맥주병을 허공에 들고 동상처럼 꼼짝하지 않고 서 있었다. 곡이 끝날 때까지 아무도 입을 못 열게 했다. 그다음에는 한 녀석에게 5달러를 주고 담배 한 갑을 얻어서 줄담배를 피웠고 터프해 보이려고 최대한 코로 연기를 뿜으면서 마치 그 무엇도 나를 괴롭힐 수 없다는 듯 굴었다.

한 시간도 지나지 않아 다들 만취해버렸다.

남자들은 정장 코트 차림으로 몸싸움했고 여자들은 자기 파트너가 아닌 남자들과 시시덕거렸다. 오래지 않아 집 안에서 곧 극적이고도 복잡한 고등학교 스토리가 이리저리 꼬이며 전개되기 시작했고 그 광란의 현장 속에서 잭 러셀 테리어(아마도 멀린다가 키우는 개였겠지) 한 마리가 나타나 수영장을 헤엄치며 물 위에 중국 장례식에 띄워놓은 촛불처럼 버려져 둥둥 떠 있는 코르사주를 물었다. 남자애 둘이 지붕에 올라가는 모습이 보였다. 여자애 하나가 풀숲에 떨어지는 모

---

16   대마초를 피우는 물담배 형태의 파이프.

17   마약의 일종인 메타퀄론의 상표명.

습도 보았다. 그때, 거실에서 수영장을 내다보도록 만들어진 커다란 전망 창을 통해 린디와 맷 호크가 집 안으로 들어가는 모습이 보였다.

사랑에 빠진 사람이라면 그렇듯 나는 곧바로 그들이 지난 한 시간 동안 한 일에 대한 비이성적인 상상에 사로잡혔고(차 안에서 섹스하고, 린디가 진입로에서 그놈의 것을 빨아주고, 공립학교 화장실에 들어가 약을 주사했을 거라고 했다), 그러자 내가 가진 최악의 모습이 뛰쳐나왔다. 나는 이제부터 공식적으로 취한 거라고 스스로를 향해 선언한 뒤 비틀거리며 돌아다니기 시작했다. 내 덩치가 더 크다고 상상하면서 감히 날 쳐다보는 여자애는 전부 침대에 눕히는 상상을 했다. 완전히 연기였던 건 아니다. 그 시절 나는 술을 별로 마셔보지 않았기에 맥주를 마신 것만으로도 얼굴에 감각이 없어지면서 대범해졌던 것이다. 나는 밴드 연주를 보러 집 안으로 들어갔다.

린디가 어두운 성격으로 변하고부터 내가 기타를 치기 시작했다고 얘기했었지. 그래서 나는 밴드 연주를 몇 곡 들으면서 기타리스트의 실력을 가늠해보았다. 술에 취하지 않았을 때 나는 허세를 부리는 성격이 아니었지만, 연주를 듣고 있자니 나도 해볼 만하다는 생각이 들었다. 방 안에서 혼자 기타를 붙들고 린디가 들을 것 같은 노래들을 따라 하면서, 스포트라이트 속 린디를 바라보며 무대 한가운데에 서 있을 내 모습을 상상한 수없는 밤이 낳은 결과였다. 그렇게 생각하면 나 역시도 혼자 오랜 시간을 보내며 환상 속 자신과 실제 자

190

신 사이의 간극을 메우려 전심전력을 다하는 진정한 예술가였는지도 모르겠다.

그래서 밴드가 휴식 시간을 가지려는 기미가 보이자 나는 기타리스트에게 내가 한 곡 연주해봐도 되겠느냐고 물었다. 그는 내게 진짜 기타를 칠 줄 아는 건지 아니면 술에 취해서 헛소리를 하는 건지 물었다.

"기타 줄이라도 끊어지면 네 파트너 앞에서 네 비쩍 마른 궁둥이를 걷어차버릴 거야."

"진정해요." 나는 그렇게 말한 뒤 그를 안심시키려고 그럴싸한 가락을 잠깐 연주해주었다.

그다음에는 군중 속에서 린디를 찾았다.

린디는 한구석에 서서 치과 대기실에서 기다리는 표정을 한 맷과 말다툼을 하고 있었다. 지루하기 그지없는 표정은 여러 번 연습한 것인지 풀리지 않았고, 플라스틱 컵에 따른 술을 마신 탓인지 린디는 평소보다 생기가 넘쳤다. 린디는 이미 취한 것 같았는데 그 모습이 보기 좋았다.

나는 밴드 쪽으로 돌아서서 앰프의 볼륨을 높인 뒤 아까 댄스파티에서 린디가 맷과 춤을 추려고 했던 바로 그 곡, 건스앤로지스의 〈스위트 차일드 오 마인〉 도입부를 연주하기 시작했다. 우리 또래라면 누구나 그렇듯 밴드 역시 도입부를 듣자마자 무슨 곡인지 알아차리고 반주를 시작했다. 다시 관객을 향해 돌았을 때, 우리의 연주는 내 기대보다도 더 근사했다. 린디가 나를 쳐다보는 모습이 보였다. 낯선 사람을 쳐다보는 강아지처럼 고개를 한쪽으로 기울인 채로, 잠깐의 시간이 흘렀던 것 같다.

다음 순간 그 애는 다시 맷을 향해 돌아섰다.

그러나 그 모습을 본 순간 오히려 자극받는 바람에 나는 내 평생 해본 그 어떤 연주보다 뛰어난 연주를 선보일 수 있었다. 우리의 연주는 프로 뮤지션 같았고, 그 자리에 실력 있는 드러머와 보컬이 있었다는 사실은 행운이었다. 한 소년의 손에 기타를 들려주는 것만 한 선물은 절대 없다. 나는 볼륨을 10까지 높인 다음 앞머리를 내려 눈을 덮었다. 아이들은 후렴을 떼창하며 가죽 구두를 신은 발로 계단 난간을 툭툭 차서 박자를 맞췄고, 댄스파티 파트너와 함께 허공에서 기타를 치는 흉내를 냈다. 부엌 구석에 있던 랜디가 내 쪽을 보며 럼이 든 술병을 경례하듯 들어 보이는 모습이 보였다. 드러머를 보았다. 그가 미소를 지었다. 베이시스트를 보자 그도 내 쪽으로 고개를 까닥였다. 뒤뜰로 난 창밖에 귀를 기울이는 관중들이 잔뜩 모여 있는 것을 확인한 나는 혼신의 힘을 다해 솔로 연주를 시작했다.

나의 상상 속 린디는 나를 향한 호기심에 사로잡혔다. 그저 순하기만 하던 부끄럼 많은 이웃 남자애가 어떻게 지금 눈앞에 보이는 이런 남자로 자라나 내가 좋아하는 곡을 연주하는 건지, 우리 사이의 이 커다란 공통점을 어떻게 지금껏 무시했는지, 내가 원하는 건 바로 원한다면 위험해질 수 있고 필요하다면 다정해질 수 있는 이 아이라는 걸 어째서 여태 몰랐는지.

뿐만 아니라, 처음 알게 된 그 남자애가 이렇게 버티고 있는데 어째서 어리석게도 다른 남자에게 기회를 주었는지. 어째서? 나는 그 애가 자신에 대해 의문을 품는 모습을 상상했다. 어쩌다가?

왜 안 돼?

그건 내 환상이었다.

실제로는, 눈을 뜨자 집 안은 들썩이고 있었다. 아이들이 제자리에서 펄쩍펄쩍 뛰는 가운데 곡은 절정으로 치달았고, 보컬은 액슬 로즈의 트레이드마크인 비통한 읊조림을 내뱉는 중이었다. **우리는 이제 어디로 가나?** 액슬이 노래했다. **우리는 이제 어디로 가나?**

그 나이에 우리가 들어본 최고의 질문이었다.

그래서 나는 두툼한 카펫 위에 꼿꼿이 선 채 또래 아이들이 열광할 만한 일들을 했다. 팔의 근육을 있는 대로 과시해 보였다. 마침내 곡이 끝날 무렵, 린디가 혼자 춤을 추는 모습이 보였다. 데리고 왔던 파트너는 마치 내 영토에서 쫓겨 나가기라도 하듯 사라지고 없었다. 나는 밴드에게 한 곡만 더, 조금만 더 연주해달라고 부탁했다.

밴드 멤버들은 내 마음을 이해해주었고, 우린 그렇게 무대를 불태웠다.

그래, 좋아.

이건 로맨스다. 이건 기억이고. 이건 쾌락이다.

그리 오래 지속되지는 않았다.

21

노래가 끝난 뒤 나는 잠시 영웅이 된 기분을 만끽했다.

사람들이 다가와 악수를 청했다. 미지근한 보드카와 테킬라를 따라주기도 했고 나는 주는 대로 받아 마셨다. 용기를 낸 김에 마이크에 대고 이 집에 있는 롤링 록스는 이제 전부 내 것이며 그걸 막으려는 사람은 전부 바보라고 선언한 뒤로는 마치 내가 그날 밤의 기념물이자 이정표라도 된 것만 같았다. 마주치는 이들마다 지금 마시는 게 몇 병째냐고 물었고, 밤이 깊어질수록 내 대답의 숫자는 점점 커져갔다. 그러다 보니 나는 어느새 2층 오락실에서 핀볼 기계 위에 초록색 맥주병을 피라미드 모양으로 쌓아놓은 채로 처음 보는 여자애와 당구를 치고 있었다. 새벽 두 시쯤이었고, 댄스파티에서만 해도 잘생긴 젊은 청년이었던 녀석들은 그사이에 나이가 들어버리기라도 한 듯이 지친 회사원처럼 넥타이를 풀어 헤치고 머리는 흐트러져 있었다. 난생처음으로 술에 흠뻑 취한 나는 다른 어디서도 이런 만족감을 느낄 수 없을 것만 같다고 생각했다.

1층에서 들려오던 밴드 연주가 드디어 멎고 난 뒤 집 안은 어수선했다. 그 자리에 남겨진 드럼을 두드리는 술 취한 녀석, 파트너에게 고함을 질러대는 여자애, 그리고 쩌렁쩌렁 울려 퍼지는 마이클 잭슨 레코드. 한참 전부터 아이들은 집 안에서 담배를 피우기 시작했고, 도자기 화병에 재를 떨었으며, 2층 오락실은 술집 분위기로 바뀌었다. 저쪽 벽에 붙어 있는 커다란 프로젝션 텔레비전 앞에 네댓 명이 모여 닌텐도를 하고 있었고, 공격적 태클을 즐기는 다부진 체격의 트렌트 윌크스라는 녀석은 당구대 밑에서 곯아떨어져 있었다. 중간중간 영문 모르게 울부짖는 소리가 들려왔다. 그런 밤이었다. 모든 게 근사하게 느껴졌다.

그때 린디가 나타났고, 그 순간 모든 것이 바뀌었다.

그 애는 오락실 문간에 서서 몸을 가누려 애쓰고 있었다.

나는 내가 그 애를 위한 곡을 연주해 그 무대의 주인공이 된 뒤부터 지금까지 그 애한테 무슨 일이 있었는지는 전혀 몰랐다. 내가 있는 대로 터프한 척을 하며 그 애를 무시하려 애쓴 탓이었다. 그러나 어쩐지 좋은 일이 있었던 건 아닌 것 같았다. 그렇게 생각할 만한 근거로, 그 애가 입은 드레스에는 예거마이스터인지 아니면 갈색이 도는 걸쭉한 맥주인지 모를 액체를 쏟은 자국이 나 있었다. 검은 마스카라가 눈 밑에 번진 덕에 육상 선수 같은 분위기가 한층 강해져 있었다.

린디는 마치 자기가 왜 여기 왔는지 잊어버렸다는 듯 널찍한 오락실을 둘러보더니 그 뒤에, 마침내, 나를 바라보았다. 그 애가 웃었다.

나도 마주 웃었다.

"야, 안녕", 그 애가 말했고, 그렇게 외로움뿐이던 한 해는 끝이 났다.

그 순간 나를 사로잡은 비약적인 환상들이 어떤 것이었는지는 너도 충분히 짐작할 테니 따로 말하지는 않겠다. 서로에게 진심 어린 고백을 털어놓고, 비운의 사랑과 엄청난 오해에 대해 긴 대화를 나누고, 대화를 나누지 않고 보낸 오랜 시간이 아깝다고 말하는 환상. 그러나 그런 일은 하나도 실현되지 않았다.

그러니 내가 한 말만 옮겨주마.

"안녕, 린디." 내가 말했다.

린디는 대답하기 전에 한참이나 뜸을 들였다.

"이게 누구야." 그 애는 그렇게 말한 다음 내게 다가왔다. 컴뱃 부츠의 끈은 풀려 있었다. 나를 안으려던 순간 그 애가 내 품속으로 넘어지면서 중심을 잡으려는 듯 내 가슴에 힘주어 기댔다. 그 순간 나는 당시에는 무슨 냄새인지 알 수 없었던 그 애의 냄새를 깊이 들이마셨다. 훗날 내가 대학에 가서야 알게 된 그 냄새의 정체는 술 취한 여자에게서 나는 끈끈한 숨결 냄새, 아직은 찌들지 않은 갓 피운 담배 냄새였다. 그러나 그 순간에는 그 냄새는 의미심장한 수수께끼였고, 나는 그 냄새가 좋았다.

나는 그 애가 균형을 잡도록 부축해주면서 아주 오랜만에 그 애의 눈을 바라보았다.

안타깝게도 그 눈빛 속에서는 그 무엇도 읽을 수가 없었다.

분명 내 앞에 서 있는데도, 그 애 얼굴은 마치 어딘가 먼 곳에 있는 것만 같은 표정이었다. 그 애의 눈은 그저 냉장고에 자석으로 붙여놓은 어린아이의 그림을 살펴보는 것과 마찬가지로 내 얼굴을 상냥하게 탐색하고 있을 뿐이었다. 분명 웃고 있는데도, 왜 웃는지 알 수 없었다. 이제 와서 그때의 그 애를 생각하면 살면서 아주 잠깐씩 술에 취한 상태에서 만났다 헤어진 여자들이 떠오른다. 아마 그날 밤 린디와의 기억 때문에 나는 그 여자들을 그 이상으로 알고 싶지가 않았던 것 같다. 훗날 나는 다른 여자들의 얼굴에서 그때의 린디가 짓고 있던, 안타깝고, 연약하면서, 금방이라도 손에 넣을 수 있을 그 표정을 볼 때마다, 상대와 나 사이에 미래는 없으리라는 사실을 곧바로 알아차렸다.

린디가 발을 헛디뎠다가 다시 균형을 잡으려 내 팔을 붙잡았다.

나는 사랑에 빠진 멍청이처럼 이두박근에 힘을 주었다.

"록 스타네." 그 애가 말했다.

"누구, 나?" 나는 미소를 지었지만, 그때 뒤에서 누군가의 목소리가 들렸다. **"못 봐주겠다."**

돌아보니 같이 당구를 치던 여자애가 내가 돌아오기를 기다리며 린디를 향해 눈을 굴려대고 있었다. 그 순간 내 눈에 그 애의 행동은 어처구니없을 만큼 막돼먹은 것, 역겨울 만치 무지한 것으로 느껴졌지만, 사실은 이 방에 있는 아이들이 보여준 다양한 천박한 모습 중 한 가지일 뿐이었다. 나는 그제야 소파에 앉아 있는 아이들도 이쪽을 보면서 린디를 비웃고 있다는 사실을 깨달았다. 린디는 엉망이었고, 그건 부정할 수 없는 사실이었다. 이제 와 생각하면 나는 그때 그 애를 화장실로 데려가 따뜻한 물에 수건을 적셔 얼굴을 닦아주고 돌봐주었어야 한다. 그러나 그때의 나에겐 그저 린디와 이야기하고 싶고, 같이 있고 싶다는 마음만이 간절했다. 그렇게 나는 수도 없는 실수를 저질렀다.

나는 머릿속에 제일 먼저 떠오르는 말을 뱉었다.

"그 멋진 녀석은 어디 가고?" 내가 물었다. "맷은?"

린디는 도대체 누구 이야기를 하는지 모르겠다는 듯 얼굴을 찌푸렸다. 그다음에는 간지럽다는 듯 몸을 비틀어 등을 긁더니 다시 앞으로 푹 고꾸라졌다. 린디가 나를 당구대에 밀치자 컵에 든 붉은색 주스가 내 셔츠에 쏟아졌다. 그 애가 다시 내 팔을 잡는 바람에 우리는 웃었다.

"나 너 알아." 그 애가 말했다.

"알아." 나는 미소를 지었다. "나도 너 알아."

"아니," 그러더니 그 애는 목소리를 낮추었다. "그러니까, 난 네가 무슨 짓을 하는지 안다고."

무슨 뜻으로 하는 말일까 하는 생각에 더럭 겁이 났다. 하지만 나는 끝까지 아무것도 모른다는 듯 굴었다. 애써 시시덕거리는 태도를 흉내 냈다. "내가 무슨 짓을 하는지 안다고?" 내가 물었다.

린디는 고개를 끄덕였다.

"내가 뭘 하는데?" 내가 물었다.

그러자 린디가 내게 바짝 다가오더니 그대로 한참 가만히 있었다. 그다음에는 발끝으로 서서 귓속말이라도 하려는 듯 얼굴을 내 얼굴 가까이 가져왔다. 귀에 그 애의 뜨거운 숨이 닿았다.

"우리 다른 데로 가자." 그 애가 속삭였다.

나는 그런 요구를 들을 마음의 준비는 전혀 해놓지 않고 있었다.

"무슨 뜻이야?"

그 애가 다시 나를 보았지만, 정확히는 내 얼굴이 아니라 내 얼굴이 있음 직한 방향을 대강 쳐다본 것에 가까웠다. 린디는 마치 수백만 킬로미터 떨어진 곳에 있는 사람처럼 멍청하게 웃더니 다시 몸을 바짝 붙이고는 속삭였다. "네가 날 원하는 걸 알아," 다음 순간 내 목에 그 애의 입술이 닿았다. "다른 데로 가자."

그때의 엄청난 실망감을 내가 어떻게 설명할 수 있겠니?

린디가 내 마음을 알고 있다는 사실 때문에 그 말이 그토록 실망스러웠던 건 아니다. 사실 린디를 향한 내 마음은 비밀이라고 할 수도 없었다. 나는 1년 내내 온갖 방법으로 내가 그 애를 좋아한다는 사실을 흘리고 다녔다. 누구랑 자고 싶은지, 서투른 욕망을 품은 상대가 누구인지 하는 시시껄렁한 대화를 친구들과 주고받을 기회가 있을 때마다 그 애 이름을 주워섬겼으니까. 게다가 나는 그 애를 흉내 내어 옷을 입었고, 십 대 연애 영화에 나오는 C학점만 받는 불운한 학생처럼 그 애 집 앞 인도를 터벅터벅 돌아다녔다. 폐기 아주머니가 집으로 돌아갈 때마다 안부를 전해달라고 부탁하기도 했다. 그리고 그 애는 몰랐지만, 그러니까 그 애가 그 사실을 **전혀** 몰랐을 수도 있지만, 나는 그 애 집 앞에 있는 나무 위에 올라가 하얀 커튼에 일렁이는 그 애 그림자를 보면서 커튼이 열리기만을 간절히 바라며 셀 수 없이 많은 밤을 보내기도 했다.

내가 하려는 말은 이게 다다. 만약 세상에 에너지라는 게 존재한다면 나는 그 에너지를 전부 그 애한테 보내버렸다는 것.

그러니 그 애한테 내 비밀을 들킨 건 아니다.

문제는 그 애가 내 마음을 하나도 이해하지 못한 게 분명하다는 거였다.

"다른 데로 가자." 그렇게 쉽다는 듯이 말이다. "네가 날 원하는 걸 알아." 그 애는 그렇게 속삭였다. '원하는' 게 '필요로 하는' 것과 똑같다는 듯이.

나는 최대한 시간을 끌었다.

잘되지 않았다.

"안 돼." 내가 말했다.

린디가 내 배에 두 손을 얹었다. 그러더니 잠들기라도 할 것처럼 내게 몸을 기댔다.

"가자니까." 그 애는 다시 한번 말했다.

"린디, 너 취했어."

그 말은 안 하는 게 나았을 것 같다.

린디는 꼿꼿이 서더니 나를 쏘아보았다. 갑자기 방에 불이라도 켜진 것처럼 눈을 가늘게 떴다. "너 지금 장난해?"

그러더니 린디가 나를 밀쳐내고 방 안의 다른 애들 쪽으로 홱 돌아섰다. 그 애의 목에 지도 모양의 보랏빛 키스 마크가 나 있는 게 보였다. 돌아선 그 애는 화가 난 것 같았고 옹졸해 보이기도 했다. 이마에 파란 힘줄이 한 줄기 솟았다. 그 애가 "애 있잖아" 하고 나를 가리키더니 다른 애들을 향해 말했다. "얘는 맨날 날 쳐다봐. 이 자식을 믿지 마."

"린디, 무슨 소리 하는 거야?"

린디가 나를 노려보았는데, 나는 아직도 그 순간 그 애가 우리 사이의 긴장감을 드디어 걷어냈다고 느꼈을지가 궁금하다. 어쩌면 그 애가 그간 말을 걸지 않았던 **진짜** 이유는 내가 그 애가 당한 일을 소문내서뿐만이 아니라, 내가 그 애를 좋아한다는 뻔한 사실이 감당이 안 되었던 건지도 모르겠다. 보답할 수 없는 사랑을 계속 받는 것만큼 부담스러운 일은 없으니까. 그러니 내 실체를 폭로하면 나를 완전히 끊어낼 수 있을 거라고, 내가 그 애를 향해 그토록 오래 품고 있던 마음도 끝을 낼 수 있다고 생각한 건지도 모르겠다. 그 애는 말을 끝낸 뒤 숨을 몰아쉬며 내 반격을 기다리고 있었다.

대답할 겨를은 없었다.

소파에 앉아 있던 남자애 중 하나가 "술주정뱅이는 좀 꺼지시지" 하는 바람에 모두 웃음을 터뜨렸던 것이다.

그날 밤 내가 린디 때문에 느낀 두 번의 아픔 중 첫 번째가 그때였다.

린디가 그들을 향해 얼굴을 일그러뜨렸다. 상대는 예전부터 린디를 경멸해 마땅한 그저 그런 여자애라고 깎아내리던 운동부 남자애들이었다. 린디가 그들을 향해 컵을 집어던지는 바람에 붉은색 주스가 당구대 위에 흩뿌려졌다. 하지만 소용없었다. 그들은 더 신나게 웃다가 린디한테서 관심을 거두고 게임으로 돌아갔을 뿐이다.

린디가 발을 쿵쿵 구르며 오락실을 나가버렸다.

"뭣 하러 저런 걸레랑 말을 섞냐?" 한 명이 내게 물었다.

"그 애한테 그런 식으로 말하지 마." 나는 그렇게 대답한 뒤 다시 한번 린디를 변호할 마음의 준비를 했다.

하지만 그들은 말싸움을 할 생각은 전혀 없었다.

그래서 할 일이 없어진 나는 터질 것 같은 마음으로 방금 일어난 일을 생각했다. 당연히, 지금 당장이라도 린디를 뒤쫓아 달려간 뒤 우리 사이를 정리하고 싶었다. 솔직히 말하면 조금 전의 장면을 처음부터 끝까지 다시 한번 돌려보고 싶었다. 만약 내가 열여섯 살이던 그때, 정말로 방금 있었던 일들을 한 번 더 되돌릴 수 있었더라면, 나는 장면들을 뒤섞어서 우리가 차 뒷좌석에서, 욕실에서, 어쩌면 방금 그 애가 나를 밀쳐버린 당구대 위에서 끌어안고 키스하는 결말로 끝나게 만들었을 것이다. 어째서 그 기회를 놓쳐버렸나 하는 생각에 화가 났고, 다음 기회가 또 언제 올지는 알 수 없었다. 나는 당구 채를 당구대에 던져버리고 화장실에 들어가 문을 잠갔다.

화장실 안에서 나는 길길이 날뛰었다.

두루마리 휴지라든지 칫솔 같은 하찮은 물건들을 집어던

졌다. 그래도 진짜로 무엇을 부순다거나 할 엄두는 나지 않았다. 거울 앞에 한참을 서서 내 술 취한 여드름투성이 얼굴에 대고 욕을 퍼부었다. 터프가이처럼 세면대에 침도 뱉어보았지만, 거울 속 내 모습엔 터프한 구석이라고는 없었다. 계집애 같은 자식, 하고 나한테 욕을 해보았다. 패배자 같은 놈. 하지만 내 입에서 나온 말들은 나 자신과 전혀 관련이 없는 것처럼 느껴졌다. 아무런 상관이 없는 말 같았다.

마침내 화가 사그라지자 다시금 희망이 샘솟았다.

어쨌거나 그 애가 나한테 말을 **건** 것은 사실이지 않나? 취해서 한 말, 어설픈 말이긴 했지만 그 애는 욕망을 표출했다. 분명 아무 의미가 없는 건 아닐 거다. 이 파티에 온 남자애들이 한둘이 아닌데, 그 애는 그중에서 날 골랐던 거다. 나는 어렸지만 그래도 술을 마시면 마음속 깊은 곳에 숨겨진 욕망을 털어놓게 된다고들 하는 건 알았다. 진짜 그럴지도 모른다는 생각이 들었다. 말도 안 되는 소리만은 아닌 것 같았다. 나만 해도, 술을 마신 덕분에 그날 밤 모르는 사람의 기타를 빼앗아 연주를 선보이기도 했으니까. 이 파티에 오기 전, 술을 마시기 전에는 이만한 인기를 얻는 건 그저 환상에 불과했던 것처럼, 그 애도 그래서 날 찾아올 수 있었던 건지도 모른다. 어쩌면 그 애도 파이니 크리크 로드를 돌아다니는 나를 **오래 전부터** 바라보았던 걸지도, 그 애도 고백할 기회가 오기를 기다려온 걸지도 모르겠다.

맞아, 나는 생각했다. **전부 다** 사실이야.

나는 세면대에서 세수를 했다. 입안을 헹궜다. 화장실 안을 정돈했다. 밖으로 나오니 파티는 이미 끝난 뒤였다.

낙오자 몇 명이 아직까지 가죽 리클라이너에 드러누워 있기는 했지만, 들리는 소리라고는 바깥에서 들려오는 시끄러운 소음뿐이었다. 나중에야 알았지만 맷 호크가 다른 녀석의 파트너와 키스하는 바람에 주먹다짐이 벌어졌던 거였다. 아드레날린이 분출되는 걸 느끼면서 너저분한 집 안을 빠져나가려던 찰나, 나는 예전에 같은 축구팀이던 아는 애와 마주쳤다.

"린디 못 봤어?" 내가 묻자 그가 소리 내어 웃었다.

"아까 봤을 땐 저기 서서 크리스 매컬루소랑 키스하려고 하던데."

"뭐? 말도 안 돼."

크리스 매컬루소는 별 볼 일 없는 보통 남자애였다. 농구팀에서는 2군 신세였다. 그 녀석의 부모님은 콜라를 못 마시게 한다는 이야기를 들은 적도 있었다. 그러니까, 고등학교 생활이 끝난 뒤 회상해보았을 때에야 그래도 괜찮은 애였다는 생각이 드는 그런 부류였다는 뜻이다. 그렇기에 린디가 그 녀석과 함께 있었다는 이야기는 타격이 꽤 컸다. 당연히 내 친구가 잘못 봤을 거다. 다른 술 취한 예쁜 여자애를 린디라고 착각한 게 틀림없었다. 그러니까 아직 기회는 있을 터였다.

나는 두 사람의 모습을 상상하지 않으려 애쓰면서, 아까 샀던 담뱃갑 속에 찌그러진 채 남아 있던 마지막 한 대를 피우려고 밖으로 나갔다. 수영장이 보였다. 반짝거리는 물 위에 쓰레기가 둥둥 떠 있었고, 저쪽 끝에, 린디가 보였다. 그 애는 정원 의자에 널브러진 채 곯아떨어져 있었다. 주위에는 아무도 없었다.

지금이 기회라는 생각이 들었다.

나는 그 애 쪽으로 다가가 의자를 끌어다 앉았다.

여기, 우리 둘밖에는 없는 곳에서, 나는 드디어 린디의 몸을 자세히 쳐다볼 수 있게 됐다.

육상팀에서 수년간 활동했던 데다가 어린 시절 파이니 크리크 로드를 뛰어다닌 덕분인지 아직도 근육이 잡힌 늘씬한 두 다리는 의자 양옆으로 벌어져 있었다. 팔 역시 팔걸이 너머로 축 늘어뜨린 채였다. 마치 누가 높은 데서 린디를 이곳에 뚝 떨어뜨려놓은 것만 같은 모습이었다. 얼굴은 머리카락에 가려져 있다시피 했다. 그 애의 몸을 쳐다보던 나는 린디의 드레스가 허벅지 안쪽이 드러날 만큼 올라가 있다는 사실을 알았다. 그리고 드레스 밑단 쪽에 흉터의 끝부분처럼 생긴 무언가가 보였다.

나는 주위를 둘러보며 아무도 나를 감시하고 있지 않다는 사실을, 이게 나를 함정에 빠뜨리려는 수작이 아니라는 걸 확인했다. 다이빙대 주변을 빙빙 돌며 이미 끝나버린 파티가 다시 시작되기를 기다리는 잭 러셀 테리어 말고는 아무도 없었다. 나는 린디의 허벅지, 그 무르익은 근육과 부드러운 살갗을 다시 한번 쳐다보다가, 절대로 자랑스러운 행동은 아니었지만, 몸을 앞으로 숙여 그 애의 드레스 자락을 손으로 조금 더 걷어 올렸다.

이미 하얀 그 애의 피부보다 더 하얀, 면도날만큼이나 가느다란 여러 개의 흉터들을 보게 된 것은 그때였다. 흉터들은 그 애의 검은 팬티에서 고작 2.5센티미터 남짓 떨어진 곳까지 이어져 있었다. 얼마나 괴로워야 이런 짓을 할 수 있을까? 나는 생각했다. 이 흉터가 생겨난 건 그 애 집의 어느 방에서였을까? 혹시, 반바지 아래로 가느다란 핏줄기가 흘러내리는 상태로 살짝 비틀거리며 현관문을 나오는 그 애의 모습을 내가 본 날도 있지 않을까?

나는 나도 모르게 손끝으로 흉터를 부드럽게 쓸어보았다. 그 애의 피부에 감긴 노끈 같은 감촉이었다. 내가 아는 그 어떤 것보다도 더 부드러웠다. 나는 흉터를 어루만졌다. 흉터를 세어보았다. 네 개. 이렇게 가느다란 상처에선 무슨 맛이 날까, 혀에 닿으면 어떤 감촉일까. 다음 순간 나는 겁에 질려 린디를 올려다보았다. 다시 한번, 내가 함정에 빠진 걸지도 모른단 생각이 들어서였다. 금방이라도 풀숲에 숨어 있던 사람들이 모습을 드러낼지도 몰랐다. 우리 어머니, 그 애 부모님, 경찰. 어쩌면 그 애가 깨어 있는 건지도 모른다는 생각이 들었다.

아니었다.

나는 그 애가 곯아떨어진 지 한참은 되었으리라는 사실을 알아차렸다. 어쩌면 2층에서 나와 헤어진 직후 잠든 건지도 모른다. 그 사실을 알게 된 건, 사람들이 잠든 그 애의 드레스 상의에다가 빈 병과 다 피운 담뱃갑을 쑤셔 넣어두었기 때문이었다. 아마 이 모습을 사진으로도 남겼고, 서로 돌려볼 게 분명했다.

그런데 그게 다가 아니었다.

누군가가 흥에 겨웠는지 린디의 얼굴에 검은색 마커로 글씨를 써놓았던 것이다. 흐트러진 머리카락 사이로 글씨가 언뜻 보인 순간, 나는 그게 친구 집에서 모여서 자는 밤에 제일 먼저 잠든 애 얼굴에 광대 코나 수염을 그려놓는 것 같은 악의 없는 낙서와는 다르다는 걸 알았다. 그런 순진한 낙서가 아니었다. 얼굴을 덮은 머리카락을 살짝 치워보니 이마에 대문자로 휘갈겨 쓴 단어가 보였다.

가짜.

그 글씨를 본 순간, 린디를 향한 사랑은 여태까지와는 다른 방식으로 깊어졌다. 그 애가 안타까웠고, 그 애 때문에 마음이 무너졌다. 이런 짓을 한 누군가에게 화가 났고, 이제야 이 낙서를 알아보았다는 게 미안했다. 그 애를 다시 만지고 싶은 마음이 간절하면서도, 그 애를 비웃고 싶은 마음, **날 사랑하지 않더니 꼴좋다** 같은 잔인한 말을 하고 싶은 마음이 동시에 들었다. 하지만 나는 그저 다시 드레스 자락을 내려 그 애의 허벅지를 덮어주었다.

속이 울렁거렸다.

내 뒤, 진입로로 들어오는 차에서 틀어놓은 음악 소리가 들렸다. 술 취한 애들이 웃고 떠들며 노래를 따라 부르고 있었는데, 그 노래는 N. W. A라는 랩 그룹의 〈퍽 더 폴리스〉였던 걸로 기억한다. 곧 예술가 줄리가 나타나더니 나를 쳐다보았다. 내가 린디 주변을 어슬렁거리고 있는데도 그 애는 딱히 이상하다는 생각을 안 하는 것 같았다. 줄리는 그저 아까 우리를 태워줬던 애가 이미 집에 가버렸으니 자기는 걸어서 가겠다고 했다. 이웃집 사람이 목욕 가운 차림으로 나와서 경찰을 부르겠다고 했다는 이야기도 했다. 전부 다 시시하다고도 했다.

"알았어," 내가 대답했다. "이따가 보자."

나는 다시 린디를 내려다보면서, 이대로 그 애를 내버려두면 경찰이 와서 깨울 것이고, 경찰의 사건 기록부에 "의식을 잃은", "미성년자"로 기록될 거라는 생각을 했다. 그 애의 이마에 있는 낙서를 문질러 지워보려 했지만 소용없었다. 마치 그 애의 부모님이라도 된 것처럼, 엄지에 침을 묻혀 문질러보았다. 입고 있던 값비싼 정장 셔츠로도, 넥타이로도 문질러보았다. 낙서는 무슨 짓을 해도 지워지지 않았고, 린디도 깨지 않았다. 그래서 나는 린디의 양어깨를 붙잡고 마당 한구석, 선명한 분홍색 꽃을 피운 커다란 철쭉 덤불 아래 끌어다 놓았다.

린디를 풀밭에 조심스레 눕히자 달이 그 애의 눈꺼풀에 반짝거리는 은빛을 입혔다. 그 자리에 가만히 선 채, 린디의 눈꺼풀 아래서 바삐 오가는 눈의 움직임을 보면서, 그 애가 깊고도 부산스러운 꿈속에서 완전히 다른 세계를 보고 있으리라 상상하다가, 나는 집으로 돌아갔다.

집을 향해 달려갔다.

22

해나 누나가 죽은 뒤, 그리고 스프링 배시가 끝난 뒤에 이어진 사건들은 여름 내내 우리 집에 손님들이 드나들었던 일, 린디의 강간 용의자에서 보 컨의 이름이 사라진 일, 연쇄살인범 제프리 다머가 검거되어 세간에 물의를 일으킨 일이었다. 그리고, 전화기를 통해 전해지는 린디의 달아오른 숨소리도 있었다.

우리 집을 찾은 손님들은 대부분 안타깝고도 선한 마음으로 찾아온 친척들이었고, 어린 나는 알아듣지 못했던 어머니의 보이지 않는 SOS 신호를 레이철 누나처럼 알아차렸던 사람들이었다. 이제 와서 생각하면 어머니는 내 앞에서는 밝아 보이려고 온 힘을 다했고, 한편으로는 신앙심이 깊어지고 숫기가 많아졌었다. 어머니는 이제 "오늘은 남은 삶의 첫날입니다"라고 적힌 이가 나간 머그컵에 커피를 마셨다. 그러나 그

209

시절의 나는 그 문구를 받아들일 수도, 이해할 수도 없었다. 난 그저 단순하기 짝이 없는 미국의 십 대 청소년에 불과했다. 사랑해선 안 되는 소녀를 사랑했던 소년 말이다.

우리 집을 찾아온 손님들은 주로 사촌, 이모, 삼촌, 또는 오래된 지인들이었다. 손님들은 차례차례 찾아와 거실에서 어머니와 길고 진지한 대화를 나누었다. 하룻밤, 또는 주말 내내 머물다 가기도 했는데 내심 어머니에게 할 일을 만들어줄 수 있어 다행이라 여기는 것 같았다. 이혼 후 아버지는 후하게도, 관점에 따라서는 그저 법원 판결대로, 집을 우리에게 주고 이혼 수당과 학비 등을 지급했기에, 어머니는 이혼 후 그저 소일거리 삼아 백화점에서 핸드백 판매하는 일을 했었다. 그러나 해나 누나가 죽은 뒤에는 그마저도 그만두었다. 이제 어머니는 그저 다시 잠들기 위해 눈을 뜰 뿐이었다. 그 사이에 감사하게도 내 끼니를 챙겨주는 것 외에는 시간이 지나가기만을 바라는 듯 외딴 방에 혼자 앉아만 있었다. 그럼에도 어머니는 내게 싫은 소리 한번 한 적 없었다. 내 도움을 바란 적도 없었다.

하지만 찾아온 여자 손님들이 나를 불러서는 내 어깨에 손을 얹고 칭찬하며 어머니를 향해 아들이 더 잘생겨진 것 같다고 말할 때면 나도 어머니의 슬픔, 어머니의 안타까운 상황을 생각하지 않을 수 없었다. 그 여자 손님과 함께 온 남자 손님이 내 옆에 앉아 한참 텔레비전을 보다가, 나름대로 엄청난 용기를 내서 "정말 특별한 아이였지, 네 누나 말이다" 그런 말을 할 때도 마찬가지였다.

아니면, 할아버지가 내게 "너도 알겠지만 아이를 먼저 땅에 묻는 게 자연스러운 일은 아니다. 그래서 걱정이 되는구나" 했을 때도 그랬다. 외할아버지는 내가 아직 아기일 무렵 당신의 아내, 그러니까 내 외할머니를 심각한 뇌졸중으로 잃은 남자였다. 2차 세계대전에서 분대원 절반이 죽어가는 모습을 지켜보았고, 그들의 이름을 상완에 타투로 새긴 남자였다. "네 엄마한테는 네가 정말로 필요하다는 사실을 잊으면 안 된다." 할아버지가 말씀하셨다.

"알고 있어요." 나는 그렇게 대답했다.

하지만 내가 뭘 하면 좋지? 설거지라도 해야 하나? 잔디를 깎을까?

사라진 것은 다시 돌아오지 않는다. 그것이 점점 더 많은 손님들로 부산해지는 우리 집에서 내가 배운 단 한 가지 교훈이었다. 왜냐하면, 어머니가 겪고 있는 비극은 내가 아무리 옆에 있다 해도 다가갈 수 없고, 이해할 수도 없는 것이라는 사실을 이 손님들이 내게 확실히 알려주었기 때문이다. 심지어 자식이 있는 입장인 그들조차도 자식을 잃은 어머니의 고통을 헤아릴 수가 없다고 했다. 이해하려 노력해도 소용없다고 생각하게 되자, 나는 어머니와 가까워지기보다는 멀어진 기분이 들었다.

그러니까 애초에 나는 어머니를 위해 해줄 수 있는 일이 없다고 말이다.

그렇다고 그해 여름 희망찬 일이나 즐거운 일이 단 하나도 없었던 건 아니다. 그중 하나는, 그 전까지는 살면서 딱 한 번

만났던 어머니의 남동생 배리 삼촌에게서 평생 지워지지 않을 영향을 받았던 일이다. 배리 삼촌은 어느 뜨거운 금요일 예고도 없이 허름한 수트케이스 하나와 닷지 차저 한 대를 끌고 우리 집에 나타났다. 처음엔 주말 동안만 머무르겠다던 삼촌은 한 달을 꼬박 머물면서 고요하던 우리 집을 잦은 웃음소리와 거실에 틀어놓은 클래식 록 앨범으로 가득 채웠고, 그 한 달 사이에 나는 미묘한 방식으로 조금 더 성장했다.

삼촌이 우리 집에 머물렀던 건 루이지애나주의 열기가 살아 있는 모든 것들을 괴롭히던 6월부터 7월까지였다. 나는 지난 4월의 댄스파티 이후로 린디와 한마디도 나누지 못했다. 내심 린디가 전화를 걸어오기를, 자신을 이용하지 않아주어서 고맙다고 말하기를, 그날 밤 나를 원했던 건 술에 취해서만은 아니었다고 고백해주기를 바랐다. 그러면서도 막상 린디에게 연락하면 실상은 정반대라는 사실을 알게 될까 봐 겁이 났다. 그래서 나는 그 여름 내내 주로 집 안에서 수퍼마리오 브라더스 게임을 하거나 앰프를 꺼놓은 채 전자 기타를 치며 지냈다. 그러다 저녁이 되면 레이첼 누나 방에 가서 누나가 라피엣에서 가져온 작은 텔레비전으로 〈블로섬〉이나 〈풀 하우스〉를 보며 저녁 시간을 보냈다.

레이첼 누나는 이제 누나의 표현에 따르면 "선량한 개신교인의 가치"가 담긴 것 외에는 안 보겠다고 했고, 나는 누나가 자리를 비울 때마다 오로지 누나를 짜증나게 하기 위해 〈못말리는 번디 가족〉이나 〈제랄도〉 같은 저질 프로그램으로 채널을 돌렸다. 그 시절 아마 나는 누나가 나를 걱정해주는 게,

나를 위해 기도해주는 게 좋았던 것 같다. 그 밖에는 우리가 나눌 얘기가 없었으니까.

해나 누나 이야기를 나눌 수는 없었으니까. 침묵만으로도 해나 누나 이야기는 충분했다. 레이철 누나가 대학원을 그만두고 돌아와 어린 시절 쓰던 방에서 지내고 있다는 사실이, 내가 누나 옆에 앉아서 텔레비전을 보고 있다는 사실이 다 해나 누나 이야기였다. 복도에서 우리를 스쳐 지나가버리는 어머니도, 말없이 닫히는 어머니의 방문도 해나 누나 이야기였다. 그러니 우리 둘 다 그 정도면 충분했다.

하지만 배리 삼촌이 온 뒤로 이야깃거리가 엄청나게 많아졌고, 나는 삼촌 덕에 머리를 식힐 수 있다는 사실이 반가웠다. 사십 대 초반이던 배리 삼촌은 내게는 수수께끼 같은 사람이었고, 삼촌이 하는 어지간한 행동들도 마찬가지였다. 지금 생각해보면 삼촌은 잘생긴 얼굴이었지만 행동거지는 외모와는 딴판이었다. 뺨에는 금빛 수염이 삐죽삐죽 솟아 있었고, 역시 금빛인 숱 많은 머리는 항상 흐트러져 있어서 내 눈엔 언제나 비바람 부는 곳에서 막 들어온 사람 같았다. 기억 속 삼촌은 언제나 맹수 사냥꾼과 일이 없는 목수를 반반 섞어놓은 것 같은 카키색 셔츠에 청바지 차림이었고, 또 삼촌이 낡은 던컨 요요를 들고 다녔던 것도 기억난다. 옛날 신사들이 회중시계를 갖고 다니던 것처럼 삼촌이 주머니에 넣어 다니다가 가끔 꺼내들던 요요는 튼튼해 보이는 노란색이었다. 이 요요 또한 삼촌이 수수께끼 같은 존재로 보이는 데 한몫했다.

하지만 내가 삼촌에 대해 확실히 아는 건, 삼촌이 몇 년 전 우리 가족은 잘 모르던 어떤 여자와 결혼했다는 사실이 전부였다. 어머니 말로는 그 여자는 삼촌과 결혼하자마자 마치 회사에 문제가 발생했을 때 경영인이 그러하듯이 통제권을 앗아 갔다고 했다. 연극학과 조교수이던 숙모의 일자리를 따라 두 사람은 유타주로, 네바다주로, 애리조나주로 이사했다. 한가지 일을 진득하게 하지 못하는 성격이던 배리 삼촌한테는 딱 맞는 생활 방식이었다고 했다. 실제로 삼촌은 어떤 상황이건 적응이 빠른 것 같았다.

한 예로, 우리는 삼촌에게 예전에 아버지가 쓰던 소파베드가 있는 서재를 내주었다. 그 방을 보여주었을 때 삼촌은 신이 난 듯 발을 구르더니 눈을 감고 이렇게 말했다. "눈을 감으면 꼭 윈저가의 왕실에 와 있는 기분이구나." 또, 처음에 어머니가 숙모인 샤론이 왜 같이 오지 않았느냐고 물었을 때, 삼촌은 미소를 짓더니, "자, 킷캣(삼촌이 어머니를 부르는 별명이었다), 그 이야기는 앞으로 천천히 하자고" 했다. 하지만 그 뒤로도 삼촌으로부터 숙모 이야기를 들은 적은 없었다. 또 내가 아는 한, 삼촌은 해나 누나의 죽음 이야기 역시 한 번도 입에 올리지 않았다. 물론 내가 없는 자리에서야 삼촌과 어머니 사이에서 진심 어린 어른들만의 대화가 오고 갔겠지만, 나는 아닐 거라는 생각이 든다. 삼촌은 존재 자체만으로도 위로 같았다. 마치, "자, 누나, 엄청 힘든 상황이니까 내가 왔어" 하는 것처럼 말이다.

그러나 우리 집에 머물던 한 달 동안 삼촌은 내게 아주 많은 걸 해주었고, 어쩌면 처음부터 그게 삼촌의 임무였는지도 모르겠다. 어머니에게 혹시 작년에 아버지한테 그랬던 것처럼 삼촌에게 몰래 전화를 걸어 그 임무를 맡긴 건 아니냐고 물은 적은 없었고, 앞으로도 그럴 생각은 없다. 그러나 내가 혼자였던, 그리고 가장 자주 생각하는 상대인 린디와는 말조차 섞지 않던 그 뜨거웠던 여름, 삼촌은 빠른 속도로 내 친구가 되어주었다.

배리 삼촌이 우리 집 문을 들어서던 그 순간부터 나는 우리 둘이 비밀을 공유하는 사이인 것만 같다는 기분이 들었다. 아마 그 덤덤하면서도 태없던 환한 미소 때문에 삼촌이 좋았던 건지도 모르겠다. 삼촌은 내가 세상을 두려워하지 않게 해주었고, 그제야 나는 사실 내가 세상을 얼마나 두려워했었는지 알게 되었다. 어머니의 신경이 곤두서 있어 다가갈 수 없을 때면 삼촌은 나를 데리고 나가서 차가운 맥주나 한잔하고 오겠다고 농담을 했지만, 실제로는 앞문 포치에 앉아 이야기나 하는 게 다였다. 삼촌은 요요를 던진 뒤 실을 당겨 올리지도 않은 채로 바닥에 닿을락 말락 한 상태로 빙글빙글 돌게 만들었고, 나는 그 모습을 구경했다. 삼촌과 함께 있으면 나는 좀 더 어른이 된 기분이었고, 삼촌 또래의 남자들, 그러니까 내 아버지 같은 사람들과 있을 때면 늘 들던 불편한 기분은 들지 않았다. 나중에 삼촌이 떠나고 나서, 어머니를 향해 삼촌이 계속 우리 집에 있었으면 좋았을걸 하고 투덜거리던 내가 이런 이야기를 하자, 어머니는 배리 삼촌은 철이 들지 않아서 아마도 정신연령은 내 또래나 마찬가지일 거라고 했었다.

왜 철이 없다는 건지는 설명해주지 않았지만, 내가 삼촌한 테서 들은 이야기를 할 때마다 어머니가 눈을 흘기는 것만 보아도 어머니가 그렇게 생각한다는 걸 알 수 있었다. 예를 들면 삼촌이 엘파소에서 도랑에 빠뜨린 친구의 차를 끌어내 려다가 차 지붕에 지게차를 충돌시켰다는 이야기, 1년 동안 잉꼬 한 마리가 알 수 없는 이유로 삼촌의 어깨에 앉아서 삼 촌을 지켜주었다는 이야기 같은 것이었다. 알래스카에서 겨 울 한철을 보냈는데, 개들은 아름답고 여자들은 이상한 곳이 었다던 이야기도 있었다. 삼촌이 해준 믿기지 않는 이야기들 은 훨씬 더 많았지만, 어머니는 이런 이야기를 들어도 시큰둥 하게 굴었다.

아무튼 배리 삼촌의 삶은 십 대 청소년이던 내 눈엔 내 삶 과 정반대에 있는 것같이 믿기지 않을 정도로 엄청나 보였기 에, 나는 삼촌을 우상으로 삼게 됐다. 어머니는 삼촌이 하는 말을 곧이곧대로 받아들이면 안 된다고 했지만 나는 타일러 배니스터나 제이슨 랜드리, 아니면 심지어 내 아버지의 이야 기를 들을 때와는 달리 삼촌의 이야기만큼은 의심하지 않았 다. 그런 이야기를 할 때 삼촌이 웃긴 척, 잔인한 척, 대단한 척하는 법이 없어서였다. 삼촌은 이야기를 전해주면서 아직 까지도 그 사건이 놀랍기 그지없다는 듯이 "나도 믿기지 않 았지, 하지만 정말이란다" 했다.

그런데 때때로 우리 집 진입로로 차가 한 대 들어올 때가 있 었다. 그러면 배리 삼촌은 나를 두고 차 쪽으로 다가가서 운전 석의 남자와 이야기를 나누곤 했다. 이야기는 보통 짧게 끝이

216

났는데, 두 사람이 웃을 때도 있었고, 내 눈에는 악수로밖에 보이지 않는 동작으로 무언가를 주고받는 때도 있었고, 삼촌이 고통스럽다는 듯 주먹으로 차체를 칠 때도 있었다. 무슨 일이냐고 내가 묻자 삼촌은 그저 오래된 친구가 일자리를 소개시켜주려고 잠깐 들른 거라며 대수롭지 않게 넘겨버렸다.

또, 일종의 잡역부였던 배리 삼촌은 때때로 그의 표현에 따르면 "공사장 일용직"을 하러 며칠씩 집을 떠날 때가 있었는데, 당시 배턴루지 교외에 개발 붐이 일고 있었기 때문이다. 우는 여자들로 가득한 집 안에서 단 하나 정신을 붙들고 있는 남자이던 삼촌이 없을 때면 나는 평소보다 마음을 잡기 힘들고 혼란스러웠다. 게다가 삼촌은 다시 돌아올 때마다 전보다 더 철학적이고 체념한 듯 보였다. 삼촌을 집으로 태워다주는 사람은 매번 여자였는데, 집 안으로는 들어오지 않고 삼촌을 진입로에 내려주었다. 그 사람이 누구냐고 물으면 삼촌은 "누구, 저 여자?" 하더니 이렇게 대답했다. "실수 제384번이지."

처음에는 그 말을 듣고 웃었지만, 다음번에는 실수 제385번, 그다음 번에는 386번이라는 식으로 숫자가 계속 늘어나자 왠지 진짜 같았다. 그리고 그런 나날들이면 우리가 포치에 앉아 주고받던 잡담의 주제 역시 주변에 보이는 사물들이 아니라 뚜렷한 근원도 답도 없는 질문으로 바뀌었다. 저 멀리서 귀뚜라미 울음소리가 들려오는 가운데 삼촌이 한참이나 가만히 앉아 있다가 갑자기 심오한 진리처럼 들리는 이야기를 하는 식이었다. 그중 하나는 잠, 그리고 사랑에 관한 이야

217

기였다.

"넌 잠자는 걸 좋아하니?" 삼촌은 그렇게 물었다. "종일 침대에 누워 있는 걸 좋아하니? 주말 내내 잠만 잘 수도 있니?"

"별로요." 내가 대답했다. "안 좋아하는 것 같아요."

"나도 그래." 삼촌이 말했다. "그러니까 내가 하고 싶은 이야기는 말이다. 너는 나중에 잠자는 걸 좋아하는 여자랑 결혼하려무나. 종일 잠만 자는 사람이 잠만 자는 아내와 결혼하면 아무것도 제대로 되지가 않거든. 그렇다고 부부가 둘 다 잠자는 걸 싫어하고, 누워서 허송세월하는 걸 못 견디면 더 골치 아파진단다."

"왜요?" 내가 물었다.

"둘이 한 침대에 동시에 눕는 일이 없어지거든." 삼촌의 말이었다. "그럼 나처럼 되는 거야."

당시에 삼촌처럼 된다는 건 나한테는 꽤나 근사한 일 같았기에, 나는 삼촌의 말뜻이 이해되지 않았다. 그러나 그때 삼촌은 나, 우리 어머니, 또는 파이니 크리크 로드와는 아무런 상관이 없는 어떤 일 때문에 고민하는 것 같았고, 슬퍼 보였다. 그래서 나는 속 편한 대답을 했다. 삼촌을 기운 나게 해주고 싶어서였다.

"사람마다 다를 것 같아요." 나는 이렇게 말했다. "다 잘될 수도 있을걸요."

"아니." 삼촌이 대답했다. "문제는 그거지. 사랑은 누구에게나 똑같은 거야."

삼촌의 말은 그때까지 내가 줄곧 들어온 말과는 정반대였다.

영화 속에서 착한 사람들은 결국 함께하게 된다. 나는 내게 말도 붙이지 않는 여자애를 향해 사랑 시를 썼다. 또, 나는 소울 메이트가 존재한다고 냉소가 아닌 진심으로 믿고 있었다. 그러니까 나는 열심히 노력하기만 하면 한계란 없다고 믿는 미국의 사립학교 학생이었던 거다. 진정한 사랑, 행복한 결혼, 건강한 아이들을 반드시 얻게 될 거라고 생각했던 것이다.

"사랑은 누구에게나 똑같다고요? 속상하네요."

그러자 삼촌은 잠시 생각에 잠기는 듯했다.

"내 말을 오해했나 보구나." 삼촌이 다시 입을 열었다. "그럼 이렇게 이야기해보면 어떨까? 지금 좋아하는 여자애가 있니?"

그 말을 듣자마자 나는 미소를 지었다. 어쩌면 얼굴을 찌푸린 걸지도 모르고. 그 표정이 대답을 대신했다.

"좋아." 삼촌이 말을 이었다. "내 말은 이런 뜻이란다. 지금 네가 좋아하는 애, 넌 그 애를 **언제까지나** 사랑하게 될 거다. 어떤 방식으로건 말이야. 계속 그 애를 사랑하거나, 아니면 그 애를 닮은 다른 여자를 사랑하게 되겠지. 사랑은 변하지 않거든. 네가 쉰 살이 되어서 네 첫사랑과는 하나도 안 닮은 어느 여자를 위해 미친 짓을 하더라도, 알고 보면 그 여자는 네 첫사랑을 닮은 사람일 거다. 분명 무슨 연관 관계라도 있을 거야. 분명히 그럴 거란다. 사랑은 **절대** 변하지 않는 거니까. 그러니까 첫사랑을 좋은 애로 골라야겠지? 그렇게만 하면 속상할 일도 없단다."

나는 낚싯대 앞에 앉은 노인처럼 팔꿈치를 무릎에 괴고 삼촌의 말을 곰곰이 생각해보았다.

"그런데 제가 만약 좋은 애를 고른 게 **아니면** 어쩌죠?" 내가 물었다. "평생의 다른 사랑의 바탕이 되는 그 첫사랑을 잘못 고른 거라면 어떡해요?"

그러자 삼촌은 이렇게 말했다. "흠, 그렇다면 이 세상을 이루는 절대 다수의 사람들과 똑같아지는 거지."

나는 맞은편 두 집 건너에 있는 린디의 집을 바라보며 잠시 아무 말도 하지 않았다. 삼촌이 낡은 던컨 요요를 내 손에 쥐어주었다.

"그래, 그 애 얘기 좀 해보려무나. 어디 한번 들어보자."

23

힘들었던 일은 별일 아닌 듯 얼버무리기 쉽다.

들자 하니 여자가 아이를 낳으면서 극도의 고통을 경험할 때 그렇단다. 출산을 하고 있는 와중에 누가 지금 기분이 어떠냐고 묻는다면, 여자들은 칼 같은 눈매로 매섭게 노려보며 뱃사람이나 쓸 법한 걸쭉한 욕을 던질 것이다. 하지만 몇 달 뒤, 그들이 아기를 품에 안고 있을 때, 아니면 아기를 재우고 난 뒤에, 출산할 때의 기분이 어땠느냐고 묻는다면 이런 대답이 돌아올 것이다. "힘들었는데, **그렇게까지** 나쁘지는 않았어." 그리고 잠깐 기다리면 그들은 미소를 지을 거다.

예는 그 외에도 많다.

어린 시절의 여름들이며 특이한 삼촌, 앞문 포치에서 나눈 이야기 같은 기억을 떠올리는 지금도, 괴로워하며 보낸 기나긴 시간에 대한 이야기는 빠뜨리기 쉽다. 내 경우, 나는 린디를 향해 사랑한다는 편지, 미안하다는 편지를 엄청나게 써댔지만 한 번도 부치지 않았다. 스위스 아미 나이프로 내 허벅지를 베어보기도 했지만, 기분이 나아지지도, 흉터가 남지도 않았다. 학교에서 초청한 외부 강사가 알려주었던 청소년 상담 직통 번호로 한밤중에 전화를 걸어보기도 했다. "어떤 위급 상황이십니까?" 상대가 물었다. "모르겠어요." 나는 그렇게 대답했다. "꼭 위급 상황에만 전화해야 하나요?" 그러자 상대는 아무 말도 하지 않았고 나는 전화를 끊어버렸다. 잠이 안 오면 팔굽혀펴기 따위를 했다. 끊임없이 린디를 생각했다.

그런데 막상 린디에 대해 이야기해보라는 이야기를 듣고 나서야, 나는 그 애 이야기를 입에 올리지 않은 지 오래됐다는 사실을 깨달았다. 배리 삼촌이 물은 건 이름이 뭔지, 어떻게 생겼는지 같은 간단한 설명이었을 것이다. 그런데 도저히 설명할 수가 없었다. 하지만 만약 린디 이야기를 해보라고 한 게 어머니나 누나였더라면 난 분명 들은 척도 하지 않았을 것이다. 하지만 배리 삼촌은 그 애의 역사를, 우리 둘의 역사를 전혀 몰랐고, 린디에 대해 이야기한다는 것이 그 사건 전의 린디와 그 사건이 일어난 뒤의 린디라는 두 개의 인생을 하나로 합친 존재에 대해 이야기한다는 것임을 몰랐고, 그렇기에 삼촌에게만은 솔직히 말해도 되겠다는 생각이 들었다.

"어떤 여자애가 있는데요," 내가 입을 열었다. "그 애를 보면 어떻게 해야 할지 모르겠어요."

배리 삼촌은 마치 내 말을 이해한다는 듯이, 그 기분을 자기도 잘 안다는 듯이 미소를 지었다. 삼촌은 의자에 앉은 채

내 쪽으로 상체를 기울였다. "그래. 그러면 그 애를 만나면 무슨 일을 **하고 싶니?** 내가 맞춰볼까? 그 애한테 스테이크를 구워주고 싶니? 위험하지 않게 지켜주고 싶니? 브래지어를 벗기고 싶니?"

"모르겠어요." 내가 말했다. "전부 다인 것 같아요. 그래도 제가 진짜 원하는 건, 아무것도 안 해도 되는 거예요. 저는 그냥 가만히 서서 그 애를 쳐다보고 싶어요. 그 애가 웃는 모습 같은 걸요. 아니면 그 애가 저한테 우스운 이야기를 해줘도 좋을 것 같아요."

"좋아," 삼촌이 말했다. "그다음에는? 그러니까, 그건 시작 이잖니. 그다음엔 뭘 할 거니?"

"모르겠어요. 그 애가 저한테 슬픈 이야기를 해줘도 좋고 요."

"아이고," 삼촌이 말했다. "단단히 빠졌구나."

"그 앤 저한테 말도 걸지 않아요." 내가 말했다.

오래지 않아 포치에 어둠이 내렸고 우리는 목을 벅벅 긁고 귓가에서 우는 모기를 손을 내저어 쫓아버리기 시작했을 때 에야 저녁이 온 걸 알았다. 옆집 스틸러 가족의 집에서 투광 조명등이 자동으로 켜졌다. 이웃 사람이 집 앞에다 쓰레기를 꺼내놓는 소리가 들렸다. 마침내 하늘이 보라색이 되어가기 시작했다.

"있잖아," 삼촌이 말했다. "너만 할 때 내가 네 반만이라도 똑똑했더라면 참 좋았겠다. 그 시절 나는 여자들 맘에 들고 싶으면 엔진 소리를 크게 내거나 청바지 앞섶에 양말을 쑤셔

223

넣으면 된다고만 생각했어."

"그게 효과가 있어요?" 내가 물었다. "전 뭐든지 다 할 수 있어요."

"그래." 삼촌은 미소를 지었다. "효과는 있지. 하지만 네가 바라는 방식대로는 아니야. 살충 장치를 켜놓는 거랑 똑같아. 다들 너한테 몰려들지만 결국 잡히는 건 벌레밖에 없거든."

나는 요요를 던져서 제자리에서 빙빙 돌게 했다. 요요 아랫부분이 포치의 콘크리트 바닥에 탁탁 부딪쳤다.

"여자 문제에 있어서는 말이야," 삼촌이 말했다. "네가 하고 싶은 대로 하면 된단다. 그 애랑 이야기할 일이 생기거든 가서 그 애 이야기에 귀를 기울이렴. 사람들이 하는 '터프하게 굴어야 해', '세심하게 굴어야 해' 따위 헛소리는 믿으면 안 돼. 그냥 그 애가 보고 싶은 대로 보게 두려무나. 그러면 좋은 사람은 너한테서 좋은 면을 보고, 나쁜 사람은 나쁜 면을 볼 테니까. 무슨 뜻인지 알겠니? 넌 빈 캔버스란다. 그림을 그리는 건 상대의 몫이야. 사기꾼처럼 껑충거리며 다니지만 말려무나. 내 친구 칼이 그렇거든. 그 녀석은 부분 가발을 쓰는데 겉보기에는 티가 안 나. 하지만 여자를 만나서 잘되기 시작할 때부터가 골치 아프지."

삼촌은 칼이라는 친구를 떠올리는 듯 먼 곳을 바라보았다. 삼촌의 친구 칼은 어느 주에 사는 사람일까? 어느 삶에서 만난 사람일까? 알 수 없었다.

"왜요? 여자친구도 있는데 왜 골치가 아파요?"

"왜냐면 언젠가는 여자가 샤워를 같이하자고 하기 때문이지. 그때 칼이 거절할 수 있겠니? 세상에 같이 샤워하는 걸 싫어하는 남자를 좋아하는 여자는 없어."

"진짜요?"

"이야기가 너무 멀리까지 와버린 것 같구나." 삼촌이 말했다. "요요 도로 당기렴."

나는 그 말대로 요요를 당겼다가 다시 한번 던졌다.

"삼촌도 늘 그랬어요?" 내가 물었다. "그러니까, 항상 상대방이 보고 싶은 모습만 보여줬어요?"

그러자 배리 삼촌은 자세를 고쳐 앉은 뒤 손목시계를 보았다. 턱을 긁적거렸다. 이제 와 생각하면, 그때 삼촌은 시차가 다른 애리조나는 지금 몇 시인지, 아내는 무엇을 하고 있을지 생각했던 것 같다. 하지만 그때는 내 생각이 거기까지 닿지 않았다. "아니." 삼촌이 말했다. "늘 그렇지는 못했어. **우리도** 그림을 그리니까. 상대방이 우리를 오해하는 것처럼, 우리도 우리 자신을 오해할 수 있는 거란다. 그래서 상황이 복잡해지는 거지. 우리도 완벽하지는 않으니까 말야."

그 말이 이해가 되는 듯 마는 듯 했지만, 나한테 도움이 되는 말이라는 생각은 들지 않았다. 삼촌의 말 역시 십 대 시절 다른 사람들에게 들었던 조언과 마찬가지로, 가리키는 방향이 다르거나, 내가 아닌 다른 사람한테 어울리는 말처럼 들렸다. 다들 **네 자신이 되렴**, 이라고 했다. 하지만 나는 **나 자신**이었고, 그래서 불행했다.

"그러니까 결국 조심하라는 뜻이네요."

"아니지." 삼촌이 대답했다. "넌 결국 네가 사랑하는 사람을 사랑하게 될 거야. 조심한다고 해서 해결되는 문제가 아니지."

우리가 이상한 장면을 본 것은 그때였다.

맞은편 두 집 건너에 있는 진입로에서, 린디의 아버지 심프슨 씨가 비틀비틀 걸어 나와 컨 가족의 집 마당으로 들어갔던 것이다. 어둠이 내리기 직전, 서편 하늘에 낮게 떠 있는 해가 온 사방에 불길한 빛을 던지고 있는 시간이었다. 심프슨 씨는 술에 취해 있는 게 분명했다. 발걸음이 아무렇게나 꼬이고, 두 팔도 힘없이 나부꼈다. 린디의 아버지가 보 컨의 이름을 고래고래 부르는 소리가 들렸다.

큰일이 일어날 게 분명했다.

대답이 없자 심프슨 씨는 인도에서 떨어져 나온 콘크리트 파편을 주워서 컨 가족네 부엌 창문에 집어던졌다. 배리 삼촌이 벌떡 일어섰다. "넌 가만있으렴," 삼촌이 그렇게 말했지만 나는 그 말대로 하지 않았다.

대신 삼촌을 뒤따라 종종걸음으로 길을 건너갔다. 보 컨과 그의 아버지가 집 밖으로 달려 나와 망가진 곳을 살펴보더니 심프슨 씨를 마주했다. 파이니 크리크 로드에서 이런 격렬한 사건이 벌어지는 일은 드물었기에, 나는 눈앞의 상황을 조금도 이해할 수 없었다. 분명한 건 지금의 심프슨 씨는 수년 전 앞문 포치에서 기분 좋게 쿨에이드를 들이켜던 남자, 느슨해진 린디의 자전거 안장을 조여주고 매일 육상 트랙을 향하는 딸에게 잘 가라는 입맞춤을 해주던 그 남자와는 딴사람 같았다는 것이다. 지금 내 눈앞의 심프슨 씨는 노발대발한 채로 보 컨과 그의 아버지를 향해 험한 욕을 쏟아내고 있었다. 혀가 하도 꼬여서 무슨 말인지 알아들을 수도 없을 지경이지만, 린디에 대한 내용이라는 건 알 수 있었다.

　알고 보니, 이미 보가 여러 번의 심문을 통과한 뒤였음에도 결국 그에 대한 의심을 지우지 못한 심프슨 씨는, 어떤 이유에선가 사건으로부터 이미 2년이 지난 1991년의 그날 저녁, 드디어 보와 직접 맞서겠다고 마음먹었던 것이다. 만취한 심프슨 씨는 화를 내면서 마치 보가 그 자리에 없기라도 한 듯 보의 아버지를 향해 고함을 질렀다. "네놈 아들은 감옥에 갈 거야." 아저씨가 뱉어냈다. "잘 들어, 내가 그놈을 죽여버릴 거라고."

　컨 씨는 구부정하게 서 있었다. 그는 보의 풋볼 경기를 보러 갈 때 말고는 통 모습을 드러낸 적이 없는 사람이었고, 내가 그의 목소리를 들은 건 그날이 처음이었다. 내가 컨 씨에 대해 아는 건 그가 수년 전 일을 하다가 낙상해서 골반뼈가 으스러졌다는 슬픈 이야기뿐이다. 그리고 그 부상의 흔적은 그날 밤 아들 앞에서 앞장서서 걷던 그의 절뚝이던 걸음걸이에서 여과 없이 드러났다. 컨 씨는 아들더러 가만히 있으라고 하더니 이성을 잃지 않은 말투로 절대 목소리를 높이지 않기로 작정이라도 한 듯 찬찬히 말을 시작했다.

　"댄, 지금 당신이 입에 올리는 내 아들은 다 큰 성인입니다. 당신은 취했고, 내 아들은 멀쩡하죠. 그러니까 술기운에 후회할 말을 하기 전에 집으로 돌아가세요. 내일 아침에 어른답게 이야기합시다."

　컨 씨 뒤에서 보가 원을 그리며 빙빙 돌고 있었다. 보는 몸

집이 나무둥치만 했고, 두뇌도 나무둥치와 별반 다를 바 없었다. 보가 스콜 입담배 한 뭉텅이를 입안에 집어넣은 뒤 고함을 쳤다 "빌어먹을! 아저씨, 그 얘기 수백 번은 했잖아요. 난 그때 집에 있지도 않았다니까!"

그러나 심프슨 씨는 마치 온 세상에 자기 혼자인 양 고함을 멈추지 않았다. 아마 그는 실제로 그렇게 생각했던 것 같다.

그가 보를 향해 삿대질을 했다. "저놈은 흉악범이야!"

컨 씨가 고개를 설레설레 저은 뒤 몸을 돌려 집을 향했다. "알았어요, 댄. 그러면 그 말을 당사자한테 대고 해보시죠."

그래서 심프슨 씨는 그 말대로 했고, 보 컨이 그를 때려눕히기까지는 몇 초밖에 걸리지 않았다. 보 컨이 주먹으로 두 대 두들겨 패자 심프슨 씨는 피떡이 되어 나동그라졌다. 보 컨은 흥분한 채 일어선 뒤 마음을 진정시키려는 듯 시커먼 입담배를 마당에 퉤 뱉었다. 그날 보가 마음만 먹었더라면 린디 아버지를 더 심하게 다치게 할 수도 있었다는 생각을 하면 섬뜩한 기분이 든다. 그렇게 힘이 센 보가 마음만 먹었더라면 우리 동네의 다른 누구건 크게 다치게 할 수 있었을 터였다. 보 역시 그 사실을 깨달았던 게 분명하다.

보가 풀밭을 발로 걷어차더니 배리 삼촌과 내가 서 있는 쪽을 향했다. "걘 가슴도 없다고!" 그가 우리에게 말했다. "도대체 내가 걔를 뭣 하러 건드리겠어?"

묘한 일이지만, 그 짧은 말 한마디로 보 컨의 이름이 용의 선상에서 내려갔다. 보의 입장에선 말이 되는 소리였던 데다가, 그 멍청하고 솔직한 말투까지 합쳐지니 우리 모두, 심지어 심프슨 씨마저도 그 말을 믿지 않을 도리가 없었다. 그 뒤로 린디 사건에서 보의 이름이 거론되는 일은 단 한 번도 없었다.

보가 집으로 들어가서 문을 쾅 닫아버리자 배리 삼촌과 나는 심프슨 씨에게 달려갔다. 아저씨는 마당에 앉아 흐느끼고 있었다. 다 큰 남자가 우는 그런 모습은 단 한 번도, 심지어 해나 누나의 장례식에서도 본 적 없었다. 장례식장에서 우리 아버지는 가구처럼 꼼짝 않고 앉아 있었으니까. 내가 그런 모습을 본 건 그 뒤로 수십 년이 지난 뒤 딱 한 번, 친구가 키우던 개를 안락사시키러 가는 길을 함께했을 때가 전부였다. 친구가 콱 메인 목으로 슬픔에 온몸을 떨며 개와 마지막 인사를 나누고 난 뒤 우리는 차 안에 30분이나 가만히 앉아 있었다. 그날 밤 마당에서 심프슨 씨도 그렇게 몸을 떨었다.

"그 앤 내 딸이야," 심프슨 씨가 우리를 향해 울부짖었다. "아직 어린애라고. 그런데 내가 대체 어떻게 해야 돼?"

할 수 있는 대답이 없었다.

삼촌과 심프슨 씨는 전혀 모르는 사이였음에도, 우리 셋은 모기기피제 트럭이 동네를 웅웅 돌아다니며 짐칸에서 화학약품을 뿌리기 시작할 때까지 한참이나 그 자리에 쪼그리고 앉아 있었다. 고개를 들어보니 심프슨 가문의 여자들, 그러니까 린디와 페기 아주머니가 집 2층 각자의 방에서 우리를 내려다보고 있었다. 배리 삼촌도 그들의 시선을 눈치챘고, 내가 린디를 향해 웃는 걸 보더니 그러지 말라는 신호로 고개를 저었다. 다시 린디를 보니 그 애는 이미 커튼을 닫아버린 뒤였다.

그렇게 우리는 심프슨 씨를 부축해 일으켜 세웠다. 먼지도 떨어주었다.

배리 삼촌은 린디가 강간을 당하고 그 애 아버지가 내리막을 걷기까지의 모든 내막을 다 알기라도 하는 것처럼 심란해 보였지만, 삼촌은 아마 아무것도 몰랐을 것이다. 배리 삼촌다운 일이었다. 세상에 일어나는 어떤 일이건, 얼마나 대단하고, 또 얼마나 지독한 일이건, 다 안다는 듯 구는 것 말이다. 나는 삼촌의 그런 점을 존경했다.

"안으로 들어가시죠," 삼촌이 심프슨 씨에게 말했다. "마지막으로 딱 한 잔 하신 다음 거기서 멈추고 주무세요. 수습은 내일 생각하면 되니까."

입술과 코가 이미 부어 있는 심프슨 씨가 우리 두 사람을 빤히 바라보다가 고개를 끄덕였다. 그 뒤 삼촌이 내 어깨를 세게 툭 친 다음 앞장서서 길을 건너갔다. 모기기피제 트럭 바로 앞을 지나가느라 우리는 웃옷으로 입을 막았다. 운전기사에게 손도 흔들어주었다.

우리 집 포치에 도착했을 때에야 나는 입을 열었다. "이런 젠장."

태어나서 이렇게 짜릿한 광경은 처음이었다.

배리 삼촌이 내 양어깨를 붙잡았다. 삼촌의 목소리는 긴박하고도 진지했다.

"내 말 잘 들어라." 삼촌이 입을 열었다. "저 집 여자애 때문에 넌 어서 사랑에 빠지고 싶고, 결혼하고 싶고, 어른이 되고 싶을 거다. 하지만 어른의 삶이란 네가 방금 본 광경 같은 거야. 자기 집 마당에 앉아서 우는 남자 말이다. 그러니까 내가 말한 대로, 네 모습 그대로 살아야 한다. 진지하게 하는 얘기야. 어서 어른이 되고 싶다는 생각 같은 건 하지 말고."

"알았어요." 내가 대답했다. "안 그럴게요."

"엄마한테는 말하지 말자." 삼촌이 말했다. "이웃 걱정까지 얹어주면 안 되지. 자, 이리 오렴. 가스 중독되기 전에 어서 안으로 들어가자."

집 안에 들어가자마자 삼촌과 나는 아직 저녁 식사 시간 무렵인데도 한밤중이라도 된 것처럼 각자의 공간으로 슬그머니 흩어졌다. 레이철 누나가 교회에서 새로 산 오르간 얘기를 한없이 늘어놓는 동안 삼촌과 한마디도 하지 않고 저녁을 먹고 난 뒤에는 방에 들어가 곧바로 침대에 누웠다. 나는 목이 졸린 것 같은 소리를 내며 엉엉 울던 심프슨 씨를 생각하느라 잠을 설쳤고, 이후로 살면서 여러 번 반복될 악몽을 꿨다. 운전대는 없고 대시보드에서 온갖 전선만 비죽 나와 있는 차를 모는 꿈이었다. 꿈속에서 나는 타이어가 사방으로 미끄러지는 바람에 번번이 반대편에서 다가오는 차량 앞으로 뛰어들다가 간신히 피하기를 반복했다. 조종할 수단이라고는 무릎에 놓여 있는 잔뜩 꼬인 전선 타래뿐이었다. 한 가닥 당겨보니 라디오가 켜졌다. 또 한 가닥 당겨보니 와이퍼가 움직였다. 페달을 밟았지만 아무 일도 일어나지 않았다. 그리고 그날 밤, 그 악몽을 처음 꾼 날엔 배리 삼촌이 내 옆자리에 앉아 있었지만, 삼촌은 아무 말도 해주지 않았다. 꿈속의 삼촌은 마치 내가 완벽하게 운전을 해내고 있기라도 한 것 같은, 그 래서 내게 자기 목숨을 믿고 맡길 수 있기라도 한 것 같은 표 정이었는데, 그래서 그 악몽이 더 끔찍하게 느껴졌다. 시간이 지나며 악몽 속 내 옆자리에 앉은 사람은 자꾸 바뀌었지만, 꿈속에서 느끼는 당황스러운 기분과 그 문제를 도저히 해결 할 수 없다는 사실은 바뀌지 않았다.

다음 날 눈을 뜨니 배리 삼촌은 떠나고 없었다.

어쩐지 놀랍지가 않았다.

전날 밤 심프슨 씨의 눈에서 본 표정 때문에 삼촌이 충격을 받았다는 사실은 알았지만, 그 시절의 나는 두 사람 사이의 연관성을 알 수가 없었다. 삼촌이 왜 떠나버린 거냐며 어머니 를 들볶아댄 지 일주일이 지나서야 나는 어머니로부터 배리 삼촌에 대해 지금까지는 몰랐던 이야기를 몇 가지 들을 수 있 었다. 첫째는 삼촌에게 일자리를 소개시켜주러 차를 몰고 찾 아오던 남자에 대한 이야기였다. 어머니 말로는 삼촌의 아내 인 샤론 숙모가 바람을 피웠고, 숙모가 새로 부임한 애리조나 대학교의 교수인 그 남자와의 사이에서 임신을 했다고 했다. 즉 배리 삼촌이 우리 집 진입로에서 대화를 나누던 상대는 삼 촌이 자신이 없는 동안 아내가 무엇을 하는지 샅샅이 알아봐 달라고 고용한 애리조나의 사설탐정이 보낸 연락책이었다는 것이다. 말도 안 되는 이야기, 내가 존경하던 삼촌이 어리석은 사람처럼 느껴지는 이야기였기 때문에 나는 어머니가 그런 말을 했다는 사실만으로도 화가 났다. 믿기지가 않았다.

"삼촌이 그런 돈이 어디 있어요? 엄청 비싸잖아요."

"돈은 없지." 어머니가 대답했다. "그래서 떠난 거야. 그래서 한곳에 못 있고 계속 떠나는 거고."

"그래도 말이 안 되잖아요. 아내가 바람을 피우고 있다는 사실을 이미 아는데, 뭣 하러 더 자세히 알아보겠어요? 괴롭기만 할 텐데."

"그게 사랑이야, 애야." 어머니가 말했다. "사랑은 참 복잡한 거란다."

"바보 같아요." 내가 말했다.

"그렇지."

어머니의 말은 사실이었다. 나는 사랑에 빠지면 때때로 딴사람이 되는 일이 없는 사람을 여태까지 한 번도 만나본 적이 없다. 또 나는 삼촌이 친절한 사람인 걸 알았고, 삼촌의 눈속에서 나 같은 어린 소년에 가까운 눈빛을 보았으니, 아마 그 역시도 그런 자신의 모습에 나만큼이나 당혹했으리란 생각이 든다. 매번 다른 여자들의 차를 타고 집으로 돌아오는 것, 아내를 감시하는 것, 그런 선택을 했다는 사실이, 자신이 이런 일에 연루되었다는 사실이 믿기지 않았을 것이다. 삼촌의 입버릇대로 말이다.

"나도 믿기지 않았지, 하지만 정말이란다."

나는 그 뒤로 아직까지도 배리 삼촌을 다시 본 적이 없다.

이 이야기를 한 건 그해 여름 배리 삼촌이 어른이란 얼마나 이상하고 복잡한 존재인가를 몸소 보여주었다는 말을 하기 위해서다. 어린 시절 우리는 어른들을 자주 보고, 어른들이 날 신경 써준다는 이유로 우리가 그들을 안다고 생각한다.

그러나 내가 우러러보던 모든 어른들은 사슬에 묶인 유령들을 질질 끌고 다니고 있었다. 어린 시절에는 다행히도 만나지 않을 수 있었던 유령들이다.

그러나 이제 나는 그런 유령들이 존재한다는 사실을, 그리고 다른 어른들의 눈에도 보인다는 사실을 안다. 잃어버린 사랑, 상처받은 친구, 죽은 이들은 사람을 평생 따라다닌다. 어쩌면 그래서 힘든 나날을 보내는 사람 근처에 가면 숨이 막히는 느낌이 드는 건지도 모른다. 그렇기 때문에 할 수 있는 말이 별로 없는 건지 모른다. 그들의 무시무시한 눈앞에 설때 우리는 기묘한 무대공포증을 겪는 것 같다. 그리고 마당에서 몸싸움이 있었던 날 삼촌이 심프슨 씨에게서 발견한 것도 그것일 것이다. 아마 내 눈, 아이의 눈에는 우리 셋이 마당에 쭈그리고 앉아 있는 모습으로만 보였겠지만, 그 두 어른들의 눈에 그 마당은 수많은 유령으로 가득했을 것이다. 그들이 살면서 실수를 범했던 이들이자, 지금은 그들에게 사슬로 묶인채 삶은 절대 바꿀 수 없는 일들로 이루어져 있고 앞으로 점점 더 그렇게 될 거라는 끔찍한 사실을 알려주는 수많은 유령들이 그 마당을 가득 메우고 있었을 것이다. 한 남자의 딸. 다른 남자의 아내. 그렇게 노래는 계속된다.

그러나 내가 분명히 아는 건 마당에서 몸싸움이 벌어지고 이틀 뒤 우리 집 전화벨이 울렸다는 사실뿐이다.

린디였다.

24

전화가 온 것은 1991년 7월 말, 배리 삼촌은 떠났지만 삼촌
의 체취는 아직도 집 안에 감돌고 있었던 때였다. 빚쟁이, 숙
모, 숙모의 새로운 남자로부터 삼촌을 찾는 전화가 하도 많이
걸려오는 바람에 나는 전화벨이 울려도 받지 않고 무시하며
지내고 있었다. 그런데 그날은 전화벨이 울리고 잠시 후 어머
니가 나를 부엌으로 불렀다. 어머니는 어깨에 수화기를 걸친
채 "린디야" 하고 속삭였는데, 그 눈빛이 희망으로 가득 차
있었다. "둘이 다시 대화하니?"

"방에 가서 받을게요." 내가 대답했다.

그 순간 내 온몸을 훑고 지나간 불안감에 대해 굳이 설명
할 필요는 없겠지.

린디와 한마디도 이야기하지 않고 보낸 지난 1년은 그해
봄 댄스파티 이후로 이어진 침묵의 시간에 비하면 아무것

도 아닌 것처럼 느껴졌다. 그 애가 귓가에 유혹의 말을 속삭인 뒤 우린 무슨 사이가 된 걸까? 그 애는 나에 대해, 내 마음에 대해 얼마나 알고 있을까? 그 애는 그날 밤을 기억이나 할까? 아니면 멀린다의 집에서 내게 말을 걸었던, 나를 찾아서 바짝 끌어당기던 그 모습이 린디의 본모습이었을까?

답은 알 수 없었고, 그 사건을 놓고 하도 고민한 나머지 나는 그 일이 실제 있어난 일이 맞는지조차 헷갈리기 시작했다. 내 뺨에 와 닿던 그 애의 뜨거운 숨결을 느꼈던 게 진짜 있었던 일일까? 넘어지려던 그 애를 붙잡은 것도? 그 애 허벅지의 부드러운 흉터를 어루만진 것도? 내가 그 애를 철쭉 덤불 아래로 옮겼던 것, 숨겼던 것도? 그 애를 구했던 것, 이해했던 것도? 어쩌면 전부 없었던 일이고, 나는 린디 심프슨을 전혀 모르는 것 같기도 했다. 잠깐이지만 나는 내가 그 애의 목소리를 못 알아들을 수도 있겠다는 생각까지 했다.

나는 방에 들어가서 수화기를 들고 어머니가 전화를 끊을 때까지 기다렸다. 그다음에는 손에 수화기를 든 채로 전신 거울 속 내 모습을 바라보았다. 너덜거리는 반바지에 티셔츠를 입은 깡마른 소년이 보였다. 초조하고 당황한 모습이었다. 나는 린디에게 내 모습이 안 보이는 줄을 알면서도 미소를 지어보았다. 수화기 저편에서 낮은 음악 소리가 들렸다.

"여보세요?" 내가 말했다.

우리 사이에 긴 침묵이 흘렀다.

"응," 린디가 말했다. "그러니까, 아빠 일로 사과해야 할 것 같아서."

나는 그 애의 목소리를 단번에 알아들었고, 그땐 이미 그 애가 평생 나한테 한 말들을 거의 외울 수 있을 지경이었지만, 그 순간에는 그 애의 말이 무슨 뜻인지 감도 잡히지 않았다.

"사과라니? 무슨 사과?"

그 애가 라디오 채널을 이리저리 바꾸는 소리가 들렸다. 그 애가 눈을 굴리는 모습이 눈에 선했다.

"글쎄, 아마 우리 아빠가 한심한 모습을 보인 걸 사과해야 하나 봐. 지난번에 컨 가족이랑 있었던 일 때문에 말이야. 엄마가 너한테 전화하래. 우리 엄마는 아빠랑 헤어질 건가 봐."

"이런 젠장," 내가 말했다. "가여운 분 같으니라고."

그 말에 린디가 웃음을 터뜨렸는데, 몇 년 만에 듣는 웃음소리였기에 나는 놀랐다. 스위치를 끄듯이 웃음을 딱 멈춘 걸 보면 그 애 스스로도 놀랐던 것 같다.

"뭐야? 왜 웃어?"

"아무것도 아냐." 그 애가 대답했다. "네가 얼마나 엄청난 괴짜인지 깜박 잊고 있었어."

"내가 괴짜라고?"

좋은 징조일 수도 있다는 생각이 들었다.

어쨌든 내가 추구하던 모습이 그런 거니까 말이다. 그래서 검은 티셔츠를 입고 해골 장신구를 걸치고 옆머리를 밀어버렸던 거니까. 그래서 내가 앞머리로 눈을 덮고 다녔던 거니까. 내가 특정한 유형의 여자애, 문제가 있는 애들, 걱정거리가 있는 애들한테 말고는 누구한테도 매력적이지 않은 사람이 된 것도 다 그래서였다.

나는 미소를 지었다. "내가 괴짜라니 무슨 뜻이야?"

"할머니 같은 말투를 쓰잖아." 그 애가 대답했다. "**가여운 분 같으니라고.** 그딴 식으로 말하는 사람이 어디 있어?"

이런 의미의 괴짜가 되려던 건 아니었다.

"할머니 같다니? 그럼 내가 무슨 말을 해야 하는데?"

"바보야, 일단 그렇게 슬퍼하는 척할 필요 없다고. **네** 부모님이 이혼하는 것도 아니잖아."

"우리 부모님은 이미 이혼했는데." 내가 말했다.

"어, 그래. 그래도."

그다음엔 다시 침묵.

나는 린디의 다음 말을 기다렸지만, 그 애는 대답 대신 라디오 볼륨을 높였다. 긁는 듯한 목소리로 노래하는 하드록이 나오고 있었다. 내가 그 노래를 모른다는 게 아쉬웠다. 첫 몇 마디를 알아들을 수 있으면 좋았을 텐데. 따라 부를 수 있으면 좋았을 텐데. 그러면 린디한테 점수를 땄을 텐데. 나는 대화를 할 수 있게 린디가 음악 소리를 낮춰줄 거라 생각했지만 그 애는 그러지 않았다.

"그래도 뭐?" 나는 말했고, 잠시 후 언뜻 그 애의 말소리가 들린 것 같다고 생각했다. "방금 뭐라고 했어?"

라디오에서 나오는 음악이 후렴구로 접어들고 있었다. 코드 진행은 엉성했고 보컬은 고음만 질러댔다. 시끄럽게 울려 퍼지는 음악 속에서 그 애의 목소리가 들렸다. "그래, 우리 엄마 걱정을 할 필요는 없다고 말했어. 이혼을 하면 이사를 가게 될 테니까 오히려 속상해하면 모를까."

그 말에 나는 바짝 굳어버렸다.

"진짜야?" 내가 물었다.

"아니," 린디가 말했다. "너 놀리려고 공들여 지어낸 농담이야. 몇 달이나 구상했지."

그 애가 냉소적인 척 나를 조롱했는데도, 나는 지금이 내 진심을 쏟아부을 기회, 그 애한테 한 모든 잘못을 사과할 기회일지도 모른다는 생각이 번득 들었다. 그 애의 비밀을 소문낸 것, 파티에서 그 애를 거절한 것, 어쩌면 열한 살 때부터 줄곧 그 애를 사랑한 것까지도 사과해야겠다는 생각이 들었다. 그러다가 배리 삼촌이 했던, 대화할 기회가 생기거든 그저 상대의 말에 **귀를 기울이라는,** 그저 기다리라는 조언이 생각나는 바람에 가만히 있었다.

나는 그 애가 내게 속마음을 털어놓기를 묵묵히 기다렸다.

"그러니까," 린디가 입을 열었다. "엄마가 전화해서 이렇게 말하라고 했어. 그래서 전화했어, 됐지? 다음에 얘기하자."

그게 끝이었다. 그 애는 전화를 끊어버렸다.

나는 수화기를 귀에 댄 채로 창가로 다가가서 섰다. 린디의 집에는 초록색 덧문이 달려 있었다. 앞문 포치 난간에는 러그가 널려 있었다. 블라인드는 모조리 내려져 있었다. 나는 유리창에 고개를 기댔다.

"린디," 나는 입을 열었다. "아까 그 노래, 제목이 뭐였어?"

전화는 이미 끊어진 뒤였다.

린디가 없는 파이니 크리크 로드는 상상조차 할 수 없었다. 린디네가 이사를 간다는 이야기를 믿기 싫었던 나머지 나는 내가 잘못 들은 게 분명하다고, 어쩌면 린디의 엄마 아빠 사이가 조만간 나아질지도 모르겠다고 생각했고, 어떻게 하면 내가 도움이 될까 생각하기 시작했다. 린디네 집에 폐기 아주머니를 위한 꽃을 보낸다. 사랑이 담긴 편지를 쓴 뒤 **당신의 남편으로부터**라고 적어 보낸다. 린디네 집에 몰래 들어가서 찬장에 있는 술을 훔친다. 아니면 심프슨 씨를 위해 컨 가족의 집을 태워 없애버린다. 슈퍼맨처럼 지구를 빙빙 돌려서 시간을 돌릴 수 있을까? 아니면, 린디 가족이 이사를 가더라도 린디가 우리 동네에 남아 있을 수는 없을까? 영 허무맹랑한 생각만은 아니었다. 내년이면 린디도 졸업반이 될 것이다. 그러니 전학을 안 가는 게 낫다. 학점 이전을 하려면 복잡한 기술적 조치를 거쳐야 한다. 안 해도 될 일 때문에 문제가 생겨서, 안 다녀도 될 한 학년을 더 다니면 얼마나 불편할까? 그런 일은 생각조차 하기 싫었다, 불쌍한 린디. 그러니까 우리집에서 린디를 맡아줘야지. 그래, 맞아, 난 결론을 내렸다. 그러니까 정리는 끝났다.

이 생각에 들뜬 나머지 나는 어느 할 일 없는 주말 아침 잠에서 막 깨어난 린디가 큰 티셔츠에 팬티만 입은 차림으로 우연히 내 방에 들어오는 모습을 상상하기까지 이르렀다. 나는 내 방 거울 앞에 서서, 린디를 마주치는 순간 취하고 있으면 좋을 것 같은 이런저런 포즈를 연습해보았다. 웃옷을 벗어던진 뒤 하얗기만 한 배에 힘을 주고 섹시한 포즈를 취해보았다. 엄지손가락을 반바지 허리 부분에 걸고 끌어 내려보기도 했다. **아, 린디. 거기 있는 줄 몰랐네. 당연히 들어와도 되**

지. 괜찮아. 들어와서 문 닫아. 응, 당연하지.

잠가도 돼.

마침내 방을 나섰을 때 나는 망상에 취해 황홀해져 있었다. 어머니와 레이철 누나가 거실에 앉아 빨래를 개는 중이었다. 레이철 누나가 말을 하는 내내 혼자 콧노래를 부르고 있는 어머니는 해나 누나가 죽은 뒤 처음으로 기분이 좋아 보였다. 정말로 기분이 나아진 건지, 배리 삼촌이 떠난 탓에 드디어 마음이 놓인 건지는 알 수 없었지만 말이다. 린디와 통화하는 동안 달아오른 얼굴이 여태 가라앉지 않은 내가 두 사람 사이를 슬쩍 지나가려고 할 때였다.

"너 왜 웃어." 레이철 누나가 물었다.

어머니가 고개를 들어 나를 보더니 미소를 지었다.

"린디랑 이야기 잘했니?" 어머니가 물었다. "둘이 다시 대화를 한다니 정말 보기 좋구나. 그 애 참 힘든 시간을 보냈잖니."

잠깐이었지만 나는 어머니에게 마당에서 몸싸움이 있었다는 사실, 또 린디가 자기 부모님의 사이가 좋지 않으며 헤어질지도 모른다고 말했다는 사실을 솔직히 털어놓을까 하고 생각했다. 그러나 곧바로 이 이야기를 들으면 어머니는 슬퍼지기만 할 거라는 생각이 들었다. 친하게 지내는 페기 아주머니가 남편과 헤어진다는 것뿐 아니라, 린디가 내게 전화한 이유가 나와 화해하기 위해서, 다시 친해지고 싶어서가 **아니라는** 것 때문에 말이다.

이건 중요한 일이었다.

린디와 내가 친구라면, 우리가 가깝다면, 우리 사이가 일방적인 것처럼 보이지 않는다면, 어머니는 더 이상 내 비밀 상자에 들어 있던 물건들을 걱정하지 않아도 될 터였다. 그즈음 나는 어머니의 걱정이 이해가 됐다. 어머니와 내가 린디 사건에 대해 대놓고 이야기한 적은 없었고, 어머니가 나를 대놓고 의심한 적도 없지만, 린디에게 전화가 왔을 때 어머니의 눈에 떠오른 희망의 빛을 보고 어머니가 아직까지 완전히 결론을 내린 게 아니라는 사실을 알았다.

내 이름은 아직도 용의자 명단에서 사라지지 않았던 것이다.

그제야 나는 린디와 나 사이의 긴 침묵이 어머니에게는 얼마나 괴롭게 느껴졌을까 하는 생각이 들었고. 이어 수치심을 느꼈다. 지금도 그 생각을 하면 울적해진다. 어머니는 얼마나 오랫동안 걱정할 필요가 없는 일을 걱정하며 지냈을까? 아버지의 문제로 이미 힘든 어머니에게, 해나 누나를 애도해야 하는 어머니에게, 나는 얼마나 큰 고통을 안겨준 것일까? 그 두 사람이 없이 기나긴 나날을 살아가야 할 어머니에게?

그렇게 생각하면 견딜 수가 없었다.

아직도 마찬가지다.

그래서 나는 어머니에게 이렇게 대답했다. "네, 이야기 잘했어요."

"잘됐구나." 그러면서 어머니가 내게 윙크를 보냈다.

어머니 뒤에서 레이철 누나가 너저분한 나의 청바지를 들어 보였다. "이런 불량해 보이는 옷은 왜 입는 거야?" 누나가 물었다. "스케이터 흉내라도 내고 싶은 거야? 스케이트보드도 없는 주제에."

"모르겠는데, 누나." 나는 이렇게 대답했다. "그러는 누나는 벌목꾼 흉내라도 내고 싶은 거야?"

그 말은 그냥 나온 말은 아니었다.

해나 누나가 죽은 다음 레이철 누나는 당시의 나로서는 이해할 수 없는 복잡한 방식으로 변해버렸다. 예수며 기도에 점점 더 집착하는 것까지는 이해할 수 있었지만, 용모 단정한 여학생이던 누나가 운동복 바지에 체크무늬 셔츠를 걸치고 다니는 촌스러운 모습으로 변해버린 건 도저히 이해가 되지 않았다. 아마 누나는 비극이 닥친 상황에서 외모를 가꾸는 게 적절치 못한 일이라고, 적절한 질문을 회피하는 일, 진실을 외면하는 일이라고 여겼던 것 같다.

누나의 판단이 옳았을 수도 있다. 누나는 언제나 좋은 사람이었으니까.

"스케이터가 아니야." 어머니가 말했다. "로커지. 기타를 연주하는 로커. 내 말 맞지?" 어머니는 내게 친절하게 구는 것이었지만 나는 곧장 짜증이 났다. 부모들은 아무리 좋은 의도건 간에 진실을 창피한 일로 만드는 재주가 있다. 우리 모두 알다시피 그렇다.

"아닌데요." 내가 말했다.

"그럼 뭐니?"

"몰라요."

"난 알아." 레이철 누나가 말하더니 목소리를 낮춰 웅얼거렸다. "죄인이지."

"레이철!" 어머니였다.

243

"왜요? 우리는 **모두** 죄인이라고요, 엄마. 우린 더 나은 사람이 될 수 있어요."

그 말을 듣자마자 어머니는 침울해졌다. 순식간에 슬픈 모습, 지친 모습이 되어버렸다. 레이철 누나가 어머니의 기분을 상하게 하려 한 게 아니라는 걸 우리 모두 알았지만 어쩔 수 없는 일이었다. 그즈음 어머니는 기억 하나만 떠오르면 금세 망연자실해지고, 어떤 대화 하나만으로도 인정사정없는 회한에 사로잡히곤 했다. 어쩌면 어머니는 아직 그럴지도 모른다. 누구나 그럴 것이라 생각한다.

레이철 누나가 "알았어요, 엄마. 죄송해요" 하고는 다시 빨래를 개기 시작했다.

나는 두 사람을 지나쳐 부엌으로 들어갔다. 막상 부엌에 도착하니 온몸에 넘치는 에너지와 이상한 희망 때문에 엄청나게 배가 고파왔다. 식료품실을 뒤지며 먹을 것을 찾는 동안 나는 더 건강한 사람이 되어야겠다는 생각이 들어서, 체육관에 가서 운동을 한 뒤 다음번에 린디를 만났을 땐 더 근사한 몸을 보여주겠다는 계획을 세웠다. 남은 여름은 운동을 하며 보낼 수도 있을 것 같았다. 린디가 다시, 이번에는 나와 함께 달리기를 시작할 수 있게 설득할 수도 있을 것 같았다. 학교 육상 트랙을 달리던 우리가 멈춰 서 잠시 쉴 수도 있겠지. 열을 식히려고 상의를 벗어던진 내 몸을 린디가 곁눈질하면 난 뿌듯하겠지. 그 애가 처음엔 장난스레 내 몸에 기댔다가, 그 다음엔 손을 내 가슴에, 배에, 허벅지에 대볼지도 모른다.

안 될 게 있나? 방금 전화로 린디의 목소리도 들었는걸.

그 애는 내 전화번호를 돌렸다. 내 생각을 했다.

"다음에 얘기하자"고도 말했다.

불가능이란 없을 것 같았다.

나는 2층짜리 샌드위치를 만들고 오이를 썰었다. 음식을 듬뿍 담은 접시를 들고, 입에는 감자칩 봉지를 하나 물고 다시 방으로 돌아갔다. 거실을 지나치는데, 슬픔에 잠긴 채 체념한 얼굴로 조용히 빨래를 정리하는 어머니가 보였다. 레이철 누나는 말이 없었다.

방에 들어오는데 어머니의 목소리가 들렸다. "나는 너희들이 옷을 어떻게 입는지는 아무 신경도 안 써, 레이철. 나한테 너희들은 언제까지나 천사란다."

25

나는 천사와는 거리가 멀었다.

그러나 1991년 여름은 어머니며 아버지들이 자신의 아이들이 축복을 전해주는 천사라고 생각하기 쉬운 때였다. 그 여름, 미국 전역의 부모들은 지난봄보다 사뭇 오래 아이들을 바라보았다. 사소한 잘못은 눈감아주었다. 식료품점에서, 수영장에서 아이들을 꼭 안아주고 옆모습을 가만히 바라보며 뿌듯해했다. 이유는 간단했다. 그해 7월 22일, 모든 부모들은 지금까지는 존재조차 몰랐던 어떤 장소를 알게 되었던 것이다. 지도상에는 미 북부의 작은 점으로 표시된, '213호실'이라는 이름으로 알려진 그곳은 강간범이자 연쇄살인범, 아동성추행범, 식인귀, 시체성애자인, 그 누구의 아이도 아닌 제프리 다머가 살았던 곳이었다.

간단히 설명해주마.

7월 하반기, 제프리 다머가 검거된 밤, 아마 내가 교외에 있는 커다란 집 안, 푹신한 내 침대에 앉아서 린디에게 전화를 걸 때 생기는 장점과 단점을 끄적거리고 있었던 시각— 단점: 전화를 안 받을 수도 있다, 장점: 전화를 받을 수도 있다—위스콘신주 밀워키의 거리에서는 트레이시 에드워즈라는 한 아프리카계 미국인 남성이 공포에 질린 채 질주하고 있었다. 그날 저녁 트레이시는 자기 사진을 찍고 싶다는 어느 말 잘하는 금발 남자의 제안에 응했다. 남자는 저녁 내내 트레이시에게 술을 사주고 몸이 좋다고 칭찬하며 후하게 대접해주었다. 그렇게 시시덕거리는 게 트레이시는 기분 나쁘지 않았다. 그리고 그날 밤 남자의 집으로 가는 차 안에서조차 트레이시 에드워즈는 단순히 아마 다른 사람의 육체, 그의 손길, 자신의 입술에 다가와 부딪치는 낯선 이의 입술이 주는 흥분을 기대했을 것이다.

그러나 우드랜드 힐스에 사는 내가 린디에게 전화를 걸지 않겠다고, 내가 한평생 알고 지낸 그 소녀에게 말을 걸 용기가 생길 때까지 하루만 더 기다리자고 결론을 지었을 무렵, 북쪽으로 천 마일 떨어진 낯선 동네의 어느 거리에서는 두 손이 부어오른 트레이시 에드워즈가 미친 듯이 내달리고 있었다. 한 손은 수갑이 채워져서, 다른 한 손은 조금 전 자신을 향해 푸주용 칼을 휘둘렀던 아까 그 금발 남자에게 주먹을 날리느라 부은 것이었다. 트레이시는 지나가는 차들을 향해 절박하게 손을 휘둘렀다. 도와달라고 외쳤다. 장소가 밀워키주 우범지대였고 트레이시는 흑인 남성이었기에—게다가 한 손목에 수갑까지 걸려 있었기에―곧 순찰 중이던 두 경찰관의 이목을 끌었다. 경찰관들이 차에서 내려 트레이시더러 바닥에 엎드리라고 했다. 총을 겨눈 채 무전기로 보고를 했다. 그들은 트레이시가 탈옥범일지도 모른다고 생각했다.

"당신들은 아무것도 몰라," 트레이시가 말했다. "존나 아무것도 모른다고."

그 말대로였다.

울음을 그치지 않는 트레이시 에드워즈의 안내에 따라 213호실을 향한 뒤에야 경찰들은 트레이시가 이야기했던, 고기 썩은 냄새가 나는 집에 사는 그 금발 남자를 만날 수 있었다. 트레이시가 벽에 바짝 붙어 덜덜 떠는 가운데 남자는 경찰관들에게 자신은 트레이시와 술을 마시다가 사랑싸움을 한 거라고 차분하게 설명했다. 그다음에는 재미 삼아 가지고 놀았던 수갑 열쇠가 있는 자기 침실로 가자고 공손하게 제안했다. 그리고, 별생각 없이 그를 따라가던 한 경찰관의 눈에 벽에 붙은 이상한 사진들이 들어왔다. 벌거벗은 남자들 수십 명을 찍은 사진이었다. 피부가 있었을 때, 그리고 피부를 벗겨낸 뒤의 모습 둘 다.

경찰관이 총을 향해 손을 뻗었다.

부엌에 있던 다른 한 명의 경찰관이 고함을 질렀다. "냉장고 안에 빌어먹을 사람 머리가 들어 있어!"

우리나라는 그 뒤로 영영 예전으로 돌아가지 못했다.

오해하지 말고 들어주었으면 한다. 열여섯 살이던 나는 이 사건을 알았을 때 하나도 슬프지가 않았다. 나 역시 죽음에 대해 조금 알게 된 이후이긴 하지만, 머릿속에 곧바로 피해자의 가족 생각이 떠오르지는 않았다. 아직도 나에게 죽음이란 사고사 아니면 자연사, 그러니까 해나 누나나 노인들에게만 일어나는 일이었다. 제프리 다머가 죽인 17명의 피해자의 어머니, 아버지, 형제자매, 친구의 마음 같은 건 생각하지 않았다. 아직도 실종된 이를 찾을 수 있다는 희망으로 책상 위에 전단지를 쌓아둔 그들이 이 뉴스를 들었을 때 어떤 기분이었을지 상상해볼 능력도 없었고, 그런 시도조차 해보지 않았다.

실종자: 맷 터너. 실종자: 올리버 레이시.

실종자: 토니 휴스.

마지막 목격 시에는: 웃고 있었음.

마지막 목격 시에는: 친구들과 외출 중이었음.

세상 사람들이여, 부디 이해해주세요:

이 아이는 제 아들이라고요.

열여섯 살의 나는 경찰관들이 이 사건을 수사하는 과정에서 다머의 벽장을 열었다가 뿌연 포름알데히드 병에 담긴 생식기들을 발견했을 때, 두개골에―나중에 다머가 고백한 바에 따르면―살아 있는 상태에서 구멍이 뚫린 채로 참수된 머리들을 발견하고 얻었을 트라우마에 대해서도 생각지 않았다. 이런 사건을 담당한 경찰은 어떤 기분이었을까? 살인자의 벽에 붙은 사진들을 떼어다가 각각 꼬리표를 붙일 때는? 사진마다 이름을 붙일 때는? **이런** 일이 일어났다는, **이게 현**

실이라는, **이것** 역시도 인간이 저지르는 일 중 하나라는 사실을 검증하는 것이 직업인 사람은 어떤 기분이었을까? 그 일을 마치고 어떤 마음으로 집에 돌아갔을까? 그 시절 나는 그런 건 생각조차 해보지 않았다. 내가 아는 건 온 세상 사람들이 그 괴물 이야기를 하고 있다는 것뿐이었고, 나도 끼어들고 싶었다.

그래서 나는 수화기를 집어 들었다.

린디가 전화로 사과를 전한 지 일주일도 더 지난 뒤였고, 나는 매시간 다시 그 애한테 전화를 걸까 말까 생각하고 있었다. 전화를 걸려면 이유가 필요했다. 그러니까 그 애 집 번호를 누르려면, 내 이야기 말고, 우리 이야기 말고, 다른 화제가 있어야 했고, 나는 전 국민적 비극을 그 화제로 택했다. 자세한 사항들이 속속 알려지고 있었던지라—다머가 자기 집에 만들어놓은 뼈로 된 제단, 시체로 만든 요리—이 사건으로 대화의 물꼬를 터봐야겠다는 생각이 들었다.

전화를 받은 건 린디의 어머니였다.

"안녕하세요, 페기 아주머니." 내가 말했다. "린디 집에 있어요? 린디도 제프리 다머 뉴스를 봤는지 궁금해서 전화했어요."

"전화해줘서 고맙구나." 아주머니가 대답했다. "린디가 며칠씩 텔레비전 앞을 떠나지 않네."

그게 시작이었다. 린디와 나는 그날 밤 밤새도록 통화를 했다.

변명 같지만, 뉴스를 보기 전까지는 가능한 줄도 몰랐던 이 같은 일에 관해서 우리 같은 아이들이 소름 끼치는 호기심을 갖지 않긴 어려웠다. 당연히 끔찍한 일, 슬픈 일이었지만,

특히 우리 같은 십 대 청소년들에게는 이런 사건이 우리와는 전혀 상관없다고 생각하면서 독신자 아파트에 살던 한 남자가 저지른 혐오스럽기 그지없는 일을 멍하니 구경하는 게 더 쉬웠다. 나라 전체가 이 이야기에 몰입했다. 우연이지만 다음 해의 아카데미 작품상은 식인을 다룬 영화였다. 제프리 다머의 아버지는 큰돈을 받고 책을 쓰기로 계약했다. 언론은 이 사건을 꽉 물고 놓아주지 않았다. 사람들은 충격을 받은 듯 행동했다.

그러나 린디는 그러지 않았다.

그날 밤의 통화에서 린디의 말투는 여태까지와는 사뭇 달랐다. 그 애는 지난해 학교에서 보던, 엄지손톱을 물어뜯으면서 사람들에게 날카로운 말을 쏘아대던 상처받은 소녀가 아니었다. 멀린다의 집에서 내 품에 안겼던, 먼 곳에 있는 누군가에게 말하듯 속삭이던 술 취한 소녀 역시 아니었다. 그리고 그 애는, 솔직히 인정하자면, 수년 전 내가 우리 동네에서 쫓아다녔던, 자기는 너무 빠르고 세상은 너무 느리다며 혼자 웃어대던 어린 육상선수도 아니었다. 이제 그 애의 목소리에서는 명랑한 구석이나 그때만큼 순수한 느낌은 찾아보기 힘들었다.

"당연히 전부 경찰 잘못이야. 경찰이 할 일만 제대로 했어도 마지막 여덟 번의 살인은 안 일어났을 테니까. 그즈음엔 다머가 거의 일주일에 한 명 꼴로 살인을 했다는 사실 알고 있어? 시체를 강간하기도 하고, 뇌를 먹고, 하고 싶은 대로 다 했다잖아. 그걸 밝혀내기가 그렇게 어려웠을까? 경찰이란 말도 안 되게 무능한 사람들이야."

나는 초조하게 굴었다. 그 애가 하는 말엔 뭐든 맞장구를 쳤다.

"퍽 더 폴리스." 내가 말했다.

"으으." 그 애가 짜증을 냈다. "그 노래 진짜 싫어. 대체 그 딴 쓰레기는 왜 듣는 거야?"

"안 들어." 내가 대답했다. "그냥 농담이었어."

"어이없다. 진짜 웃기네. 아무튼 진지하게 하는 얘긴데, 다머가 예전에 어떤 아이를 추행했다가 붙잡혔는데 경찰에서 가택수색조차 안 했다는 사실 알고 있었어? 집이 장례식장이나 다름없었는데 게을러터진 경찰이 그 집에 가보지도 않았던 거야. 말이 돼?"

나도 알고 있었다. 이 사건이 알려진 뒤부터 나는 뉴스를 보고 신문을 읽으며 최대한으로 정보를 흡수했다. 심지어 어머니와 장을 보러 식료품점에 갔다가 《타임》지도 한 권 샀다. 어머니는 내가 이 사건에 관심을 보이는 걸 걱정했지만 잔소리는 하지 않았다. 그즈음 어머니는 내게 그 무엇도 강요하지 않았었다.

"아니, 몰랐어." 내가 말했다.

"사실이래. 게다가 다머의 집에서 어느 외국인 아이가 약에 취해 벌거벗은 채로 엉덩이에서 피를 줄줄 흘리며 뛰쳐나와서는 이웃 사람한테 도와달라고 했대. 그런데 경찰은 게이 남자들 일에는 엮이고 싶지가 않아서 그 아이를 다시 다머의 집으로 돌려보냈다는 거야. 도대체 어떻게 일을 이따위로 처

252

리하지? 차라리 경찰이나 잡아먹지."

나는 린디의 분노를 이해할 수 있다고 생각했다.

어쨌든 린디가 강간을 당한 뒤로 꼬박 2년이 지났는데도 아직 범인이 잡히지 않았으니까. 린디한테는 그 사건이 제프리 다머의 피해자들이 느끼는 것만큼 큰 비극이었을 것이다. 내가 알기로 사건이 일어난 뒤 경찰은 마치 잔디깎이를 훔쳐 간 범인을 찾는 것 정도로 이웃들을 몇 번 찾아가서 탐문한 게 다였다. 물론 그게 전부는 아니었을 거라고 믿고, 그러기를 바라지만, 내가 본 바로는 그게 다였다. 게다가 페기 아주머니가 어머니한테 한 말에 따르면 이제 경찰에서 더는 연락이 오지 않는다고 했다. 린디 사건은 미해결로 남았다. 그러니 린디가 경찰을 태만하고 무신경한 존재, 제대로 일을 하지 않고 돈만 많이 받아 가는 사람들이라고 생각하는 것도 이해가 갔다. 그날 밤 나는 그 애가 무슨 말을 해도 상관없었다. 그 애의 말을 막지 않을 생각이었다.

그 순간 내게 더 중요한 건 전화를 받는 그 애가 어떤 **모습**일까 하는 문제였다. 마지막으로 그 애를 본 건 마당에서 몸싸움이 있었던 날이었는데, 그때 린디는 1광년은 되는 것 같은 먼 거리에 있었다. 그 전은 그 애가 화장을 하고 청회색 드레스를 입고 왔던 댄스파티에서였고. 지금 린디는 어떤 모습을 하고 있을까? 머리는 무슨 색일까? 양말은? 신발은? 흉터는 몇 개일까?

"그래도 한 가지는 인정해야지." 린디가 말했다. "완전 악당 같잖아. 법이나 규칙 같은 건 좆까라는 식으로."

"너 지금 혼자 있어?" 내가 물었다. "부모님이 그런 욕을 해도 혼 안 내셔?"

"아무도 나한테 **이래라저래라** 못 해." 그 애가 말했다. "아무튼, 맞아. 나 지금 내 방에 있어."

나는 창가로 다가갔다. 린디의 방은 불이 꺼져 있고 블라인드도 내려져 있었다. 시계를 보니 새벽 한 시였다. 그러니 벌써 몇 시간째 린디와 대화를 나누고 있었던 거다. 이보다 행복할 순 없을 것 같았다.

하지만, 나는 그 시절 우리가 이야기를 나눌 때조차도 서로 다른 이야기를 하고 있을 때가 많았다는 사실을 몰랐다. 예를 들면 제프리 다머 이야기는 나에겐 악몽이었지만 그 애한테는 재미있는 꿈인 것 같았다. 다머에 대해 이야기하는 그 애 목소리엔 경외심이나 그 살인자를 향한 묘한 존경심이 묻어 있었다. 이상하게 들리겠지만, 성폭력 피해자에게 이런 경우가 드물지 않다는 걸 나는 훗날 알게 됐다. 임상학술지에서 알게 된 바에 따르면, 이는 강간외상증후군으로 종종 폭력의 피해자가 자신이 가해자가 되는 생생한 상상을 하는 형태로 발현된다고 한다. 특히 여성 피해자의 경우에는 세월이 흐른 뒤에도 남편이나 아들, 형제를 죽이는 상상을 하는 경우가 있다고 한다. 그건 억누를 수 없는 충동이라고 한다. 피해자 자신도 끔찍한 기분이 들고, 죄책감을 느낀다고 한다. 그리고 그렇게 상상하는 살해 방법 중 압도적으로 다수를 차지하는 것이 칼로 찌르는 것이라고 한다.

"불은 왜 껐어? 방에 있다면서."

"나도 질문 하나 할게." 그 애가 대답했다. "왜 넌 항상 날 쳐다보는 건데?"

심장이 쿵 내려앉았다.

파티에 갔던 날, 린디가 내가 자기를 쳐다본다고 다른 사람들한테 이야기했던 게 떠올랐다. 지난 몇 달간 나는 매일같이 그 말을 생각했다. 어쩌면, 창밖 떡갈나무 위에 도둑처럼 웅크리고 있던 내 모습을 그 애가 본 적 있었던 건 아닐까? 만약 정말 봤다면, 그땐 왜 아무 말도 하지 않았던 걸까? 만약 못 봤다면, 왜 거짓말을 한 걸까? 린디는 왜 내게 상처를 주려고 할까? 그 애는 나에 대해 얼마나 많은 걸 알고 있을까?

"나 너 엿본 적 없어." 내가 말했다. "왜 자꾸 그런 말을 해?"

"무슨 소리야?"

"멀린다네 집에서 그랬잖아. 기억 안 나?"

"있잖아." 린디가 말했다. "난 그날 밤 얘기는 안 하고 싶어. 그리고 내 방 불이 꺼져 있는 건 침대에 누워 있으니까 그렇고. 자기 전엔 다들 불 끄잖아? 그게 뭐 그렇게 신기해?"

"침대에 누워 있다고?" 내가 물었다.

린디는 웃었다. "맙소사. 혹시 내가 뭐 입고 있는지도 궁금해?"

"아니." 내가 대답했다.

"다행이네. 말해주기 싫었거든."

그런데, 문제는 그거였다. 난 그 애의 목소리가 왠지 교활하다는 생각이 들었다. 분명 뭔가 꿍꿍이가 있는 듯한 말투

같았다. 냉소적으로 변했고, 단단한 껍데기를 뒤집어쓰고 있었지만, 여전히 그 애는 내가 가질 수 있는 대상과 가질 수 없는 대상 사이, 이해할 수 있는 대상과 이해할 수 없는 대상 사이에 자리 잡는 능력을 잃지 않은 것 같았다. 그래서 그 애가 나한테 여지를 준다고 느끼는 한편으로 편집증적 망상에 빠져들었다. 그 애가 날 놀리는 것 같았다. 어쩌면 그 애한테 남은 몇 안 되는 친구들이 린디 옆에서 귀를 기울이며 내 입에서 내 인생을 완전히 망쳐버릴 어떤 말이 나오기를 기다리고 있는 건지도 모른다는 생각이 들었다. 무슨 반응을 해야 할지 도저히 알 수 없었다.

나는 농담으로 받아쳐보기로 했다.

"왜 말하기 싫은 건데? 북슬북슬한 토끼 슬리퍼라도 신고 있는 거야?"

"오, 거의 비슷했어."

"이브닝드레스?"

"아니."

"고릴라 옷? 쓰레기봉투?"

"바보네." 그 애가 말했다. "내가 애초에 뭘 걸치고 있다고 누가 그래?"

나는 반격할 말이 없었다.

원양어선이 먼바다로 나갈 것 같은 긴 침묵이 흘렀다.

세상 어딘가에서 산이 솟아날 수도 있을 것 같은 긴 시간이었다.

"우와." 린디가 입을 열었다. "너 머릿속에 야한 생각밖에 없나 보다."

"아니야."

"맞아." 그 뒤로 그 애가 침대에서 일어나 앉는 소리, 어쩌면 베개를 정돈하고 있는 것 같은 소리가 들리는 것 같았다. 손을 뻗어서 무언가를 찾는 듯한 소리도 들린 것 같았다. 나는 아무것도 입지 않은 그 애의 가슴이 이불과 마찰되는 모습을 상상했다. 그 애가 편안한 분위기를 만들려고 침대 옆 조명을 끄는 상상도 했다. 그 애의 하얀 침대. 분홍색 이불. 부드러운 살갗. 다리. 그 시절보다 좀 더 어렸을 때 그 애가 머리를 묶던 방식. 그 애가 달리던 모습. 그 애의 목에서 언뜻 한 번 본 적 있던 작은 갈색 주근깨. 햇볕에 탄 그 애의 손가락.

그 애 말이 맞는 것 같기도 했다.

"아무튼," 린디가 말했다. "다음에 또 얘기해, 됐지?"

그걸로 끝이었다. 그 애가 전화를 끊었다.

맞은편 두 집 건너에 있는 그 애의 방에 희미한 푸른 불빛이 켜졌다. 나는 그 애가 자기 전에 텔레비전을 보다가 뉴스 앵커의 높낮이 없는 목소리를 들으며 잠드는 모습을 상상했다. 그 애가 보는 프로그램이 무엇인지는 몰라도, 나도 보고 싶었다. 그럴 수 없단 걸 알면서도, 그 애와 함께 있고 싶었다. 벌써 그 애가 그리웠다.

그래서 나는 방을 나와 텔레비전이 있는 거실로 갔다. 그즈음엔 어머니가 늦게까지 깨어 있는 날이 드물지 않았다. 밤늦은 시간 입이 심심해져서, 다들 잘 거라는 생각으로 불 꺼진 집 안을 돌아다니다 보면 잠옷 차림으로 유령처럼 조용히 이

257

방 저 방을 돌아다니는 어머니가 보였다. 그러다 냉장고 불빛이 켜져 어머니가 내가 깬 걸 알아차리거나, 내가 어머니더러 뭐 하냐고 물으면, 어머니는 그저 깜박하고 문을 안 잠갔다거나, 깜박하고 무엇을 안 껐다는 식으로 대답하고는 내 이마에 입을 맞춘 뒤 방으로 돌아갔다. "잘 자요, 엄마" 그러면 어머니는 "잘 자렴, 아들아" 하고 대답했다. 그다음엔 우리 둘 다 그 일을 입에 올리지 않았다.

그날 밤 어머니는 무릎에 담요를 덮고 소파에 앉아 있었다. 거실에선 시큼한 냄새가 풍겼다. 텔레비전에서 나오는 은은한 빛 속으로 보이는 어머니의 눈은 새까맣고 무표정했다. 어머니가 나를 보고 있는 건지 아닌지도 알 수 없었다. 채널은 CNN이었고, 화면에는 제프리 다머의 머그 샷이 커다랗게 떠 있었다. 어머니가 이 뉴스를 본다는 사실이 좀 놀라웠다.

"엄마?" 나는 그렇게 말하면서 어머니 옆에 앉았다.

바닥에 쓰레기통이 있었고 어머니의 손목엔 젖은 타월이 놓여 있었다.

"뭐 하세요?" 나는 알면서도 그렇게 물었다.

해나 누나가 죽고 난 뒤, 레이철 누나는 어머니가 늦은 밤 화장실에서 혼자 토하는 소리를 여러 번 들었다고 했다. 어머니가 슬픔 때문에 토하기까지 하는 모습은 너무 충격적이었기에 누나 말을 믿고 싶지 않았다. 그래서 난 어머니가 토할 만한 이유를 지어냈다. 어머니가 속이 안 좋다는 이야기를 했었다. 아니면 몸이 안 좋은 것 같다고 했다. 엄마는 괜찮은데, 누나가 잘못 들었을 거라고도 했다. 그러자 누나는 넌 귀가 멀어버린 것 같다고 했다.

어머니가 눈을 감았다.

"이게 더 나은 걸까?" 어머니가 물었다. "넌 저 사람이 잡힌 게 다행인 것 같니?"

나는 텔레비전 속 제프리 다머의 사진을 쳐다보았다.

범죄자가 잡히고 나면 사람들은 연쇄살인범이 어느 날 밤 술집에서 마주치는 사람, 상점 계산대에서 일하는 사람 같은 "평범한 사람"처럼 보였다는 말을 하곤 한다. 제프리 다머의 경우는 달랐다. 그해 늦여름, 텔레비전 화면 속, 신문 속, 잡지 속 그의 머그 샷은 보면 볼수록 살인자 같았다. 그의 눈은 누가 봐도 낯선 사람의 눈이었다. 그의 목소리는 누가 들어도 저속하게 들렸다. 심지어 콧수염조차도 악마 같은 짓을 하기 위해 위장으로 만들어 붙인 가짜 같았다. 그의 얼굴을 잠깐만 바라보아도 그가 피해자들에게 저질렀다는 일이 다 사실이라는 걸 알 수 있었다. 얼굴만 보아도 분명했다. 그는 우리와는 다른 사람이었다. 그의 입술은 타인에게 입 맞추기 위해 만들어진 것일지 몰라도, 그의 혀는 시체의 피부를 핥기 위해 만들어진 것이었다.

그렇기에 나는 어머니의 질문이 이해가 되지 않았다.

"무슨 뜻이에요? 당연히 잡힌 게 다행이죠."

"그러니까 가족 입장에서 말이야." 어머니가 말했다. "자기 자식이 무슨 짓을 당했는지 알게 되는 게 더 낫다고 생각하니? 뉴스에서 저렇게 자세히 떠들어대는 이야기를 알게 된 게 과연 다행일까?"

"모르겠어요." 나는 그렇게 대답했다. "알아도, 몰라도, 둘 다 힘들겠죠."

어머니는 나를 쳐다보았는데, 그 순간 어머니는 여태까지 들어가 있던 구덩이에서 문득 빠져나오는 것 같았다. 어머니가 리모컨을 들어 텔레비전을 끄더니 마치 잃어버린 아이를 찾아내기라도 한 듯 양손으로 내 얼굴과 목을 어루만졌다.

우리는 달빛이 내린 거실에 가만히 앉아 서로를 오래 바라보았다. 서로를 매일 보았는데도 왠지 몇 달 만에 처음으로 이야기를 하는 것 같은 기분이었다. 또, 어쩌면 처음으로, 내 얼굴에 어머니와 근본적으로 닮은 부분이 있다는 걸 느꼈다. 내가 어머니의 일부라는 사실, 누가 보아도 우리가 피를 나눈 사이라는 걸 알 수 있으리라는 사실을 말이다. 코의 생김새, 눈의 위치 같은 것. 그 순간 어머니와 나는 꼭 닮은 가족이었다.

잠시 후 어머니가 열을 재듯 내 이마에 손바닥을 댔다. 눈을 가린 앞머리를 치워냈다. "너는 괜찮니?" 어머니가 물었다. "해나 누나 일은 괜찮아?"

목이 콱 메어왔다.

해나 누나에 대해 뭐라고 말해야 할지 알 수 없었다. 늘 그랬다.

그래서 나는 그저 몸을 숙여 어머니의 무릎을 베고 누웠다. 어머니가 내 어깨에 손을 올려 아주 오랫동안 쓰다듬었다.

"엄마가 늘 네 곁에 있다는 거 알지?" 어머니가 물었다.

"알아요, 엄마." 내가 대답했다. "저도 그래요."

진심이었다. 그러나 이제 와 생각하면 어머니가 내 말을 믿

었는지는 잘 모르겠다. 만약 믿었다면, 어째서일까? 지난 수
년간 내가 어머니에게 저지른 잘못은? 그런데 믿지 않았다
면? 어떻게 해야 어머니에게 내 진심을 전할 수 있었을까?

세상에 답이 있는 사랑이 존재하긴 할까?

26

7월이 끝나자 1991년 8월이 왔다.

학교가 시작하기까지는 아직 2주가 남아 있었고, 또다시 가루이가 들끓는다는 소식에 동네 사람들은 연장을 들고 마당을 돌아다녔다. 이런 활동이 견딜 만했던 건 아칸소주 오자크스에서 발생한 찬 공기가 미시시피강을 타고 우드랜드 힐스 사람들에게까지 곧바로 실려 온 전례 없는 사태 덕분이었다. 기온이 섭씨 26도 정도까지 떨어졌던지라 동네 사람들은 다들 기분이 좋았다. 심지어 컨 씨와 심프슨 씨가 지난 달 마당에서 싸우던 일은 완전히 잊었다는 듯 진입로를 사이에 두고 아무렇지 않게 대화를 나누는 모습도 눈에 띄었다. 얼마 전 고등학교 풋볼팀에 들어간, 한때 제일 친한 친구였던 랜디는 어머니를 도와 철쭉에 살충제를 뿌리고 있었다. 예술가 줄리는 집에서 키우는 푸들인 기니비어와 함께 우리 집 앞 인도를 돌아다녔다. 제이슨 랜드리가 개미 둑에 돋보기를 갖다 대고 태우는 모습도 보였다. 제이슨의 아버지인 덩치 큰 랜드리 씨가 개를 찾겠다며 여전히 숲속을 돌아다니는 모습도 보았다. 그러나 무엇보다도 중요했던 건, 어머니가 우리 집 포치의 갈고리에 걸어둔 고사리 화분에 물을 주는 모습을 보고 동네 사람들이 다가와 안부를 물으면, 이제 어머니도 울음을 터뜨리지 않고 대답할 수 있게 되었다는 것이다. 그러니 시간은 흐르고 있었다. 모든 게 더 나아진 것 같았다. 우리를 움켜 쥐던 여름의 뜨거운 손아귀가 사뭇 느슨해지자, 온 동네 사람들이 다시 서로와 대화를 나누기 시작했다.

그중에서도 나와 린디만큼 많은 대화를 하는 사람들은 없었다.

우리는 매일 전화로 다며 이야기를 했는데, 전화 통화가 습관이 되고 나니 이야기의 주제도 금세 다양해져서 하루 일과를 주고받기에 이르렀다. 그럼에도 우리가 직접 만나는 일은 없었다. 같이 다니지도 않았다. 그저 은퇴한 노인마냥 각자의 방에 틀어박혀 전화기를 붙들고 수다를 떨었을 뿐이다. 그러면서 우리는 이 대화가 하나도 중요하지 않은 것, 거의 무의미한 것, 그저 너무너무 심심해서 어쩔 수 없이 하는 것인 척하려고 무진 애를 썼다.

당연히 나는 그렇게 생각하지 않았지만 말이다.

그 애한테서 전화가 왔을 때, 그래서 우리 집에 울린 전화벨이 정말로 린디한테서 온 전화일 수도 있다고 처음 생각하게 된 순간부터, 내 세상은 완전히 새로워졌다. 이제 그 무엇도 나를 괴롭힐 수 없었다. 린디와 매일 통화를 하던 나날에 나는 늘 기분이 좋았고 또 너그러웠다. 집 뒤편 숲에 숨어서 대마초를 피우거나 방문을 걸어 잠그는 일을 그만두고 어머니를 도와 집안일을 했다. 거실에 새 커튼을 달았다. 뒷마당 파티오 근처의 잡초를 뽑아냈다. 아버지가 떠났을 때부터 고장 나 있던 투광 조명등을 갈아 끼웠다. 온몸에 에너지가 넘쳤다. 누구에게나 잘해주고 싶은 나머지 저녁 식사 후에 레이철 누나를 도와 설거지를 하기도 했다. 누나 방에서 〈풀 하우스〉를 보다가 누나가 나가도 채널을 돌리지 않았다. 누나를 괴롭히지도 않았다. 나는 내내 마치 하늘에 둥둥 뜬 기분으로 얼빠진 듯 웃었고, 레이철 누나의 낡은 수동식 혼다로 파이니 크리크 로드를 돌아다니며 운전을 배웠다. **여기서 좌회전이야**, 누나는 그렇게 말했다. **좌회전이래도! 대체 뭐 하는 거야?** 뭐 하는 짓인지 나도 알 수 없었다.

나는 오로지 경험이 없는 십 대 시절에만 꿈꿀 수 있는 낭만적 판타지에 빠져 넋이 나가 있었다. 레이철 누나와 운전 연습을 하는 동안에조차 데이트를 위해 린디를 태우러 가는 상상을 했다. 조수석에 놓인 장미 열두 송이, 우리 앞에 펼쳐질 끝내주는 밤, 어쩌면 전속력으로 휘몰아치는 키스까지도. "잊지 마," 레이철 누나는 운전을 가르쳐줄 때마다 그런 말을 하곤 했다. "하느님은 모든 일엔 이유가 있다고 하셨어. 그 말을 믿어야 해. 해나 언니의 **죽음**을 받아들인다는 게 바로 **믿음**이 있다는 증거야."

"응," 나는 그렇게 말하며 클러치를 힘껏 밟았다. "나도 믿어."

어머니를 도와 부엌일을 하는 동안에는 린디와 내가 결혼을 해서 다정하게 가정을 꾸리는 상상을 했다. 아마 린디는 야구 모자를 눌러쓰고, 그 아래로 느슨하게 묶은 포니테일이 보일 거야. 나는 그 애의 등 옴폭한 자리에 손을 올린 채 그 애가 뜨거운 냄비 안을 젓는 걸 도와줄 테고, 우린 절대 부모님들처럼 결혼 생활을 망쳐버리지 않을 거다. 우리의 삶은 평온하고, 우리의 집은 따뜻하고 널찍할 것이다. 그런 상상을 하다 보면 어머니가 이렇게 말하곤 했다. "어제 네 아빠랑 통화했다. 네 아빠가 **로라**랑 같이 살기로 한 거 알고 있었니?"

"모든 일엔 이유가 있어요, 엄마." 나는 이렇게 대답하곤 했다. "그렇게 믿어야 해요."

"그래, 믿어야지." 그러면 어머니는 이렇게 말했다. "안 믿으면 어쩌겠니?"

그러다가 전화벨이 울리자마자 나는 내 방으로 들어가버렸다.

개고 있던 빨래는 던져버리고, 수도꼭지는 잠그지도 않았다.

"그럼, 당연히 통화할 수 있지." 나는 린디에게 이렇게 말했다.

"아니, 하나도 안 바빠." 이렇게 말하거나.

우리의 대화엔 대체로 특별한 화제가 없었다. 린디가 카멜 담배를 좋아한다는 것. 린디가 집단심리치료를 싫어한다는 것. 린디가 〈나이트메어〉를 좋아한다는 것. 린디가 휘트니 휴스턴을 싫어한다는 것. 그럼에도 나는 다음번 통화에서는 우리 사이에 진정한 유대감이 생길 거라는, 우리 사이 벽이 무너질 거라는 희망을 버리지 않았다. 다음번 통화에서는 경박한 고등학생 흉내는 그만두고 우리 둘 사이에 존재하는 단단한 연결고리, 함께 보낸 어린 시절, 그리고 함께할 미래를 이야기할 수도 있으리라고. 용기를 내서 이렇게 말할 수도 있으리라고. **이제 제프리 다머 이야기는 그만하자. 잘 들어, 린디. 난 심심할 때마다 널 그림으로 그려. 우리 아이에게 지어줄 근사한 이름도 몇 개 생각해놨어. 그러니까 널 사랑한단 소리야. 아직도 모르겠어? 우린 천생연분이라고.**

내가 이미 아는 그 사실을 린디가 이해하기만 한다면, 여태 만든 모든 노래를 그 애한테 들려줄 수 있겠지. 내가 영화를 보러 가자고 하면 그 애는 **좋아,** 하고 대답하겠지. 손을 펴면, 아무 말 없이 내 손을 잡아주겠지. 마당에서 장난스레 몸싸움을 하다가 서로를 끌어안게 될 거다. 그러면 그제야 나는 그해 여름이, 그 애한테 일어난 일이, 그리고 내 몫의 잘못이, 그 일 때문에 변해버린 그 애가 안타깝다고, 이제는 다 잊어버리자고 말할 수 있을 거다. 우린 함께 어딘가로 떠나 거기서 우리만의 삶을 시작할 거다.

나는 이렇게 말할 거다. **어떻게 생각해, 린디?**

그러면 그 애는 이렇게 대답할 거다. **이미 짐 다 쌌어.**

그 모든 게 불가능한 일이 아니라는 생각이 들 무렵, 묘한 일이 일어났다.

그해 여름이 끝날 무렵 나는 린디가 참석한 어느 파티 초대를 거절하는 바보 같은 짓을 하고 말았다. 파티를 연 사람은 퍼킨스 스쿨에 다니는 부잣집 아들 헤인스 버크라는 녀석이었는데, 아마 지금은 성공한 인생을 누리고 있을 거다. 그는 날 때부터 인기인으로 태어났고—죽은 지 오래된 루이지애나주 상원의원의 종손이라나—열일곱 살 나이에 벌써 멋진 파티를 여는 것으로 유명했으니 언젠가 남부 출신 민주당원이 될 만한 인재였다. 그 파티에선 술판이 벌어질 게 분명했다. 원한다면 가벼운 약물도 즐길 수 있었을 것이다. 경찰이 들이닥치는 걸 걱정할 필요도 없었다. 십 대 청소년들이 꿈꾸는 파티 그 자체였다.

그러나 버크의 파티에 초대를 받은 것 자체가 묘한 일은 아니었다. 사실 해나 누나가 죽은 뒤, 내가 멀린다네 집 파티에서 술에 잔뜩 취해 〈스위트 차일드 오 마인〉을 불렀던 이후로 나는 파티에 초대받는 일이 잦아졌다. 하지만 나는 두 번 생각하지도 않고 초대를 거절했는데, 그날 저녁에도 린디가 전화를 걸어올 거라고 생각해서였다. 그날 먹은 빤한 식사 메뉴를 읊고, 부모님과의 괴로운 대화를 참아낸 이야기를 한 다음에는, 그 애가 지루해질 때까지, 또는 그 애 집에 다른 전화가 걸려올 때까지 가만히 음악을 들을 거라고 생각했다. 우리의 통화는 그 정도가 전부였다.

그때가 1991년이었다는 걸 기억해주었으면 한다. 그땐 인터넷이 없었다. 그래서 십 대인 우리들은 전화기에 매달려 살았다. 웹캠도 없고, SNS도 없었다. 우리가 꿈꾸는 건 그저 언젠가 우리에게 각자의 전화회선이, 통화가 끊기지 않는 시간이 생기는 게 다였고, 전화는 거의 매번 중간에 끊겼다. 통화

상대가 누구건, 얼마나 사적인 이야기를 하고 있건, 부모님이 실수로 수화기를 집어 들 수도 있었고, 형제자매가 자기도 전화를 쓰겠다고 우기기도 했다. 통화 중 대기라는 게 생기면서 상황은 더 나빠졌는데, 이모며 삼촌이며 제대로 알지도 못하는 사람들이 아무 때나 끼어들 수 있게 되어서였다. 린디와 나를 비롯한 우리 십 대들이 주로 밤늦은 시간에 통화를 했던 건 그래서이기도 했다. 그런지풍의 옷을 걸친 우리의 얼굴이 그렇게 창백한 것도 이 때문이었다. 밤은 우리가 안심하고 솔직한 대화를 나눌 수 있는, 한집에 사는 부모와 별개의 삶을 살 수 있는 유일한 시간이었다. 그땐 핸드폰이 없었다. 개인적인 문자 메시지를 보낼 수도 없었다. 아주 단순한 일대일 대화, 그것도 작은 소리로 속삭이는 통화가 전부였다.

그러나 그해 여름 우리가 전화로 한 이야기의 주된 내용은 린디가 우리 학교의 모든 사람을 경멸한다는 거였고, 헤인스버크 역시도 린디의 경멸 대상 중 하나였기에, 나는 그 애가 파티에 갈지도 모른다는 가능성은 떠올리지조차 않았다. 뿐만 아니라 내게 한마디 말도 없이 파티에 갈 줄도 몰랐다. 그래서 나는 〈데이비드 레터맨 쇼〉가 시작하고 끝날 때까지 전화벨이 울리지 않았을 때에야 사태를 파악하고 화가 났다. 나는 린디가 파티 장소에서 술잔을 든 채로 사람들과 웃고 떠드는 모습을 상상했다. 바보가 된 기분, 속은 기분이었다.

나는 내 방 창가에 외로이 서서 기타로 우울한 발라드를 연주했다. 자식의 귀가를 기다리는 부모처럼 텅 빈 거리를 흘끔거렸다. 그러다 새벽 2시가 되어서야 차 한 대가 나타나서 린디의 집 앞에 섰고, 차에서 한참이나 아무도 내리지 않자 나는 대체 린디를 데려다준 사람이 누굴까, 그 사람과 키스라도 하는 건 아닐까, 혹시라도 그 애가 그놈한테 자기 몸을 만지게 허락이라도 하는 건 아닐까 하는 생각에 공황에 사로잡혔다가, 뒤늦게야 그 차가 누구 차인지 알아보았다.

좋은 소식이었다.

그 차의 주인은 강간 사건 이후 린디를 숭배하게 된 덩치 크고 인기 없는 메건 두셋이었다. 메건은 카멜레온만큼이나 변덕스러운 애, 잘나가는 애들 틈에 끼려고 안달이 난 애, 그래서 어렵잖게 경멸할 수 있는 애였다. 항상 파촐리 오일 냄새를 풍겼지만 히피는 아니었다. 다른 애들과 마찬가지로 학교 성적은 엉망이었는데 메건의 경우는 일부러 그러는 게 아니라 그저 머리가 나쁜 거였다. 학교 연극에서는 언제나 가장 별 볼 일 없는 단역을 맡았는데—군중 장면에서 신문을 파는 엑스트라라든지, 배경에서 전화 통화를 하는 척하는 비서 역할—그러면서도 자기가 여배우라고 재고 다녔다. 다른 동네에 사는 남자친구가 여러 명 있다고 했지만 그들을 만나본 사람은 아무도 없었다. 그 애는 관심을 끌려고 자살 소동도 두 번이나 벌였다. 나와는 지금껏 열 마디나 나눠보았을까 말까 한 사이였다.

그럼에도 내가 메건에 대해 이렇게 잘 아는 것은 메건이 그 시절 퍼킨스 스쿨에 몇 없던 린디의 친구였기 때문이었다. 둘은 메건의 파란 도요타를 타고 돌아다니며 카멜 와이드를 피웠다. 쇼핑몰에 있는 스펜서의 선물 가게라는 곳에서 야광 해골이라든지 욕설이 쓰인 범퍼 스티커 같은 걸 샀다. 두 사람은 항상 음모를 꾸미는 것처럼 보였다. 하지만 다른 애들이 다 그렇듯 린디도 뒤에서 메건을 험담하곤 했다. 필사적으로 매달리는 성격, 떡이 진 머리, 원하는 건 뭐든지 사주는 부자 부모 같은 것들을 욕했다. 린디는 그 애가 "가공할 만한 구취"를 뿜어낸다고 했다. 친구라고는 자기뿐인데 사실 차가 있어서 같이 다녀주는 것뿐이라고 했다. 그러니까, 린디는 그저 보통 고등학생이 흔히 하는 말을 아주 많이 했을 뿐이다. 그러나 때로 정도가 지나칠 때도 있었다.

밤이 늦어지고 지루해지면 린디는 메건의 개인적이고 부끄러운 비밀들을 입에 올렸다. 메건이 린디를 믿고 털어놓은 게 분명한 이야기들이었다. 자신을 함부로 대하던 남자들과의 성경험, 그리고 자기 몸, 몸무게, 은밀한 부위에서 나는 냄새, 검은색 젖꼭지에 대해 하는 비밀스런 걱정까지도.

"젖꼭지가 검은색이라고?" 내가 물었다.

"우웩." 린디가 대답했다. "완전 역겨워."

그 비밀은 린디가 분명 메건에게 비밀로 해주겠다고 피의 맹세를 하고 손가락을 걸고 약속한 것들이었을 테지만, 그 시절의 나는 린디가 친구를 배신했다는 사실이 아무렇지도 않았다. 나는 그 애가 무슨 이야기를 하건 다 들었다. 그 애가 나한테 속마음을 털어놓는 거라고 여겼다. 우리가 가까워지고 있는 거라고 믿었다.

메건이 그 애를 데려다준 그날 밤 린디는 술에 취해 비틀거리고 있었다. 인도를 지나 자기 집으로 들어가는 내내 발을 헛디디며 간신히 걸었는데, 나였다면 어렴도 없는 일이었다. 나는 어머니가 내가 술에 취한 모습이나 담배를 피우는 모습을 보면 마음이 미어질 거라고 생각했다. 물론 내가 술을 마시고 담배를 피우는 걸 어머니는 이미 다 알고 있었겠지만 말이다. 어머니는 바보가 아니었다. 심지어 내 비밀 상자 안의 물건들도 본 뒤였다. 그리고 나는 어머니가 내가 강력범죄의 범인일 가능성 역시 아주 깊이 생각해보았다는 사실도 알고 있었다. 어머니는 루이지애나주의 뜨거운 여름밤에 황급히 바지 벨트를 푸는 내 모습을 상상해보았을 것이다. 아무것도 모르는 여자애의 얼굴을 바닥에 짓누르고 강제로 성관계를 가진 다음 때려눕히는 상상을 했을 것이다. 그것도 어머니가 나를 위해 꾸린, 내가 지금까지 살아온 그 집 코앞에서 말이다. 아직까지도 나는 어머니가 그런 생각을 얼마나 자주 했을지, 얼마나 진짜처럼 그 생각에 몰두했을지, 그리고 그 생각 때문에 어머니가 얼마나 늙어버렸을지 생각해보곤 한다. 이런 생각이 부모에게는 사소할 리 없었을 것이다.

아마 그때 이미 그런 사실들을 알고 있었던 탓에, 나는 십대 후반까지 어머니가 감정을 소모하지 않도록 상대적으로 별것 아닌 일들까지도 숨겨왔던 것 같다. 벽장 위 몰딩에 숨겨놓은 반쯤 피운 담뱃갑, 썩 좋지 않은 대수학 점수. 나는 뭐든지 조심했다. 조인트는 낡은 카세트 케이스 안에 숨겼다. 한 번도 대마초를 집 안에 들여 온 적이 없었다. 어머니를 자기 자식에게서 지킬 수 있도록 보이지 않는 곳에 물건을 숨기는 일이 나한테는 당연하게 느껴졌다.

린디의 생각은 달랐다.

나는 린디가 집 안을 돌아다니며 각 방의 전등을 켜는 모습을 보았다. 마치 배가 바다로 나아가듯 린디네 집 불이 하나하나 켜지는 모습이 내 방 창문에서 환히 보였다. 처음에는 현관 전실, 그다음에는 거실. 잠시 후에는 아마 냉장고, 그리고 아마도 열린 전자레인지 안에서 새어 나오는 것 같은 흐릿한 불빛. 한참이나 간격을 두고 이번에는 2층 욕실 불이 켜졌다. 아마도 복도 등일 것 같은 불빛. 그리고 드디어, 그 애의 방. 텔레비전의 불빛. 마침내 전화기 키패드에 불이 들어왔고, 그 불빛이 내 전화번호 일곱 자리를 누르는 린디의 손가락에 가려지는 모습이 기뻤다.

나는 전화벨이 울릴 겨를도 주지 않았다.

수화기를 집어 든 나는 쌍안경을 통해 린디가 2층 자기 방 창문을 여는 모습을 지켜보았다. 그 애가 의자를 끌어다 앉더니 담배에 불을 붙였다.

여름이 만개한 그날 밤, 만약 내가 린디의 집 앞 떡갈나무 위에 올라가 있었다 하더라도 그 애한텐 내가 보이지 않았을 것이다. 그 나무는 그만큼 훔쳐보기 좋은 곳이었다.

"대단하네," 린디가 말했다. "테-킬라."

나는 수화기를 쾅 내려놓고 싶었다. 뭐라도 부숴버리고 싶었다.

메건과 함께 나타난 그 애를 보는 순간 느꼈던 기쁨은 사라져버리고 없었다. 이제 내가 느끼는 감정은 내가 없는 곳에서 그 애가 술에 취했다는 질투심, 그 애가 파티에 갔다는 질투심, 다른 애들이 그 애와 대화를 했다는, 그 애를 봤다는 질투심뿐이었다. 이해할 수 없는 감정이었다. 나 역시 대마초를 시종일관 피워댔지만, 린디가 대마초를 피운 이야기를 하면 질투가 났다. 쇼핑 같은 일은 관심 없는데도, 그 애가 쇼핑몰에 간 이야기를 들으면 질투가 났다. 내가 모르는 다른 학교 애들 이야기, 어릴 때 휴가를 갔던 다른 지역, 우리가 사는 동네 말고 다른 동네 이야기를 하면 질투가 났다.

그중에서도 그 애가 남자 이야기를 할 때 가장 질투가 났다. 견딜 수가 없었다.

그 애가 사귀었던 많고도 많은 얼간이들, 그 애를 지루하게 한 귀여운 애들, "끝까지 가지는" 않았다는 바보들. 이런 이야기들을 들을 때마다 속이 뒤집혔다. 한편으로는 아무리 들어도 질리지 않았다. 성에 관련된 린디의 이야기들—지미 캔츠의 키스가 너무 부드럽다거나, 앨릭스 부드로의 체모는 배꼽까지 일자로 이어져 있다거나—은 들으면 들을수록 비참해질 뿐이었지만, 나는 스스로를 괴롭히기라도 하려는 듯 자꾸만 린디에게 이런 이야기를 캐묻곤 했다. 너무나도 괴로웠다. 내가 그토록 소중히 할 수 있는 것을 그 애가 아무렇지도 않게 다른 녀석들에게 내준다는 사실 때문에 미쳐버릴 것 같았다.

과거는 바꿀 수 없고, 린디에게는 내가 정리해줄 수 없는 과거가 있으며, 내가 어쩌면 우리 둘의 과거를 망쳐버린 건지도 모른다는 단순한 사실 때문에 나는 어쩔 줄 몰랐다. 그 사실 때문에 나는 너덜너덜해질 만큼 괴로웠지만, 나는 아직도 지난번에 내가 멀린다네 집에서 망쳐버렸던 상황이 한 번만 더 일어난다면, **내가** 그 애에게 키스할 수 있는 기회, **내가** 그 애를 만질 수 있는 기회가 한 번만 더 생긴다면 린디가 내 마음을 알아줄 거라는 생각을 버리지 않고 있었다. 내가 떳떳하다는 걸, 내가 진심이라는 걸, 내가 그 애 곁에 있다는 걸 알릴 수 있다면 다 잘될 거라고 생각했다.

그래서 나는 옹졸하고 교활한 사람으로 변해갔다. 린디가 다른 남자 이름을 말하면 나는 그게 누구건 그놈을 악당으로 만들기 위해 할 수 있는 노력을 다했다. 상대가 내 친구라도 마찬가지였다. 새빨간 거짓말을 꾸며낼 때도 있었다. 나는 거짓말을 하고, 뒤통수를 치고, 배신을 했다.

나는 오직 그 애가 나를 좋아해주기를 간절히 바랄 뿐이었다.

"파티 간단 얘기 왜 안 했어?" 내가 물었다.

그 말에 린디가 웃었다. 술기운이 듬뿍 묻은 낮은 웃음소리였다.

"왜 얘기해야 되는데?"

"몰라. 그런데 밤새도록 기다렸어. 네가 전화할 줄 알고."

"우와." 린디가 말했다. "완전 애처롭네."

심장에 주먹이 내리꽂히는 기분이었다.

"별로 재미없었어." 그 애가 말했다. "망할 제니 린스콤도 왔더라. 언젠가 꼭 한번 손봐주고 말 거야."

전에도 들은 적 있는 이야기였다.

내가 린디가 강간을 당했다는 말을 퍼뜨린 뒤로 학교에는 그 애의 적이 엄청나게 많아졌다. 그 결과, 그해 늦여름 나는 린디가 그들의 험담을 하는 걸 듣는 데 아주 오랜 시간을 썼다. 앞서 말한 제니 린스콤이라는 애는 린디의 사물함에 "창녀"라고 낙서를 했다. 에이미 브로드는 "린디 심프슨 같은 여자애들"이 학교 주차장에서 코카인을 흡입한다고 교장에게 일러바쳤다. 남자애들로 말하자면 2학년 때 생물 시간에 배운 헤르페스 심플렉스에서 착안해 린디에게 린디 심플렉스라는 별명을 붙인 러셀 킨케이드가 있었다.

"그 멍청이들 말을 누가 들어?" 난 늘 그렇게 말해주었다. "걔들은 널 모르잖아."

"아무도 날 몰라." 그러면 그 애는 이렇게 대답했다.

"내가 알아." 나는 이렇게 대답했다.

"안다고 **생각하는** 거겠지." 그 애의 대답이었다.

그 애 말이 맞았다. 난 내가 그 애를 안다고 생각했다.

그러나 내가 아는 사실들은 전부 엉망진창이었다.

예를 들면 나는 **지금 이 순간** 린디가 하얀 나무 의자에 가부좌를 틀고 앉아 한 손을 창밖에 내밀고 있다는 사실을 알았다. 쌍안경을 통해 담배 끝이 빨갛게 타들어가는 것도, 담배 연기 그림자도 보였다. 그 애가 타던 바나나 시트가 달린 슈윈 자전거는 지금 바큇살 사이로 잡초가 길게 자라고 있다는 사실도 알았다. 그 애가 아마 내일 오후 늦게까지 늦잠을 잘 거라는 사실도, 자기 어머니가 앞문 포치를 정리하는 사이에 창문을 열어놓고 몰래 담배를 피울 거라는 사실도 알았다. 또, 내가 그 애와 함께하고 싶다는 사실도 알았다.

"어쨌든," 내가 말했다. "그래도 네가 어디 간다고 말해줬으면 했어."

"불쌍한 새끼 고양이 같으니. 너도 오지 그랬어. 예술가 줄리도 왔거든. 너희 둘이 애인 그런 거 아니었어? 걔 맨날 그 엄청 큰 개를 끌고 너희 집 앞을 어슬렁거리잖아. 댄스파티 날에 네가 걔 쳐다보는 것도 봤어. 너희 둘, 맨날 괴상한 던전 앤 드래곤 섹스 하는 거 아니야? 혹시 네가 걔의 던전 마스터야?" 린디는 웃었다. "그 애의 끓어오르는 용광로에 네 마법 지팡이 집어넣고 그래?"

"도대체 무슨 소리 하는 거야?" 내가 대답했다. "파트너라서 같이 간 것뿐이야. 엄마가 같이 가라고 한 거라고. 나랑은 상관없어."

"진정해." 린디가 말했다. "농담이야. 게다가 나도 다 알고 있었어."

"뭘 안다는 거야?'

"댄스파티 말야, 바보야." 린디가 말했다. "너희 엄마가 나한테도 너랑 같이 가달라고 부탁했었거든."

린디가 창문 난간에 놓아둔 컵 안에 담배를 눌러 끄는 모습을 보고 있자니, 내가 그 애보다 불리한 입장에 놓인 듯한 기분이 아까보다 더 심해졌다. 지금 생각하면, 어머니가 린디에게 내 파트너가 되어달라고 부탁했다는 사실을 긍정적으로 해석할 수도 있었겠다는 생각이 든다. 그건 결국 어머니가 애초부터 나를 린디 사건의 범인으로 의심한 적 없다는 증거니까. 하지만 그때는 거기까지 전혀 생각이 미치지 않았다. 두 사람이 나 없이 이야기를 주고받고, 같이 꿍꿍이를 꾸몄다는 사실 자체가 수치스러웠다. 나는 어머니와 심프슨 가족의 두 여자가 무슨 자선사업이라도 착수하듯 다 함께 테이블에 둘러앉아 차를 마시는 감동적인 장면을 상상하며 분노에 사로잡혔다.

"진짜야?"

"그래, 너희 누나 죽고 얼마 뒤였어."

"나도 그게 **언제인진** 알고 있어." 내가 말했다. "믿기지가 않네. 우리 엄마가 뭐랬어? 뭐라고 했는데?"

"너 왜 그렇게 흥분해? 난 오히려 다정하단 생각이 들었는걸. 널 많이 걱정하시더라. 네가 우울증 같은 거라도 걸렸다고 생각하시던데. 그런데 너도 알겠지만 맷 호크가 먼저 부탁해서 어쩔 수 없었어."

"굉장하네." 내가 말했다. "대단하다. 축하해. 운이 좋네."

"거지 같은 소리 하지 말고." 린디가 말했다. "어쨌든 미리 약속하지만 않았으면 너랑 갔을 거야. 좀 후회되더라."

"왜? 나 때문에, 아니면 우리 엄마 때문에?"

"아마 둘 다." 그러더니 린디의 목소리가 약간 누그러졌다. 잠깐이었지만, 그 애의 말투가 생각에 잠긴 듯 진지해졌다. "난 예전부터 너희 누나가 되게 멋있다고 생각했거든. 어릴 땐 진짜 동경했어. 엄청 큰 선글라스 쓰고 다녔잖아. 가슴도 크고. 너희 누나를 볼 때마다 나도 언니가 엄청 갖고 싶었어. 그 언니가 죽었다니까 안 믿기더라. 한편으로는 완전 믿기기도 하고. 멋있었잖아. 되게 잘 지내는 것 같았고. 그래서 믿어지더라고. 좋은 사람들만 먼저 죽잖아."

삶을 돌아보다 보면 우스울 때가 있다.

지난 시절을 떠올릴 때면 지금의 이 대화에서처럼 내가 늘 타인의 말을 멋대로 해석했다는 점이 당황스러울 때가 많다. 어린 시절이란 다 그런 걸까? 예를 들면 린디가 내게 메건의 비밀을 말할 때, 제프리 다머를 우상이라도 되는 듯 입에 올릴 때, 난 그 애의 말을 하나도 안 듣고 있었던 거나 다름없었다. 그러니까 내 머릿속은 좋아, 그럼 이 이야기가 나랑 무슨 상관이 있지? 하는 생각으로 가득 차 있었던 것이다.

또 다른 예를 들어보겠다. 부모님이 처음 갈라섰을 때, 잠깐이지만 두 분이 다시 합치려던 기간이 있었다. 1985년 가을이었고 나는 열 살이었다. 그날 랜디와 나는 우리 둘 다 갖고 있었던, 브루스 리라는 코모도어 64용 컴퓨터 게임에서 더 높은 점수를 받는 내기를 했었다. 아무 걱정 없는 어린애였던 우리 둘은 한 판을 끝낼 때마다 서로에게 전화해 점수를 비교했다. 그날 저녁, 아버지가 예고 없이 우리 집을 찾아온 뒤, 부모님이 누나들과 나를 부엌에 있는 커다란 떡갈나무 식탁에 불러 앉혔다. 부모님은 거의 수줍어하는 것처럼 보일 정도로 불편한 표정으로 우리 맞은편에 앉았다. 아버지가 말했다. **얘들아, 쉽진 않겠지만, 엄마 아빠는 한 번 더 노력해보려고 한다.**

해나 누나는 이렇게 말했다. **엄마, 이게 엄마가 진짜 원하는 게 맞아요?**

어머니가 대답했다. **당연하지, 얘야. 엄마 아빠는 너희들을 정말 사랑한단다. 너희도 알지?**

나는 이렇게 말했다. **저 이제 가도 돼요?**

아니면 그 뒤로 오랜 세월이 흐른 뒤 어머니가 요즘 들어 머리가 통 안 돌아간다고, 당신 동네에서 길을 잃을 뻔했다고 했을 때도 그랬다. 당시 어머니는 혼자 살고 계셨고 나는 일 때문에 단기간 다른 지역에 살고 있었다. 나는 이십 대 후반이었고 그 나이대가 대부분 그렇듯이 내가 바쁘다고 생각했다. 여전히 어머니와 자주 통화를 했고 명절에는 찾아가기도 했지만, 그래도 나는 내심 어머니가 내가 배턴루지를 떠난 게 서운한 나머지 나를 돌아오게 할 수작을 부리는 거라고 생각했다. 어머니 집 마당에서 시들어가는 나뭇가지들에 대한 작은 죄책감. 어머니가 텔레비전에서 본 애매모호한 질병들과 딱 들어맞는 이상한 증상들. 어머니는 아직 예순이 안 된 연세였고 친구들과 점심 식사를 자주 했으며 겉보기에도 멀쩡했기 때문에, 나는 내가 집으로 돌아오길 바랐던 어머니가 없는 말을 지어내는 거라고 여겼다. 자식들은 이렇게 스스로를 과대평가하곤 한다.

그래서 나는 이렇게 말했다. "모르겠네요, 엄마. 제 눈엔 건강해 보이는걸요."

"고맙다, 얘야." 그러면 어머니는 이렇게 대답하셨다. "다정하기도 하지."

어머니 말이 맞았다. 나는 그저 다정한 말이나 던진 게 다였다.

그날 밤 린디와 통화를 할 때도 내 태도는 이와 다르지 않았다. 취했든 아니든 린디는 내게 죽은 우리 누나 이야기를 하면서 누나에 대한 사소한 기억들을 털어놓았는데, 시간이

갈수록 사람들이 입에 올리는 일이 점점 드물어지는 이야기였다. 그런데도 나는 린디의 이야기를 듣는 둥 마는 둥 했다. "너희 누나가 금팔찌 자주 끼던 것 기억나?" 린디가 물었다. "커다란 분홍색 링 귀걸이도 하고 다녔잖아. 엄마한테 나도 똑같은 거 사달라고 싹싹 빌었는데."

"누나 때문에 내 댄스파티 파트너가 되어주려고 했단 소리야?" 내가 물었다. "네가 해나 누나를 좋아했으니까?"

"좋아했는지 잘 모르겠어." 린디가 말했다. "같이 논 적도 없는걸. 그냥 보기만 했지. 그냥 그 언니가 멋있어 보였어. 알잖아. 그리고 너희 엄마, 맙소사, 지독하게 슬퍼 보이시더라."

"그럼 멀린다네 집에서 했던 말도 그래서였어? 내가 안타까워서?"

린디는 으으 하고 신음 소리를 냈다.

"몰라. 그럴 수도 있지. 꼭 그렇게 하나하나 다 따져야만 직성이 풀려?"

"아니." 내가 대답했다. "그냥 난 가끔 그날 밤 일을 생각해."

"그럼 이제 그만 생각해." 그 애가 말했다. "그날 밤은 그냥 보드카를 너무 많이 마셔서, 사람들이 짜증 나서 그랬던 것뿐이야. 내 파트너는 세탁실에서 어느 기분 나쁜 여자애랑 뒹굴었고. 난 잔디밭에 누워서 잠들었어. 끔찍했지. 집까지 걸어왔어. 계단에서 잠들었다고. 일어나니 아빠가 울고 있더라. 난 내 얼굴에 누가 낙서를 해놓은 것도 몰랐어."

"나랑 갔어야지." 내가 말했다. "맷 호크는 좆같은 놈이야."

280

"아니." 린디가 대답했다. "맷 호크는 그냥 좆이 있는 놈이지. 그것도 엄청 커. 그게 문제지."

토할 것 같았다. 절벽에서 뛰어내리고 싶은 기분이었다.

"왜 그런 말을 해?"

"뭐가?" 린디가 말했다. "난 좆 이야기 하면 안 돼? 남자들은 매일 가슴 이야기하면서."

"난 안 해."

"그렇겠지." 그 애가 말했다. "넌 성자잖아. 지금 생각해보니까 댄스파티는 너랑 가는 게 나았겠다. 아니, 그냥 너랑 사귀는 게 나았겠다. 그러면 나한텐 아무 문제도 없었겠지. 그러면 나도 어른들이 좋아하는 행복한 사람으로 살았겠네."

"난 성자가 아니야."

"알아."

"농담 아니야." 내가 말했다. "넌 내가 무슨 짓까지 할 수 있는지 모르잖아."

"그럼 증명해보든지." 린디의 말이었다.

27

린디가 고른 게임은 '진실 또는 도전'이었다.

얼마나 많은 사람들의 인생이 이런 게임을 하다가 알 수 없는 방향으로 흘러갔을까?

"좋아," 린디가 말했다. 그 애는 아직 술이 깨지 않은 채였다. "네가 성자인지 아닌지 시험해보자. 뭘로 할래?"

나는 당연히 진실을 택했다. 우리 사이에서 내가 원하는 건 진실뿐이었으니까.

"좋아, 진실." 그 애가 말했다. "너 지금 나 쳐다보고 있어?"

나는 쌍안경을 집어 들고 길 건너편을 살펴보았다. 아무리 애를 써도 린디의 눈에는 내가 보이지 않는다는 건 이미 알고 있었다. 그 애 집 앞 떡갈나무에서 우리 집을 하도 많이 본 터라 나는 그곳에서 내 방이 불이 켜져 있을 때, 불이 꺼져 있을 때, 현관 앞 등이 켜져 있을 때, 또 꺼져 있을 때 우리 집이 어떤 모습인지 잘 알았다. 레이철 누나가 피아노 위 전등을 끄는 걸 잊었을 때 오렌지색 불빛이 어떻게 보이는지도 알았다. 부엌 스토브 위 환풍기 조명은 어떻게 보이는지, 달이 차고 기울 때 우리 집 지붕창은 각각 어떤 모습인지도. 그래서 나는 지금 내가 서 있는 내 방 창문은 그 애의 시야에서는 그저 린디와 내가 태어나기도 전에 지어진 우리 집 각도 때문에 간신히 보이는 검은 사각형에 불과하다는 사실을 알았다. 나는 린디를 좀 더 선명하게 보려고 쌍안경을 조정했다. 렌즈의 초점이 맞자 그 애가 열린 창가에 앉아 내 쪽을 향해 가운뎃손가락을 치켜든 모습이 보였다.

"아니." 내가 말했다. "안 보고 있어."

"진실 또는 도전이잖아." 린디가 말했다. "유치한 거짓말하지 마. 난 누가 날 쳐다보는지 아닌지 확실히 안다고."

"난 그냥 내가 성자가 아니라고 했을 뿐이야." 내가 대답했다. "성자가 아니라는 거지, 괴물이라고는 안 했어. 천사가 아니라고 해서 꼭, 그러니까 변태라는 법은 없다고."

"그렇게 생각해?" 린디가 말했다.

"그래."

"내가 무슨 생각하는지 알아?" 그 애가 말하더니 수화기를 내려놓았다.

린디가 의자 위에 올라서더니 우리 집 쪽, 내 방이 있는 곳을 똑바로 보며 상의를 걷어 올렸다. 그 애는 상의를 벗어 보이지 않는 곳에 던지고는 가만히 서 있었다. 그리고 다시 수화기를 귓가에 가져갔다. 또다시 담배에 불을 붙였다.

"난 네가 거짓말쟁이라고 생각해." 그 애가 말했다.

당연히 그 애 말이 맞았다.

먼 거리에서 내 눈에 보이는 건 컨 가족이 두 해 전 여름에 자기 집 차고 앞에다 설치한 투광 조명등 빛에 비친 그 애의 앞모습이 전부였다. 나는 그 애의 벌거벗은 몸 윤곽을 빤히 응시했다. 조명등에 비친 그 애의 피부는 노랗고 부드럽게 보였다. 브래지어에는 나뭇잎 그림자가 어룽져 있었고, 배는 널빤지처럼 판판했다. 2년 동안 시합에 나간 적이 없었음에도 그 애, 린디는 아직도 장거리달리기 선수의 몸을 가지고 있었다. 그 애의 허리는 육상선수, 스포츠 의류 모델이나 가질 법한 허리였다. 아무리 청렴한 중년 남성이라 하더라도―어쩌면 향수 때문에라도―이끌릴 수밖에 없을 늘씬한 열일곱 살 소녀의 몸이었다. 나는 흐린 빛 속에 상의를 벗은 채 서 있는 그 애를 바라보았다. 뭐라고 해야 할지 알 수 없었다.

이상한 것은, 나는 이런 옷차림의 린디 모습을 예전에도 이미 본 적 있었다는 것이다. 그 애는 비키니 차림으로 마당에 누웠고, 스포츠 브라 차림으로 퍼킨스 스쿨 육상 트랙을 달렸다. 속옷 차림인 모습 역시도 이미 그 애 집 앞 떡갈나무 위에서 훔쳐본 적 있었다. 그보다 더 가까운 각도에서 그 애의 몸을 본 적도 있었다. 학교 점심시간에 그 애 뒤에 줄을 서 있다가 드러난 뒷목을 보기도 했고, 아주 오래전처럼 느껴지는 언젠가 잔디밭 스프링클러를 뚫고 달려가는 그 애의 둥근 무릎도 본 적 있었다. 그 애의 몸을 만질 수 있을 정도로 가까운 거리에 있었던 적도 있었다. 우리 동네, 뜨겁게 달아오른 잔디밭에서 그 애한테 태클을 걸었을 때, 멀린다네 집 파티에서 그 애의 흉터를 손가락으로 쓸어보았을 때처럼. 그러나 지금 내 눈앞의 린디 모습은 그런 것들과는 완전히 달랐다. 그 애가 나를 바라보고 있었기 때문이다. 그 애가 나를 향해 자기 모습을 내보이고 있었다. 내가 감당할 수 있는 선을 넘은 행동이었다.

"흐음," 그 애가 입을 열었다. "왜 이렇게 아무 말 없는지 궁금하네."

그러더니 린디는 마치 나를 고문하기라도 하는 듯 수화기를 벌거벗은 어깨와 목 사이에 끼우더니 창틀에 둔 컵 속에 담배를 내려놓았다. 그러더니 손을 아래로 내려 청바지 단추를 끄르기 시작했다. 그 애가 앞섶을 풀어 활짝 열어젖히자 브래지어 색과 어울리지 않는 짙은 색 팬티 윗부분이 드러났다. 나는 이미 한참 전부터 입을 다물고 있었다.

도대체 내가 할 수 있는 말이 뭐가 있었겠는가?

"그러니까, 그냥 앉아서 아무것도 안 보는 중이라면 왜 아무 말도 안 하는 거냐고."

린디는 몸을 숙이더니 바지를 벗었다. 다시 일어섰을 때 그 애의 얼굴에는 둥글게 그림자가 드리워져 있어 표정이 보이지 않았다. 그 애는 오른손을 등 뒤로 가져가 브래지어를 풀었고, 나는 그 애의 브래지어가 꿈처럼 그 애의 팔을 타고 미끄러져 떨어지는 모습을 지켜보았다. 흐릿한 노란 불빛 속에 그 애의 자그마한 가슴 옆 부분이 드러났다. 그 뒤에 우리 사이에 일어난 일들에도 불구하고 그 모습은 아직까지도 내 기억 속에 지워지지 않고 새겨져 있다.

린디는 창가를 떠났다.

그 애가 말없이 돌아서서 깜깜한 방 안으로 사라져버리자, 쌍안경을 통해 보이는 것이라고는 컵 속에 잊혀진 채 타오르고 있는 담배에서 피어오르는 연기가 다였다. 그럼에도 수화기에 바짝 가까워진 그 애의 숨소리가 들렸기에, 나는 그 소리에 온 정신을 집중했다. 그 애는 침대 속으로 기어들어 가고 있는 중이었다. 지금까지 여러 번 통화하면서 그 애가 집단상담이라든지 연쇄살인범이라든지 자기 부모님 같은 지독한 이야기를 할 때마다 침대에 털썩 주저앉는 소리를 들었기에 알 수 있었다. 매트리스가 그 애의 가벼운 몸 아래에서 삐걱삐걱 소리를 냈다. 그 애 머리 위에서 실링팬이 돌아가는 소리도 들렸다. 침대에 자리를 잡은 그 애가 소리를 냈다. 어른 같은, 기분 좋은 소리. 깊은 만족감을 느끼는 듯한 한숨 소리. 태어나서 지금까지 내가 그 누구에게서도 들어본 적 없는 소리였다.

"자, 이제 내 차례야. 하지만 진실은 이제 됐어. 난 도전을 원해."

내 머리에 떠오르는 생각들은 전부 바보 같은 것뿐이었다.

그때까지 나는 진실 또는 도전을 해본 적이 별로 없었고, 몇 번 해본 것들 역시 시시한 도전들이었다. 예를 들면, 어린 시절에 예술가 줄리가 나한테 자기 집 개랑 키스할 수 있겠냐는 도전을 걸었던 적이 있다. "동물들이 왕자가 아니라는 걸 알려면 키스해보는 수밖에 없잖아?" 줄리의 말이었다. 또 한번은 고등학교 파티에서였는데, 너무 지루했던 나머지 나는 별생각 없이 저드슨 비트린이라는 애한테 팔뚝에 바늘을 꽂아보라는 도전을 걸었었다(그 녀석은 그 도전을 받아들였다). 그밖에는 딱 한 번 더 해봤다. 제이슨 랜드리가 파이니 크리크 로드의 다른 아이들한테 피클병에 담긴 국물을 전부 마실 수 있느냐는 도전을 걸었을 때다. 우리가 선뜻 받아들이지 못하고 망설였고, 컨 형제는 제이슨더러 꺼지라고 했다. 그러자 녀석은 이렇게 말했다. "알았어, 그럼 **진실**로 바꿀게. 부모님이 피클병에 담긴 국물을 전부 마시라고 시킨 적 있는 사람?"

어떤 불행은 지금에 와서야 선명히 보인다.

하지만 그 순간까지 진실 또는 도전이란 나한테 유치한 게임에 지나지 않았다. 린디가 창가에서 옷을 벗고 "도전"이라는 말을 발음하기 전까지는 내게 조금도 성적인 것으로 느껴지지 않았지만, 그 순간 나는 차갑고 부드러운 침대에 누운 그 애의 혀가 입천장을 건드리며 그 단어를 발음하는 모습말고는 아무것도 떠오르지 않았다. 갑자기 진실 또는 도전이 오로지 섹스에만 초점을 맞춘 게임으로 보이기 시작했다. 그밖에는 아무런 의미도 없으며, 지금까지도 쭉 그랬던 것만같이 느껴졌다.

하지만 나에게는 경험이 부족했다.

내가 얼마나 대담한 도전을 제시해야 챌린저호가 바다에 추락한 그날부터 내가 그 애한테 저지른 잘못들을 다 지워버릴 수 있을까? 그 애의 비밀을 새어 나가게 만들었다는 내 죄책감을 없애버릴 수 있을 만큼 강력한 도전은 뭐가 있을까? 또, 얼마나 도발적인 걸 제시해야 그 애가 내가 원하는 걸 하게 만들 수 있을까? 내가 우리의 이상한 우정 뒤에 진정한 사랑이나, 어쩌면, 그 진정한 사랑의 육체적 실현 같은 중요한 일이 기다리고 있다고 믿고 있다는 사실을 그 애한테 알리려면 얼마나 솔직해져야 할까? 다시 말하면, 어떻게 해야 린디네 집의 옆면을 다 뜯어버리고 파이니 크리크 로드를 에스컬레이터로 변신시켜 그 애의 몸을 곧장 내 앞으로 데려올 수 있을 만큼 강력한 도전이 떠오를까?

알 수 없었다.

그러나 내가 무슨 시도를 해보기도 전에 전화 너머에서 린디가 목을 부드럽게 울리며 끙끙거리기 시작했다. 마치 힘든 일이라도 하고 있는 것처럼 숨소리가 불규칙적으로 터졌다. 신발을 벗을 때나, 바늘을 꿸 때, 금방 생각날락 말락 한 무언가가 도저히 떠오르지 않을 때 내는 것 같은 신음 소리였다. 나는 그 애가 뭘 하고 있는 건지 곧바로 알 수 있었다.

그 애가 옷을 벗는 모습을 본 순간부터 나 역시 그러고 있었으니까.

"린디," 내가 말했다. "네가 지금 무슨 생각 하고 있는지 알려줘."

그러자 그 애는 길게 한숨을 쉬었다. "네가 이런 거 되게 못한다고 생각하고 있어."

"왜?" 내가 말했다. "괜찮은 질문이잖아."

"바보야, 그건 진실이기도 하잖아. 도전이 아니라고."

"좋아." 내가 말했다. "그럼 다시 해볼게. 좋은 도전이란 뭐라고 생각해?"

그 애는 망설이지 않았다.

"좋은 도전이란 말야," 린디가 말했다. "이런 거야. 너 지금 당장 여기 와서 나랑 섹스할 수 있어?"

나는 수화기를 붙잡은 채 가만히 있었다. 그날 이후, 살면서 내가 그만큼 흥분한 순간은 딱 한 번 있었다. 린디와의 대화 이후 10년도 더 지난 뒤였던 신혼 초기, 아내가 임신했다는 사실을 알게 된 밤이었다. 그날 우리는 한 시간이나 침대에 함께 누운 채로 우리가 마음 깊은 곳에 간직하고 있었던 불안감이 현실이 되었다는 사실에 드문드문 울었다. 그날 우리가 나누었던 감정은 너무나 거대하면서도 낯선 것이었다. 공황감이 흥분으로 바뀌자 우리는 이불 속에서 서로를 바짝 끌어안았다. "네 고모랑은 안 닮았으면 좋겠다", "분명 내가 다 망쳐버릴 거야" 같은 바보 같지만 솔직한 말들을 주고받는 내내 나는 손을 뻗어 그 전에도 수천 번은 만져서 익숙해진 아내의 허벅지 뒤쪽 건조하고 주름 잡힌 부분을 부드럽게 쓰다듬었다. 웃음 사이에 긴 침묵이 감돌아서 아내가 잠든 건가 하고 생각하려는 찰나, 그녀가 다리를 벌리더니 깊은 만족감이 담긴 신음을 뱉어내기 시작했고 그 순간 나는 정신이 나가버렸다. 그녀가 내 손을 붙잡고 자신의 다리 사이에 가져가더니 골반을 움직이기 시작한 그 순간 나는 내가 아내에게 쾌락을 선사하고 있다는 사실을 그 어느 때보다 분명히 알 수 있었다. 내 손길만으로도 그녀에게 기쁨을 줄 수 있다는 사실을, 그리고 지금 그녀가 내게 주는 육체적 기쁨은 앞으로 몇 달 동안 그녀의 몸에서 태어날 어마어마한 사랑의 극히 일부에 불과하다는 사실을 알 수 있었다. 그 순간 나는 여태까지 내 인생에서 일어난 모든 일은 바로 이 순간을 위한 준비였음을 깨달았다.

그러나 린디와의 이 순간을 위해서는 나는 아무런 준비도 되어 있지 않았다.

"진심이야?" 나는 말했다. "그게 네 도전이야?"

"내가 진심이든 아니든 상관없잖아." 린디가 대답했다. "내 차례 아니잖아."

"하지만 진심이었냐니까? 진짜 그렇게 생각했어?"

"맙소사. 넌 꼬치꼬치 캐묻는 것밖에 할 줄 몰라?"

"아니."

"내가 무슨 생각하는 중인지 진짜 알고 싶어?" 그 애가 물었다. "진심으로?"

"응. 진심으로."

"알았어." 그 애가 대답했다. "너 크리스 개릿 알아?"

내가 아는 녀석이었다.

크리스 개릿은 키가 크고, 크로스컨트리팀 선수였다. 나와 동갑이었다. 예전엔 같이 축구팀에서 뛰었다. 그 외에 또 뭘 알아야 한담?

"당연히 알지. 같은 학년인걸."

린디는 뜸을 한참 들였다.

그러더니 이렇게 말했다. "맛있어."

이해할 수 없었다. 내가 아는 크리스 개릿은 인기 있는 녀석도, 흥미로운 녀석도 아니었다. 그는 짧은 갈색 머리를 단정하게 빗고 다녔다. 우등반 여러 개에 들어 있었고, 학생회 회계 담당 같은 바보 같은 일을 맡고 있었으며, 크리스천육상선수협회라는 단체의 회원이기도 했다. 은퇴한 육상선수라든지 마약중독에서 빠져나온 사람 같은 외부 연사들이 퍼킨스 스쿨에 강연을 하러 와서 우리에게 눈을 감으라고, 기도할 때 마음이 편한 사람들은 기도를 하라고 할 때면, 크리스 개릿은 눈을 감고 기도했고 그때마다 편안해 보였다. 그는 순수하고 무해하기 그지없는 녀석이었기에, 심지어 그때까지는 미워하겠다는 생각조차 한 번도 해본 적 없었다.

하지만 앞으로는 미워할 수밖에 없을 터였다.

"왜 개 생각을 하는 건데?" 내가 물었다.

"알아." 린디가 대답했다. "이상하지? 근데 그 애만 보면 왠지 ……는단 말야. 으음. 개를 똑바로 쳐다볼 수조차 없어."

"무슨 소리야? 그 애만 보면 뭐 어떻다는 거야?"

"알잖아," 그 애가 속삭였다. "젖는다고."

도저히 참을 수가 없었다.

속이 울렁거리고 숨이 막혀왔다.

내가 신음 소리라도 낸 것인지 린디가 내 비밀을 알아차렸다.

"너도 하고 있는 거야?" 그 애가 말했다.

대답할 수 없었다. 대답할 필요도 없었다.

"난 가끔 학교에서도 해." 린디가 말했다. "개가 자꾸 생각나잖아. 스페인어 시간에 개가 투우라든지 쓸데없는 것에 대해 발표했을 때 스웨트셔츠로 가리고 했었어. 걔가 이러더라. '질문 있는 사람.' 그래서 난 이렇게 대답하고 싶었지. '저요. 지금 당장 저한테 박아주면 안 될까요?'"

"린디."

"맙소사, 걔 몸은 또 어떻고." 그 애가 신음했다. "온몸을 핥아보고 싶어. 하지만 걘 내가 걸레라고 생각하겠지? 걔는 동정일까? 분명 그럴걸. 한 번도 안 해봤을 거야." 그리고 그 순간부터 린디는 아마 여태까지 수백 번은 했을 크리스 개럿, 어쩌면 그냥 전반적인 남자들, 경험이 없는 남자애들에 관한 상상에 젖은 채 바삐 손을 놀리기 시작했다. 그러니까 나는 그저 어쩌다 보니 이 자리에 있었을 뿐인 거였다. 그 애는 내가 이해할 수 없는 말을 웅얼거리고 있었는데, 수화기가 그 애의 뺨에 거칠게 비벼지는 바람에 잘 들리지 않았다. "말해줘," 그 애가 그렇게 말하는 것 같았다. "날 좋아한다고 말해줘."

"린디." 내가 대답했다. "당연히 좋아해."

"만져줘, 널 느끼고 싶어."

"그래. 나도 그러고 싶어."

"키스해줘," 그 애가 말했다. "말해줘," 그러더니 린디의 숨소리가 빨라지기 시작했다. 그 소리만으로도 나는 절정에 도달하고 말았다. 나는 그 애가 알 수 없는 무언가에 대고 거칠게 몸을 움직여대는 소리에 조용히 귀를 기울였다. "날 원한다고 말해줘," 그 애가 다시 입을 열었다. "좋아한다고 말해."

"린디." 내가 말했다.

"크리스." 그 애가 말했다.

그리고 내가 입을 열어 그 애의 말을 고쳐주기 전에, 창문에 비친 내 모습이 눈에 들어왔다. 옆머리를 바짝 깎고, 정수리 쪽 가느다란 머리카락 몇 가닥이 전기에 감전이라도 된 것처럼 축 늘어진 모습이 마치 가발 같다는 생각이 처음으로 들었다. 레이철 누나가 이 머리가 어울리지 않는다고 주야장천 말했던 게 떠올랐고, 그 말이 맞는 것 같다는 생각이 드는 바람에 기분이 더 최악으로 치달았다. 닦을 만한 것을 찾으려고 손을 뻗다가 달빛에 비친 내 창백하고 깡마른 팔을 보는 순간, 나는 내 몸이 운동선수 같지도, 크리스 개릿 같지도 않다는 사실을 확실히 깨달았다. 비록 한때는 그렇게 될 수 있을지도 모른다는 꿈을 꿨지만 말이다. 나는 신실한 기독교인도 아니었고, 누나가 죽은 뒤부터는 그 누구를 향해서도 눈을 감고 기도하고 싶지 않았다. 나는 그저 좋아하는 여자애와 은밀한 순간을 나누고 싶어서 수작을 부린 교활한 남자애일 뿐이었고, 애초부터 그 사실이 하나도 자랑스럽지 않았다. 그러나 나는 아직도 어쩌면 이 일로 우리가 넘어야 할 어떤 문턱을 드디어 넘어간 걸지도 모른다는 희망을 놓지 않은 채로 린디가 절정을 향해 다가가는 소리에 귀를 기울이고 있었다. 나는 아직까지도 이번 일로 우리가 더 가까워질지도 모른다는 실낱같은 희망을 버리지 않은 채였다.

전화 너머 린디의 숨소리가 드디어 지친 듯 잦아들었다. 린디는 조용해졌고, 만족한 것 같았다. 나는 그 애가 이제는 다시 내 생각을 하기 시작했을지, 이제는 내 몸이, 내 성욕이, 내 상상이 궁금해졌을지 생각했다. 그 순간을 방해하고 싶지 않았기에 나는 아무 말도 하지 않았다. 그럴 필요가 없었다. 우리는 그날 밤 아주 개인적이고, 이례적이며, 엄청난 순간을 함께했다. 지금 내가 궁금한 건 앞으로도 우리가 지친 하루를 보낸 뒤 잠으로 굴러떨어지기 직전에 정기적으로 이런 순간을 나눌 것인지가 다였다. 그래서 나는 귀를 바짝 세워 린디의 작별 인사를 기다렸다. 아마 **잘 자,** 하겠지. 어쩌면 **사랑해,** 할지도 몰랐다.

한참 뒤 그 애가 드디어 입을 열었다.

"가끔은," 그 애가 말했다. "진심으로 그저 내 머리를 총으로 쏴버리고 싶을 때가 있어."

28

　20년이 지난 지금에 와서, 린디와 나 사이의 진짜 차이점을 어떻게 설명할 수 있을까? 아직도 때로는 그날 밤 수화기를 통해 들려오던 그 애의 목소리를 잊을 수 없다는 것을, 그리고 그 목소리가 지금의 나를 만들었다는 것을, 그리고 내가 이 이야기에서 내가 했던 역할과 화해하기 위해 했던 선택들을 말이다.

　어쩌면 이 이야기부터 할 수도 있겠다.

　배턴루지는 뉴올리언스가 아니다.

　사람들의 입에 오르내리는 건 언제나 뉴올리언스지만 그래도 루이지애나주의 주도는 우리가 사는 배턴루지다. 배턴루지 시내엔 회색빛 관공서 건물, 법원, 주지사 사택 두 채가 있는데, 그중 한 채는 주지사의 은퇴 이후 박물관으로 바뀌었다. 한때 남부에서 가장 높은 건물이던 루이지애나주 국회의

사당 건물에는 아직도 1935년 휴이 롱 암살 사건 당시의 탄흔이 남아 있다. 그 탄흔 덕분에 이곳이 특별해졌고, 그래서 아직도 이곳을 찾아오는 사람들이 좀 있다.

뉴올리언스 시내는 프렌치 쿼터라고 불린다.

아마 너도 들어본 적 있을 것이다.

뉴올리언스는 백인, 흑인, 이민자, 케이준Cajun[18], 크리올 Creol[19]이 뒤섞인 공간이다. 때로는 하나의 거리 안에 엄청난 빈곤과 엄청난 부가 공존하기도 했기에 학자들의 연구 대상이 되기도 했다. 배턴루지는 대체로 예측 가능한 문제들이 일어나는 도시다. 출퇴근 시간대에는 교통체증이 생긴다. 우범지역에서는 폭력 문제가 발생한다. 공립학교에는 빈곤층 학생들이 많고 지원금이 부족한 경우엔 폐교된다. 큰 표 차로 너끈히 당선된 관료들은 보통 목표한 만큼을 이루지 못한다. 미국 평균을 따져보면 배턴루지는 보통 어떤 항목이건 간에 100개 대도시 중 37위 언저리에 머문다.

그러나 우리는 매번 이상한 투표에서 높은 순위를 기록하곤 한다. 인구통계학자들과 사회과학자들이 수치를 떠나 질적 질문을 하기 시작하면 배턴루지의 순위는 높아질 수밖에 없다. 우리는 "이웃과 잘 지낸다", "즐거운 주말을 보냈다",

---

18   캐나다에 이주해 살다가 17세기경 루이지애나로 강제 이주 하게 된 프랑스계 미국인들의 후손을 일컫는 말.

19   식민지 시대에 생겨난 흑백 혼혈과 그 후손을 일컫는 말. 케이준과 함께 루이지애나주의 민족 집단을 이룬다.

그리고 "자식들이 계속 가까이 살기를 바란다" 같은 이상야 릇한 항목에서 극히 높은 순위를 기록한다. 그 이유로는 여러 가지를 꼽을 수 있다. 배턴루지는 식물을 기르기 좋은 곳이다. 무엇이든 미친 듯이 자라나니까. 더울 때는 정말 덥고, 비가 올 때는 미친 듯이 내린다. 이곳의 날씨는 난해한 것과는 거리가 멀다. 배턴루지는 음식의 품질이 좋고 저렴한데 이 또한 중요한 이유다. 어디에서 샌드위치를 사도 맛이 없는 법이 없다. 그저 그런 식당을 차린다면 순식간에 망하고 만다. 한때 형편없는 식당이 있던 자리에 새로운 식당을 연다면 손님들이 용서해주기를 기도해야 한다. 건성으로 음식을 만드는 식당까지 장사가 될 만큼의 많은 관광객이 오지 않는다는 게 얼마나 다행인가.

배턴루지는 또 대학 도시이기도 하기에 이곳 사람들은 마음이 젊다. 가을이면 토요일마다 루이지애나주립대학교 풋볼팀의 경기를 보러 오는 관중이 9만 2천 명에 달한다. 경기가 있는 날이면 타이거 스타디움은 루이지애나주에서 여섯 번째로 인구가 많은 도시로 변하고, 풋볼에 관심이 있건 없건 경기 점수를 모르는 사람을 동네에서 찾아보려면 수고깨나 해야 한다. 경기가 진행되는 동안 루이지애나주립대학교 캠퍼스—여기저기 떡갈나무가 자라고, 지붕에는 스페인식 타일이 덮여 있고, 원주민 봉분이 두 개 있는—안에는 티켓 없이 무작정 찾아온 나머지 만 명의 시민이 자리한다. 시민들은 접이식 의자에 앉아 서로 대화를 나눈다. 차가운 맥주와 뜨거운 음식을 나눠 먹는다. 응원하는 팀은 다 똑같으니까. 이 역시 중요한 이유다.

배턴루지가 미시시피강 동편 절벽 위에 자리한 도시이기에 대규모 허리케인으로부터 안전하다는 사실 역시 빼놓을 수 없다. 그렇다고 배턴루지가 재해를 입은 적이 없는 것은 아니다. 1992년 허리케인 앤드루가 루이지애나주 남부를 강타했을 때 어머니와 나는 우리 집 마당에 있던 12미터 높이의 떡갈나무가 바람에 꺾이는 모습을 보았다. 나무가 쓰러지기 직전 우리 집 기반 아래서 굵은 뿌리가 뚜둑 꺾이던 소리가 마치 팝콘이 터지는 소리 같았다. 태풍의 눈에 들어왔을 때쯤 나뭇잎과 나뭇가지, 떨어진 지붕널이 어지럽게 널브러진 집 밖에 나와보니, 떡갈나무가 뽑혀 나간 구멍은 이미 찌꺼기와 빗물로 가득 차 있어서 다시는 처음처럼 고른 땅이 될 수 없어졌다. 우리 동네에서 이런 피해는 드물지 않았다. 린디의 집 앞, 내가 그토록 여러 밤을 보낸 습지성 떡갈나무는 쓰러지면서 린디의 침실 벽을 박살냈다. 지붕이 부서졌고, 창문이 깨졌고, 2층의 지지대가 부서지는 바람에 집 전체에 빗물이 들어찼다. 그러나 그 시점, 1992년 가을에 그 집에는 이미 아무도 살고 있지 않았다.

그럼에도 큰 재난이 우리를 피해 가는 일이 종종 있었다.

1973년 배턴루지는 인공 배수로와 방조문을 개방한 덕에 전무후무했던 미시시피강 대홍수를 피할 수 있었다. 주정부가 위치한 우리의 도시를 지키려는 간단한 결정이었지만, 이 조치 때문에 아차팔라야 유역에 위치한 인구가 더 적은 도시들과 늪지대 수십 군데가 침수되었다. 강에서 밀려온 유사가 사람들의 배기관을 막았다. 집들이 마치 아이들이 조종하는 것처럼 물 위를 둥둥 떠다녔다. 야생동물이 사라졌다. 새로운 종이 침입했다. 생태계 전반이 바뀌었다. 그러나 배턴루지는 멀쩡했다.

더 최악이었던 건 우리가 허리케인 카트리나에도 침수되지 않았다는 것이다.

너도 이해해야 한다. 사람들은 루이지애나에 대해 생각할 때 오직 뉴올리언스만 떠올린다. 그건 괜찮다. 뉴올리언스는 문화의 도시, 매혹의 도시니까. 빅 이지Big Easy, 크레센트 시티Crescent City[20]이자, 재즈의 발상지니까. 배턴루지 사람들은 남부 억양조차 쓰지 않는다. 우리 동네 축제는 뉴올리언스 축제에 비교하면 아마추어나 다름없다. 우리 동네에서 제일 떠들썩한 술집도 새벽 2시면 문을 닫는다. 뉴올리언스의 술집은 문을 닫는 법이 없고 말이다. 그러니까 배턴루지 사람들은 제대로 놀고 싶으면 100킬로미터를 달려 뉴올리언스로 간다. 값비싼 호텔에 묵으면서 엄청난 돈을 쓴다. 길에서 맥주를 마시고 나쁜 선택들을 내린다. 교차로에서는 잘못 회전하는 바람에 길을 잃어버린다. 그렇게 아침에 눈을 뜨면 후회와 만족감이 뒤섞인 기분으로 "놀러 오기엔 좋지만 살고 싶지는 않

---

20   둘 모두 뉴올리언스의 별칭으로, '크레센트 시티'는 미시시피강을 끼고 초승달 모양으로 휘어진 뉴올리언스의 지형에서 유래한 이름이고, '빅 이지'는 정확한 유래는 알 수 없으나 특유의 느긋한 삶의 태도에서 나온 이름으로 알려져 있다.

은 동네야"하면서 집으로 간다.

다시 말하면 우리 동네는 말이 되는 곳이다.

뉴올리언스는 말이 안 되고.

그 예로, 뉴올리언스는 미국의 도시 중 해발고도가 수면보다 낮으면서 실제로 바닷가에 위치한 유일한 도시다. 캘리포니아 산악지대 골짜기의 주거 지대를 제외한다면 말이다. 멕시코만, 폰차트레인 호수, 미시시피강이 이 유명한 도시를 둘러싸고, 밀어내고, 짓누르고, 삼킨 탓이다. 뉴올리언스는 실제로 아주 낮은 지대에 위치해 있어 잦은 침수를 겪었고 수많은 사람들이 그렇게 사망했다.

뉴올리언스라는 도시 역시도 아이러니하다. 뉴올리언스는 전국에서 강력범죄가 가장 많이 일어나는 도시인 동시에, 축제 허가증이 가장 많이 발급되는 도시이기도 하다. 노예제도와 가혹한 편견으로 악명 높은 도시이면서, 동성애자와 트랜스젠더의 활력으로 넘치는 도시이기도 하다. 역병과 전쟁, 기록적인 폭풍을 꾸준히 겪으면서 대량 사망자가 발생했음에도 뉴올리언스 사람들은 이곳을 떠나는 대신 그들에게 주어진 환경이 특별하고 비극적이라는 사실에 자부심을 느낀다. 즉 뉴올리언스 사람들은 이곳이 세상에서 가장 흥미로운 도시라는 듯 행동하지 않는 사람에게는 아무런 흥미도 보이지 않는다. 이 도시가 그 자체로 하나의 행성이자 우주가 아니라고 생각하는 이들 역시도 순진한 사람 취급한다. 그렇기에 뉴올리언스 사람들은 배턴루지처럼 평범하기 짝이 없는 고장에 뭐가 있겠냐고 생각한다고들 한다.

오랫동안 우리도 그 답을 생각하느라 무진 애를 썼다.

그래도 이제는 말할 수 있다.

우리에겐 죄책감이 있다.

2005년, 허리케인 카트리나가 멕시코만으로 진입해 북쪽으로 방향을 틀었을 때 뉴올리언스의 부유한 이들은 배턴루지로 향했다. 디지털 텔레비전과 위성 라디오를 통해 대피 명령을 들은 그들은 해 질 무렵에는 우리 고장의 호텔과 빈 주차장을 가득 메웠다. 승용차며 레저용 차량으로 교통이 마비되는 바람에 주에서는 10번, 55번, 59번 고속도로의 서행과 북행 차선을 역방향으로 전환했다. 배턴루지는 선뜻 도움의 손길을 내밀었다. 어쨌거나 우리는 이웃이니까. 우리는 언제나 공손했으니까.

그래서 그날 우리가 배터리, 생수, 프로판 연료 같은 생필품을 사러 갔을 때, 평소와는 달리 그곳에서 뉴올리언스 사람들도 호텔방으로 가져갈 세면용품이나 과자를 사고 있었던 건 그리 큰 문제가 아니었다. 뉴올리언스 사람들은 계산 줄이 길다고, 모든 것이 비효율적이라고 불평을 늘어놓았다. 그들은 소란스러웠고, 욕심이 많았고, 우리 동네 가게에 진열된 빵들도 마음에 안 들어 했다. 우린 그들이 마치 화성에라도 온 것처럼 우리 고장을 낯설어하는 것이 우스웠다. 그들은 주스 코너가 어디인지 몰랐다. 잭스 비어도 못 찾았다. 어느 차선에서 회전해야 할지 몰랐고 본인들이 차선을 잘못 들었을 때도 우리보다 더 빨리 경적을 울려댔다. 그건 별일 아니었다. **먼저 가세요,** 우리는 말했다. **잠깐이지만 편안하게 머무**

르다 가세요. 그러다가 폭풍우가 휘몰아치기 전날 밤, 배턴루지 사람들과 뉴올리언스 사람들은 다 같이 동네 식당들을 가득 메우고 거나하게 마셔댔다. 배턴루지가 얼마나 이상한 고장인가 하는 농담도 주고받았다.

8월 28일이었다. 다음 날 비가 오기 시작했다.

그러다 폭풍이 시작되고 전기가 나갔다.

그다음에는 믿기지 않는 뉴스들이 쏟아지기 시작했다.

8월 31일경에는 뉴올리언스 내 약 50개 구역에서 제방 시스템이 작동하지 않았다.

뉴올리언스 전역, 어떤 추정치에 따르면 전체의 80퍼센트에 이르는 지대가 수면 3미터 아래에 잠겨버렸다. 핸드폰 신호는 간헐적으로만 잡혔고, 갑자기 실종자들이 생겨났다. 이웃이, 사촌이, 할머니가 어디에 있는지 그 누구도 알 수 없었다. 뉴올리언스 외곽에 사는 내 대학 시절 친구와 그 아내는 데넘 스프링스라는 근처 마을 쇼핑몰 주차장에 스바루 아웃백을 세워놓고 그 안에서 이틀 밤을 보냈다고 했다. 도저히 답이 나오지 않았다고 했다. 아내인 제니퍼는 만삭이었고, 내 친구는 내게 아내가 샤워를 할 수 있게 호텔방을 알아봐줄 수 있느냐고 물었다. 밥값을 하는 그 어느 배턴루지 사람이나 했을 일대로, 나는 그들에게 우리 집을 열어주었다. 몇 안되는 현관 계단을 걸어 올라오는 제니퍼의 손을 잡아주면서, 전기와 에어컨 없이는 피할 도리가 없는 더위에 대한 사과의 말도 건넸다. 제니퍼는 비키니 수영복을 입고 집 밖에 서서 정원 호스로 몸을 씻었는데 그 모습이 참 볼만했다. 다음 날

전기가 들어오자 우리는 바보처럼 다 함께 둘러앉아 텔레비전을 보았다.

뉴올리언스는 쑥대밭이 됐다. 누구의 눈에나 분명했다. 비극이었다.

그리고 내가 그 재난과 그토록 가까이 있었음에도, 그 재난의 영향을 영영 벗어나지 못할 것임에도, 또 내가 그 멋진 도시를 진정으로 사랑하고 아낌에도, 뉴올리언스의 이야기는 결국 내 이야기가 아니다. 나도 그 사실을 안다.

그러나 배턴루지 이야기는 내 몫이다.

우리에겐 우리만의 문제가 생겨났다.

뉴올리언스의 제방이 붕괴되고 거리에 물이 차자 뉴올리언스의 수천 명 가난한 이들은 10번 주간고속도로를 따라 서쪽으로 오기 시작했다. 그중에는 캐슬린 블랭코 주지사의 행정명령에 따라 스쿨버스로 휴스턴, 잭슨, 슈리브포트 같은 너그러운 지역으로 수송되는 이들도 있었다. 스쿨버스에 오르지 못한 이들은 그저 걸었다. 기온은 섭씨 36도였고 그들은 젖은 신을 신고 있었다. 남자들은 웃통을 벗고 여자들은 물이 뚝뚝 떨어지는 탱크톱에 머리에는 반다나를 두른 차림이었다. 사소한 부상들은 치료할 수 없었다. 떨어진 나뭇가지에 맞아 생긴 시뻘건 상처, 미끄러운 아스팔트에 미끄러져 든 딸기 색깔의 멍, 부러진 게 분명한 부어오른 손가락, 부어오른 손. 휠체어를 탄 이들은 낯선 이들이나 친족의 도움으로 이동하면서 잠을 자거나 성경을 읽었으며 사람들 대부분은 마치 미국으로 진입하는 제3세계의 난민처럼 월마트 비닐 가방에 살림살이를 담아 날랐다.

헬리콥터에서 이 모습을 영상으로 찍어 연합 통신사로 전송했고, 군용트럭들이 옆을 지나가며 생수가 담긴 상자를 나누어주었다. 전 국민이 분노하고 있었다. 이런 갈 곳 없는 극빈자들이 마을에 도착하면 지자체에서는 총구를 들이대고 문전박대했다. 그러나 배턴루지는 문을 활짝 열어주었다.

그렇게 사람들이 이곳으로 밀려 들어왔다.

하룻밤 사이에 배턴루지의 인구는 두 배로 불었다. 카트리나 이후 몇 주 뒤 이루어진 조사에 따르면 이스턴 배턴루지 지구만 해도 당시 2만 명이 더 머무르고 있었던 것이다. 학교는 학생으로 넘쳐나고, 땅값이 하늘로 치솟고, 새 식당들이 꽃이 피듯 차례차례 문을 열었다. 많은 이들이 이건 세상에 배턴루지의 진가를 보여줄 수 있는 기회라고 여겼다. 예를 들면 배턴루지 시장은 이 상황을 전무후무한 사태라 표현하면서, 그렇기에 우리가 이들을 극진히 대접해주어야 한다고 했다. 우리는 피난민들을 계산원으로 고용했다. 버스노선을 증설했다. 정지신호의 주기를 변경했다. 새로운 정착민들이 맛있는 샌드위치나 맛있는 검보Gumbo[21]를 사 먹으려면 어디로 가야 할지 물으면 여러 군데를 알려주었다. 우리는 그들에게 좋은 인상을 주려고, 그들을 기분 좋게 해주려고 간절히 애를

---

21   루이지애나주의 대표적인 지역 요리로 오크라를 여러 재료와 약한 불에 푹 끓인 스튜 또는 수프.

썼고, 그러면서 잠깐이나마 가까워진 기분을 느꼈다.

그러나 결국은 그 일이 일어나고 말았다.

현실이 닥쳐온 것이다.

배턴루지는 뉴올리언스가 아니다. 그들의 말로는, 우리 고장의 포보이 샌드위치[22]는 자기 고장의 것만큼 맛있지가 않단다. 우리 고장의 교통체증은, 그 교통체증을 유발한 이들의 표현으로는, 도저히 못 참아줄 지경이라고 했다. 우리는 여태까지 오랜 세월 아침 식사로 오믈렛을 즐기며 행복했는데도, 그들의 말로는 우리 고장에는 괜찮은 오믈렛을 파는 곳이 단한 군데도 없단다. 그들은 배턴루지에 즐길 게 하나도 없다고 했는데, 그 말에는 우리도 동의했다. 우리 고장의 가장 좋은 극장과 쇼핑몰과 술집과 볼링장은 전부 타지 사람들로 꽉 차 있었으니까.

그런 뜻으로 하는 말이 아닙니다, 그들은 이렇게 말했다.

우린 그들의 말뜻을 오해한 적 없었다.

그리고 솔직히 말하면 우린 한동안 그 말을 무겁게 받아들였다. 부자든, 가난한 이들이든 말이다.

우리 고장의 저택은 개성이 없었다. 우리 고장의 가든 디스트릭트는 그들의 가든 디스트릭트를 조악하게 따라한 것에 불과했다. 우리 고장의 최고급 식당이라고 해봤자 앙투안스라든지 커맨더스 팰리스 같은 프렌치 쿼터에 있는 고급 식당

---

22   루이지애나주에서 흔히 먹는 새우를 넣은 케이준 스타일 샌드위치.

과는 비교도 되지 않았다. 우리의 카지노, 우리의 놀이공원, 우리의 동물원, 전부 우중충했다. 그리고 배턴루지 구시가지의 어두운 뒷골목에 사는 가난한 이들 역시 달랐다. 우리 고장의 아이들이 본 적 없는 새로운 낙서가 등장했다. 배턴루지의 지역 번호는 225인데, 지역 조직폭력배가 타고 다니는 캐딜락 후드에 누군가 504라는 숫자를 새겨놓았다. 총싸움이, 영역 다툼이 시작되었다. 세 명의 남성이, 사실은 그래봤자 소년에 불과한 이들이, 자기 할머니 집 앞 길에서 살해당했는데 자기들 책임이라 나서는 폭력 조직이 한둘이 아니었고, 그책임이란 게 무슨 뜻인지는 모를 노릇이었다. 몇 달 사이 고등학교에서도 우려스러운 일들이 늘어났다. 화장실에서 부적절한 행위가 발생하는 횟수도, 압수한 무기도, 선생을 위협하는 사례도 늘어났다. 아이들이 일종의 외상후스트레스장애를겪는 이야기도 들려왔다. 이렇게 힘들어하는 사람들, 집을 잃은 사람들, 혼란스러운 사람들을 절대 비난하면 안 된다고 했다. 우리도 이해했다.

우리는 그 사람들이 우리를 가리키는 거라 생각했다.

그 몇 주가 몇 달이 되자 더 많은 조언이 쏟아져 들어왔다.

전문가들은 배턴루지가 성공적으로 정착민을 받아들이고 싶다면 큰 결정을 내려야 하는 때가 왔다고 했다. 성장할 때라는 것이다. 도시를 재편해야 했다. 2차선 도로는 4차선 도로로 공사하고, 교차로를 전부 폐기한 다음 재설비하고, 가로수를 베어 대로를 더 넓혀야 한다고 했다. 차 문은 잠그고, 창문은 닫으라고, 애초부터 그렇게 했어야 한다고 했다. 그러니까 세상은 토요일마다 친절한 사람들이 친구처럼 한데 모여 어울리는 가을철의 풋볼 경기 같은 것이 아니라는 것이다. 우리만 모르는 거라고 했다. 진짜 도시에서의 삶은 어렵고 복잡한 것이며, 끔찍한 일은 멋진 사람들에게 일어나는 법이라고 했다. 사람들은 성숙하고 싶으면, 확장되고 싶으면, 투자할 준비가 되어야 한다고 했다. 그리고 당연히 투자한 몫을 잃을 준비도 되어야 한다고 했다.

그래서 우리는 그 말대로 했다.

우리는 삽을 뜨기 시작했다. 오래전부터 방치되어 있었던 낡은 사무실 건물들을 다시 개방했다. 우리에게 딱히 맞지도 않는 새로운 쇼핑몰도 열었는데, 수요가 많고 급하다는 생각 때문이었다. 우리는 커다란 믿음의 도약을 했고, 새로운 주민들이 좋아할 것 같은 물건들을 파는 고급 식료품점을 열었다. 아직까지도 그들에게 좋은 인상을 주겠단 간절한 마음을 버리지 못하고 있었던 우리는 이런 상점들을 활짝 열고 숨을 헐떡이며 그 자리에 서 있었다.

그러자 그들은 떠나버렸다.

돈이 있는 사람들은 뉴올리언스로 돌아가서 새로운 집을 짓거나 은퇴를 해서 미시시피주 내치즈 같은 교외 지역으로 갔다. 젊은 전문인들은 댈러스로 향했다. 갈 곳이 없어진 요식업 종사자들은 걸프만이나 데스틴 같은 곳에 정착했다.

그런데 폭력 조직들만큼은 이곳에 남기로 했다.

그리고 앞서 나온 친구의 아내 제니퍼 역시 배턴루지에서 아이를 낳았다. 진통이 찾아온 건 한밤중, 사생활 보호를 위해 내어주었던 내 방에서 부부가 한참 자고 있던 시간이었다. 당시에 나는 혼자 살고 있었으니 소파에서 자건 어머니 집에서 지내건 상관없었다. 나는 막 삼십 대가 된 시점이었고 어머니는 이제 나이가 드셨지만 여전히 독립적인 생활을 유지하는 것을 자랑스레 여기며 당시에는 레이첼 누나와 그 가족(개신교인인 남편과 아직 아기인 두 딸, 나는 그들 모두를 사랑한다)이 사는 동네에 살고 계셨고, 나는 어머니를 종종 찾아뵈었다.

사실 친구의 전화를 받았을 때도 나는 어머니 집에 있었다. 친구는 제정신이 아니었고 제니퍼가 뒤에서 비명을 지르는 소리가 들렸다. 배턴루지에 사는 의사를 모른다고 친구가 말했다. 보험 문제도 있다고 했다. 어쩌면 진통이 멎을지도 모른다고 했다. 그러면서 어떤 것도, 단 한 가지도 계획대로 되고 있지 않다고 했다. 자정이 넘은 시간이었고 나는 차를 몰아 다시 내 집으로 갔는데, 내가 도착했을 때는 이미 양수가 터진 뒤였다. 나는 친구 부부를 뒷좌석에 태우고 응급실로 차를 몰았다. 그러면서 에어컨 송풍구를 친구 아내 쪽으로 돌려준다거나 빨간불을 무시하고 달리는 사소한 친절들을 베풀었다. 이 아이가 마치 내 아이같이 느껴졌다. 그 이유야 누가 알겠는가? 허리케인이 지나간 지 이미 몇 주나 지난 뒤였는데도 도착한 응급실 안은 여전히 카트리나 피해자들로 가득했고, 제니퍼를 들것에 태워 줄 맨 앞으로 데려가자 그들이 우리에게 적대적인 시선을 던졌다. 잠시 후 두 사람이 분만실로 들어가자 나는 친구의 핸드폰으로 전국 각지에 흩어져 있는

308

두 사람의 친척들에게 연락했다.

전화를 받은 이들은 모두 진통이 시작되고 출산이 임박했다는 사실에 기뻐하면서도 지금 루이지애나주로 가는 게 가능하느냐고 물었다. 그들이 거기는 아직도 물바다냐고, 아직 주방위군이 통제 중이냐고, 사람들이 아직도 약탈과 살해를 일삼느냐고 묻자, 나는 아니라고, 괜찮다고 대답했다. 많이들 오해하긴 하지만 배턴루지는 뉴올리언스가 아니라고 말이다. 다음 날 오전 나절 내 어머니와 누나, 그리고 곧 내 아내가 될 여자가 병원에 나타났다. 그들은 제니퍼와 알지도 못하는 사이였는데도 그녀에게 특별한 기분을 선사해주고 싶어 했다. 그녀가 특별하고, 그 순간이 특별했으니까. 그들은 꽃과 포근한 담요를 선물로 가져왔고, 아이가 태어나자 우리는 다 같이 제니퍼를 둘러싸고 둥글게 모였다. 태어난 아기는 딸이었고, 두 사람이 세상에서 가장 근사한 도시라고 생각하는 뉴올리언스의 근사한 지역 이름을 따서 마리니라는 이름을 붙일 거라고 했다.

"아름다운 이름이에요." 우리는 그렇게 말했고, 나는 내심 이 아이를 언제까지 돌봐야 하는 걸까 하는 생각을 했다. 이 아이에게 얼마나 애착을 가져도 되는 걸까 하는 생각도 했다. 현실을 보고 나니 문득 불안해졌다. 내가 아직 아기를 맞이할 준비가 안 된 것 같다는, 어쩌면 앞으로도 쭉 그럴지도 모른다는 생각이 들었던 것이다.

그러나 그 사건으로부터 이렇게 오랜 세월이 지난 지금에 와서야 나는 내 기억과 내가 알던 사람들이 내게 얼마나 큰 영향을 미쳤는지 더 잘 이해할 수 있게 되었다. 나는 심장과 정신이 멈추지 않고 그들과 나의 연결감을 만들어낸다는 아름다운 사실을 떠올릴 때마다 감동을 받고 압도당한다. 실제로 내가 린디와 함께 뉴올리언스에 가본 적은 한 번도 없었는데도, 내가 린디를 생각할 때마다 뉴올리언스가 떠오르는 것도 그래서다.

29

린디 심프슨 강간 사건의 마지막 용의자는 정신과 의사 자크 P. 랜드리였다. 그는 해럴스 페리 로드, 자기 이름을 간판에 걸어놓은 작은 집에서 개인 병원을 운영했다. 어머니는 그 앞을 지나칠 때마다 꼭 그의 이름을 입에 올렸다. 때로는 그저 그 앞에 주차된 차가 있는지 아닌지를 언급하는 정도였지만 말이다. 랜드리 씨가 가진 것 중엔 그 밖에도 우드랜드 힐스의 커다란 집, 동네 뒤 숲을 돌아다닐 때 쓰는 지팡이, 검은 더벅머리, 두꺼운 안경이 있었으며, 아내 루이즈와 함께 위탁해 기른 아이들이 내가 알기로만 열두 명은 있었다. 그리고, 쾌적한 우리 동네에서 랜드리 가족은 언제나 불쾌한 존재로 여겨지기는 했지만, 자크 랜드리가 린디 심프슨 용의선상에 본격적으로 오른 것은 그 아동들 중에서 입양해 키우던 아들인 제이슨이 사라졌을 때였다.

지금껏 내 기억 속에 봉인해두려 애썼던 존재인 랜드리 씨에 대해 조금 더 알려주겠다.

그는 유별날 정도로 덩치가 컸다. 키가 2미터, 몸무게가 135킬로그램이 나가는 거인이고 괴물이었다. 하지만 그 정도로 거대한 사람들 앞에 설 때마다 나는 어떤 경외심을 느끼곤 한다. 커다란 손가락, 굵은 허벅지에 자꾸만 눈이 갔다. 덩치가 아주 큰 사람이라면 그 사람이 내가 두려워하는 사람, 또는 경멸하는 사람이라 해도, 어쩐지 동정심이 일었다. 자신의 덩치에 맞지 않는 이 세계에 사느라, 사소한 일들을 할 때마저도 얼마나 고단할까? 예를 들면 경차에 타는 것. 야외용 스테레오의 버튼을 누르는 것. 몸에 맞는 옷을 찾는 것. 타인의 의견에 귀를 기울이는 것. 어쩌면 그들은 쉽게 받아들일 수 있는 것들조차 받아들이기 어려울지 몰랐다. 분명 힘든 일이겠지. 그런 덩치를 가진 사람들이라면 거절을 받아들이기 힘들 것이다.

랜드리 씨 역시 그랬다.

자크라는 이름은 프랑스식이고 루이지애나주 남부에서는 흔한 것이었지만, 그에겐 에스키모족을 연상시키는 부분도 있었다. 훈족을 연상시키는 부분도 있었고. 커다란 황갈색 얼굴에는 광대뼈가 두드러졌다. 검고 굵은 머리카락은 딱히 무슨 스타일이라고 할 것도 없었다. 지금 상상해보면, 그의 아내 루이즈가 사발을 머리에 씌우고 그의 머리카락을 직접 잘라주었을지도 모른다. 사발에 묻어 있던, 아마 그 시절엔 그 집 식구들이나 먹었을 식재료의 흔적을 물로 헹궜을 것이다.

정제하지 않은 옥수수 가루라든지, 어느 시골에서 캐온 뿌리에 붙었던 흙먼지 같은 것. 어쩌면 일요일 아침, 전날 밤 못되게 군 랜드리 씨와 화해하는 방법으로 그녀는 남편의 머리에 사발을 씌우고 가위로 머리를 잘랐을지도, 그리고 머리 자르기가 끝나면 그 누구도 의미를 짐작할 수 없는 환한 미소를 짓느라 올라갈 때 외에는 언제나 찌푸리고 있던 그 숱 많은 눈썹을 부드럽게 쓸어주었을지도 모른다. 어쩌면 그다음에는 남편의 발톱을 깎고 이를 닦아주었을지도, 곰발 같은 그의 손을 잡고 이렇게 말했을지도. **괜찮아요, 나의 거인. 당신이 그 누구도 해치려 하지 않았단 걸 알아요.** 그러지 않았더라면 도대체 루이즈 아주머니가 어떻게 그 남자랑 살았겠는가? 도저히 모르겠다.

자크 P. 랜드리는 법적인 문제도 겪고 있었다.

훗날에야 어머니, 그리고 아버지와 파이니 크리크 로드에서 살던 시절에 대해 이런저런 몇 번의 대화를 나누면서 나는 랜드리 씨가 정신과 의사 면허를 여러 번 정지당했다는 사실을 알게 되었는데 어머니는 그 이유를 부적절한 행위라고 모호하게 표현했고 아버지는 처방 문제라고 했다. 놀라운 일은 아니었다. 어쨌든 나는 그가 아직도 다리에는 솜털이 있고 손목에는 말랑말랑한 플라스틱 팔찌를 낀 동네의 어린 여자애들에게 과도한 신체 접촉을 하는 모습을 봤으니까. 그가 입양한 아들이 그를 증오하는 것도 보았으니까. 내 이야기에 등장하지 않은 어느 날, 그의 집 가장 어두운 방 안에 담긴 주사기 케이스와 약병으로 가득한 상자를 보았으니까.

사건의 시작은 유별났다.

1991년, 고등학교 2학년이 될 가을학기를 2주 남겨둔 시점이었고, 전화 통화로 진실 또는 도전을 한 이후로 린디와 나는 한 번도 말을 섞지 않았다. 그 애는 자살 이야기를 한 뒤그대로 전화를 끊어버렸고, 나는 창가에 혼자 한 시간쯤 앉아나 자신을 그 어느 때보다 하찮은 존재로 느끼게 만든 우리의 관계에 대한 온갖 생각에 잠겨 있었다. 당연히 다시 전화를 할까 생각했었고, 우리가 나눈 성적인 대화에 대해서도 생각했지만, 사실 내가 가장 몰두해 있던 건 때늦게 찾아온, 우리 사이에 로맨스가 결코 싹트지 못할 거라는 깨달음이었다. 또, 아마도 처음으로, 파이니 크리크 로드에서 불행한 사람이나 혼자가 아니라는 사실을, 그리고 내가 느끼는 불행은 린디가 느끼는 것에 비하면 차라리 기쁨에 가깝다는 사실을 알게됐다.

내 인생이 하나도 복잡하지 않았다는 뜻은 아니다.

공정함을 위해 덧붙이자면, 나 역시 통계적으로는 힘든 어린 시절을 보냈다. 연구에 따르면 형제자매를 잃은 경험을 지닌 청소년은 장기간에 걸쳐 다양한 영향을 받는다고 한다. 살아남은 자의 죄책감, 죽음의 시점에 자신이 미성숙했다는 사실에 대한 수치심, 애도 과정 동안 자신이 드러낸 이기심에 대한 후회 등등이다. 하지만 흥미로운 것은 이런 가족 비극에서 긍정적인 결과도 도출된다는 사실이다. 최근의 연구들에 따르면 살아남은 형제자매들은 마치 또래 집단보다도 더많은 것을 증명할 동기라도 부여받은 것처럼 창의성, 생산성,

혁신성을 드러낸다고 한다. 그러니까 그들이 살아 있다는 가치를 증명해야 한다는 것처럼 말이다. 살아남은 아이들은 그 밖에도 다른 긍정적인 특징들을 키워가는데, "육아 참여"라든지 "공감 능력" 같은 항목들에 속하는 성숙한 자질들이다. 그리고 이혼 가정의 자녀들 역시 같은 결과를 보이는 사례들도 있었다.

그러나 내가 안다고 생각했던 린디, 그리고 어린 시절 실제로 우리 집 맞은편 두 집 건너에 살던 린디 두 사람 모두를 이해하려 애쓰며 찾아본 연구 결과들은 그리 희망적이지 않았다. 성폭력 피해자에게서 나타나는 긍정적인 결과에 대한 연구 결과는 거의 없는 반면, 그들이 겪는 부정적인 증상은 아주 많고도 다양했다. 어떤 증상이건 수많은 여성들이 그런 일을 겪었다. 그러나 내가 찾아본 수많은 논문에서 반복적으로 등장한 한 가지 표현이 있었다. 린디를 떠올리면, 아니, 그 누구를 떠올려도 가슴이 미어지는 표현이었다. 이는 차트에 등장하지 않는 두루뭉술한 카테고리에 속하는 증상이었고, 데이터가 보여주는 바에 따르면 시간이 지난다고 해서 나아지는 것이 아니었다. 그 증상은 이름하여 "인생을 즐기는 능력 감소"였고, 그 증상 때문에 죽는 여성들도 있다.

당연히 당시에 나는 이런 것을 이해하지 못했지만, 린디가 자살을 입에 담은 뒤부터 나 역시 이를 느끼기 시작했다. 이런 감정은 소위 "통찰력이 생긴다"는 것인데, 십 대 청소년에게는 작은 일이 아니다. 그 일이 나를 완전히 바꿔놓았다. 그렇기에 학교에서 매년 열리는 오리엔테이션, 즉 3시간 동안 앞으로 1년간 해야 할 새로운 책임들과 새로운 교실에 적응하고, 새로운 선생님들을 만나고, 눈을 굴리는 행사에 갔던 날 나는 거의 제정신이 아니었다.

퍼킨스 스쿨 체육관 앞에 줄을 서서, 우리를 위해 꾸려진 공동체 정신을 장려하는 지긋지긋한 게임('믿음의 벽'이라든지 '패밀리서클' 같은 이름이 붙은 것들)을 하려고 차례를 기다리던 나는 같은 줄 뒤쪽에 크리스 개릿이 서 있는 것을 보고 뒷사람 몇 명을 먼저 앞으로 보낸 뒤 그의 옆으로 갔다. 그의 볼에는 여드름이 하나 솟아 있었고 몸에서는 아이보리 비누 냄새가 났다. 당시는 돈을 받고 생수를 팔 생각을 한 사람이 아무도 없던 시절이라, 그는 우유 통에 물을 담아 와 들고 있었다. 햇볕에 탄 목에는 어느 선교 여행에서 받은 것 같은 나무 십자가가 걸려 있었다. 이제 보니 그는 한눈에 보기에도 잘생긴 녀석이었다. 나는 그와 여름방학이며 학교생활이며 지루함 같은 주제로 잡담을 조금 나누다가, 나도 모르게 혹시, 만에 하나, 내가 린디 심프슨이 너를 좋아한다는 말을 들었을 수도 있고 아닐 수도 있는데 어떻게 생각하느냐는 따위의 질문을 하고 말았다.

그는 혼란스러운 표정을 했다.

"린디? 글쎄."

"무슨 뜻이야?" 내가 물었다.

그는 눈을 가늘게 뜨더니 턱을 쓰다듬었다. 그러더니 프렌치프라이와 어니언링 중에 하나를 선택하는 기로에 선 것처럼 단순하고 순진한 표정을 지었다. "음, 일단, 갠 스페인어를 잘 못하잖아."

"뭔 소리야?" 내가 물었다. "스페인어가 뭐가 중요해?"

"20년 뒤면 전 세계 사람들이 다 스페인어를 쓸 거라고."

크리스 개릿이 다리를 들더니 손으로 발을 붙잡고 대퇴사두근 스트레칭을 했다. 그다음에는 다른 다리도 똑같이 했는데, 솔직히 말하면 나는 그 순간 녀석을 죽이고 싶었다. 질투였다. 심지어 그때도 질투라는 걸 알았다. 크리스 개릿은 키가 크고 몸이 탄탄했고, 어떤 잣대로 따져도 나보다 훨씬 나은 인간인 것 같았다. 힘들이지 않고도 내가 원하는 걸 모조리 가질 수 있을 것 같았다. 그런데 나는 그 불공평한 사실 앞에서 맷 호크를 비롯해 린디와 사귀던 쓸모없는 깡패 자식들한테 화가 났던 것만큼 화가 나지는 않았다. 오히려 크리스를 보고 있으면 **린디가 이 녀석의 육상 시합을 보러 갈까?**라든지, **이 녀석 부모님은 린디를 마음에 들어 할까?** 같은 착한 생각들이 들었다. 이번에는 왠지 고통이 아닌 호기심이 느껴졌고, 그 사실이 당혹스러웠다.

"하긴 개 예쁘지." 크리스가 말했다.

고개를 들자 크리스는 사각형 모양의 안뜰에서 서점에 들어가려고 줄을 서 있는 린디를 보고 있었다. 칠흑 같은 검은색으로 염색한 머리가 귀 뒤로 넘겨도 계속 흘러내리는 모양이었다. 우리는 그 자리에 서서 마치 린디가 이제 처음 캠퍼스에 나타난 어느 외국인 교환학생이라도 되는 것처럼 그 애를 구경했다. 그 애는 로큰롤 티셔츠에 반바지를 입은 간편한 차림으로 줄 앞에 선 애들이 하는 대화를 안 듣는 척하면서 엿듣는 중인 것 같았다. 그 애 앞에서 운동부원인 브렛 매너와 커렌 보일이 무슨 이야긴가를 하며 열을 올리다가 서로 헤드록을 걸었다. 그들의 목소리가 격해지자 린디는 얼굴을 찌푸리며 엄지손톱을 물어뜯었는데, 웃지 않으려고 무진 애를 쓰는 것 같았다.

"코치님이 아직도 맨날 린디 얘기를 해." 크리스가 말했다. "전례 없는 최고의 선수였다던데. 넌 걔가 달리기 왜 그만둔 건지 알아? 난 전혀 모르겠어."

앞에 서 있던 남자애들이 몸싸움을 시작하자 린디가 씩 웃는 모습이 보였는데, 그때 나는 지금까지와는 다른 방식으로 그 애와 가까워진 듯한 느낌이 들었다. 아마 살면서 처음으로 나는 어떻게 하면 그 애에게 잘 보일 수 있는가 하는 계획을 꾸미지 않으면서도 여전히 린디를 보고 있으면 힘이 난다고 느꼈다. 여전히 그 애를 볼 때면 살아 있는 것 같은 기분, 몰입하는 기분이었다. 그 사실만큼은 변하지 않았다. 나는 사람들이 마치 린디가 무슨 실수나 나쁜 짓이라도 저질렀다는 듯 수군거리는 걸 들으면 화가 났다. 그런데 크리스는 린디가 육상을 그만둔 진짜 이유를 모르는 것 같아서 좋았다. 린디가 원한다면 원하는 시점에 그 이야기를 직접 해줄 수 있으리라는 사실이 좋았고, 크리스의 눈에 보이는 린디가 이제 내 눈으로는 볼 수 없는 예전의 린디라는 사실이 좋았다.

또, 어쩌면 내가 꿈꾸게 된 이 새로운 세상에서는 내가 그 애의 기회를 모조리 망쳐버리지 않을 수 있을 것 같아서 좋았다.

그래서 나는 크리스에게 이렇게 대답했다. "왜 그만뒀는지는 잘 모르겠어."

녀석이 나를 보더니 미소를 지었다. "걘 지금까지 나한테 말을 건 적이 한 번도 없는데. 정말 나랑 친해지고 싶어 할까?"

"확실해." 내가 말했다. "그래도 나한테 들었다고 하지만 마."

"진짜 이상한 일이다." 그가 말했다.

"맞아." 내가 말했다. "이상한 일이지."

크리스가 발끝으로 서더니 종아리근육을 단련하듯 위아래로 오르락내리락했다. 목도 이리저리 돌렸다. "그만둔다는 얘기가 나와서 말인데." 그가 말했다. "넌 축구팀 왜 그만둔 거야? 요즘 우리 팀이 영 힘을 못 써."

"모르겠어." 내가 대답했다. "나도 가끔 그게 궁금하다."

그 뒤 코너게이 선생님이 우리 쪽으로 다가와 호루라기를 부는 바람에 우리는 체육관으로 달려갔다. 안에서 응원단이 우리 학교 응원가를 부르는 중이었다. 그날 나는 크리스 개릿과 더 이상의 대화를 나누지는 못했고, 오리엔테이션이 끝난 뒤에는 혼자서 집까지 걸어왔다.

집에 도착했더니 어머니의 상태가 심상치 않았다.

어머니는 내 방에서 오래전 나를 그렇게 곤란에 빠뜨렸던 린디의 흑백사진을 들고 내 방에 앉아 있었다. 어머니의 손은 떨리고 있었고, 얼굴엔 울었던 흔적이 가득했지만, 누나가 죽은 뒤로는 늘 있는 일이었다. 어쩌면 페기 아주머니나 린디가 안타까워 우는 걸지도 몰랐고, 어쩌면 오랜 시간이 흘렀지만 아직도 아버지 때문에 우는 걸지도 몰랐다. 어쩌면 이유는 나 때문일지도 몰랐다.

"엄마, 무슨 일이에요?"

어머니는 고개조차 들지 않았다.

"네가 이야기해줘야 할 게 있어." 어머니가 말했다. "이 사진이 뭔지 이야기해보렴."

그래서 나는 마침내 그 이야기를 털어놓았다.

나는 처음 어머니가 내 비밀 상자 속에 모아둔 은밀한 물건들을 발견했을 때는 간단히 말하고 넘어갔던 이야기를 아주 자세히 설명했다. 그날 제이슨 집에 갔다가 녀석이 벽장속에 이런 사진들을 한 무더기 숨겨두고 있는 걸 봤다는 이야기를 했다. 그 안에는 동네 사람들 사진도 있었고, 어머니 사진도 있었다고 말했다. 차를 운전하는 사람들 사진, 마당에서 놀고 있는 사람들 사진. 자기 집 정원에 물을 주고, 가루이를 쫓으려 살충제를 뿌리는 사람들 사진. 그러나 그중에서도 제일 많았던 건 린디의 사진이었다는 말을 하는 순간, 문득 그 모든 것이 나에게도 새로운 의미를 띠기 시작했다. 시간이 지난 지금, 린디에게 내 비밀을 들켜선 안 된다는 집착이 사라진 지금에 와서야 나는 문제 많은 이웃집 벽장 안에서 혼자 노래를 부르며 걸어가는 린디를 찍은 흑백사진이 나왔다는 사실이 밖에서 보면 얼마나 이상한 것인지 알 수 있었다. 이 사진은 자랑할 물건이 아니었다. 친구들끼리 돌려 볼 만한 사진이 아니었다. 그렇다고 해도 겉으로 보았을 땐 음란한 사진도 아니었다. 그러니까 아무리 생각해도 이 사진은 존재해야 할 이유가 없었다. 그제야 나는 이 사진은 내가, 그러니까 그 어느 아이도 보아서는 안 되는 사진, 애초에 찍혀서는 안 되는 사진이라는 사실을 알게 되었다. 오래전 어머니가 느꼈을 공포감을 나 역시 느끼게 된 그 순간 죄책감 때문에 토할 것만 같았다.

내가 변명을 마치자 어머니가 물었다. "이 사진을 찍은 건 제이슨이니?"

"아닐걸요." 내가 말했다.

"엄마 생각에도 아니야." 어머니가 말했다.

어머니가 사진을 침대 위에 내려놓더니 내 양어깨를 붙들었다. "잘 들어라." 어머니가 말했다. "다시는 그 집에 가지 마. 알겠니? 다시는 제이슨이랑도, 그 애 아버지랑도 말을 섞지 마. 그 사람들은 무조건 피해." 어머니는 진지하면서도 겁을 먹은 듯한 표정이었고, 나는 꼭 모르는 사람한테서 잔소리를 듣는 것처럼 당혹스러운 기분이 들었다.

"엄마, 무슨 일이에요?"

"쉿, 저 소리 들리니?"

들렸다.

우리 집 현관 포치에 누군가가 있었다. 발소리가 들렸다.

내 방 창밖에 커다란 그림자가 지나갔다. 어머니가 나를 바라보았다.

"들어올 때 문 잠갔니?" 어머니가 물었다.

"모르겠어요." 내가 대답했다.

어머니가 침대에서 벌떡 일어났고 나도 어머니를 따라갔다. 우리는 앞문을 향해 달려갔지만, 현관 전실에서 걸음을 멈추고 동상처럼 꼼짝도 하지 않았다. 나는 무슨 상황인지 전혀 모르는 상태였다. 빗장도 체인도 굳게 잠겨 있었기 때문에, 우리는 그대로 멀찍이 떨어져 선 채로 우리 집 현관문 테두리에 둘러진 간유리 너머, 랜드리 씨가 아닐 리 없는 엄청나게 큰 그림자를 쳐다보았다. 랜드리 씨는 그 자리에 이상하리만치 소리 없이 한참을 서 있다가 초인종을 눌렀다.

어머니가 내 손을 꼭 잡았다.

"열지 마." 어머니가 속삭였다.

그가 초인종을 또 한 번 눌렀다.

"캐스린," 그가 문에 대고 말했다. "오해가 있었던 것 같습니다."

나는 어머니를 올려다보았다. 어머니는 마치 정신을 집중하지 않으면 잠긴 문이 열려버리기라도 할 것처럼 문을 빤히 쳐다보고 있었는데, 내 손을 쥔 어머니의 손이 뜨거웠다. 어머니는 나한테도 문을 계속 보고 있으라고 손짓했는데, 문 쪽을 보는 순간 문손잡이를 쥐고 이리저리 돌려보는 랜드리 씨가 보였다. 문이 열리지 않자 그는 문틀 위를 더듬어 열쇠가 있는지 찾았다. 그가 현관 매트를 뒤집어보는 소리도 들렸다. 우드랜드 힐스는 대체로 안전한 동네였기 때문에, 우리는 실제로 열쇠를 현관문 밖에 보관했었다. 열쇠는 랜드리 씨가 서 있는 곳에서 고작 3미터 떨어진 곳에 걸려 있는, 우리 집을 똑같이 본 따 만든 새장 모양 장식품 속에 들어 있었다. 이제 생각하면 그가 그 안을 확인해보지 않은 건 행운이었다. 도대체 어떤 축복이 그가 새장 안을 확인하지 못하게 막아준 걸까? 이제 와 돌아보면, 우리의 삶에서 이런 사소한 기적 덕택에 넘기는 위기는 또 얼마나 많은가?

세상에 사소한 기적도 있을까?

어머니가 내게 몸을 가까이 하더니 "뒷문 잠그렴" 하고 속삭였다. "아빠한테 전화를 해야겠다." 어머니는 몸을 돌려 당신 방으로 달려갔고, 커다란 그림자가 문 앞을 떠나 포치를 따라 걸어갔다. 그림자의 움직임을 따라 집의 옆쪽으로 가니 랜드리 씨가 눈 위에 손으로 차양을 만든 채 부엌 창문으로 우리 집 안을 들여다보는 모습이 보였다. 화가 난 것 같지도, 열의에 찬 것 같지도, 복수심에 불타는 것 같지도 않은 모습이었기에, 나는 어째서 우리가 공황 상태인 것인지 알 수 없었으나, 그렇다고 해서 이 공황감이 진짜인지 의심하지는 않았다. 다리가 덜덜 떨리고 있었던 것이다. 내 몸에서 땀 냄새가 피어올랐다. 그가 내 눈앞에서 사라지자마자 나는 뒷문으로 달려가 빗장을 잠그고 체인을 걸었다.

그다음에는 곧장 내 방으로 달려가 리틀 리그 시절 이후 한 번도 손댄 적 없었던 야구 배트를 움켜쥐었다. 창문 옆에 쪼그리고 앉아 블라인드를 살짝 젖혀보니 정장 바지에 반팔 정장 셔츠를 입은 랜드리 씨가 우리 집 정원을 가로질러 돌아가는 모습이 보였다. 그는 스틸러 가족의 집을 지나쳐 자기 집 쪽으로 가더니 평소 타고 다니던 낡은 지프 스카우트에 올라 어딘가로 가버렸다. 아저씨가 떠났다는 이야기를 전하려 어머니 방으로 들어갔더니 어머니는 히스테리를 일으키기 직전인 상태로 전화기를 붙잡고 있었다.

"내가 어떻게 해야겠어, 글렌? 내 눈으로 똑똑히 봤다니까."

그때, 집 뒤 파티오로 이어지는 문이 벌컥 열리는 소리가 났고, 그 순간 나를 쳐다보는 어머니의 표정에는 생기가 다 빠져나가버린 것만 같았다. 야구 배트를 단단히 움켜쥔 채로 창밖을 내다보자 간이 차고를 나와 뒤적뒤적 열쇠를 찾으며 집을 향해 다가오는 레이철 누나가 보였다.

"누나예요." 내가 그렇게 말하는 순간 어머니가 울기 시작했다.

"어서 가," 어머니가 말했다. "가서 누나한테 문 열어주렴."

그날의 대화에 어째서 두 사람이 나를 끼워주지 않았는지 지금은 이해가 된다.

무슨 일이 있었는지 설명하자마자 레이철 누나는 엄마에게 달려갔고, 두 사람은 내가 듣지 못하는 곳에서 이야기를 나누었다. 그때 내가 대화에서 배제되는 게 아무렇지 않았다는 게 좀 이상하게 보일 수도 있겠지만—나는 무슨 일인지 알려달라고 하지 않았다—그게 이상해 보이는 건 지금은 내가 어른이고 그때는 아이였기 때문이다. 그리고 나는 십 대였지만 우리 집에서는 아이였기에, 어머니 방에 갔을 때마다 해나 누나가 죽은 뒤로 수십 번이나 그랬던 것처럼 문이 굳게 닫혀 있고 안에서 어머니와 레이철 누나가 지칠 만큼 엉엉 우는 소리가 들릴 때마다 나는 그저 여느 아이들이 하는 것과 마찬가지로 이미 고착된 애도의 패턴 속에 빠져들었다. 그건 어머니의 잘못은 아니었다. 그 누구의 잘못도 아니었다. 그건 그저 최소한의 저항이었고, 슬픔의 특성이기도 하다. 어머니는 내가 아직 어떤 감정을 마주할 준비가 되지 않았다고 여겼기에 나를 보호했던 것이고, 그 시절 내가 어머니 방문을 열고 들어가 무슨 일이냐고 묻지 않았다는 사실은 아마 어머니의 생각이 맞았다는 증거일 것이다.

그래서 나는 소파에 앉아 기다렸다. 그리고 그동안, 린디를 생각했다.

나는 린디가 오래전 자기가 사는 동네에서 폭행을 당했다는 사실이 고통스러웠다. 그리고 조금 전 느낀 공황감이 여전히 생생하던 그 순간에는, 문득 괴로워하는 그 애 모습을 떠올리기만 해도 고통스러워졌다. 랜드리 씨의 그림자가 나타나는 순간 어머니가 그토록 나약해 보였다는 사실이, 그의 발소리를 듣는 순간 겁에 질렸다는 사실이 괴로웠다. 린디는 자기 부모님을 바라볼 때마다 이 눈빛을 마주하겠지. 그 눈빛이 그 애를, 그리고 그 애 가족을 망가뜨릴 거라는 사실이 서서히 이해되기 시작했다.

그때 내 안에서 마치 내 심장과 정신이 하나로 맞물리는 것처럼 선명하게 짤깍하는 느낌이 들었다.

간단한 문제라는 생각이 들었다. 자기에게 그런 짓을 한 범인이 누구인지 린디에게 알려줘야 했다.

그리고 상황을 나쁘게 만든 것이 나이니만큼, 범인을 알려주는 사람 역시 반드시 나여야 했다.

린디가 강간을 당하고 2년이나 지난 뒤 비로소 이런 생각이 처음 떠올랐다는 사실이 내가 살면서 가장 부끄러웠던 일 중 하나다. 30분 정도 자기 성찰과 계획에 몰두하느라 여기가 어디인지조차 잊어버릴 무렵 초인종이 울렸다. 다시 아드레 날린이 치솟았지만, 어머니와 누나가 거실로 들어올 때까지 나는 돌이 된 것처럼 꼼짝도 못 한 채 앉아 있었다. 두 사람은 연합전선이라도 되는 듯 손을 마주 잡고 있었고, 어머니가 나에게 이리 오라는 손짓을 했다.

그때 작은 노크 소리가 들렸다.

"캐스린?" 루이즈 랜드리의 목소리였다.

문밖에서 들리는 루이즈 아주머니의 목소리는 피로와 걱정에 젖어 있었다.

"혹시 제이슨 못 봤어요? 애가 일주일째 집에 들어오질 않아요."

어머니가 어깨 너머로 나를 보자 나는 못 봤다는 의미로 고개를 저었다.

"부탁드려요." 루이즈 아주머니의 목소리가 들렸다. "그 애가 너무 걱정돼요. 그 애가 무슨 짓을 했을지가 걱정이에요. 그 애가 무슨 짓을 할 수 있을까도 걱정이고요."

나는 어머니가 랜드리 씨와 마찬가지로 루이즈 아주머니 역시 멀리할 거라고 생각했다. 어머니가 두 사람을 하나로 묶어서 취급할 거라고 생각했지만, 아니었다. 우리 동네의 한 모자 사이에서 무언가 슬픈 일이 일어나고 있었고, 어머니는 그 사실을 느낀 것이다. 그렇기에 만약 누군가가 나더러 부모가 무엇인지를 알려주는 소리를 하나 꼽으라고 한다면, 나는 앞으로도 그날 어머니가 빗장을 풀고 헛기침을 해 목을 고르던 소리, 루이즈 아주머니의 얼굴을 보면서 진심이 담긴 목소리로 말을 걸기 위해 문을 열던 소리를 꼽을 것이다. "미안해요, 루이즈. 저희가 잘 찾아볼게요. 약속해요. 두 사람 모두를 위해 기도할게요."

30

제이슨 랜드리를 찾기까지는 오래 걸리지 않았다. 그날 밤, 이름이 불리면 모습을 드러내는 무슨 전설 속 인물이라도 된 것처럼 제이슨이 내 방 창가에 나타났던 것이다. 그는 내가 블라인드를 열 때까지 창문을 쿵쿵 두드리며 "야, 얼간이" 하고 속삭였다. 벌써 자정이 가까운 시간이었고 그날 나는 흔치 않게 이른 시간에 잠에 들었었다. 루이즈 아주머니가 떠난 뒤 어머니와 레이철 누나, 그리고 나는 거실 소파에 앉은 채 긴 장병에 걸린 사람들처럼 집 뒤편을 향해 난 창문만 내다보았다. 어머니는 좀 있으면 아버지가 와서 이것저것 살펴볼 거라고, 경황이 없어 달리 전화할 상대가 떠오르지 않았다고 했다. 어머니는 높낮이도 생기도 없는 목소리로 너희들을 겁먹게 해서 미안하다고 했다. 우리 둘에게 걱정하지 말라고, 당신이 과민 반응 한 걸지도 모르겠다고 했고, 그러다가 우리는

전부 그대로 잠들어버렸다. 잠에서 깼을 때 나는 고개를 옆으로 쭉 빼서 기울인 채였고, 레이철 누나의 다리는 내 무릎 위에 걸쳐져 있었다. 그리고 어머니는 마치 앉은 자세로 얼어붙은 것을 어느 장난꾸러기가 넘어뜨리기라도 한 것처럼 내 옆 팔걸이에 뻣뻣하게 기대 누운 상태였다. 레이철 누나와 나는 9시 정각쯤 거의 비슷하게 잠에서 깨어 어머니를 깨웠다. 그 다음에는 저녁 식사는 생략하고 각자의 방으로 비틀비틀 흩어졌다.

나는 다시 잠들지 못했다. 내가 잠들어 있는 동안 밤이 되었다는 사실이 마음에 걸렸다. 인생에서 어떤 중요한 시간을 잃어버린 것 같다는 기분이 들었기에 나는 침대에 누운 채 불안감과 죄책감으로 뒤척거렸다. 내가 곯아떨어진 동안에 랜드리 씨가 왔을까 봐 걱정되기도 했지만, 사실 내가 린디 일에 집중하지 못했다는 데 실망스러운 마음이 더 컸다. 나는 그 애한테 일어난 범죄를 설명할 방법을 찾고, 그 애의 가족을 위해 증거들을 끼워 맞춰야 하는 입장인데, 그 중대한 임무 수행 중에 잠들어버리고 말았으니 말이다. 그 사실을 가지고 스스로를 괴롭히고 있는 동안 제이슨이 내 방 창가에 다가왔는데, 처음에 나는 녀석의 목소리가 내 양심의 소리인 줄로 오해했다. **뭐 하는 거야?** 목소리가 내게 물었다. **거기 누워서 뭐 하는 거야?** 좋은 질문이었다. 그때 제이슨이 말했다. **딸딸이 그만 치고 창가로 와보라고, 변태야. 보여줄 게 있다고.** 그래서 나는 창가로 다가갔다.

블라인드를 올리자 제이슨 랜드리가 마치 몇 시간이나 기다렸다는 듯 어깨를 으쓱했다. 정말 그랬을지도 모른다. 나로서는 알 수 없었다. 녀석은 머리부터 발끝까지 온몸을 위장 무늬로 감싸고 있었다. 헐렁한 바지에 티셔츠, 그리고 눈에는 이상하게도 신난다는 빛이 감돌고 있었다. "야, 이 발정난 자식아, 하도 안 일어나서 굴뚝으로 들어가야 하는 줄 알았네."

"거기서 뭐 해? 사람들이 너 찾아다닌다고."

길 건넛집에서 포치 조명이 자동으로 켜지자 제이슨은 얼른 몸을 웅크렸다. "빌어먹을 창문이나 빨리 열어, 자위 중독자야." 녀석이 말했다. "너한테 좋은 일 해주려고 왔단 말이야."

나는 걸쇠를 풀고 창문을 열었지만, 녀석이 들어오지 못하게 창문 앞에 버티고 서 있었다. 그는 방 안에 우리 둘뿐인지 확인하려는 듯 내 방 안을 눈으로 훑었는데, 그 순간 나는 제이슨과 알게 된 지 이렇게 오랜 세월이 흐르도록 한 번도 녀석을 우리 집에 데려온 적 없다는 사실을 깨달았다. 이 창문이 내 방 창문인 건 어떻게 안 걸까 생각하는 순간 어쩌면 녀석은 내 방을 찾으려고 우리 집의 모든 창문을 다 들여다보았을지도 모른다는 무시무시한 가능성이 떠올랐다. 녀석의 얼굴은 너저분했고 진흙이 잔뜩 묻어 있었던 데다가 땀까지 흘리고 있었다. 하얗고 숱이 적은 머리카락은 여태 보았던 그 어느 때보다도 길어져 있었다.

"나오든지, 아니면 들여보내주든지." 녀석이 말했다. "여기 있으면 나 금방 잡힌다고."

"잠깐만 기다려." 내가 말했다. "움직이지 마."

나는 창가에서 물러난 뒤 청바지를 꿰어 입었는데, 돌아서
자 제이슨은 이미 내 방 안에 들어와 있었다. 녀석은 내 책상
위로 몸을 숙여 오래전 리틀 리그에서 받은 트로피들을 구경
하고 책상 위에 놓인 종이들을 넘겨보고 있었다. 녀석의 체취
가 느껴졌다. 제이슨은 나보다 나이가 많은 애들한테서 나는
것 같은 냄새를 풍겼는데, 실제로도 그랬다. 녀석은 그때 거
의 열여덟 살에 가까웠다. 제이슨의 옷이 풍기는 축축한 체
취, 씻지 않는 남자의 몸에서 풍기는 쾌쾌한 땀내가 담배 연
기만큼이나 순식간에 내 방에 퍼졌다. 녀석은 내 방 벽에 붙
어 있는 포스터를 쳐다보았다. 린디가 좋아하는 밴드 포스터
두어 장, 헐벗은 한 야만인 여자가 그려져 있는 럼플 민즈 리
커 광고 포스터, 나머지는 내가 미술 시간에 이런저런 스케
치를 한 것을 엄마가 벽에 붙여놓은 것이었다. 녀석은 포스
터 구경이 재미있는 것 같았다. 7학년 때 축구팀에서 찍은 단
체 사진이 든 액자에 얼굴을 가까이 가져가서는 한쪽 무릎을
꿇고 모여 앉은 아이들 속에서 나를 찾아보았다. 린디를 따라
하기 전, 단정한 모습으로 웃고 있던 내 얼굴을 발견했을 때
는 손가락으로 유리 위를 짚었다. 그다음에 녀석은 내 방을
둘러보았다. 실링팬을 올려다보고, 벽장을, 분명 자기 방에도
똑같이 자리하고 있을 구조적인 요소들을 하나하나 쳐다보는
그의 신발에서 우리 동네 늪지의 진흙 냄새가 났다.

"먹을 것 좀 있어?" 녀석이 물었다.

나는 앰프 위에 놓인 반쯤 남은 오트밀 크렘 파이 상자를
가리켰다.

"당연히 있겠지." 녀석이 그렇게 말하더니 겨드랑이 밑에 상자를 끼웠다. "너희 집은 천국이니까."

"제이슨," 내가 입을 열었다. "한밤중이잖아. 무슨 일이야?"

"그냥 작은 전쟁, 작은 복수, 작은 아수라장이랄까." 녀석은 미소를 지었다. "그러니까, 별건 아냐." 나는 도저히 녀석의 말을 이해할 수 없었다. "좋아." 그가 다시 입을 열었다. "이렇게 말하면 어떨까. 너 아직도 그 심프슨 집 딸 좋아하냐?"

뭐라고 대답해야 할지 알 수 없었다. 질문이 부적절하게 느껴졌던 것이다. 대답하기에도 복잡했다. 그때 제이슨이 침대 위, 그날 오후 어머니가 갖다 놓은 린디의 흑백사진을 가리켰다. 그것으로 답은 충분했던 것 같다.

"내 말은," 제이슨이 목소리를 낮추어 속삭였다. "옛날 사진 같은 건 잊어버려. 이건 아무것도 아니라고. 이 정도는 그저 수박 겉핥기랄까."

"대체 무슨 소리야?" 내가 물었다.

"우리 친구 맞지?" 제이슨이 말했다. "그러니까, 우린 이 문제에 있어서는 한편이잖아. 그 사람 대 우리." 그러더니 녀석은 동의의 빛을 찾으려는지 내 얼굴을 빤히 들여다보았다. "제기랄, 야. 내가 너한테 그 사진 보여주려고 얼마나 고생했는지 알아? 그 개자식한테 들켰더라면 내가 무슨 짓을 당했을지 모르지? 그 자식이 이미 무슨 짓을 저질렀는지도 까맣게 모르지?"

"가져가고 싶으면 가져가." 내가 말했다. "나 어차피 그 사진 보지도 않아."

"내가 원하는 건 저따위 사진이 아니야. 내가 원하는 건 정의, 어쩌면 약간의 복수라고. 너도 원할 거라고 생각했는데." 녀석은 다시 내 침대 위 사진을 향해 고갯짓을 까딱했다. "그러니까, 쟤를 위해서."

"제이슨." 내가 입을 열었다. "린디한테 일어난 일에 대해 뭔가 알고 있어?"

녀석이 나를 보더니 눈썹을 살짝 들어 올렸는데, 그 작은 몸짓을 보는 순간 나는 내 인생이 변하리라는 사실을 알았다.

"뭘 알고 있어?"

"이 방에서 헛짓거리하느라 시간 낭비 한다는 거." 녀석이 말했다. "신발 신고 따라와. 보면 알 거야."

"알았어." 내가 대답했다.

밖으로 나온 우리는 빈집털이범들이라도 된 듯이 그늘에 몸을 숨긴 채 우리 집 커다란 뒷마당의 검은 울타리를 더듬으며 움직였다. 나는 뒷마당을 잘 알았다. 내 인생의 대부분을 이곳에서 보냈으니까. 동네 아이들과 뛰놀고, 랜디와 풋볼을 했던 곳, 그리고 타일러 배니스터가 대마초를 피우는 장면을 처음 본 곳이자, 이곳에서 린디네 집 앞 떡갈나무로 처음 향하기도 했다. 개구리 우는 소리, 다람쥐나 맹금류의 움직임에 이따금 나뭇가지가 부스럭거리는 소리를 속속들이 알았고, 저녁거리를 찾아 우리 집 쓰레기통을 향해 다가오는 주머니쥐와 너구리마저도 익숙했다. 그러나 뒷마당의 투광 조명등을 피해 움직이던 그날 밤 나는 어쩐지 완전히 새로운 곳에 온 것만 같은 기분이었다. 아무것도 알아볼 수가 없어서 불안했고, 아까 어머니가 했던 랜드리 씨에 관한 이야기가 생각나면서 그가 나를 잡으러 오지나 않을까 하는 걱정이 들었다. 한편으로는 어쩌면 지금 제이슨이 나를 데려가려는 그곳에서 어느 이교도 집단이 린디를 꽁꽁 묶어 재갈을 물려놓은 채로 동네 사람들 모두가—랜디, 예술가 줄리, 컨 형제까지도—그 애를 둘러싸고 주문을 외우는 모습, 여태까지 내게는 감춰져 있었던 사악한 현실이 펼쳐지는 것은 아닐까 하는 생각도 들었다. 모닥불, 올가미, 의식. 루이지애나주의 깜깜한 숲속에서는 인류 역사상 어떤 시대의 어떤 행위건 가능할 것만 같았다.

내리막길에 이르자 우리의 걸음에는 속도가 붙었고 우리 집에 속한 땅을 벗어날 때부터는 달리기 시작했다. 잡목과 연약한 묘목이 우거진 곳을 헤치고 달려간 다음 떡갈나무와 우리 몸통만큼 굵은 내자작나무 사이를 달렸다. 팔이며 얼굴이 가느다란 가지에 긁히면서도 내가 뭘 하고 있는 건지 우리가 왜 뛰고 있는 건지 내가 살면서 한 모든 결정들을 어쩌다 하게 된 건지 하나도 알 수 없었다. 그래서 나는 그저 달리는 행위에만 집중했다. 발걸음 수를 세고 심호흡을 즐겼다. 나무뿌리나 떨어진 가지 같은, 달빛에 빛나는 작은 장애물들을 훌쩍 뛰어넘고 있자니 문득 예고도 없이 마치 어린 시절로 돌아간 것만 같았다. 그런 기분에 젖어 있자니, 우리의 인생에서 일어난 사건들이 제이슨, 나, 그리고 파이니 크리크 로드의 모든 아이들을 더 이상 어린애가 아니게 만들어버렸다는 사실이 끔찍하게 느껴졌다.

우리는 느릿느릿 흐르는 시내를 첨벙첨벙 건넜고, 시내 끝에 수로가 나타나자 제이슨은 쓰러진 나무를 밟고 물을 건너갔다. 나는 뒤집힌 나무뿌리 앞에서 걸음을 멈춘 다음 거친 숨을 몰아쉬었다. 한 손에 오트밀 크렘 파이 상자를 든 채 나무 위에서 균형을 잡고 있는 제이슨의 모습이 윤곽으로만 보였다. 건너편에 도착한 녀석이 내 쪽을 돌아보았다. "바지춤에서 손 빼고 어서 건너와. 얼마 안 남았어."

나는 마치 협곡이라도 건너는 기분으로 쓰러진 나무 위에 올랐다. 물은 바닥이 보이지 않았다. 깊지 않다는 걸 알고 있었지만 조금 전까지 느꼈던 유쾌한 기쁨은 사라지고 유치한 공포심이 그 자리를 차지하고 있었다. 달빛에 비친 떡갈나무 가지는 사방으로 뻗은 괴물의 팔 같았고, 내 눈앞에 보이는 구불구불한 그림자는 뱀 같았고, 발아래 수로는 심연 같았다. 물론 몇 센티미터 아래에 있는 것은 그저 진흙과 고사리와 빛바랜 콜라 캔과 바닥에 묻힌 화살촉이 전부이리라는 것, 밝은 낮이었더라면 이 일은 전부 근사하고 새로운 장난이리라는 걸 알았지만, 지금은 낮이 아니었다.

수로 건너편에 도착했을 때 제이슨은 보이지 않았다. 앞에서 녀석이 부엉이 울음소리를 흉내 내는 소리가 들렸기에 나는 오솔길로 보이는 흔적을 따라갔다. 길이 좁아지고 식물들이 무성해지자 내가 입고 있던 헐렁한 청바지가 가시 돋은 줄기에 걸려버렸다. 줄기를 떼어내다가 팔뚝을 긁혀가면서 드디어 제이슨이 지내고 있던 빈터에 도착했다. 그가 떡갈나무 그루터기 위에 서서 나를 내려다보고 있었다. 한 손에는 하얀 침대 시트를 들고 있었다. 다른 손에는 거의 3년도 더 전에 자기 방에 데려가서 보여줬던 커다란 람보 나이프를 쥐고 있었다. 칼자루에 나침반이 붙어 있고, 속은 성냥이나 낚싯줄을 보관할 수 있도록 비어 있었으며, 칼날은 한쪽은 날카롭고 안쪽에는 톱니가 있어서 베고, 톱질하고, 어쩌면 내장을 파내는 것까지 할 수 있는 물건이었다. 녀석은 어린애처럼 씩 웃고 있었다.

"세상에," 녀석은 그렇게 말하더니 칼로 침대 시트를 가늘게 잘라내기 시작했다. "뭐 하다 이제 온 거야? 중간에 서서 딸딸이라도 몇 번 쳤어?"

나는 일어서서 제이슨이 자동차 배터리에 연결해놓은 클램프 조명의 희미한 불빛에 어둑어둑하게 밝혀진 빈터를 둘러보았다. 물건 수집광의 천국, 폭풍우가 지나간 뒤의 해변 같은 곳이었다. 양동이, 병, 더러운 수건, 쌓여 있는 목재,《플레이보이》지, 낚싯대, 정원용 장비, 의자, 거기다 자전거도 한 대 있었다. 그다음에는 좀 더 특이한 물건들이 보였는데, 삽, 수영장 청소하는 데 쓰는 기다란 장대에 달린 그물, 그리고 리모컨으로 조정하는 미니카였고, 그것들이 더 특이해 보이는 이유는 전부 내 물건들이었다는 사실 때문이었다. 랜디의 낚시 상자도 있었고, 손잡이에 '컨'이라는 이름이 적힌 정원 가위도 하나 있었으며, 예술가 줄리가 뛰고 놀던 소형 트램펄린도 있었다. 트램펄린의 가죽 끈은 끊어지고 스프링은 거의 다 사라지고 없었다. 그러니까 제이슨 랜드리는 주머니쥐나 너구리와 마찬가지로 우리가 잠든 동안 동네 사람들의 쓰레기통을 뒤지고 다녔던 것이다. 녀석은 우리가 이 동네가 안전하다고 믿는 것을 이용해 열려 있는 차고나 간이 차고를 드나들며 물건을 빼돌렸고 밤을 틈타 우리가 잊고 있던 것들을 이곳으로 실어 날랐다. 그러나 녀석이 고른 물건들에는 딱히 무슨 목적이 있어 보이지는 않았다. 염소 알갱이 한 상자, 녹슨 물뿌리개, 골프채가 든 가방. 나는 중고품 장터에라도 온 것처럼 이리저리 돌아다녔다. 빈터 한가운데 있는 나무 위 제이슨의 오두막집을 발견한 것은 그때였다.

"나쁘진 않지?" 녀석이 물었다. "네가 상상한 모습 그대로야?"

그것이 오래전 제이슨과 내가 골라놓은 바로 그 나무라는 사실을 알아차리는 순간 새로운 슬픔이 밀려왔다. 내가 사랑이나 애도 같은 감정에 빠졌다가 도로 빠져나왔다가 하며 보낸 그 기나긴 시간 내내 제이슨은 아마도 혼자 숲속에서 우리가 어린 시절에 꿈꿨던 요새를 무작정 만들어내고 있었던 것 같다. 나는 나무 주변을 돌며 요새를 관찰했다. 3미터 높이쯤 되는, 가장 튼튼해 보이는 두 개의 가지 사이에 은신처가 위태하게 걸쳐져 있었다. 합판으로 된 벽과 기울어진 나무 바닥을 못, 덕트 테이프, 밧줄로 이어놓은 것이었다. 금방이라도 무너져버릴 것만 같았다. 지붕 대신 덮어놓은 푸른 방수포는 모기가 대를 이어 번식할 수 있을 만큼 빗물이 고여서 아래로 축 처져 있었다. 벽마다 손공구로 파낸 것 같은 둥그런 구멍이 뚫려 있었고, 구멍 아래에는 스프레이 페인트로 "다 꺼져!"라든지 "생존자는 없다!" 같은 문구들이 적혀 있었다.

그런데 사다리는 보이지 않았다. 입구도 보이지 않았다.

"어떻게 올라가?" 내가 물었다.

제이슨은 겨드랑이에 손전등을 끼운 채 흙바닥에 무릎을 꿇고 앉아 잘라낸 침대 시트 조각을 꼬아 짤막한 밧줄 같은 것을 만든 다음 양끝에 매듭을 짓는 중이었다. 그러는 내내 바닥에 펼쳐놓은 검은 책을 들여다보았다. 그 부지런한 모습을 보고 있자니 제이슨이 언젠가는 제대로 된 직업을 가지고 미국의 교외 지역에서 생산적인 삶을 살아가는 미래가 어렵잖게 그려졌다. 그러나 그런 일은 일어나지 않았다.

"마른 사람만 올라갈 수 있어." 녀석이 말했다. "또 나무도 탈 줄 알아야 하고. 뚱보는 자동 탈락이지." 나는 요새 아래로 다가가 위를 올려다보았다. 나무둥치와 가까운 요새 바닥에 너비가 30센티미터는 될까 말까 한 구멍이 하나 뚫려 있었다. 깡마른 나조차도 통과하려면 숨을 참아야 할 것 같은 좁은 구멍이었다. 그리고 나무줄기에는 손도끼 같은 것으로 두어 번 찍어 껍질을 벗겨낸 부분이 눈에 띄었다. 나는 그 홈에 한 손을 집어넣었다. 제이슨이 옆에 있던 상자를 열었다. 안에는 갈색 유리병이 가득 들어 있었는데, 케이스모어 영감님이 독립기념일 파티마다 직접 빚었다는 딸기 맛이라든지 당밀 맛 수제 맥주를 담아 오던 병과 똑같이 생긴 것들이었다. 그렇게 늙고 후한 사람한테까지 물건을 훔치는 건 경우를 벗어난 게 아닌가 하는 생각이 들었다. 내게는 그런 순진한 면이 있었던 것 같다. 나는 제이슨이 상자 속에서 조심스레 병을 하나씩 꺼낸 다음 방금 직접 만든 짤막한 밧줄들을 병 주둥이마다 하나씩 집어넣는 모습을 보았다.

"그 잘난 고등학교에서는 이런 건 안 가르쳐주지?" 제이슨
이 말했다.

"뭘 말야?" 내가 물었지만 녀석은 대답하지 않았다.

나는 요새를 올려다보았다.

"올라가봐도 돼?" 내가 물었다.

"당연하지," 녀석이 대답했다. "안에서 딸딸이만 안 치면."

나는 나무줄기에 파인 홈에 손발을 지탱하고 요새로 올라
갔다. 올라가기 좋은 모양의 나무가 아니었기에 힘에 부쳤다.
린디네 집 앞 진입로에 있는 옹이가 많은 떡갈나무처럼 붙잡
고 올라가라고 몸을 내주는 나무가 아니었는데, 그렇다는 건
제이슨이 좋은 나무를 골랐다는 뜻이었다. 게다가 나 역시도
이끼를 뜯겠다고 나무를 오르던 어린 시절의 나와는 달라졌
기에, 낯선 나무를 오르는 일이 꼭 처음 해보는 부자연스러운
행위처럼 느껴졌다. 자꾸만 신발이 홈에서 미끄러졌다. 손이
아파왔다. 로큰롤 스타일 청바지에 달린 체인이 나무껍질에
걸렸고, 요새 바닥의 구멍 가장자리를 붙들고 몸을 끌어올렸
을 땐 땀범벅이 되어 가쁜 숨을 몰아쉬는 신세였다.

나는 요새 바닥에 앉아 구멍 속에 다리를 집어넣고 달랑거
렸지만 곧바로 요새 안의 열기에 숨이 막혀왔다. 너무나 답
답한 데다가 매캐한 냄새가 나서 애초에 왜 여기 올라왔는지
잊어버릴 지경이었다. 나는 갑자기 웃옷을 벗어던지고 숲속
을 미친 듯이 날뛰고 싶은 충동을 느꼈다. 얼굴에 진흙을 칠
하고 머리에 온통 물을 끼얹고 싶은 충동이었다. 갑작스럽게

머릿속에 괴상하기 짝이 없는 생각들이 떠오르기 시작했고, 속이 울렁거렸고, 머릿속이 엉망이 되었는데, 그제야 왜 이런 증상이 나타난 건지 알 수 있었다. 코를 찌르는 가솔린 냄새 때문이었다. 나는 입구 옆에 놓여 있던 손전등을 집어 들고 좁고 깜깜한 요새 안을 살펴보았다. 바닥에 베개 하나와 누렇게 변한 이불 하나가 놓여 있었다. 한쪽 구석에《파퓰러 메카닉스》,《허슬러》같은 교육적이면서도 외설적인 잡지들이 쌓여 있는 게 보였다. 그 옆에는 분해된 손전등이 대여섯 개 놓여 있었다. 그리고 저쪽 벽에 석유가 든 종이 상자와 가솔린 통이 여러 개 늘어서 있었다. 가솔린은 마개에 주둥이가 달린 1갤런들이 빨강과 노란 줄무늬 깡통에 담겨 있었다. 그 시절에는 가솔린을 철로 된 깡통에 담아서 팔곤 했다. 내가 어릴 땐 동네 사람들이 저마다 이 통을 들고 다녔기 때문에 한눈에 가솔린 통인 걸 알아볼 수 있었다. 상자에 담긴 석유는 소형인 2행정 사이클 엔진에 쓰는 것이었는데, 종이 상자가 이미 더럽혀지고 주둥이까지 기름으로 절어 있었다. 나는 마지막으로 동네에서 잔디깎이나 낙엽 청소기가 돌아가는 소리를 들은 게 언제였나 하는 생각이 들었다. 파이니 크리크 로드에 있는 연료를 다 도둑맞고 나면 그런 기계들을 어떻게 돌리나? 우리 동네는 어떤 모습이 될까? 언제까지 버틸 수 있을까?

우리 집 가솔린 통 역시 벽 쪽에 놓여 있었다. 옆면이 움푹 파이고 긁혀 있었는데, 그건 내가 오래전 잔디를 깎는 아버지에게 가져다드리려다 떨어뜨리는 바람에 생긴 자국이었다.

가솔린 통을 떨어뜨리는 순간 뚜껑이 열리면서 쏟아진 기름이 순식간에 바닥에 스며드는 바람에 진입로 옆 잔디가 죽어버렸다. 아마 여덟 살 즈음이던 나는 나 자신에게 화가 났다. 나는 그냥 가만히 서서 기름이 쏟아지는 모습을 쳐다보고만 있었다. 그런 나를 본 아버지는 잔디깎이를 끄고 내게 다가왔다. 그다음에는 내 목 뒤에 손을 얹은 채로 나와 함께 마지막 기름이 땅에 스며드는 모습을 보다가 이렇게 말했다. **자, 이제 소금만 조금 뿌리면 마당 잔디가 다 정리되겠구나.** 아버지는 나를 달래주려 한 것이었지만 내 마음은 요지부동이었다. 그날 밤, 아버지는 스티로폼 컵에 술을 몇 잔 마신 뒤 내 방으로 와서 문간에 선 채 만화책을 펄럭펄럭 넘기는 나를 쳐다보았다. **사소한 실수 때문에 일일이 기분이 상하면 앞으로 인생이 힘들어질 거다.** 아버지가 말했다. **인생은 좋은 거야, 아들아. 즐기렴.**

알았어요, 내가 대답했다.

2년 뒤 아버지는 떠나버렸다. 내게 인생은 좋은 것이라고 했던 그 시점에도 바람을 피우고 있던 게 아니었나 하는 생각이 쉬이 떨쳐지지 않았다. 그때도 이미 우릴 속이고 있었던 걸까? 로라를 만나기 전에 다른 여자들도 있었을까? 우리가 잠들 때까지 기다린 다음에 은밀하게 누군가에게 전화를 건 건 아닐까? 만약 그렇다면, 아버지가 말한 좋은 인생이라는 건 아버지가 사는 삶, 도덕이 없는 삶을 말하는 것이었나? 아버지가 남긴 조언은 그런 뜻인가? 아니면, 지금에 와서 내가 생각하고 싶어 하는 바대로, 아버지는 그저 남자 대 남자로서

솔직했던 것뿐일까? 어쩌면 아버지는 오로지 우리 가족만 사랑했는데 삶이 멋대로 변해버린 것은 아닐까? 그러니까, 인생을 즐기라는 아버지의 말은 그 누구도, 사랑에 빠진 사람조차도, 앞으로 무슨 일이 일어날지 모르니 지금 가진 것을 누리라는 뜻이었던 걸까? 아버지가 내게 하려던 말은 무엇이었을까? 내가 아버지에게서 배운 건 무엇일까?

밑에서 제이슨이 가솔린 통을 내려보내줄 수 있느냐고 물었다.

내가 나무 위에 올라와 있다는 사실을 하마터면 잊어버릴 뻔했다.

"숨 너무 깊이 들이쉬지 마," 제이슨의 말이었다. "가스를 들이마시면 돌아버린다고. 어젯밤엔 눈앞에 유니콘이 보이더라." 그래서 나는 셔츠를 걷어 올려 입을 막은 채로 바닥에 난 구멍으로 조심스럽게 가솔린 통을 하나씩 건네주었다. 꽉차 있는 통은 하나도 없었고, 나는 이 통이 놓여 있어야 하는 자리인 우리 집 차고 선반을 생각해보다가 왠지 통이 비어있다는 사실에 이상한 죄책감을 느꼈다. 내 과거에서 잃어버린 것들은 또 무엇이 있을까? 사람들이 내게서 앗아 간 것은 또 뭐가 있을까?

제이슨이 통에 있는 가솔린을 한 통에 전부 모으고 있었다.

"이걸로 뭐 하려는 거야?" 내가 물었다.

"과학 숙제." 녀석이 대답했다. "성적을 잘 받아야 엄마 아빠가 버피를 데리고 졸업 무도회에 보내줄 테니까."

농담이었지만 우리 둘 다 웃지 않았다. 제이슨이 집을 나가 돌아오지 않은 지 일주일이 넘은 시점이었다. 학교에는 언제부터 안 나간 건지는 알 수 없었고, 8학년 때 퍼킨스 스쿨에서 퇴학당한 뒤 녀석이 얼마나 많은 학교를 전전했는지도 모를 노릇이었다. 나는 그 당시 녀석에 대해 아는 것이 거의 없었다. 아니, 실은 그 누구에 대해서도 아는 게 없다시피 했다. 이제 와서 생각하면 어린 시절엔 정말 얼마 안 되는 앎에 기대어 행동한다는 점이 놀랍다. 나는 제이슨이 석유와 가솔린을 자기만 아는 비율로 섞는 모습을 바라보았는데, 그러다 보니 슬슬 내가 무언가에 공모하고 있는 것만 같은 느낌이 들기 시작했다. "제이슨," 내가 입을 열었다. "왜 날 여기로 데려온 거야?"

"두 가지 이유가 있어." 녀석이 대답했다. "첫 번째 이유는 구석에 있는 파란 봉투 안에 들어 있어. 열어봐."

나는 손전등을 바닥에 내려놓고 작은 요새 구석으로 갔다. 잡지와 스프링 노트 무더기 위에 파란 봉투 하나가 놓여 있었다. 봉투를 집어 들어 열어보니 작은 열쇠가 하나 들어 있었다. 그리고 나에게서 1평방마일 이내의 거리에 수백 가지의 가능성이 있고, 우리의 삶에는 수천 개의 자물쇠가 있었는데도, 나는 열쇠를 보자마자 그것이 무슨 열쇠인지 알았다. 분명 랜드리 씨의 비밀 방을 여는 열쇠일 것이었다. 그래야만 했다. 그리고 이 열쇠가 상징하는 위험, 이 열쇠가 만들어준 가능성 때문에 뱃속이 뒤틀리는 기분이 들기 시작했다.

"집을 나오던 날 밤에 슬쩍한 거야." 제이슨이 말했다. "아빠가 문을 열어놓고 곯아떨어졌더라고. 그 빌어먹을 방을 다

부숴놓을 뻔했어. 엄청 화가 났거든. 하지만 그래서 좋을 게 뭐가 있겠어? 그래서 창문 걸쇠만 풀어놨어. 이제 바깥에서 창문을 열 수 있으니까 그 바보 같은 문에 주렁주렁 달아놓은 그 많은 자물쇠도 무용지물인 셈이지. 난 그냥 창고 문만 열 수 있었으면 했는데."

"이해가 안 돼." 내가 말했다. "창문을 열어놨다며, 그러면 열쇠가 왜 필요해?"

"난 안 필요하지." 제이슨이 말했다. "너한테 필요한 거야. 그거 우리 아빠 금고 열쇠거든."

나는 열쇠를 불붙은 성냥이라도 되듯 엄지와 검지로 집었다. 랜드리 씨가 아직 비밀 방의 창문이 잠겨 있는지 확인하지 않았다 해도 조만간 할 게 분명했다. 이 성냥은 오래지 않아 꺼질 터였다. 그때, 제이슨의 요새에 난 창문을 통해 전혀 예상치 못한 무언가가 내 눈에 들어왔다. 숲 너머, 아마도 1킬로미터쯤 떨어진 곳에 퍼킨스 스쿨이 보였다. 당연히 학교가 가깝다는 사실은 알고 있었다. 걸어서, 자전거를 타고 수천 번은 다녀온 곳이니까. 그러나 나는 언제나 인도, 언제나 정해진 길을 따라갔다. 게다가 나는 예전에도 이렇게 깊은 숲속까지 들어와본 적이 있었지만 나무 위에서 올라가 저쪽을 바라본 적은 한 번도 없었다. 그런데 저기 우리 학교가 어둠 속 도시처럼 환하게 빛나고 있었다. 내가 그토록 잘 아는 학교 건물은 방범등 불빛 속에서는 너무나 낯설어 보였고, 사각형 안뜰에서 자라나는 오래된 떡갈나무들은 조명을 받아 아름답게 빛나고 있었다. 풋볼 경기장과 육상 트랙 역시 동창회 행사가 열리는 주말처럼 환한 조명이 켜져 있었지만, 학교에는 아무도 없었다. 잘 손질된 학교 캠퍼스의 질서는 숲이라는 광기 앞에서는 문득 기괴해 보였고, 이 각도에서 보니 우리 학교는 학교라기보다는 학교 홍보지에 등장하는 사진에 더 가까워 보였다. 현실에서는 절대 이루어질 수 없는 광고에나 나오는 모습이었기에 나는 제이슨이 하필 퍼킨스 스쿨이 보이는 곳에 창을 만들었다는 사실이 뜻밖이라고 생각했다.

어쩌면 그보다 더 뜻밖이었던 것은, 내가 그 순간 인간과 나무에 대한 중요한 사실 하나를 이해하기 시작했다는 점이다. 나는 우리가 공유하는 역사를 이해하기 시작했다. 그 시절 내가 종종 했던 것처럼 나무에서 세상을 바라보는 것은 세상을 보는 근본적으로 다른 방식이다. 이는 사색적이면서도 거리를 둔 관찰이며, 이 높이에서 바라보는 대상은 장엄한 동시에 사소해진다. 다시 말하면 나무 위에서 내려다보면 평범한 사물 역시 경이와 수수께끼를 자아낼 수 있다는 것이다. 또는, 최악의 경우에는, 시기심과 욕망, 경멸을 자아낼 수도 있다. 그건 전적으로 관찰자가 누구인가에 달려 있다. 그래서 나는 내가 어떤 관찰자인가 생각해볼 수밖에 없다. 우드랜드 힐스의 떡갈나무 위에 올라간 그 사람은 정확히 누구였을까? 짐승? 일종의 관음증 환자? 아니면 사랑과 죄책감에 사로잡힌 예민한 소년?

어쩌면 그랬을지도.

내가 하고 싶은 말은, 나무에 올라 세상을 바라보는 건 원시적 행위라는 것, 우리 선조들이 하던 일이라는 것이다. 그러니 지금 상상해보면 그날 밤 내 머리에 달린 두 눈은 유인원의 것만큼이나 새카맣고 눈빛을 읽을 수 없는 것이었으리라. 물론 그렇지 않았을지도 모른다. 나는 어쩌면 손에 열쇠 하나를 든 초조한 어린애에 불과했던 건지도 모른다. 그럼에도 나는 궁금하다. 인류의 역사에서 잃어버린 고리는 무엇이었을까? 그걸 찾을 수 없다는 게 이상하지 않나? 오스트랄로피테쿠스? 호모에렉투스? 우리가 나뭇가지에서 지상으로 뛰어내린 순간은 언제였을까? **구경만 하는 건 이제 지긋지긋해,** 하면서 세상과 정서적으로 관계 맺기 시작한 순간은 언제였을까? 우리가 취약한 존재가 된 것은 언제였을까? 그렇게나 좇고 싶었던 강력한 꿈은 과연 무엇이었을까? 그 보상은 무엇이었을까? 희망은? 목표는?

"야," 제이슨이 나를 불렀다. "내려와봐. 땅에 묻어야 할 게 하나 있는데 네 도움이 필요해."

31

지구상의 토양은 여러 겹의 층으로 이루어져 있다.

우리의 발밑에는 복잡한 물질의 층들이 지구의 핵까지 이어져 있다. 첫 번째 층은 O층, 가시적인 활동 대부분이 일어나는 층이다. 지렁이와 두더지가 활동하는 영역, 낙엽이 썩고 꽃이 뿌리를 내리는 층이 이곳이다. 여기에 O층이라는 이름이 붙은 것은 이 토양층의 구성 성분이 주로 살아 있거나 죽은 생물과 밀접하게 관련된 유기물organic material이라서다. 이 흙은 몸을 숙여 손으로 흐트러뜨리건, 발로 차건 별 영향을 받지 않는다. 이 층에서 활동하는 생물이 너무나도 많기에 우리가 남긴 흔적은 금세 사라져버린다. 그 아래엔 A층이 있다. 내한성 나무나 다년생 식물이 뿌리를 내리고 자라고 동면에 들었다가 다음 해 다시 깨어나는 곳, 연약한 덩굴이나 잡초 뿌리는 가닿을 수 없는 곳이 이곳이다. 이 층은 풍화를 겪어 안정된, 짙고 비옥한 흙, 오래전부터 형성되어 앞으로도 영영 이 생태계의 일부일 토양이다. 비행기에서 지질학자를 아무 데나 뚝 떨어뜨린다면 그들은 별을 보며 방향을 찾기보다는 A층을 찾아 땅을 팔 것이다. 생명을 싹틔우는 에너지가 가득한 곳이기에 떨어진 빗물조차도 이곳에 머무르려 들 것이다. 그 아래가 B층, 이곳에는 생물의 미량원소만이 남아 있다. 이 층의 흙은 아주 오래되고 서늘한, 이미 필요한 영양소가 완전히 여과되고 난 흙이기에 그 자체로 붕괴되어 삽으로는 떠낼 수 없을 만큼 빽빽해졌다. 점토만큼이나 된 이 흙은 한번 파내고 나면 주무르고 빚고 종종 뜨거운 가마에 굽기까지 해야 다시 우리가 알아볼 수 있는 그릇이나 접시, 사람의 얼굴 같은 것이 된다.

그 아래는 삽이 들어가지 않는 단단한 기반암이다.

이 이야기를 하는 건, 내 어린 시절의 그 하룻밤이 어떻게 그렇게 흘러가게 된 건지 이야기하려면 내 기억 속 여러 겹의 층을 파헤쳐야 한다는 말을 하기 위해서다. 다시 말하자면, 그렇게 호의적인 기분으로—린디 심프슨과 크리스 개릿의 행복에 대한 순수한 호기심으로—시작한 어느 하루가 어떻게 내가 제이슨 랜드리와 깜깜한 숲속에서 개의 사체를 내려다보던 그 밤으로 변했는가를 이해하기까지 상당한 시간이 걸렸다는 것이다.

귀가 갈라진 그 개는 나중에 들은 표현으로는 처형식 execution style[23]이라고 불리는 방식으로 머리에 총을 맞고 죽어 있었다. 옆으로 누워 있는 개에게서 우리 눈에 보이는 한쪽 눈은 눈꺼풀이 잘려 나가 있었기에 꼭 숲속에서 우리 앞에 펼쳐진 어떤 기적을 목격하고 영원히 놀라워하는 것만 같은 표정으로 영원히 멈춰 있었다. 개의 검은 혀는 부어올라 이제는 없는 턱 아래로 축 늘어져 있었으며, 사후강직이 진행 중인 다리는 낮잠을 자기 전 다리를 쭉 펴는 것 같은 모양이 되어 있었다. 이상하게도 죽은 개는 내가 딱 한 번 보았던 예전 모습, 몇 년 전 제이슨이 밥을 준 다음 쫓아버렸던 그때보다 더 건강해 보였다.

그럼에도 삶 앞에서 늘 그렇듯 그 모습을 보니 마음이 미어졌다.

"제이슨, 누가 이런 거야?"

"젠장, 아직도 모르겠어?"

나는 몰랐다.

머릿속에서 그 사건을 이리저리 굴려보아도, 훗날 알게 된 그 장면은 도저히 떠오르지 않았다. 정원용 가위를 손에 들고, 발치에 잘라낸 가지가 잔뜩 든 양동이를 놓아둔 어머니의 모습 말이다. 아들이 학교 오리엔테이션에 가고 없던 뜨거운 여름날의 정원, 아마도 수영장 옆 연철 테이블에 놓아두었던 레모네이드를 홀짝이며 잠시 쉬고 있었을 어머니의 귀에 낑낑거리는 이상한 소리가 들린다. 그다음에는 또 다른 소리,

---

23　처형식 살인이란 의식이 있는 상대의 신체를 완전히 통제한 채 근거리에서 죽이는 살인 방식을 뜻한다.

남자 목소리가 들린다. 어머니는 그저 평소와 같은 호기심 때문에 우리 집 마당 울타리 쪽으로 다가가서, 강한 햇살 속에서 튼튼하게 자라난 무궁화와 철쭉 가지를 옆으로 치운다. 그리고 그곳에서 어머니는 철조망 울타리 너머로 거대한 체구를 지닌 이웃 자크 랜드리가 개 한 마리의 목뒤를 붙잡고 자기 집 뒤편 숲으로 끌고 가는 모습을 본다. 그리고 어머니가 이 개는 때때로 동네에서 마주쳤던 떠돌이 개, 한때 가슴이 미어질 정도로 불쌍해 보여서 유기동물처리소에 연락하는 게 좋을지 아니면 집으로 데려가서 아들 그리고 살아남은 딸 하나와 함께 기르면서 우울을 조금이라도 떨쳐보는 게 나을지 망설인 적도 있는 그 개라는 사실을 알아차린 바로 그 순간, 이웃이 다리 사이에 개를 움직이지 못하도록 결박하더니 허리에 차고 있던 권총을 뽑아 머리를 쏘아버린다. 어머니가 방금 본 장면에 충격을 받아 꼼짝도 못 하고 있는 동안 손에 붕대를 감은 이웃은 언덕을 올라가다가 이쪽을 돌아보았고, 그러다가 어머니와 눈이 똑바로 마주친 순간, 어머니는 당신 안에 아직 남아 있었던 조금의 낙관적인 마음까지도 죽어버리는 것을 느낀다. 그래서 어머니는 그대로 돌아서서 집 안으로 달려간 뒤, 이제 남아 있는 유일한 도피처인 당신의 내면으로 숨어버린다. 그러다 기억 속에서 어머니는 내가 이웃 랜드리 씨의 커다란 저택에 사진이 잔뜩 있는 깜깜한 방이 있다고 이야기한 적이 있다는 사실을 끄집어낸다.

그 시절 나는 이런 이야기는 전혀 모르고 있었다. 내가 알았던 것은 그날 어머니가 무서움에 떨고 있었다는 사실, 그리고 랜드리 씨는 무서운 존재였다는 사실이다. 또, 제이슨 랜드리가 이제는 세상 밖으로 나와 편의점에서 일을 할 만큼 나이를 먹었음에도, 아직도 밤에 이불에 오줌을 싸고, 유치한 요새에서 혼자 잠들었다는 사실도 알았다. 제이슨의 등에 10센트짜리 동전처럼 생긴 흉터들이 여러 개 있다는 사실도 직접 보아서 알고 있었다. 또, 나는 내심 그 개는 제이슨이 죽인 것인지도 모른다는 생각도 있었다. 그래서 녀석이 그 사실을 털어놓고 공범이 될 상대로 나를 고른 지금, 우리가 세상을 보는 방식은 너무나도 다르기 때문에, 어쩌면 내가 걱정 없던 어린 시절 제일 친했던 친구 랜디 스틸러를 아꼈던 것처럼, 제이슨 랜드리도 나를 그렇게 바라보는 게 아닌가 하는 생각이 들었다. 속속 드러나는 다른 증거들은 차치하고서라도 내가 아마 제이슨 랜드리 입장에서는 그의 가장 친한 친구일 수도 있다는 **이런** 이상한 생각 때문에 나는 범인이 그의 아버지라고 확신했다.

제이슨이 내게 삽을 건넸다.

"너 기도해?"

"아니." 내가 대답했다. "오래전부터 안했어."

"그래," 녀석이 말했다. "그럼 내게 할게." 제이슨은 삽날을 땅에 찔러 넣은 뒤 마이크를 잡듯 삽자루를 붙들었다. "당신이 누구인진 모르겠지만, 제발 제 개가 천국에서 발정 난 암캐들과 뒹굴게 해주세요. 그게 안 된다면 아마 당신이 저지른 가장 큰 실수일 그 개자식한테서 날 마저 지켜줄 수 있게 차라리 광견병이라도 심어서 지상으로 다시 돌려보내주세요.

그것도 안 된다면 차라리 시간을 되돌려서 둘의 인생을 바꿔 주세요. 이번에는 아빠가 개한테 몇 년 동안 쫓겨 다니다가 창고에 갇힌 다음 얼굴에 총을 맞아 뒈지게 해주세요. 이 중 아무거나 괜찮아요. 그럼 제 할 말은 다 했으니까 좆까세요. 아멘."

"아멘." 나도 따라했다. 우리는 땅을 파기 시작했다.

나는 땅을 파는 내내 끔찍할 것이 분명한 그 애의 사생활에 대해 캐묻지 않으려고 혀를 깨물고 있었다고 생각하고 싶다. 아니면, 내가 그 애에게 모욕감을 안기지 않고도 그 애를 도와줄 수 있는 방법을 교묘하게 구상하고 있었다고 생각하고 싶다. 그러나 진실을 말하자면, 그때 나는 벌써부터 우리 동네 영웅이 된 나 자신을 상상하고 있었던 것 같다. 어둠 속에서 끙끙거리고 땀을 흘리고 팔에 붙은 모기를 탁 때려죽이는 내내 나는 만약 내가 랜드리 집에서 증거물을 듬뿍 찾아다가 창문으로 기어 나오면 린디가 뭐라고 할까 상상하고 있었다. 그 증거가 무엇인지, 더 많은 사진 외에 다른 증거가 또 있을지는 모르겠지만, 만약 랜드리 씨를 그 범죄와 연관 지을 수 있는 무언가, 린디와 그 애의 가족을 안심시킬 무언가, 우리가 과거를 지우고 앞으로 나아가게 할, 내가 그 애 집 앞 떡갈나무 가지에 앉아 무슨 짓을 하고 무엇을 보았는지를 털어놓지 않고도 내 죄책감을 누그러뜨릴 수 있게 할 무언가를 발견할 수만 있다면 모든 게 다 해결될 것 같았다. 나는 그 증거물을 트로피처럼 쳐들고 부모님의 환호를 받는 내 모습을 상상했다. 퍼킨스 스쿨이 출장 뷔페를 불러다가 파티를 열어

줄지도 모르고, 학교 육상팀에서 다시 린디를 불러들여 그 애한테 기립 박수를 보낼지도 몰랐다. 그러다가 내 상상이 내가 무대에 올라 명예 훈장을 받는 장면에 이르렀을 때쯤 제이슨과 나는 흙 범벅이 되어 있었다.

"이 정도면 깊이는 충분한 것 같아." 녀석이 말했고, 그 말이 맞았다.

다시 구덩이에 흙을 메우고 난 뒤 제이슨은 위치를 표시하려는 듯 구덩이 주변에 잡동사니들을 둥그렇게 늘어놓았다. 녹슨 토스트기, L자로 구부러진 PVC 파이프 토막, 새장, 망가진 스피커 따위였다. 마치 어느 위대한 왕이 묻힌 자리에 왕관을 올려두는 것처럼. 그 뒤에 녀석은 기름을 채운 병들을 모아 티셔츠로 느슨하게 감싼 뒤 어깨에 걸치고 있던 배낭 안에 집어넣었다.

"이제 다 끝난 것 같아." 녀석이 말했다. "한 시간 내로 그 집을 나와야 돼. 절대 그 안에서 미적거리지 마."

"넌 같이 안 가?" 내가 물었다.

"절대 안 가지." 녀석은 그렇게 대답하더니 우리 동네를 내려다보았다. 마치 그의 시선이 숲을 통과하고 언덕을 넘어 제가 도망쳐 나온 그 집의 거실까지도 그대로 들여다볼 수 있는 것처럼 말이다. "그 집에는 다시는 안 들어가."

"그럼 다시 여기서 만날까?" 내가 물었다.

"다시는 여기로 돌아오지 마." 그가 말했다. "농담 아니야. 누가 널 미행할지도 모르잖아. 이제 여기는 성지라고."

제이슨은 배낭 어깨끈을 단단히 여민 뒤 우리 동네 반대편을 향해 걸어갔다. 녀석이 떠나는 모습을 보자니 조용한 슬픔이 느껴져서 악수라도 나누어야 하는 게 아닌가 하는 생각이 들었다. 어쩌면 그때 나는 다시는 녀석을 못 만날 수도 있다는 생각을 어렴풋이 했던 것 같다.

"제이슨, 어디로 가는 거야?"

"졸업 무도회." 녀석이 대답했다. "나중에 나한테 고마워할 거다."

녀석은 몇 발짝 걷다가 걸음을 멈추고 무엇을 찾는 듯 주머니를 뒤적거렸다. 그러다가 마침내 라이터 하나를 꺼내 잘 작동하는지 확인하려고 어둠 속에서 두 번 켰다. 그리고 지금에 와서 생각하면, 만약 시간을 돌려 그 순간을 정지시킬 수 있다면, 이 부싯돌의 불꽃 속에 얼마나 많은 것들이 비쳐 보일지가 궁금하다. 그곳엔 우리 둘 말고 무엇이 더 있었을까? 떡갈나무? 부엉이? 맹그로브? 신? 그들은 나와 제이슨을 구별할 수 있었을까? 우리 사이에 다를 게 있었을까? 나는 모른다. 그러나 어두운 밤 속으로 사라지는 제이슨을 보고 있는 순간 나는 무언가 나쁜 일이 곧 일어나리라는 것을 직감하고 있었다.

어쩌면, 아주 멋진 일일지도 모르고.

그래서 나는 달려갔다. 다시 공터를 지나고 숲을 지나고 수로를 가로막은 쓰러진 나무를 뛰어넘는 순간에는 하나도 무섭지가 않았다. 우리 집 근처에 다다랐을 때 나는 거리를 향해 나가는 대신 곧바로 오른쪽으로 돌아 랜드리 가족 집 뒤 파티오 불빛이 보일 때까지 나무 그늘에 몸을 숨긴 채로 다가갔다. 랜드리 가족의 집은 이 동네의 다른 집들과 마찬가지로 언덕 위에 지어져 있었으나 그 잡종 개를 처음 보았던 날 제이슨과 내가 기대앉아 있었던 그 철제 창고에 거의 완전히 가려져 있다시피 했다. 나는 떡갈나무 아래에 몸을 숨긴 채 호흡을 골랐고, 그 순간 어쩌면 이 나무가 귀가 갈라진 그 떠돌이 개가 숨어 있었던 바로 그 나무인 것 같다는 생각이 들었다.

그게 언제 적 일이었더라? 린디가 강간당하기 전이었다. 누나가 죽기 전이었다. 내가 고등학교에 들어가기 전, 약을 하기도, 술을 마시기도, 담배를 피우기도 전, 우리가 그저 어린아이에 지나지 않던 시절이었다. 우리는 풀밭에 앉아 오뚝이를 가지고 놀고 있었고 그 시절 삶은 정말로 엄청나면서도 단순했기에 그때를 떠올리기만 해도 마음이 아파왔다. 그 순간과 이 순간을 비교하면 할수록 나는 점점 더 화가 났다. 문득 제이슨 랜드리의 마음에 공감하지 않는다는 선택지는 사라지고 없었고, 그렇게 생각하니 이번에는 또 다른 방식으로 가슴이 미어졌다. 그러니까 그날 제이슨네 창고 뒤에서 보았던 광경은 단 한 번 있었던 일이 아니었고, 머릿속으로 계산을 하면 할수록 제이슨은 그 개한테 몇 주나 몇 달이 아니라 몇 년 동안이나 몰래 밥을 주고, 쓰다듬어주고, 얼러주면서 돌봐주었으리라는 걸 깨달았던 것이다. 그날도 예외 없이 퇴근을 하고 돌아와 개를 죽이려 드는 아버지로부터 이 개를 지켜주려고 할 수 있는 모든 노력을 다했을 것이다. 그 아버지란 사람은 오로지 그의 불가해한 성정의 어떤 부분이, 자기 땅을 돌아다니는 주인 없는 개 한 마리 때문에 불가해할 정도로 화가 났다는 이유만으로, 숲속을 돌아다니며 개를 찾고, 다른 사람들이 새 모이통을 채워주는 것처럼 그릇에 담긴 부동액을 갈아주면서 개를 죽이려고 애를 썼다. 어쩌면 더 최악의 일이겠으나, 아들이 그 개를 사랑한다는 이유 때문에 화가 난 걸지도 모르겠다.

그런 무서운 생각이 들자 나는 개의 수명에 생각이 미쳤다. 옛말에 의하면 개는 사람 나이로 치면 1년에 여섯 살, 일곱 살을 먹는 셈이라고 했다. 그렇다면 우리의 잡종 개는 숲속에서 혼자 수십 년을 사는 동안 어디에 숨어 지냈던 걸까? 우리가 노는 모습을 얼마나 많이 보았을까? 팔자 좋은 가족들이 많고도 많은 이 동네에서 이 개는 어째서 이렇게밖에는 살수가 없었을까? 녀석은 어떻게 매일같이 우리가 먹고, 웃고, 자기를 무시하는 꼴을 보면서도 희망을 버리지 않을 수 있었을까?

아마 그러지 못했을 것이다.

그렇기에 내 분노는 더욱더 커졌다.

개를 이렇게 살게 한 제이슨에게, 개한테 이렇게 잔인한 짓을 저지른 랜드리 씨에게, 너무나도 불행한 이 개한테, 그리고 몇 년이나 이 개를 보고도 아무것도 해주지 않은 나 자신에게 화가 났다. 그러다 보니 내가 지금까지 내 삶에서 일어난 그 어떤 끔찍한 사건 앞에서도 아무것도 하지 않았다는데 생각이 미쳤다. 나는 누나의 죽음 앞에서도 아무것도 하지않았다. 우리 가족을 위로해주지도 않았다. 아버지가 떠날 때도 아무것도 하지 않았다. 린디를 위로해주지도 않았다. 그리고 그 애한테 끊임없이 관심을 가지는 주제에 나는 내가 그 애의 슬픔에 일조했다는 사실을 정직하게 해결한 적이 없었다. 그 순간까지 내가 그리 고결한 인간으로 살지 못했다는 생각이 들었고, 나는 달라지고 싶었다.

그래서 나는 언덕을 올라 랜드리 가족의 집으로 다가갔다. 영화에 나오는 병사처럼 반쯤 쪼그린 자세로 뛰는 나의 머릿속은 폭력적 상상이 난무했다. 어쩌면 랜드리 씨가 뒷문 포치에서 대기하고 있다가 나를 지팡이로 때려죽일지도 몰랐다. 어쩌면 덤불 속에 숨어 있다가 나를 습격해 바닥에 쓰러뜨린 다음 뒤통수에 총을 갈길지도 몰랐다. 어쩌면 그는 이미 부엉이의 모습으로 변신해 나를 지켜보며 내 뼈를 담을 악취 나는 둥지를 마련하고 있는 건지도 몰랐다. 만약 그렇다면, 그러라지. 상관없었다. 아드레날린이 솟아오르는 바람에 나는 이미 제정신이 아니었다. 이제 나는 오로지 죄책감을 동력으로 움직이고 있었다. 목표는 간단했다. 내 자아는 완전히 사라졌다. 마치 이제야 내 삶이 시작되는 순간인 것만 같았.

언덕 꼭대기에 올라간 나는 창고 뒤에 숨었다. 열린 문 안을 바라보자 콘크리트 바닥에는 온통 개똥이 널려 있었고 잡종 개가 갇혀 있었던 자리 여기저기에 오줌 웅덩이가 나 있었는데, 그 모습을 보자 내 분노는 몇 배로 커졌다. 창고 문을 열 수 있길 바랐다던 제이슨의 말뜻이 그제야 이해가 되었다. 이미 제이슨의 아버지는 그에게 수많은 고통을 주었을 텐데, 어째서 그중 하나에 불과한 이 고통 때문에 그가 드디어 떠날 마음을 먹은 건지 이해가 되었다. 그 누구도 제이슨을 탓할 수는 없었다.

나는 창고를 떠나 열려 있는 차고로 들어갔다. 천천히 랜드리 가족의 차들 주위를 돌았지만 여전히 나는 목적지인 비밀 방과는 정반대 방향에 있었다. 창 쪽으로 다가가기 전에 모두가 자고 있는지를 확인하고 싶었고, 그러려면 집 안을 잘 들여다보아야 했다. 네발로 엎드린 채 차고를 기어 나와 그대로 뒷마당으로 가느라 손과 무릎이 잔디의 이슬에 흠뻑 젖어버렸다. 상관없었다. 그게 더 좋았다. 마치 루이지애나주의 자연과 내가 하나가 된 것처럼, 내 주위에서 내리는 이슬방울들의 감촉이 느껴졌다. 아름다운 밤이었다. 내가 또렷하게 기억하는 거의 모든 것들—개의 사체, 창고, 손가락에 닿던 젖은 풀을 비추는 건 달빛뿐이었고, 마당을 기어 집 뒤편 파티오로 향하는 나 또한 그 밤의 일부였다. 마침내 나는 거실이 환히 들여다보이는, 우리 집 창문과 똑같은 위치에 있는 커다란 창문 앞에 섰다. 그리고 거실 안, 안락의자에 드러누워 곯아떨어진 거대한 랜드리 씨가 보였다.

그는 그날 오후 입고 있던 것과 똑같은 정장 바지에 정장 셔츠 차림 그대로였고, 손에는 아직도 붕대를 감고 있었다. 신발은 벗겨져 있었고, 발은 풋스툴 위에, 머리는 튀어나온 목살 위에 얹힌 채였다. 그 옆에 있는 작은 테이블 위에는 켜진 전등 하나와 빈 칵테일 잔 하나가 놓여 있었다. 그 나이의 나로서는 알아볼 수 없는 갈색 술이 담긴 병도 옆에 있었다. 뭐였을까? 스카치위스키? 버번위스키? 라이위스키? 아마 혼자 술을 마시는 남자들은 술의 종류를 가리지는 않을 것이다. 랜드리 씨라는 끔찍한 인간이 자는 모습을 보고 있자니, 그렇게 큰 고통을 빚어낸 사람이 자기 자식과 이웃집 아이가 바퀴벌레처럼 돌아다니는 가운데 어떻게 저렇게 편히 잘 수가 있나 하는 생각이 들었다.

그런데 깨어 있는 게 제이슨과 나 둘뿐인 건 아니었다. 그 집 앞쪽으로 향하려던 순간 루이즈 랜드리가 거실로 들어오는 모습이 보였다. 내가 루이즈 아주머니의 존재를 까맣게 잊고 있었던 것이다. 아주머니는 오븐 장갑만큼이나 밋밋하게 생긴 두꺼운 파란색 가운 차림이었다. 나는 얼른 몸을 낮추었지만, 아주머니는 내 쪽을 돌아보지 않았다. 아주머니는 그저 A지점에서 B지점으로 향하는 중간중간 남편 쪽을 한 번씩 쳐다볼 뿐이었다. 불붙은 담배를 한 손에 들고 있었지만 입에 가져가지는 않았다. 아주머니는 제자리에 가만히 서 있었는데, 땋지 않은 머리가 등 뒤에 펼쳐져 있는 모습이 마치 다른 시대에서 온 마녀 같았다. 어쩌면 아주머니가 내 눈 앞에서 순식간에 사라져버리는 것이 아닐까, 아니면 베개로 남편을 질식시켜 죽이지는 않을까 하는 생각이 들 만큼 으스스한 모습이었다. 하지만 그런 일은 없었다. 잠시 후 아주머니는 그저 몸을 숙여 불붙은 담배를 빈 칵테일 잔 속에 집어넣었다. 그러더니 모퉁이를 돌아 복도로 사라졌다.

나는 자세를 바꾼 뒤 집 언저리 그늘을 따라 침실 창문 쪽으로 갔다. 블라인드가 내려져 있었지만 아래쪽 틈새를 통해 루이즈 랜드리가 샷건식[24] 복도 저쪽 끝으로 가서 우리 집이었다면 내 방에 해당했을 제이슨의 방문을 열어보는 모습이 보였다. 아주머니는 아까 거실에서처럼 그 자리에 한참 유령같이 가만히 서 있더니 마침내 문을 닫았다. 그다음에는 긴 복도를 걸어 내 쪽으로 걸어오면서 복도 불을 끈 뒤 자기 방으로 들어갔다.

방으로 들어간 아주머니는 문을 닫고 두꺼운 가운을 벗었다. 가운 아래에 아주머니는 어린이용 부활절 드레스라고 해도 믿을 만큼 불편하게 생긴 잠옷을 입고 있었다. 목둘레에 레이스가 달린 정신없는 꽃무늬 잠옷은 여성스런 굴곡을 조금도 드러내지 않는 디자인이었다. 아주머니는 거울을 보면서 내게는 지나치게 길다고 느껴질 만큼 오랫동안 손바닥을 양 뺨에 대고 있었고, 그래서 나는 혹시 아주머니가 이대로 얼굴을 벗어버리는 것이 아닌지, 그래서 내가 어째서 랜드리 가족이 그토록 이상하게 행동했는지를 알게 되는 증인이 되어버리는 것은 아닐지 미친 듯이 고민했다. 하지만 그런 일은 없었다. 아주머니는 그저 욕실로 들어갔고, 물소리가 바깥에서 있는 내게도 들렸다. 욕실에서 나온 루이즈 랜드리는 천장등을 껐고 이제 방 안에 남은 것은 침대 옆 협탁 위에 놓은 전등 하나가 전부였다. 아주머니가 침대 발치로 오더니 무릎을 꿇고 기도를 시작했다.

---

24   방이 일렬로 연결되어 있는 남부의 주택 양식.

믿기지 않는 장면이었다.

그 모습이 너무나도 순수하고도 예기치 못한 것이었기에 나는 토할 것 같았다. 우리 어머니도 해나 누나가 죽은 뒤로 자주 저렇게 기도를 했고, 나는 루이즈 아주머니가 제이슨을 위해 기도하고 있다는 걸 분명히 알 수 있었다. 두 사람 사이가 그렇게 나빴는데도, 아주머니의 성격이 그렇게 이상한데도, 아주머니의 자세만으로도 나는 그분이 제이슨을 사랑한다는 사실을 알 수 있었다. 나 역시 그런 모습을 본 적 있으니까. 제이슨이 숲에서 무슨 짓을 꾸미는 건지는 몰라도, 녀석이 나를 자기 아버지의 비밀 방에 들여보내려는 이유가 무엇인지는 몰라도, 아주머니가 더 괴로워지기만 할 게 분명했다. 어쩌면 여기서 그만둬야 하는지도 모른다는 생각이 들었다.

그러나 나는 서둘러 다시 파티오 쪽으로 가서 랜드리 씨가 아직 자고 있는지 확인한 다음 그 집 진입로 중간쯤까지 달려간 다음에 그들의 집을 둘러싸고 있는 철쭉 덤불 속에 몸을 숨겼다. 덤불 속에 쭈그릴 때 나는 땀을 흘리고 있었다. 죽은 잎을 건드렸더니 수백 마리의 모기떼가 나타나 빙빙 돌았다. 앞으로 나아가는 내내 모기떼가 나를 물어뜯었다. 내 온몸을 감쌌다. 모기가 내 콧속을, 귓속을 파고드는 바람에 앞으로 나가기 위해 숨을 참아야 했다. 이런 것들을 이해하려면 루이지애나주에 살아보아야 한다. 루이지애나주의 철쭉 덤불 속에 숨어본 사람만이 이런 이야기를 할 수 있다. 모퉁이를 돌아 그들의 집 정면에 다다른 나는 팔과 목에 앉은 모기를 털어버린 뒤 청바지 주머니에서 작은 열쇠를 꺼냈다. 사람들과 차의 소리에 바짝 귀를 기울였지만 들리는 소리라고는 개구리 울음소리, 내 숨소리, 그리고 아주 먼 곳에서 울려 퍼지는 희미한 사이렌 소리가 전부였다. 나는 재빠르게 움직였다. 고개를 숙인 채 현관 앞을 가로질러 랜드리 씨의 비밀 방 창가로 가니 창문은 안쪽에 친 암막 커튼으로 완전히 가려져 있었다. 나는 열쇠를 입안에 집어넣은 뒤 가느다란 철제 창틀 아래쪽을 손으로 훑었다. 꽉 잡고 창틀을 위로 밀어 올렸다. 제이슨 말대로였다. 잠겨 있지 않았다. 나는 창틀을 밀어 열었다.

해냈다, 하고 나는 생각했다. 드디어. 이건 린디를 위한 일이야. 엄마를 위한 일이야.

우리 동네를 위한 일이야.

나는 커튼을 젖히고 방 안으로 기어들어 갔다.

32

그날 밤 랜드리 가족의 집에서 있었던 일을 떠올릴 때마다 나는 우선 다른, 더 좋은 기억들을 먼저 떠올린다. 그렇게 나는 어둠이 이기지 못하게 한다. 그렇게 나는 내 건강을 지킨다.

그러니까 이 얘기부터 하자.

우리 어머니는 로버트 스택을 좋아했었다.

때는 부모님이 이혼한 뒤, 해나 누나 일이 있은 뒤, 린디 일이 일어난 뒤, 내가 랜드리 가족의 집에 침입한 뒤, 그리고 레이철 누나가 다시 독립한 뒤, 그래서 파이니 크리크 로드에는 다시 나와 어머니만 남아 있었던 1992년 가을, 내가 고등학교 2학년이던 시절이었다. 어머니는 소일거리를 위해 다시 시간제 일자리를 구했고, 이번에는 일주일에 사흘, 미용실 카운터를 지키는 접수원 일이었다. 이제는 비가 내리는 날이거나, 축구 연습이 끝난 뒤 같이 외식을 하기로 한 날이면, 어머니는 미용실에서 쓰는 독한 아세톤 냄새가 코를 찌르는 차를 몰고 나를 데리러 왔다. 나는 내 물건을 뒷좌석에 던져 넣고 조수석에 앉았고, 어머니는 손을 뻗어 내 팔을 꽉 잡는 것으로 인사를 대신했다. 내가 다시 축구를 해서 너무 기쁘다고, 내 모습이 훨씬 더 보기 좋아졌다고, 내가 정말 자랑스럽다고 어머니가 말하면 나는 이런 식으로 대꾸했다. **무슨 속셈이죠? 승진이라도 노리는 건가요?**

우리는 꽤나 잘 지냈다.

문제는 그게 아니었다.

문제는 어머니가 아직도 가눌 길 없는 슬픔에 시달린다는 사실이었다. 어머니는 용감한 표정을 하고 최대한 일하는 날을 많이 만들었지만 그런 일조차 당신이 잃은 것들을 상기시키는 듯했다. 예를 들면 어머니가 일하는 미용실 단골손님들 중에는 당신의 표현에 따르면 "전생"에 알던 여자들이 있었다. 어머니와 컨트리클럽에서 함께 테니스를 치거나, 배우자를 대동하고 같이 부동산 박람회를 드나들던 사이였는데, 이런 전생의 사람들이 당신의 "현생"에 다시금 등장할 때마다 어머니는 비틀거렸다. 차를 타고 집으로 돌아가는 길이면 어머니는 이런 말을 했다. **루시 기퍼드 기억나니? 그분 아들이랑 너랑 테니스도 치고 그랬잖니.** 그러면 나는 이렇게 대답했다. **모르겠어요, 엄마. 너무 옛날 일이어서요. 왜요?** 그러면 어머니는 대답이 없었다.

그럴 때마다 나는 분명 어머니는 그날 미용실에서 루시 기퍼드를 마주쳤을 거고, 그러면 어머니는 그 사람이 잘 지내는 것 같건 잘 못 지내는 것 같건 상관없이, 그 사람도 그 시절 아버지가 클럽 내 용품 판매점에서 일하던 열여덟 살짜리 생물학과 여학생과 바람을 피운 것을 알고 있었을까 하는 생각을 할 수밖에 없었던 거라고 생각했다. 어쩌면 어머니가 루시 기퍼드까지 의심했던 건지도 모르고. 부동산 박람회에 갔을 때 어머니보다 늦게 돌아온 아버지는 대체 뭘 하다가 왔던 걸까? 클럽에서 우리를 볼 때마다 반가웠다던 루시 기퍼드의 말뜻은 무엇이었을까? 신뢰가 사라지면 역사는 송두리째 바뀌어버린다. 무엇을 믿어야 할지 알 수 없게 된다. 어머니도 마찬가지였다.

더 최악이었던 건, 그런 만남이 있고 나면 어머니는 혼자만의 기억에 잠겨 테니스 클럽에 따라오던 기퍼드 집 아이들을 떠올린다는 것이었다. 내 또래 아들, 그리고 누나 또래 딸. 그러면 어머니는 해나 누나, 죽어버린, 언제까지나 당신을 기다리는 누나를 생각한다. 사랑, 상실, 후회, 불의, 그리고 인생의 덧없음이 우리를 으스러뜨릴 수도 있다는 속사정을 상기한다.

그러니 어머니는 아무리 애를 써도 하루가 끝날 무렵이면 대개 기진맥진해지고 말았다. 그러다 보니 여전히 매력적이고 아름다운 여성이었음에도 누굴 사귀기를 포기했고, 친구들로부터 누군가를 소개받는 일도 없어졌고, 감정적인 품이 드는 사교 모임에도 더 이상 나가지 않게 되었다. 또 집에서도 한층 기운이 없어졌다. 어떤 방은 문을 닫아버리고 예전만큼 열심히 먼지를 털거나 진공청소기로 청소하지 않게 되었다. 요리를 하는 시간도 줄었는데, 루이지애나주에서는 잘 없

는 일이었다. 어머니가 게을렀다는 이야기는 아니다. 어머니
는 게으름과는 거리가 멀었으니까. 그러나 어머니가 손 관리
사들로부터 새로운 요리법을 배워서 귀가하는 날에 신나하는
건 그건 그 음식이 줄 기쁨 때문이 아니라 준비하는 데 시간
이 덜 걸린다는 사실 때문이었다.

껍질을 벗기거나 천천히 익히거나 절이는 것 같은 밑 준비
가 필요한 요리는 점점 찾아보기 힘들어졌다. 가끔가다 그런
음식이 식탁에 오르더라도 주말이나 명절 때가 다였고, 평소
에는 폭찹구이나 슬로피 조[25], 맹숭맹숭한 맛이 나는 스파게
티 같은 뻔한 메뉴가 돌아가며 나오다가 그나마도 나중에는
어머니가 껍질 벗긴 닭가슴살을 대량으로 사두었다가 전자레
인지에 돌려 내오는 지경까지 이르렀다. 그 결과물이 매번 이
름만 달리 해서 나오는 허연 지도 모양의 전채요리였다. 치킨
아 라 랜치 드레싱. 치킨 아 라 케첩. 완두콩이 곁들여져 나올
때도 있었다. 나는 칭찬도 불평도 없이 그렇게 하루 세 끼를
먹어 치웠다.

어린 소년이 할 말이 뭐가 있겠는가?

그러나 매주 수요일 밤 7시 45분경이면 어머니가 주문한
피자가 기름에 전 커다란 상자에 담겨 도착했다. 나는 어머니
가 앞문 옆 화분 위에 둔 돈을 왼쪽 귀에 해골과 교차된 갈비
뼈 모양의 귀걸이를 한 긴 머리 남자에게 건넸다. 그는 허리

---

25   다진 쇠고기와 야채를 케첩 등의 소스로 볶아낸 음식.

에 소니 디스크맨을 차고 있었는데, 목에 걸쳐둔 헤드폰에서 시끄럽게 울려 퍼지는 음악 소리가 내 귀에까지 들릴 때도 있었다. 그는 매주 돈을 받아서 센 뒤 "고맙다, 친구" 했고, 나는 어머니가 미리 탁자를 차려놓은 거실로 피자를 들고 갔다. 우리는 자기 몫의 피자 조각을 종이 접시에 담은 뒤 조명을 어둡게 낮추었고 어머니는 텔레비전을 보려고 소파 위 내 옆자리에 자리를 잡았다. 어둡고 으스스한 주제곡과 함께 〈풀리지 않는 미스터리〉가 시작하면 우리 집 전체가 다른 곳으로 변신하는 것만 같았다. 진행자인 배우 로버트 스택이 화면 속 그늘에서 걸어 나오며 우리에게 말을 걸었다.

그 시간만큼은 꼭 방학 같았다.

〈풀리지 않는 미스터리〉는 인기 절정의 프로그램이었는데, 매 화가 최고의 명탐정들도 풀지 못한 현실과 초현실의 '실제' 사건들로 이루어져 있었다. 무명 배우들이 장면들을 재연했고, 특수효과도 자주 등장했으며, 이 모든 장면에는 스택의 음성 해설이 따라붙었다.

혹시나 잘 모를까 봐 덧붙이는 말인데, 로버트 스택의 목소리는 인간에게서 나온다고 믿기 힘든 기적이다. 그의 깊은 바리톤 목소리 덕에 그가 하는 말은 무엇이건 이상한 영향력을 발휘하게 되었고, 이에 그의 잘생긴 외모까지 더해진 덕에 스택은 20세기 후반 내내 할리우드에서 길고 다양한 경력을 이어가게 되었다. 그의 목소리는 단순히 무언가를 무섭거나 위험하게 느껴지게 하는 데 그치는 게 아니었다. 그의 목소리에 실리면 모든 사건이 중요하게 느껴졌다. 유타주 작은 마을에서 실종된 소녀, 데모인에서 외계인에게 납치된 회사원, 이런 사건들은 스택의 입에서 나올 때면 세계적 위기처럼 느껴졌다. 그렇기에 이 사건의 세세한 사항들을 설명하는 그의 목소리에 귀를 기울이지 않을 도리가 없다. 또, 스택 외에는 다른 누구도 말하려 들지 않는 주제가 당연히 궁금해지지 않을 도리가 없다. 심지어 그가 프로그램 도입부에 "이 우주에 과연 우리뿐일까요?" 같은 황당무계한 질문을 던지더라도 말이다.

매주 그 시간만큼은 어머니와 나 모두가 진심 어린 즐거움을 느끼는 시간이자, 그 나이 또래 청소년이 부모와 함께 보낼 수 있는 드문 시간이었고, 소파 뒤 벽에는 우리 두 사람의 그림자가 언덕처럼 새겨졌다. 그 장면이 생생히 기억나지만, 그 시절을 떠나보낸 뒤에는 이런 순간들을 별것 아닌 것으로 생각하기 쉽다. 삶을 당연한 것이라고 여기기도 쉽다. 누구나 그 사실을 안다.

하지만 중요한 것은 말이다.

기억들은 무작위적인 방식으로, 때로는 꿈으로, 어쩌면 스쳐 가는 회상으로, 그 자체로 풀리지 않는 미스터리인 인간의 정신을 예기치 못하게 뒤섞는 것처럼 우리에게 다가온다는 사실을 간과하기 쉽다는 것이다. 도대체 인간의 정신은 어떻게 작동하는 것일까? 두뇌에 낀 구름이란 뭘까? 전류란? 연상 기억법이란? 의사들조차도 정확히 모르는 것 같다. 사실 가장 명석한 심리학자나 외과 의사들조차 인간의 기억이 가진 그 진정한 복잡성을 분석하기는 영영 불가능하다고 대답할 것이다. 하지만 나는 이제 기억이란 알고 보면 무척 단순한 게 아닌가 생각하게 되었다.

나는 우리가 별 의미 없어 보이는 짧은 대화라든지, 특정한 남자가 배달해 온 특정한 피자의 냄새, 특정한 벽에 남은 특정한 모양의 그림자를 잊지 않는 이유는, 언젠가 우리에게 아직 병에서 회복되지 않아 불편한 침대에 누워 계시는 어머니를 만나 뵈러 병실을 찾아가는 날이 오기 때문이라 믿는다. 의사로부터 바늘 끝만 한 혈전 때문에 영구적 손상이 생길지도 모른다는 말을 들은 우리는 초조한 마음으로 어머니에게 질문을 해댈 것이며, 어머니가 제대로 말을 하지 못하는 게 일시적인 피로 때문인 것인지 아니면 그것이 이제부터의 새로운 현실인지 우리는 알 수가 없고, 그때 우리가 원하는 것은 여태 그 누구도 사용하지 않았던 언어로, 여태 그 누구도 담지 못했던 진심을 담아 사랑한다고 말하는 것이 전부다. 우리에겐 아주 힘든 시간이 될 것이다.

하지만 그때, 말과 말 사이의 공백 속에, 병실 한구석에 걸려 있던, 지금까지는 틀어져 있었는지도 몰랐던 작은 텔레비전에서 나오는 광고가 끼어들 수도 있다. 새로운 약이라든지 보험을 홍보하는 그 광고가 나올 때 어머니가 녹색 배경 앞에 선 배우의 목소리를 듣고 미소 짓는다. 그러더니 눈을 감고, 우리가 병실에 들어온 순간부터 잡고 있던 손에 힘을 주더니 이렇게 말한다. "아, 내가 저 사람 정말 좋아했지."

어머니가 이렇게 말하면, 우리의 기억은 기다린다.

고개를 돌려 배우를 쳐다보자마자 우리는 그를 기억해낸다. 기억이 감사하게도 우리를 위해 다시 그 어둑어둑한 거실

369

과 혀에 느껴지던 피자의 맛을 불러내고, 심지어 수십 년 전 어머니의 머리카락에 들러붙어 떨어지지 않던 아세톤 냄새로 병실을 채우기도 한다. 나아가 기억은 보이지 않는 또 다른 기적을 일으켜 우리를 과거로 돌려보내 다시금 우리 옆에 앉아 텔레비전을 보고 있던 한 여자를 바라보게 한다. 그녀는 십 대 청소년 시절에 보았던 사람과는 참 다른 사람, 훨씬 복잡한 사람이다. 기억이 있기에 우리는 그녀의 삶을 총체로서 바라볼 수 있게 되었으니까. 우리는 어머니의 삶뿐 아니라 내 삶까지도 함께 생각해볼 수 있다. 어머니가 우리를 위해 한 희생. 우리가 겪어낸 고통. 우리가 어머니에게 안긴 고민. 어머니가 우리를 키운 방식. **그래 그래 그래.** 지금 우리가 느끼는 감정은 사랑이다.

그것이 기억의 목적이다.

우리의 몸은 그 어두운 방으로 돌아가 텔레비전 앞 작은 탁자를 옆으로 밀쳐놓고 누워서 어머니의 무릎에 고개를 묻을 수 없다. 머리카락을 어루만지는 손가락, 어깨에 얹힌 손의 감촉을 느낄 수도 없다. 그러나 원한다면 당연히, 시도해볼 수는 있다. 눈을 감을 수 있다. 온 힘을 다해 상상해볼 수도 있다. 그래도 소용없다. 그 손길은 이제 없다. 기억은 이 사실을 이해한다.

그렇기 때문에 기억은 로버트 스택이나 그와 비슷한 사람들의 목소리가 우리에게 필요한 일을 대신 해줄 수 있게 해준다. 즉, 우리 삶의 모든 순간에 의미가 있었다는 사실, 모든 순간이 중요했다는 사실을 일깨워주는 것. 그리고 우리가 이 사실을 알고 받아들인다면, 언젠가 과거를 돌아보고, 이해하고, 느끼고, 후회하고, 추억하고, 또 운이 좋다면, 그 순간을 소중히 아낄 수도 있을 것이다. 누나가 문틀 윗부분에 손을 댔던 순간을. 아버지가 거실에서 춤추던 순간을. 다 큰 어른 남자가 마당에서 울던 모습을. 린디, 적어도 지금은 사라지고 없는 어떤 버전의 린디가 한때 큰 나무를 향해 운동장을 달렸던 순간을. 그것이 우리가 할 수 있는 최선이다.

이 기억은 그리 나쁘지 않다.

33

안타깝게도 어떤 기억은 무척 나빴다.

자크 P. 랜드리의 비밀 방은 17제곱미터가 조금 안 되는 크기에 시가 연기 냄새로 절어 있었다. 그날 밤 내가 미친 듯이 겁에 질린 채 무릎과 손으로 엉금엉금 가로질렀던 두꺼운 갈색 카펫은 손바닥에 닿았을 때 불결한 느낌이 들었다. 왼쪽에 있는 테이블 위에는 파일이며 봉투들이 그득 쌓여 있었다. 탁자 너머 벽에는 알아볼 수 없는 기호들을 휘갈겨 써놓은 화이트보드가 걸려 있었다. 그 옆에는 파일 캐비닛이 세 개 놓여 있었는데, 가운데 캐비닛 위에는 텔레비전을 비롯한 여러 전자기기가 놓여 있었고, 이 기기에 달린 디지털시계 화면이 방 안에 딱 두 개 있는 불빛 중 하나였다. 나머지 하나는 마치 다른 차원으로 들어가는 입구처럼 굳게 잠긴 문틈으로 새어 들어오는 복도의 불빛이었다. 그 불빛을 보자마자 정확히 무엇인지 알 수 없는 과거의 어떤 기억이 떠올랐다. 순식간에 팔의 털이 동물의 털처럼 바짝 일어섰다.

혼자가 아니라는 느낌이 들었다.

동작을 멈추고 귀를 기울였지만 들리는 것은 전자기기들이 내는 희미한 웅웅 소리가 전부였다. 방 안이 깜깜해서 커다란 사물조차도 제대로 보이지 않았기에 숨죽이고 오른쪽 벽을 살펴보던 나는 한순간 온몸이 차디차게 식었다. 방 저편에 사람의 머리통 같은 윤곽, 그리고 머리카락 같은 것이 보였다. 터져 나오려는 비명을 애써 참았다. 그러나 그 그림자가 미동도 없었기에 사람이라고 확신할 수만은 없었다. 그렇기에 나는 내 시야에 보이는 모든 것이 의심스러웠다. 저건 전등일까, 산탄총일까? 테이블일까, 철장일까?

나는 그 간단한 질문에 대한 답을 알 수 없었다. 저쪽 벽에 보이는 형체는 어쩌면 화분에 심은 식물일 수도 있었다. 아니면 자크 랜드리의 웃는 얼굴일 수도 있었고. 그러나 형체는 이상하리만치 잠잠했다. 그래서 나는 바닥에 더 납작 엎드려서 혼자 간단한 규칙을 정했다. 형체가 움직인다면, 열린 창문으로 뛰쳐나간다. 숨소리가 들린다면, 깨지 않도록 뒤로 기어 물러난다. 저건 턱일까, 손잡이일까? 알 수 없었다. 어깨일까, 서랍일까? 보는 각도를 바꿔보려고 배를 바닥에 납작 붙였더니 곧바로 팔뚝에 차가운 감촉이 느껴졌다. 짙은 색 카펫 위 밝은색 사각형 물체가 보였다. 그 물체를 알아차린 순간, 똑같이 생긴 다른 물체들 역시 카드를 쏟거나 나누어놓은 모양으로 온 방 안에 흩어져 있는 게 눈에 들어왔다. 내가 가진 린디 사진과 같은 크기와 모양을 가진 사진 용지였고, 나는 조심스럽게 제일 가까이 있는 한 장을 손으로 끌어와 뒤집어 보았다. 남성기를 클로즈업한 사진이었다.

전혀 예상치 못한 사진이었기에 처음에는 무엇인지 알아보지도 못할 뻔했다. 제대로 포즈를 취하고 찍은 꾸밈없는 사진으로 보였지만 의학책에 실린 사진이 아니라는 것은 알 수 있었다. 마치 지난 시대의 외설 사진 같은, 조도가 낮은 흑백 사진이었는데, 나는 사진 속의 몸이 누구의 것인지 바로 알 수 있었다. 헝클어진 짙은 음모, 발기한 성기가 뻗어 나온 두툼한 허벅지를 보니 토할 것 같았다. 골반에 검은 점이 세 개나 있었다. 고환이 추처럼 축 늘어져 있었다. 그와 똑같이 생긴 것 같은 성기였다.

다시 눈을 들자 구석에 앉아 있는 한 사람이 보였다. 뺨이 홀쭉하고 목은 길었고, 나는 혹시 위탁아동 중 한 명이 의자에 꽁꽁 묶인 채로 이 방에서 죽어버린 게 아닌가 하는 무서운 상상을 했다. 또, 말도 안 되는 걸 알면서도 그 사람이 린디일지도 몰라 불안했는데, 불안이란 원래 비이성적인 것이기 때문이었다. 그러나 바로 그 두려움 덕분에 나는 바닥에서 벌떡 일어났고, 그쪽을 향해 다가가자마자 나는 그것이 사람이 아니라 사람만 한 여자 인형이라는 것을 알 수 있었다. 인형은 축 늘어진 플라스틱 소재로 옷은 입혀져 있지 않았고, 입을 벌린 얼굴이 보여주는 멍한 표정이 섬찟했다. 다음 순간 바로 옆 바닥에 굴러다니는 남자 인형도 눈에 들어왔다. 역시 옷이 벗겨진 남자 인형은 속죄하는 죄인처럼 양손을 머리 뒤에 겹친 자세로 바닥을 보며 엎어져 있었다. 나는 공포에 사로잡히는 바람에 민첩하게 움직일 수가 없었다. 뒤로 물러서다가 작은 테이블에 놓여 있던 재떨이를 떨어뜨렸다. 삼각대에 걸쳐져 있던 비디오카메라에도 부딪쳤다. 저쪽 벽에서부터 카펫을 가로질러 연결되어 있는 전선을 따라 파일 캐비닛쪽으로 가니 전선이 텔레비전 위에 놓인 전자기기에 꽂혀 있는 게 보였다. 가까이서 보니 이 기기는 구형 VCR 기기인 베타맥스였다. 베타맥스는 총 세 대로 전부 서로 연결되어 있었고, 나는 손으로 조심스레 기기 앞면을 더듬었다. 작은 창의 덮개를 하나씩 젖혀보자 가운데 기기 안에 테이프가 하나 들어 있었다. 도저히 참을 수가 없었다. 음소거 상태인 것을 확인했다. 재생 버튼을 눌렀다.

　나는 최악의 내용을 상상했다. 내심 그러기를 바랐다. 명백한 잔혹 행위의 증거만 나온다면 이대로 테이프를 꺼내 들고나가면 될 테니까. 그게 내가 구상한 영웅이 되는 법이었던것 같다. 그러나 텔레비전 화면에 나타난 것은 한눈에도 명백히 알아볼 수 있는 장면은 아니었다. 화면 속 영상에는 사진들이 격자 모양으로 배열되어 있었고, 화면 테두리를 차지한여덟 개쯤 되는 사각형 속에 랜드리 가족을 거쳐 간 위탁아동들의 모습이 담겨 있었다. 깡마른 아이들은 웃옷을 벗은 채로 제3세계 버전의 〈브래디 번치〉처럼 카메라에 잡히지 않는무언가를 멍하니 바라보고 있었다. 나는 타일러 배니스터를알아볼 수 있었다. 그가 카메라에서 고개를 돌릴 때마다 목에새겨진 날개가 하나뿐인 새 타투가 보였던 것이다. 눈을 가릴 때는 손목의 타투가 보였다. 틴틴도 있었고, 다른 프레임들 속에는 랜드리 가족의 집을 짧게 거쳐 간 여덟 살에서 열두 살 사이 아이들이 있었다. 제이슨은 보이지 않았다. 중간중간 아이들이 하나씩 카메라를 바라보며 무슨 말인가를 했지만 알아들을 수는 없었다. 세월이 지난 지금은 그 말을 내가 알아듣지 못한 것에 감사한다.

격자무늬 한가운데에 있는 것은—아마도 아이들이 영상에 찍히는 동안 응시하고 있던 화면일 것 같았는데—우리 동네를 찍은 흑백의 영상들이 담긴 두 개의 프레임이었다. 하나의 프레임은 동영상으로, 영상 속에서 눈에 익은 차들이 진입로를 드나들고, 동네 사람들이 마당의 잔디에 물을 주고, 우리는 길에서 풋볼을 하고 놀고 있었다. 그 시절 교외 사람들의 일상적인 삶의 풍경이었다. 나머지 하나의 프레임 속에서는 바닥에 흩어져 있는 클로즈업 사진들과 거의 비슷한 정지된 사진들 여러 장이 지나가고 있었다. 우편함 앞에 서 있는 내 어머니. 보 컨의 구순열 흉터. 여성의 성기. 복근이 울퉁불퉁한 보 컨의 배. 그리고 햇볕에 탄 어깨 위로 머리카락을 늘어뜨린 것을 보면 사건이 일어나기 전인 게 분명한 여름날 린디의 모습. 그 애의 미소가 하염없이 순수해서 나는 하마터면 여기가 어딘지조차 잊을 뻔했다.

다음 순간 모든 것이 변했다.

벽에 불빛이 비쳤는데 이 깜박이는 불빛의 정체는 분명히 알 수 있었다. 창가로 달려가 커튼 틈새로 바깥을 내다보았는데 눈앞의 광경을 이해하기까지는 시간이 좀 걸렸다. 파이니 크리크 로드, 두 집 건너에 있는 우리 집 앞에 경찰차가 와 있었다. 소리 없이 경고등을 빛내면서 우리 집 진입로에 서 있는 경찰차 앞에 아버지의 메르세데스가 보였다. 경찰관 두 명이 차에서 내렸고 아버지가 진입로를 걸어 그들에게 다가가고 있었는데 도저히 무슨 상황인지 알 수 없었다. 자크 랜드리가 찾아온 뒤 어머니가 아버지에게 전화를 걸었던 것, 그리고 아버지가 나중에 들를 거라고 했던 게 기억나긴 했지만, 그렇다고 이 한밤중에 아버지가 찾아왔을 리가? 어머니의 목소리가 얼마나 간절했으면 그랬을까? 아버지는 언제부터 우리 집에 와 있었을까? 내가 내 방 창문을 닫았던가? 어머니와 레이철 누나도 깨어 있을까? 혹시 아버지가 우리 집에 온 건 그 잡종 개 때문도, 자크 랜드리 때문도 아니고, 자다가 깬 어머니가 내가 사라졌다는 사실을 알아차려서는 아닐까? 그래서 어머니가 아버지에게 다시 전화한 걸까? 혹시 어머니는, 이번에는, 경찰에 신고도 한 걸까? 내 결심이 내가 사랑하는 사람들을 아프게 하기 시작한 건 어느 시점에서였을까?

생각할 시간은 없었다.

등 뒤에서 랜드리 가족의 전화벨이 울렸던 것이다. 나는 너무 놀라서 하마터면 창밖으로 뛰어내릴 뻔했다. 찢어지는 전화벨 소리가 집 안을 난폭하게 채우는 바람에 조금 전까지만 해도 집 안이 완벽한 침묵에 잠겨 있었다는 사실이 믿기지 않을 지경이었다. 두 번째 전화벨이 울렸을 때, 랜드리 씨가 거실을 돌아다니는 소리가 들렸다. 누군가가 잠자는 곰을 깨운 것만 같은 소리였다. 유리가 깨지는 소리, 가구가 쓰러지는 소리가 들렸다. 그다음에는 그가 루이즈 아주머니더러 전화를 받으라고 고함을 치는 소리가 들렸고, 나는 당장 이 방에서 나가야 한다는 사실을 깨달았다. 나는 다시 한번 내가 이곳에 온 목적인 금고를 찾아 방 안을 재빨리 둘러보았고, 그러다 테이블 아래 기숙사용 냉장고만 한 크기의 금고가 눈에 들어왔다.

금고 쪽으로 다가가기도 전에 경찰차 세 대가 요란한 소리를 내며 파이니 크리크 로드를 달려왔다. 이번에 온 경찰차들은 사이렌을 켜고 경고등을 번쩍이고 있었고, 내가 커튼 틈으로 내다보는 가운데 랜드리 가족의 집 앞, 내가 숨어 있는 자리에서 고작 10미터가량 떨어진 위치에 멈춰 섰다. 커튼을 닫는 순간 내 쪽으로 달려오는 자크 랜드리의 묵직한 발소리가 들렸다. 나는 꼼짝도 할 수 없었다. 이제 다 끝이었다. 확신했다. 랜드리 씨가 문을 열고 나를 찾아서 죽이겠지. 죄 없는 개를 총으로 쏘아 죽인 사람이니, 오지랖 넓은 소년 하나 정도 쏘지 못할 논리적 이유가 없었다. 그래서 나는 벽에 등을 바짝 붙인 채 문을 빤히 노려보았고, 거의 환희에 가까운 공포 속에서 나는 아까부터 문틈으로 들어오던 가느다란 불빛이 내게 연상시키던 기억이 무엇인지 드디어 떠올랐다.

그 빛이 연상시킨 건 지난해를 제외한 매년 크리스마스이브였다.

그 빛이 연상시킨 건 대학교에 다니던 누나들이 명절을 맞아 집으로 돌아왔을 때, 또는 그보다 더 오래전 우리 모두 함께 살던 시절이었다. 누나들은 내가 자신들보다 어린 동생이라는 이유만으로 산타클로스 놀이에 어울려주었고, 나는 서둘러 저녁 식사를 마친 다음 목욕을 하고 잠옷을 입고서 크리스마스이브마다 내가 잠을 자던, 해나 누나 침대 밑에 있는 바퀴 달린 보조 침대에 누웠다. 크리스마스이브면 해나 누나와 레이철 누나는 일찌감치 방에 들어와서 1년에 딱 한 번 해나 누나의 침대에 함께 누워서는 일부러 나에게 들리도록 순록에게 줄 먹이와 할아버지에게 드릴 쿠키를 내놓는 걸 잊은 게 아니냐고 떠들었다. 그리고 시간이 흘러 결국 누나들이 그게 자신들의 의무라며 내게 산타클로스의 진실을 말해준 뒤에도 우리는 크리스마스이브마다 어머니를 위한 일이라는 핑계로 다 같이 해나 누나 방에서 잤다. 그 순간, 나는 그때로 돌아갈 수만 있다면 영혼이라도 팔 수 있을 것 같았다.

그러나 그때 내가 아이가 믿어야 할 것은 무엇이든 믿었던 어린 시절을 떠올린 것은, 그런 크리스마스이브 밤이면 나는 누나들이 잠든 뒤에도 해나 누나의 방문 밑으로 새어드는 가느다란 불빛을 보면서, 우리 방 앞에 서서 누나들과 내게 조용히 축복을 내려주는 산타의 발을 본 지구상의 유일한 아이가 되게 해달라고 간절히 빌었기 때문이다. 그러나 해나 누나의 방과 똑같이 생긴 이 방 안에서, 해나 누나의 방문과 똑같이 생긴 방문 틈새로 보이는 한 쌍의 발이 드디어 내 눈에 들어온 순간, 그 사실이 내게 증명해준 것은 오로지 해나 누나는 죽었고 내 어린 시절은 끝났으며 축복은 주어질 때와 마찬가지로 쉽게 빼앗기는 것이라는 사실뿐이었다.

나는 책상 아래로 몸을 던져 숨었다. 계획이랄 것은 없었다. 랜드리 씨가 문손잡이를 잡고 흔드는 소리가 나자 나는 눈을 질끈 감고 온몸에 힘을 준 채로 겁쟁이처럼 내가 지금 까지 경멸하던 바로 그 신을 향해 도와달라고 기도했다. 그러 나 그는 문을 열지 않았다. 그 대신 그는 문밖의 자물쇠를 단 단히 걸었고, 걸쇠들이 쩔겅이는 소리가 문틀을 타고 고스란 히 전해지는 바람에 마치 문이 흔들거리는 것처럼 느껴졌다. 바깥 거리에서 사이렌 소리가 멎었다. 바깥 인도를 걷는 경찰 들의 발소리가 들렸다. 랜드리 씨와 루이즈 아주머니가 서로 에게 고함을 질러대면서 앞문으로 향하는 소리도 들렸다. 문 을 연 랜드리 씨가 말했다. "이 난리는 다 뭡니까?"

경찰이 물었다. "제이슨 랜드리의 부모님 되십니까?

이제 빠져나갈 길은 없다는 생각이 들었다.

그래서 나는 제이슨이 시킨 대로 책상 아래 금고를 열었다. 가택침입으로 체포된다면 최소한 양손에 증거라도 잔뜩 들고 있고 싶었다. 금고 안에서 뭐가 나올지 누가 알겠는가? 린디 의 속옷? 랜드리 씨의 서명이 적힌 자백문? 갑자기 이 모든 일이 우스꽝스럽기 짝이 없는 일로 느껴졌다. 그럼에도 나는 열쇠를 돌려 금고를 열었다. 안에 든 것은 많지 않았다. '마스 터'라는 제목이 붙은 베타맥스 테이프 여섯 개, 공식적이고 학술적인 것처럼 생겼지만 무슨 뜻인지는 알 수 없는 서류 몇 장, 그리고 유리로 된 약병이 가득 든 의약품 가방이었다. 그 옆에 있는 종이 상자 속에는 포장을 뜯지 않은 주사기가 잔뜩 들어 있었다. 나는 조심스럽게 가방을 들어내 그 안에 있던 약병을 하나 꺼냈다. 약의 이름은 내게 낯설었지만 나는 오래전 이 방에 대한 이야기가 나왔을 때 타일러 배니스터가 지었던 고통스러운 표정이 떠올랐고, 그 순간 자크 랜드리가 그 아이들에게 무슨 일을 저질렀는지는 몰라도 분명 끔찍하기 짝이 없는 일이라는 걸 알았다. 나는 그 뒤로 이 일에 대해 더 알아보지 않았다. 그럴 용기가 없어서였다. 나를 겁쟁이라고 불러도 좋다. 그러나 그날 밤, 나는 약병을 챙긴 뒤 바닥에 있던 사진도 최대한 많이 그러모았다. 테이프, 카메라, 10센트짜리 동전처럼 둥근 모양의 타다 남은 시가도 챙길까 했지만, 그때 아버지의 목소리가 들렸다.

아버지가 바깥에서 자크 랜드리의 이름을 부르짖고 있었다.

창가로 가서 커튼을 살짝 젖히자 아버지가 거리를 달려오는 모습이 보였다. 뒤에서는 두 경찰관이 잠옷 차림의 어머니와 누나를 대동하고 걸어오고 있었다. "자크!" 아버지가 고함을 쳤다. "도대체 내 아들을 어쨌어?" 랜드리 씨는 서서 두 경찰관과 이야기를 나누었다. 그는 아버지의 존재를 전혀 눈치채지 못한 것 같았지만, 그때 아버지가 경찰관을 밀어내고 랜드리 씨와 마주 섰다. 아버지가 랜드리 씨의 옷자락을 움켜쥐었는데, 모두의 목소리가 알아듣기 힘들 정도로 높아지기 직전, 경찰이 아버지를 코트에 붙은 실오라기를 떼어내듯 간단히 랜드리 씨에게서 떼어내기 직전의 그 짧은 순간 아버지는 꼭 영웅 같았다. 용감해 보였다.

그 순간 내 안에서 무언가가 변화했다.

바깥은 깜깜하고 불빛이라고는 돌아가는 사이렌 몇 개, 그리고 하나가 여전히 고장 난 상태라서 두 개뿐인 가로등 불빛이 전부였기에 어두웠지만, 그 순간 아버지는 무적일 것만 같았다. 사진 속에서처럼 그 순간을 영원히 멈춰놓을 수 있었더라면, 너한테도 내 아버지가 자크 랜드리에게서 악당의 심장을 끄집어낼 기세로 그의 목을 향해 손을 뻗는 장면을 보여줬을 텐데. 랜드리 씨의 큼직한 얼굴에 번진 순전한 공포도. 그러나 더 중요한 것, 그리고 내가 네게 말해주고 싶은 것은 그 짧은 순간 나는 우리 남자들 내면에는 위협적인 존재가 될 수 있는 가능성과 겁쟁이가 될 수 있는 가능성이 둘 다 있다는 사실을 이해했다는 것이다. 우리 모두에게는 도덕성과 가치를 가질 능력이 있지만, 동시에 우리에겐 부적절한 행위에 빠져들거나, 더 최악인 경우에는, 사랑했던 사람들로부터 무관심을 끌어낼 힘도 있다. 그것이 아버지가 된다는 것의 과제라는 생각이 든다. 그렇게 나는 아버지가 비록 많은 잘못을 저질렀음에도 나를 사랑한다는 사실을 알게 되었다. 아버지는 우리를 사랑했다. 또, 랜드리 씨에게 달려들던 아버지의 모습을 보면서 아버지가 사실 우리에게 몹시 미안해하고 있었다는 사실을 알 수 있었다. 그 외에 내가 바랄 게 또 뭐가 있었을까? 나는 아버지로부터 받은 사랑만큼 그에게 돌려준 걸 부끄러워하지 않을 거다.

그러나 나를 창밖으로 달려 나가게 만든 것은 내 어머니의 표정이었다.

어머니는 어지럽게 모여들기 시작한 사람들 한쪽에 서 있었다. 어머니는 아버지가 랜드리 씨와 다투는 모습을 보고 있었지만, 어머니의 표정에서 당신이 그들의 말에 귀를 기울이고 있지 않다는 것을 알 수 있었다. 어머니는 그때 당신 내면으로 들어가 자신의 삶을 바라보고 있었던 것 같다. 그때 나는 어머니가 무슨 생각을 하고 있는 건지 궁금했고 지금도 여전히 궁금하다. 어머니는 아버지와 보낸 시간을 떠올리고 있었을까? 어쩌다 일이 이렇게 되었는지 생각하고 있었을까? 오래된 결혼사진 속 모습이 어쩌다가 꿈에 그리던 집 앞에서 벌어진 공포의 순간으로 변했는지를? 한 아이가 죽고 또 다른 아이는 실종될 확률은 얼마나 될까? 물론, 사실 그런 것은 확률 문제가 아니다. 어머니가 그 자리에 서서 무엇을 하고 있던 건지를 깨달은 것은 바로 그때였다. 어머니는 마음의 준비를 하고 있었을 것이다. 그렇기에 모두가 고함을 지르고 감정이 격해지는 가운데 어머니는 마치 머릿속으로 산수 문제 계산이라도 하듯 한쪽에 가만히 서 있었던 것이다.

그리고 나는 어머니의 문제를 풀어주고 싶었다.

나는 커튼을 걷고 랜드리 집을 나섰다.

잠깐이지만 나는 이대로 정원을 가로질러 어머니의 품에 안기겠다고 생각했다. 그러나 그런 일은 일어나지 않았다. 한 경찰관이 나를 향해 꼼짝 말라고 고함을 질렀던 것이다. 그래서 나는 시키는 대로 했다. 나는 경찰이 내게 총을 거둔 채 다가왔다고 상상하지만, 사실은 모른다. 내 시선은 오로지 어머니의 얼굴에만 고정되어 있었으니까. 어머니는 고개를 들지조차 않았다. 나는 허공에 손을 들고 어머니를 불렀다.

"엄마, 저 여기 있어요. 저는 괜찮아요."

경찰이 내게 무기를 버리라고 하는 순간 나는 곧바로 내 모습이 어떻게 보일지 알아차렸다. 나는 땀과 진흙으로 범벅이 된 상태였다. 게다가 양손에는 약병과 사진을 잔뜩 들고 있었다. 어머니가 드디어 고개를 들었는데, 그 순간 어머니의 얼굴에 번지던 표정을 나는 아직까지도 해석하지 못하고 있다. 그러니까, 깜깜한 밤이라 내 얼굴을 알아볼 수 없었기에 도대체 어째서 경찰에 포위된 범죄자의 입에서 당신 아들의 목소리가 나오는지 영문을 알 수 없었던 것인지, 아니면 익숙한 형체에게서 나오는 내 목소리가 그날 밤 공포에 질린 나머지 낯설게 들렸던 것인지 나는 아직도 알 수 없다. 굳이 추측해보자면, 아마도 어머니는 혼자만의 계산에 몰두해 너무 멀리까지 상상해버린 나머지 내가 무사할지도 모른다는 사실, 당신이 또 다른 상실을 겪지 않으리라는 사실을 그저 잊고 있었던 게 아닐까 싶다. 그래서 어머니의 얼굴에 떠오른 혼란스러운 표정은 사실 내 삶이 아니라 당신의 삶을 향한 것, 고통이 또다시 이어질 거라는 생각 때문이었을 것이다.

나는 경찰을 바라보았다.

"전 무기가 없어요." 내가 말했다. "제가 린디 심프슨 강간 사건의 증거를 갖고 있어요."

그 뒤로 10분 동안 파이니 크리크 로드에서 벌어진 일을 이해하려면 먼저 알아야 할 다섯 가지를 말해줘야 할 것 같다.

첫째: 자크 랜드리는 내가 자기 집에 들어갔다는 사실을 아는 순간 경찰에 의해 제압당해야 했다. 둘째: 아버지는 경찰이 내 얼굴을 마당에 처박는 순간 경찰에 의해 제압당해야 했다. 셋째: 경찰은 내가 제이슨 랜드리라고 생각했다. 넷째:

우리는 몰랐지만, 진짜 제이슨 랜드리가 그때 숲을 나와 랜드리 가족의 집으로 다가오고 있었다. 그리고, 마지막 다섯째: 린디가 길가에 서서 이 모든 장면을 지켜보고 있었다.

그건 좋지 않았다.

린디의 부모님도 바깥에 나와 있었고, 사실 동네 사람들 대부분이 나와 있었다. 파이니 크리크 로드에서 이런 구경거리는 흔치 않았기에 다들 무슨 일인지 궁금해했다. 린디의 아버지는 내가 바닥에 떨어뜨린 사진들을 향해 미친 듯이 뛰어들었다. 반면 린디의 어머니는 마치 충격에 사로잡힌 사람을 부축하는 것처럼 린디를 꼭 끌어안고 있었다. 아버지가 고소하겠다고 을러대는 소리, 랜드리 씨가 나를 체포해야 한다고 우기는 소리가 들렸다. 당연히 경찰은 우드랜드 힐스에서 이렇게 엄청난 사건을 맞닥뜨릴 준비는 전혀 되어 있지 않았고, 경찰관이 나를 경찰차 뒷좌석에 밀어 넣은 순간에야 나는 드디어 사태를 서서히 파악할 수 있었다.

우리 집 뒤 먼 곳에 오렌지색 불빛이 보였다.

퍼킨스 스쿨이 불타고 있었다.

나중에 제이슨이 학교에 불을 지르기 전 학교 예배당에 스프레이 페인트로 자기 이름을 도배하고 잘 손질된 안뜰에는 제 아버지의 명함을 뿌려놓았다는 사실을 알게 되었을 때도, 나는 주목을 받으려는 그의 처절한 노력에 그 당시에는 지금만큼 공감하지 못했었다. 나는 그저 주황빛 하늘을 배경으로 린디가 내가 탄 경찰차를 향해 다가오는 모습을 지켜보고 있었을 뿐이다. 울고 있었던 게 분명했고, 나는 잠깐이지만, 그 애가 나한테 고마워하지 않을까 생각했다. 반쯤 열린 차창에 손을 대는 그 애를 향해 나는 미소를 지었다.

린디가 나를 향해 고함을 질렀다.

"대체 왜 이러는 건데?"

나는 무슨 대답을 해야 할지 알 수 없었다.

"너 내 인생 망치고 싶어? 그게 네 목표야?"

"아니," 내가 대답했다. "대체 무슨 소리 하는 거야? 난 널 도와주려고 한 거야. 너도 알 거라고 생각했어."

그 애는 내 말은 듣고 싶지 않은 것 같았다. 그 애가 원을 그리며 빙글빙글 돌았다. 화가 나서 제정신이 아닌 것 같았다.

"뭘 알아?" 그 애가 물었다. "범인 얼굴이 어떻게 생겼는지 말야? 그게 나한테 무슨 도움이 되는데? 징그러운 새끼야."

"넌 몰라." 내가 말했다. "랜드리 씨가 네 사진들을 갖고 있었다고. 온갖 사람들을 찍은 변태 같은 사진들이었어. 약도 있었어. 범인은 그 사람 같아."

그 애는 경찰과 자기 아버지, 케이스모어 영감님을 비롯한 온 동네 남자들에게 둘러싸여 있는 자크 랜드리 쪽을 쳐다보았다. "저 돼지 말야?" 그 애가 말했다. "바보야, 범인은 저 사람이 아니야. 그 사람은 깡마른 남자였다고. 뼈밖에 없었어. 등에 빌어먹을 해골이 올라타 있는 것 같았단 말야."

"정말이야?" 내가 물었다.

그 순간 내 지난 2년간의 인생이 순진해빠진 것이었다는 기분이 들었다. 그러니까 나는 해명을 하고 나면 상처가 아물 거라고 믿었지만, 그렇지 않았다. 삶이 실제보다 더 대단한 것이기를 바랐지만, 그렇지 않았다. 사실 나는 지금까지 린디가 강간을 당했으며 그 사건으로 인해 달라졌다는 사실을 받아들이기보다는, 내가 만약 린디를 강간 사건 이전의 모습으로 돌려놓을 수만 있다면, 온 세상이 어린 시절로, 아버지가 우리를 떠나기 전으로, 누나가 아직 살아 있었던 때로 돌아갈 수도 있을 거라고 진심으로 믿었던 것 같다.

"몰랐어." 내가 말했다. "난 그 사람이 깡마른 남자인 줄 몰랐어."

린디가 내 쪽을 매섭게 보았을 때에야 나는 지난 수년간의 노력에도 불구하고 내가 그 애에 대해 아무것도 모른다는 사실을 깨달았다. 제프리 다머 이야기. 뜻 없는 험담. 엉망으로 끝난 폰 섹스. 그런 것들은 그 애의 진짜 삶과는 아무런 관련도 없었다. 그건 그 애의 마음과는 하등 상관이 없는 거였다.

그 애가 열린 차창에 몸을 기댔다.

"그 사람이 깡말랐다는 사실을 알고 나니까 기분이 좀 괜찮아졌어?" 린디가 물었다. "그래서 계속 나한테 말을 건 거야? 자세한 이야기가 궁금해서? 넌 내 친구인 척 굴었지만 다 거짓말이었어. 넌 단지 네가 그 일을 소문낸 게 마음에 걸려서 수습해보려다가 실패한 거야. 그래서 나한테 관심이 있는 척했던 거고. 꼬마 명탐정이 되어서 사건을 해결하면 내 인생을 망쳐버린 죄책감이 덜어질 테니까."

사람들이 우리 쪽을 쳐다보는 게 느껴졌다. 린디의 어머니가 이쪽으로 다가오고 있었다.

"린디," 내가 입을 열었다. "그런 게 아니야."

린디가 주먹으로 경찰차 지붕을 쾅 쳤다. "아니, 맞아." 그 애는 마치 온몸에 화가 차올라 감당이 안 된다는 듯 발끝으로 섰다. 너무 화가 나서 내 얼굴을 쳐다보지도 못하는 상태였다. "이제 그만하자. 뭐가 더 궁금해? 남자들이 신는 스포츠 양말을 보면 토할 것 같다는 사실을 알고 싶어? 체육관에서건, 길에서건, 어디서건. 어느 멍청이가 떨어뜨린 양말 한 짝 때문에 그때 느꼈던 맛이 고스란히 떠올라서 토해버린다고. 이제 만족해? 또 뭐가 알고 싶어? 바닥에 부딪치는 순간 잉크 냄새가 났던 게 기억나는데 어째서인지 얘기도 듣고 싶어? 그래서 내가 지난 학기 프라이스 선생님 수업에서 빌어먹을 C를 받았던 거야. 펜을 안 썼다고 감점을 당했거든. 하지만 잉크 냄새를 맡는 순간마다 나는 다시 그 순간으로 돌아가서 그 일을 처음부터 끝까지 또다시 겪고, 그 일이 과거가 아니라 바로 지금 이 순간에 또다시 펼쳐지는 바람에 자살하고 싶어진다고."

린디가 손으로 유리창을 세게 쳤다.

"또 뭐가 더 알고 싶어? 만족할 때까지 말해줄게. 기절하기 전에 그놈이 나한테 뭐라고 했는지 궁금해? 꽤 재밌는 얘기야. 다들 내가 그때의 기억을 잃은 것처럼 굴지만 난 다 기억하거든. 그놈의 몸의 촉감을 느꼈고, 목소리도 들었는데, 도저히 누군지 아직도 모르겠어. 네가, 경찰이, 빌어먹을 아빠가 자꾸 물어봐도 모르겠다고. 하지만 그놈이 했던 말은 기억나. 궁금해? 당연히 궁금하겠지. 지긋지긋한 새끼야."

이쯤에서 페기 아주머니가 다가와서 린디의 어깨에 손을

올렸다. "린디, 너 지나치게 흥분했다. 이제 집에 가자."

"이 손 놔요." 린디가 말했다. "친구랑 이야기하잖아요. 저에 대한 모든 걸 알고 싶다잖아요."

"아가, 얘는 널 도와주려고 한 거야."

"미안해." 내가 말했다. "난 도와주려고 한 거야."

린디가 아주머니의 손을 거칠게 밀쳐내더니 나를 향해 돌아섰다. 우리는 수년 만에 처음으로 취하지 않은 또렷한 정신으로 서로의 눈을 바라보았다. 그리고 그 애가 나를 노려보며 서 있던 그 순간, 나는 내가 그 애한테 상처를 주었다는 사실을 깨달았다. 그 사실을 진심으로 느낀 건 아마 처음이었던 것 같다.

"궁금해?" 그 애가 물었다.

"미안해."

린디는 열린 차창 틈새로 입을 가까이 가져왔다.

"그놈이 뭐라고 했는지 알려줄게." 그 애가 속삭였다.

그러더니 목소리를 낮추어 으르렁거리는 듯한 소리를 냈다. 그 목소리는 소년의 것도, 남자의 것도 아닌 것 같은, 말을 하는 능력을 얻게 된 어느 맹수가 내는 소리 같았다.

"넌 네가 되게 예쁜 줄 아나 보지." 그 애는 그렇게 말하더니 떠나버렸다.

나는 그대로 차창에 고개를 박은 채 한참 전부터 솟구치기 시작한 눈물에 흐려지는 눈앞만 바라보았다. 린디가, 그 애의 갈기갈기 찢긴 심장이, 내 자기기만이, 내 부모님이, 지금의 내가 어떤 사람이 되었는가를 증언했다.

아니, 나 자신이야말로 산증인이었다.

그러나 생각에 잠겨 있을 시간은 많지 않았다.

곧 루이즈 랜드리가 차창을 두드렸던 것이다. 아주머니는 아직도 두꺼운 뜨개 잠옷 차림이었다. "왜 우리 집에 숨어들었니?" 아주머니가 물었다. "제이슨이 시켰니? 제이슨이 도와줬니?"

나는 젖은 뺨을 어깨에 문질러 닦은 뒤 고개를 끄덕였다.

"오래전에 제이슨을 데리고 떠났어야 했어." 아주머니가 말했다.

나는 고개를 들어 아주머니를 쳐다보았다. 회한에 잠긴 아주머니는 천 살은 먹어버린 사람처럼 보였다.

"그 애가 어디 있는지 넌 알고 있니?" 아주머니가 물었다. "제발 알려다오. 그 애한테는 도움이 필요해. 정말 도움이 필요해. 일이 이렇게 되는 건 내 계획엔 없었어. 너도 알아줬으면 해."

나는 아주머니의 말이 진실이라는 걸 알았다.

내 경험으로는, 계획대로 되는 일은 그 무엇도 없었다.

그러나 그날 밤 모든 일을 완벽히 계획대로 해냈던 제이슨 랜드리만은 예외였을지도 모르겠다. 녀석이 바라던 건 결국 다 이루어지지 않았나? 퍼킨스 스쿨은 화염에 휩싸였다. 그 애 아버지는 경찰의 조사를 받게 되었다. 그 애 어머니는 용서를 빌었다. 그리고, 그때, 제이슨은 아무도 모르게 어두운 숲을 나와 언덕 위, 그가 살고 있던 학대로 얼룩진 교외 주택의 뒤편 창문을 마주하고 있었다. 아직도 그의 배낭 안에는 화염병이 두어 개 남아 있었다. 라이터도 있었다. 그는 목표를 조준했다. 그가 그곳에 있다는 사실을 그 누구도 몰랐다.

그러나 유리창이 산산이 부서지는 소리는 모두의 귀에 들렸다.

불길이 확 번지는 소리, 그의 웃음소리를 모두가 들었다. 이제는 시간문제였다.

34

내가 린디를 다시 만난 건 그날 밤 이후로 16년 가까이 지난 2007년, 풋볼 경기가 열리는 루이지애나주립대학교 경기장 바깥에서였다. 당시 우리는 삼십 대에 접어든 뒤였고 서로에 대해서는 오로지 기억만이 남아 있을 뿐 완전히 별개의 삶을 살고 있었다. 이보다 더 로맨틱하게 설명한다면 거짓말이겠지. 그렇다고 린디와 일부러 연락을 끊은 건 아니다. 파이니 크리크 로드에서 일어난 그 난장판이 끝나고 난 뒤(화재가 진압되고, 제이슨이 붙잡혀서 연행당하고, 루이즈 랜드리의 요청으로 내 이름이 모든 혐의에서 지워진 뒤) 나는 린디에게 사과하려고 전화를 여러 번 걸었다. 그 애가 간절히 보고 싶었고, 그 애가 나에 대해 한 말들 중 수많은 것들이 다 맞는 말이었다고, 또 미안하다고 말하고 싶었지만 그 애는 이미 사라진 뒤였다. 린디 아버지는 전화를 받을 때마다 전화해주어서 고맙다는 기색이기는 했지만 린디는 어머니와 함께 이모가 사는 슈리브포트에 가서 아직 돌아오지 않았다고 했다. 두 사람이 다시는 돌아오지 않으리라는 걸 당시에 그분이 알고 있었을지는 잘 모르겠다.

몇 주 뒤, 린디가 우리 학교의 다른 수많은 애들과 마찬가지로 화재 이후 퍼킨스 스쿨을 떠나 전학을 갔다는 사실을 알게 되었다. 학교 본관 건물이 크게 훼손되어 학기 시작이 뒤로 밀리고 축소되면서 다른 학교 학생들이 너그럽게도 우리 학교 학생들을 받아주기로 했고 여러 학부모들이 이 제안에 응했다. 예를 들면 랜디 스틸러는 마지막 2년을 파크뷰 뱁티스트 고등학교에 다니면서 그곳에서 풋볼 스타가 되었다. (그건 그렇고, 내가 체포되었던 다음 날 랜디가 우리 집을 찾아왔다. 전날 밤 녀석은 내가 알지도 못하는 친구 집에서 하룻밤을 자느라 그 사건을 아예 목격하지 못했다고 했다. 하지만 랜디가 내가 무사한지 확인하려고 내 방에 들어온 순간 우리는 다시 가장 친한 친구가 된 것처럼 얼싸안고 웃음을 터뜨렸고, 지금도 나는 그 녀석을 위해서는 무슨 일이든 다 해줄 수 있다.) 하지만 모두가 다 퍼킨스 스쿨을 떠난 것은 아니었다.

예를 들면, 예술가 줄리와 나는 퍼킨스 스쿨에 남았다. 그건 좋은 일이었다.

우리는 1년 동안 같이 걸어서 등교했고, 학교에 도착하면 합판으로 만든 복도를 걸어 플라스틱 우유 상자에 학생들의 사진들을 테이프로 붙여서 만든 새로운 사물함으로 향했다.

우리는 오렌지색 접근 금지 테이프를 둘러친 곳 안쪽에서 석면 방진복을 입고 돌아다니는 남자들에게 우스운 별명을 지어주었고, 짐을 가득 싣고 나타난 목수들과 대화를 나누며 스페인어를 연습했다. 우리는 더블 트레일러로 된, 학생이 절반밖에 없는 교실에 함께 앉았는데, 미래를 위한 더 큰, 더 나은 퍼킨스 스쿨을 만드느라 분주한 망치질과 톱질 소음 때문에 선생의 말은 하나도 들리지 않는 곳이었다. 하지만 상관없었다. 이번만큼은 우리는 현재를 즐기고 있었다. 체육관에서 갈색 종이봉투에 담긴 점심을 먹다가 나는 축구팀 선수가 부족하다는 사실을 알게 됐다. 줄리는 응원단원이 부족하다는 사실을 알게 됐고. 그래서 우리 둘은 뭐 어때, 하면서 각자 축구팀과 응원단에 가입했는데, 그렇게 이 불타버린 대체 우주에서 유명세를 누리며 살게 됐다. 그 기분이 얼마나 근사했는지 우리는 그 뒤로도 잊지 않았다.

시간이 흐른 뒤 2007년, 인생은 여전히 좋았고, 그러다 루이지애나주립대학교 운동장에서 우연히 린디를 만난 것은 자정이 가까운 시각이었다. 그날은 10월 6일, 루이지애나주립대학교 팀이 라이벌 팀인 플로리다 게이터를 상대로 5연속 포스다운[26]을 성공시키며 극적인 승리를 거머쥔 날이었다. 네가 잘 모를지도 모르니 덧붙이자면 불가능한 일이 일어났다

---

26   풋볼에서 마지막 공격 기회인 포스다운fourth-down에서 전진에 성공하면 공격권을 이어가지만 실패하면 공수 교대가 이루어진다.

는 얘기다. 이번 승리로 우리 팀은 전국 랭킹 1위에 오르게 되었고, 캠퍼스에 가득한 팬들은 남녀노소 가리지 않고 환각에 빠진 것처럼 돌아다녔다. 내 고향에서 이런 사건은 환희를 뛰어넘는 일이었기에, 내가 아는 살아 있는 사람 모두가 이 자리에 나와 있다고 해도 난 놀라지 않았을 것이다.

그러나 그렇게 오랜 세월이 흐른 뒤 그렇게 많은 사람들 속에서도 나는 금방 린디를 알아볼 수 있었다.

린디는 우리 또래 사람들이 잔뜩 모여 있는 곳에 세워진 픽업트럭 짐칸을 타고 춤을 추고 있었다. 맥주와 샴페인이 폭죽처럼 터졌다. 운동장 한가운데에서는 밴드가 무대를 꾸려 펑크 음악을 온 힘을 다해 연주하고 있었는데 가사라고는 승리를 기뻐하는 내용뿐이어서 우리 팀이 질 가능성도 있었다는 사실이 도저히 상상조차 되지 않았다. 그날 밤 린디는 붉게 염색한 세련된 헤어스타일을 하고 있었고, 보라색 셔츠에 딱 맞는 청바지를 입고 있었다. 언제나 그랬듯이 근사한 모습을 한 그녀를 보는 순간 짜릿한 기분을 느꼈다. 춤을 추다가 빙글 돌던 린디는 그 자리에 서 있던 나와 눈을 마주친 순간 몸을 숙이며 두 손으로 입을 가렸다. 그녀는 짐칸에서 단숨에 뛰어내려 내게 달려왔다.

린디가 내게 무슨 말을 할지 모르니 내가 겁에 질릴 법도 했지만 나는 그녀의 표정만 보고도 우리가 함께 보낸 시간이 좋은 기억으로 남아 있다는 사실을 읽을 수 있었다.

"세상에." 그렇게 말하더니 그녀는 오래전 술에 취했던 그날 밤처럼 내 목을 끌어안았다. 그녀의 숨결 역시 내 기억 속

에서와 마찬가지로 달큰하고 담배 연기가 배어 있었지만, 그
래도 이번에는 몸을 가누지 못할 정도로 취한 상태는 아니었
다. 린디는 행복하고 건강해 보였고, 나는 양손으로 그녀의
등을 감싸 안았다.

"실감이 나?" 그녀가 고함을 쳤다. "우리가 이기다니 믿
겨?"

"알아." 내가 말했다. "말도 안 되지, 엄청난 일이야."

주위가 시끄럽고 정신 사나워서 서로의 말이 들리지 않았
기에 우리는 그 자리에서 미소를 지은 채 가만히 서 있기만
했다. 린디가 대화를 나눌 수 있도록 죽 늘어서 있는 나무들
뒤편으로 나를 끌고 갔다. "다시 보니까 너무 반갑다." 그녀
가 말했다. "세상에, 너무 오랜만이야. 아직도 여기 살아?"

"응." 내가 대답했다.

"굉장하다. 요즘 뭐 하고 살아? 그러니까, 직업 말이야."

이상한 일이지만, 그날 나는 어린 시절 린디를 볼 때마다
느꼈던 초조함이 하나도 느껴지지 않았다. 더 이상 린디에게
잘 보일 필요가 없었다. 전해야 할 말도 없었다. 나는 그저 그
날 밤의 분위기처럼 단순하고 깨끗한 기분이었다. 린디와 나
는, 어쩌면 살면서 처음으로, 보이는 그대로의 사이였기 때문
이다. 수많은 사람들 속에서 만나 기뻐하는 두 사람 말이다.

"난 식물학자야." 내가 대답했다. "식물이라든지, 나무라든
지, 그런 걸 연구하지."

린디는 그 말이 아주 우습다고 생각한 것 같았다. "식물학
자라고?" 그녀는 그렇게 묻더니 주위를 둘러보았다. 그러더

니 손가락으로 머리 위를 가리켰다. "좋아, 그럼 증명해봐. 저 건 무슨 나무야?"

"배롱나무야." 내가 대답했다. "**라게스트로에미아 인디카.**"

"그건 무슨 소리야, 라틴어야?" 그녀가 묻자 나는 고개를 끄덕였다. "세상에." 그녀가 말했다. "애벗 선생님한테 라틴 어 수업 들었던 거 기억나? 그 선생님 진짜 수다쟁이였지. 기 억나는 건 **베니 비디 비치.**[27] **베니 비디 비치**가 다야. 1년 내내 **베니 비디 비치** 운운하며 〈벤허〉 같은 거나 봤던 거 같네."

나는 미소를 지었다. 린디 말 그대로였다.

다시 보니 좋았다.

"너는? 너는 요즘 뭐 하는데?"

"나는 스타일리스트야." 그러더니 그녀는 과장된 손동작으 로 머리를 치장하는 시늉을 해 보였다. "머리라든지, 그런 걸 연구하지."

"우와. 멋지다."

"그럼. 가위를 갖고 논달까."

그리고 내가 그녀의 허벅지 안쪽에 아직도 새겨져 있을 부 드러운 흰색 흉터들을 떠올리기도 전에 린디가 손뼉을 짝 치 더니 내 손목을 움켜쥐었다.

"내 남편 소개해줄게." 그러더니 그녀가 나를 붙들고 사람 들 속으로 몇 발짝 끌고 갔다. "지금 내 남편은 불쌍한 강아

---

27   왔노라, 보았노라, 이겼노라.

지가 다 됐어. 네가 좀 위로해주라. 여기 잠깐만 기다려." 그러더니 린디가 돌아서서 반쯤은 걷고 반쯤은 춤을 추는 듯한 몸짓으로 플로리다 게이터 재킷을 입고 서 있는 사람들 속 한 남자를 향해 다가갔다. 나는 그녀를 처음 본 순간부터 그녀의 손가락에 낀 반지를 보았고, 그래서 남편이 어떤 사람일까 궁금했었다. 나는 그녀가 그 남자에게 슬쩍 다가가서 엉덩이를 짝 때린 다음 뺨에 길고 후한 입맞춤을 하는 모습을 지켜보았고, 그 모습에 내 가슴이 기쁨으로 차올랐다. 남편의 귀에 뭐라고 속삭인 린디는 그를 데리고 내 쪽으로 왔다.

"이쪽은 숀이야." 그녀가 말했다. "그러니까, 플로리다 팀의 **엄청난** 팬이랄까."

나는 숀과 악수를 나누었다. "죄송하게 됐습니다." 내가 말했다.

"괜찮습니다." 숀이 말했다. "한 경기에서 포스다운에 다섯 번 성공하다니 그걸 누가 포기하겠어요?"

"절대 못 하죠."

"이런 악몽이 있나."

"잠깐만!" 그러더니 린디가 내 양어깨에 손을 얹었다. "숀한테 **꼭** 얘기해줘. 우리 동네가 침수됐을 때 케이스모어 영감님이 보트를 타고 돌아다니면서 콜라랑 잠발라야 같은 거 나눠줬던 때 말야. 또, 우리가 엄청 큰 이끼 침대 만들었던 것도. 이 사람은 내가 어린 시절 이야기를 하면 하나도 안 믿어."

"다 사실입니다." 내가 말했다.

숀이 웃음을 터뜨렸다. 그는 단정하고 잘생긴 사람이었다. 좋은 남자일 것 같았다.

"아내가 어린 시절 얘기를 할 때마다 무슨 원더랜드에서 살다 온 얘기 같더라고요." 그가 말했다. "난 게인즈빌 출신 이거든요. 어린 시절 기억이라곤 지루했던 것밖에 없단 말이 죠. 플로리다주에 살았는데 바닷가는 아니고, 디즈니랜드도 없었으니까요. 그냥 더웠어요. 그런데 아내가 하는 배턴루지 이야기는 전부 거짓말 같기만 하더라고요."

"때때로 부당한 악명에 시달리고는 하죠." 내가 대답했다. "하지만 꽤 좋은 곳입니다."

"맞아." 린디가 그렇게 말하더니 나를 쳐다보았다. "그러니 까, 거긴 좀 괴상하지. 한동안은 그립지도 않더라. 하지만 지 금은 좋은 기억이 많이 떠올라. 혹시 어릴 때 동네에 살던 애 들이랑 아직도 연락해? 랜디는? 컨 형제는? 예술가 줄리는?"

나는 슬며시 미소를 지었다.

"왜? 뭐 재밌는 얘기라도 있어?"

"음," 나는 왼손을 들어 보였다. "예술가 줄리랑은 꽤 자주 연락하고 지내."

린디는 넋이 나간 표정을 했다. 마치 복권이라도 당첨된 사 람 같은 얼굴이었다.

그녀는 마구 날뛰며 나를 끌어안았다. 하마터면 나를 바닥 에 넘어뜨릴 뻔했다. "정말 대단하다. 맙소사. 그때부터 이럴 줄 알았어. 너희 둘은 **완벽했거든.** 드디어 이어졌다니 너무 다행이다." 그러더니 그녀는 또다시 손뼉을 짝 쳤다. 남편의 어깨를 주먹으로 쳤다. "당신은 모르겠지만 이거 동화책에나 나올 법한 사연이란 말야. 당신은 몰라."

나는 미소를 지었다. 행복하면서도 부끄러웠고, 우리 모두 조금 취해 있었다. 게다가 풋볼 게임이며, 지금의 분위기며, 루이지애나주의 밤, 모든 것이 너무 좋았다. "맞아." 내가 말했다. "전부 아주 잘됐지."

그때 마치 누가 큐 사인이라도 보낸 것처럼 줄리, 그리고 우리와 풋볼 게임에 항상 함께 오는 장인어른이 주차장을 가로질러 이쪽으로 오기 시작했다. 두 사람은 줄리의 배를 만져보고 아들인지 딸인지 맞춰보려는 지인들과 있다가 온 참이었다. 나중에 알고 보니 이 지인들은 만약 아들이 태어나면 지어줬으면 하는 이름 목록을 종이 냅킨에다 적어서 줄리에게 건네기까지 했단다. 이름들은 루이지애나주립대학교팀과 연관된 '타이거'라든지 '조 보이', '찰리 맥[28]' 같은 이름들이었다. 그중 누군가는 우리 팀이 승리한 2007년 10월 6일이라는 날짜만 간단히 적고, 그 아래에 **아니, 농담 아냐. 이걸 이름으로 하라고,** 라고 휘갈겨 써놓기도 했다.

벌써 임신 7개월 차인 줄리가 우리를 향해 뒤뚱거리며 다가오는 모습을 본 린디가 내 팔을 붙잡았다. "정말 아름답다." 그러더니 린디는 내 귓가에 대고 속삭였다. "절대 망치지 마."

---

28   루이지애나주립대학교 풋볼팀의 전설적인 선수 찰스 매클렌던의 별명.

나는 린디가 달려가 줄리를 끌어안는 모습을 보며 미소를 지었다. 줄리가 입은 드레스가 너무 멋지다며, 둘이 잘될 줄 옛날부터 알고 있었다며 이야기하는 소리가 들렸다. 술을 한 방울도 먹지 않았고 일이 이렇게 된 게 재미있었던 줄리가 내 쪽을 보더니 말했다. "무슨 소리야. 내가 쟤 머리를 모루로 쳐서 기절한 틈에 결혼한 건데."

두 사람이 그간의 안부를 나누고 장인어른은 밴드의 연주를 들으러 이리저리 돌아다니는 동안 린디의 남편 손이 내게 맥주를 건넸다. 갑자기 맥주가 어디서 난 건지는 도통 알 수가 없었다. 이곳에서 맥주 같은 건 마술처럼 뿅 나타나곤 했다. "그럼," 그가 말했다. "궁금하네요. 그 동네에 애들을 데려다가 이상한 외설 사진을 찍던 거인 같은 정신과 의사가 살았다는 것도 사실입니까?"

"그럼요." 내가 대답했다. "사실이죠."

"그렇군요." 그가 말했다. "그럼 그 사람이 위탁아동들을 상대로 약물인가 뭔가 실험을 했다는 것도 사실입니까? 그리고 그 사람 아들이 아버지를 죽이려고 집에 불을 지른 거고요?"

"맞습니다." 내가 말했다. "입양한 아들이었지만, 그래도 아들이죠. 그 녀석이 화염병을 만들었어요. 집이 송두리째 타서 없어져버렸죠. 심지어 우리가 다니던 학교도 태웠고요."

"맙소사." 손이 말했다. "그러면 동네 여자애들을 지켜주려고 증거를 모으려던 한 남자애가 있었다는 이야기도 사실입니까? 린디가 말하길 그 애는 경찰의 십자포화 속에 갇혔다더군요. 정말 비극적이었다고요."

나는 숀을 쳐다보았다. 린디가 만날 수 있었을 수많은 남자들 속에서 이 남자야말로 린디에게 딱 맞는 사람인 것 같다는 생각이 들었다. 아마 그의 태평한 미소 너머로 삶의 고통에 시달리는 한 여자를 사랑한, 그 모든 걸 알면서도 사랑한 한 남자가 보이는 것 같아서였다. 그러니까 나는 린디의 허벅지 안쪽에 숨길 수 없는 상처가 있다는 사실을 알았고, 이 남자가 린디와 결혼할 때 적어도 그 비밀을 나눌 수 있을 만큼의 자기 몫의 연약함을 내보였으리라는 사실을 알 수 있었다. 또, 숀이 묵직한 플로리다 팀 재킷 안에 다림질이 잘된 단정한 카키색 바지를 입고 있다는 사실도. 그 아래에 정장용 구두를 신고 있다는 사실도. 평소 풋볼 경기를 보러 올 때 신지 않는 구두, 그것도 스포츠 양말과 함께 신는 일은 결코 없을 구두였다. 그러니까 우리는 처음부터 괜찮은 사이인 거다. 숀은 나를 모르겠지만, 그래도 우린 괜찮은 사이다.

"린디가 그랬습니까?" 내가 물었다. "어떤 남자애가 자길 구해주려고 했다고요?"

"린디가 해준 이야기가 백만 개도 더 되죠." 그가 대답했다. "그런데 제가 이해가 안 되는 건, 그 말을 할 때마다 이런 일이 세상에서 제일 신나는 일이라도 된다는 듯 말한다는 겁니다. 이런 말 하면 실례인진 몰라도, 제가 듣기엔 끔찍한 이야기거든요. 홍수에 화재에 이웃집 사이코패스라니? 프릭 쇼도 아니고 말입니다."

"그렇죠." 내가 대답했다. "무슨 뜻인지 압니다. 설명하긴 어렵고요."

그렇게 우리는 그 자리에 서서 우리들의 아내가 웃으며 대화하는 모습을 지켜보았다. 린디가 몸을 숙여 줄리의 배를 쓸어보는 모습을 보며, 나는 그와 나 모두 각자가 꽤나 운 좋은 삶을 살고 있다고 생각하고 있다는 걸 알았다.

내가 맥주 캔을 들어 올리자 숀은 말없이 건배했다. 우리는 맥주를 쭉 들이켰다.

"한 경기에서 포스다운에 다섯 번이나 성공하는 팀이 어디 있겠습니까?" 그가 물었다.

"없죠." 내가 대답했다. "저도 압니다."

그리고 그날 밤 늦은 시각, 줄리와 나란히 침대에 누웠을 때, 내 손을 그녀의 배에 올리고 태어나지 않은 우리의 아기가 몸부림을 치는 것을 느끼고 있을 때, 나는 어마어마하게 큰 죄책감을 느끼기 시작했고, 그래서 언젠가는 내가 네게, 아니면 적어도 누군가에게 이 이야기를 하게 될 거라는 사실을 알아차렸다. 갑자기 내가 아직까지도 린디 심프슨에 관한 이 비밀을 아무에게도 털어놓지 않았다는 게 이상하게 느껴졌다.

나는 줄리와 내 사이에는 아무 비밀도 없다고 생각했었으니까. 줄리가 무언가를 물으면 나는 다 대답해주었다. 우리가 대학에 가느라 헤어진 후 다른 사람을 만난 다음에 대학원 시절에 다시 만났을 때조차 (그건 그렇고 줄리는 지금 문학 교수다. 똑똑하기도 하지) 나는 줄리에게 내 마음을 있는 그대로 털어놓았다. 그러나 린디를 다시 만났을 때, 그녀가 지금 행복하고 건강하다는 사실을 알았을 때, 내가 느끼던 고통은 점점 희미해지더니 자기혐오로 변해갔다. 마치 내가 다시 린디에게 잘 보이려고 옆머리를 바짝 깎은 고등학생으로 돌아간 것 같은 느낌이었다. 사랑은 언제까지나 변하지 않는다고 말했던 배리 삼촌이 떠올랐다. 그러고 보니 그 말이 이해가 되기 시작했다. 초조하고 괴로웠다. 약점을 다 드러낸 것 같은 기분이었다. 그리고 린디와 줄리 사이에는 아무런 닮은 점도 없었지만, 나는 두 사람은 내가 그들에게 비밀을 만들 때 느끼는 고통으로 연결되어 있다는 생각이 들었다. 그러니까 달리 표현하자면, 나는 린디와 줄리 둘 다, 내 진실을 모두 알게 되면 나를 사랑하게 되리라고 상상했기에, 그 둘은 그 어마어마한 사랑의 가능성으로 연결되어 있는 거라는 생각이 들었다.

그래서 나는 입을 열었다. "내 보물, 할 말이 있어."

줄리가 옆으로 돌아누워 나를 마주 보았다. 임신 7개월 차인 줄리한테는 힘든 자세였지만, 그녀는 개의치 않았다. 그녀는 티라노사우루스 렉스가 만화체로 그려진 커다란 티셔츠 차림으로 다리 사이에 베개를 끼우고 누워 있었다. 티라노사우루스는 주둥이와 발이 땅에 닿게 엎드린 채로 짧은 팔을 부질없이 허공에 흔들고 있었다. 그림 아래에 이렇게 적혀 있었다. "나는 팔굽혀펴기가 싫어!"

줄리는 미소를 지었다.

"혹시 린디 심프슨을 옛날에 미치도록 사랑했다는 이야기를 하려는 거야?" 그녀가 말했다. "그건 이미 알거든."

"아니." 내가 말했다. "그 얘길 하려는 게 아니야."

404

"린디 보니까 정말 좋더라. 그치? 정말 좋아 보이지 않아?"

"좋아 보여." 내가 말했다. "그러니까. 무슨 말인지 알지? 행복해 보여."

줄리가 헛웃음을 지었다. "당연히 그 뜻이지, 그럼 달리 무슨 뜻이겠어, 젊은 친구?"

그녀가 이불 속에서 나를 장난스럽게 살짝 꼬집었고, 나는 이불을 어깨까지 끌어 올려 덮었다. 눈을 감았다.

"그 애한테 무슨 일이 있었는지 기억하지?" 내가 물었다.

"당연하지." 줄리가 대답했다. "우리 집에서 린디는 빨간 망토나 다름없는 존재였어. 교훈을 주려는 동화 그 자체였지. 부모님이 동네에서도 조심해서 다녀야 한다는 이야길 하려고 린디 얘길 꺼내곤 했어."

그 말을 들으니 마음이 불편해졌다.

"린디가 조심을 안 한 게 아니잖아? 게다가 우리 동네는 안전했고."

"글쎄," 줄리가 말했다. "부모님이 그 애 이야기를 한 건, 부모님이 아는 사례가 그 애 하나뿐이라서지. 걔 말고도 얼마나 더 많이 있었는지 누가 알겠어."

"더 많다고?" 내가 물었다. "피해자 말이야? 우리 동네에?"

"당연하지." 줄리가 대답했다. "우리 동네든, 세상 어디든. 피해자가 얼마나 더 많은지 누가 알겠어? 그런 건 여자들이 말하고 다니지 않는 이야기거든."

나는 줄리의 말을 한참 생각했다. 그 이야기는 마치 내가 사랑하는 이 세계의 끔찍한 버전처럼 들렸다.

"너한테 그런 일이 일어났다면 난 죽어버렸을 거야." 내가
말했다.

"일어난 적 없을 거라고 생각해?" 그녀의 대답이었다.

나는 침대에서 일어나 앉아 줄리를 쳐다보았다. 심장이 쿵
쿵 뛰기 시작했다. 미칠 것 같았다.

"그런 일이 있었다면 나한테 말했겠지." 내가 말했다. "아
니야?"

"내가 말하고 싶었다면 했겠지." 그녀가 대답했다. "하지만
그건 전적으로 내 마음에 달린 문제야."

잠시 후 그녀가 내 팔을 어루만졌다.

"진정해, 랜슬롯. 우리 그냥 대화하는 거잖아."

나는 도로 누워 천장을 바라보았다. 목에 무언가가 걸린 것
처럼 콱 메어오더니 벌써부터 부모가 된다는 것이 두려워지
기 시작했다.

"만약 네가 린디였다면," 내가 입을 열었다. "넌 너한테 그
런 짓을 한 사람이 누군지 알고 싶었을 것 같아? 지금이건,
그때건 안다면 상황은 달라질까? 탓할 사람이 있다면 더 나
을까?"

"아마 여자들은 대부분 상대가 누군지 알 거야." 줄리가 말
했다. "모르는 사람도 있을 거고. 어쨌든 둘 중 어느 한쪽이
더 낫다는 생각은 안 들어."

천장을 쳐다보는 내 모습을 줄리가 바라보았다. 내가 울기
직전이라는 것을 그녀는 알고 있었다. 분명 알고 있었다고 생
각한다.

"범인은 안 잡혔지?" 그녀가 물었다.

"안 잡혔어. 잡혔어야 했는데."

줄리는 잠시 침묵했다. 그녀는 여전히 나를 바라보고 있었다.

"학교에서 애들한테 소문낸 건 너였지." 그녀가 말했다.

"그랬어." 내가 대답했다. "나였어."

그 말과 함께 나는 다시 몸을 돌려 줄리의 눈을 똑바로 바라보았고, 그녀는 이불 속에서 내 손을 잡아 다시 자기 배에 올려놓았다. "있잖아," 그녀가 입을 열었다. "지금 하려는 말을 하기 전에, 내 부탁 하나만 들어줄래? 그 말이 우리한테 도움이 될지, 안 될지 생각해주면 안 될까? 아기한테 도움이 될까? 그러니까 장기적으로 봤을 때 말이야. 난 네가 어떤 사람인지 알잖아. 정직이라거나 신뢰 같은 큰 그림을 생각하고 있는 거라고 해도, 그게 지금의 린디한테도 좋은 일인지, 그리고 우리한테도 좋은 일인지 생각해줄래? 그리고 네가 하려는 그 말이 그 좋은 일이 지속되는 데 도움이 될지, 안 될지도 생각해줄래?"

나는 줄리의 말뜻을 알아들을 수 없었다.

"진실이라는 게 사람들에게 도움이 되어야 한다는 이야기를 하는 거야?" 내가 물었다. "진실이란 그보다는 더 복잡한 문제가 아닐까?"

"그냥 생각 한번 해줘, 알겠지?" 줄리가 말했다.

그래서 나는 생각해보았다.

나는 아직까지도 그 문제를 생각하고 있다.

그러나 그날 밤, 줄리가 그 당시에는 더 편한 자세인 반대 쪽으로 몸을 돌렸다. 그녀가 내게 등을 돌린 건 감정적인 행동은 아니었다. 나는 이해했다. 손을 뻗어 주름진 티셔츠를 가다듬어주었다. 다리에 덮인 이불도 펴주었다.

"있잖아," 줄리가 입을 열었다. "내가 **너한테** 뭐 하나 이야기해도 될까?"

"얘기해, 뭐든지."

"네가 옛날에 린디를 좋아했던 건 난 아무렇지도 않아. 만화책에 나오는 영웅이라도 된 것처럼 그 애를 구하려다가 체포된 것도."

그 말에 나는 미소를 지었다.

"어째서? 미치도록 질투해야 하는 일 아니야?"

"아니." 그녀가 대답했다. "지금 너는 나를 사랑하고 우리한텐 아기가 생길 거고 넌 우리의 진짜 영웅이 될 거니까."

"아이쿠," 내가 말했다. "너무 부담 주는 거 아니야?"

그리고 잠시 후, 나는 다시 입을 열었다. "그래도 네 말이 맞아. 널 사랑하지."

"그게 다인 줄 알아? 지금 난 린디보다 20킬로그램쯤 더 나가거든. 배 속에 닌자가 하나 들어 있다고. 린디가 무슨 딴마음이라도 품었다가는 상당히 꼴사나운 상황이 펼쳐질 거야."

나는 그 자리에 누운 채로 한참을 웃었다.

그 뒤로 몇 년이 흘렀고 우리 아이는 밝고 건강했으며 내가 사랑과 인간성에 대해 알던 모든 것들은 조금도 예상하지 못했던 방식으로 깊어졌다. 그럼에도 나는 줄리와 나의 삶은 이제 시작이라는 것을 안다. 우리 딸은 이제 세 살이고, 그 애가 하는 모든 행동이, 심지어 그 애가 아무도 안 듣고 있다고 생각하고 자기 방에서 혼자 노래를 부르는 소리마저도 내 마음을 그 무엇과도 바꿀 수 없는 기쁨으로 흠뻑 채운다. 줄리역시 마찬가지고, 우리는 다른 많은 이들과 같이 육아라는 고통을 행복하게 수행하는 중이다.

그러나 요전번 내가 딸과 함께 집 밖 진입로에 분필로 그림을 그리고, 세차를 하고, 화단에 돋아난 몇 포기 잡초를 뽑으며 놀고 있을 때 동네 아이들 몇 명이 다가온 적 있었다. 나이대는 내 딸 또래에서부터 아홉 살쯤으로 보이는 애들까지 다양했다. 예의 바르고 힘이 넘치는 아이들이었다. 동네에서 종종 마주치는 아이들이었다. 길에서 보면 손을 흔들어주는 애들이었다. 아이들의 부모들도 다 누군지 알았다. 나는 배턴루지가 언제까지나 이런 모습이기를 바랐다. 그러나 아이들이 몇 집 건너에서 자전거로 원을 그리며 돌거나 우유 통을 쌓아 이글루를 만들고 아이스크림을 먹으며 같이 놀자고 내딸에게 찾아온 건 그날이 처음이었다.

딸의 의사를 물으려고 고개를 숙였다가, 아이 눈에 가득한 기대의 눈빛을 보자 "그러렴" 하는 수밖에 없었다. 아이는 뒤에 바구니가 달린 분홍색 세발자전거를 가지러 파티오로 달려간 뒤 금세 사라져버렸다. 나이가 많은 축에 드는 아이들은 스케이트보드를 발로 굴리고 있었고, 어린애들은 아직 자전거에 보조 바퀴를 달고 있었는데, 그 장면이 마치 내 인생을 보는 것 같았다. 앞바퀴가 큰 세발자전거를 탄 통통한 아이는 랜디 스틸러였다. 스케이트보드를 탄 나이 많은 아이는 듀크 컨이었고, 자전거를 타고 무리의 맨 앞으로 나가려고 온 힘을 다해 페달을 밟는 여자애는 린디였다. 아직 내 딸이 이 중 누구인지, 그 애가 우리 중 누구를 닮아갈지는 알 수 없었다. 내가 아는 건 그 애가 어떤 모습으로 자라나건 내가 그 애를 사랑할 거라는 사실이 전부다.

그 순간 수많은 일들이 이해가 되기 시작했다. 최근 들어 어째서 내가 여러 연구를 찾아본 건지, 옛날 사진을 뒤졌던 건지, 어머니와 누나와 대화를 할 때면, 심지어 지금은 부부가 된, 아버지 그리고 로라와 대화를 나눌 때조차 자꾸만 화제를 린디와 해나 쪽으로 몰고 간 건지 말이다. 우리의 첫아이, 우리 딸이 태어난 뒤로 몇 년 동안, 나는 쭉 이 이야기를 하려고 애썼던 것 같다.

35

그날 밤 나는 나무 위에 있었다.

6월이었고 더웠고 나는 어렸으며 그 당시엔 사랑인 줄 알았던 감정 때문에 완전히 제정신이 아니었다. 그리고 그날 밤 나는 저녁을 먹고 어머니를 도와 설거지를 한 다음 한 점 망설임도 없이 오늘은 텔레비전을 볼 기분이 아니라고 거짓말했다. 방에 가서 비디오게임을 하겠다고, 어쩌면 일찍 잘지도 모르겠다고 했다. 그때는 내가 알던 모든 사람들이 살아 있던 때라는 걸 기억해주길. 그래, 아버지는 떠났다. 그래도 린디와 해나 누나에겐 아무 일도 없었다. 우린 모두 어렸다. 나는 그날 어머니가 1989년 초여름 저녁이면 늘 하던 대로 식당에 앉아 라피엣의 대학 기숙사에 있는 레이첼 누나와 배턴루지 반대편에서 혼자 집을 얻어 사는 해나 누나에게 전화를 하리라는 걸 알고 있었다. 전화가 연결되면 잠시 유쾌한 대화를 나누다가 서로에게 사랑한다 말할 테고, 통화가 끝나면 어머니는 수화기를 돌려놓으려 벽 쪽으로 다가갈 터였다. 그다음에는 외할아버지에게 전화를 걸거나, 친구에게 전화해 점심 약속을 잡을 수도 있었겠지만. 비록 어머니가 때로 아버지에게 전화를 걸고 싶어 한단 걸 알았지만, 실제로 전화하는 일은 별로 없었다. 때로는 어머니가 내 방 문을 두드린 뒤 **애, 나와서 엄마랑 같이 있자. 이제 고작 8시잖아** 하고 싶어 한다는 것도 알았다. 하지만 어머니는 찾아오지 않았다. 그저 집 안을 돌아다니며 불을 끄고 양말이나 버려진 식품 포장지 같은 자잘한 것들을 정리한 다음 방으로 가서는, 옷을 벗고 화장을 지우는 기나긴 과정을 거친 후 침대에 누워 이혼 가정에서의 육아를 다룬 자조도서를 읽다가 잠이 들었다.

그동안 나는 방 안에서 시계를 보았다.

그러니까, 나는 린디 심프슨의 하루 일과를 알고 있었던 거다.

8시에 어머니 방문이 닫히는 소리가 나면 나는 15분 동안 기다리다가 창문을 열고 컴컴해진 거리를 내달렸다. 린디가 육상 트랙에서 돌아오는 시간은 8시 반으로 내가 이웃들이 다 집 안에 있는지 확인하며 어느 집 마당에서 그 옆집 마당으로 뛰어넘기에 충분한 시간이었다. 떡갈나무 위에 올라가면 그 애를 훔쳐볼 수 있단 걸 알게 된 뒤로 나는 몇 번이나 나무에 올라갔는데, 그렇게 얻은 성과는 엄청났다. 한번은 그 애가 발톱에 매니큐어를 칠하며 전화 통화를 하는 모습을 봤다. 또 한번은 그 애가 빨래를 개서 치워놓는 모습도 훔쳐보았는데, 그때는 내가 이 일을 후회할 일이 생길 줄은 꿈에도 몰랐다.

그러나 그날 밤, 고양이처럼 길을 달리던 나는 어쩐지 조금 멀찍이 떨어져 있는, 이상하게도 가로등이 부서져 있는 곳을 쳐다보지 않을 수가 없었다. 그때 그 가로등은 생긴 지 두어 달 밖에 안 된 새것이었는데, 떡갈나무를 향해 달리던 나는 나무 밑에 누가 있는 걸 봤다. 누가 있는 것 **같았던** 게 아니다. 누군가 **실제로** 거기 있었다. 남자, 어쩌면 소년이었는데, 달리고 있는 중이었기에 알아볼 수는 없었다. 그러니까 내가 자세히 보려고 멈추지 않았기 때문에 자세히 보지 못했던 것이다.

내가 본 것은 그림자 하나가 가로등에서 철쭉 덤불 사이를 서둘러 오가는 모습이었고, 난 그 사람이 케이스모어 영감님이거나 아니면 가로등을 고치러 온 설비 직원일 거라 여겼다. 내 모습을 들킨 게 아니라면 상관없었다.

그때로 돌아가서 이 사실을 바꿀 수 없다. 그때로 돌아가서 이 일을 고칠 수 없다.

내가 할 수 있는 건 몇 분 뒤, 내가 떡갈나무에 올라가 있을 때 파이니 크리크 로드에서 무슨 일인가가 벌어지는 소리를 들었다고 고백하는 것뿐이다. 빠르고 낮은 그 소리는 나로서는 처음 듣는 소리에 지나지 않았다. 그러니 너에게 설명해줄 방법도, 네 귀에 들려줄 방법도 없다. 하지만 이 말은 해줄 수 있다. 그 소리에서 내가 무언가를 느꼈다는 사실이다. 듣자마자 나는 무언가가 잘못됐다는 걸 느꼈고, 무슨 일인진 모르지만 그 일이 바로 근처에서 일어나고 있다는 것도 알았다. 그리고 저녁의 이 시간대면 린디가 근처에 있으리라는 사실도 알았다. 나는 나무에서 내려가 살펴봐야겠단 생각을 했다. 그 사실이 가장 괴롭다. 린디가 괜찮은지 확인해야겠단 생각을 했다. 그러나 들킬까 겁이 났던 나는 그러지 않기로 했다.

그러니 무슨 일이 일어났는지를 실제로 본 건 아니다. 내가 그 행위를 한 것도 아니다.

그것이 진실이다.

그러나 내가 본 것은 몇 분 뒤 자전거를 끌고 인도를 걸어오는 린디였다. 그 애의 얼굴은 챌린저호가 폭발한 날, 내가 그 애를 사랑하게 된 그날처럼 표정이 없었고, 한쪽 신발은 벗겨지고 없었다. 비틀거리는 그 애의 발걸음이 진입로에 질질 끌리던 소리는 아직도 뇌리에 생생하다. 그 애 집 욕실 불이 켜지는 것을 보았던 것, 그러면 안 된다는 걸 알면서도 나무에서 내려가지 않고 샤워기의 물소리를 들었던 것, 그리고 수건으로 몸을 감싸고 아까와 마찬가지로 멍한 표정으로 욕실을 나온 린디가 침대 위에 공처럼 웅크리고 눕는 모습을 망원경으로 보았던 것 역시 생생하다. 마침내 집으로 돌아올 때 거리가 텅 비어 있었던 것 역시 생생하다.

그러니 나는 아주 구체적인 방식으로 죄가 있다.

내겐 누군가를 도울 기회가 있었음에도 나는 돕지 않기로 결심했다. 그리고 그 후로 오랫동안 나는 그때의 결심이 나라는 사람 그 자체라고 느끼며 내 죄를 목걸이처럼 걸고 살았다.

내가 하려는 말이 뭘까?

어머니가 2006년, 내 딸이 태어나기 1년 전쯤 가벼운 뇌졸중을 일으켰을 때, 어머니는 벽장 안에 상자가 하나 있다고 말씀하셨다. 어머니는 입원 중이었고, 큰 문제는 없었지만 충격과 혼란이 컸기에 내게 그 상자를 가져다 달라고 했다. 상자를 찾아 병원으로 가져가자 어머니는 단순한 번호 조합식 자물쇠를 풀어 상자를 열었다. 그러더니 안에서 마닐라 봉투 하나를 꺼냈다.

"이건 내 유언장이야." 어머니가 말했다. "좀 지루하지. 하지만 상자에 든 다른 물건들은 같이 한번 살펴봐도 좋겠다."

그날 오후 어머니의 상자 속 물건들을 살펴보던 슬프고도 아름답던 시간을 굳이 묘사할 필요는 없을 것 같다. 상자에는 오래된 사진이 몇 장 있었는데 해나 누나, 레이철 누나, 그리고 나를 찍은 낯선 사진들 중 어머니가 아끼는 것들을 비슷한 장수로 가려 뽑은 것이다. 나에게는 큰 의미가 없는 추억의 물건들도 있었는데 그 사연을 듣는 건 좋았다. 어머니는 아버지와 결혼하던 날 달았던 코르사주를 말려 간직하고 있었다. 외할아버지가 외할머니에게 결혼식 날 건네주셨다는 푸른색 실크 조각도 있었다. 그때 이미 외조부모님은 둘 다 돌아가신 뒤였다. 어머니는 특별히 의미 있는 편지 몇 통도 간직하고 있었는데 한 통은 아버지의 외도로 인해 우리에게서 사라져버린 나의 조부모님에게서 온 회한 가득한 편지였고, 다른 한 통은 해나 누나가 죽은 뒤 파이널리 더글러스에게서 온 편지였다. 레이철 누나가 유치원에서 유아용으로 각색된 〈크리스마스 전날 밤〉에서 아내 역할을 연기하는 모습이 담긴 사진을 신문에서 오려놓은 것도 있었고, 기억나지도 않는 2학년 때 내가 어머니날 선물로 써드린 시도 있었다. 배리 삼촌이 내게 주라고 했다던 노란색 던컨 요요도 있었다.

"이걸 네게 안 전해주다니 미안하구나." 어머니가 말했다. "그 시절엔 모든 게 너무 고단했어. 배리는 굉장히 혼란스러워했고, 난 네가 네 삼촌을 얼마나 우러러보는지 알았으니까. 모르겠구나. 그땐 전부 겁이 났어."

"알아요, 엄마." 내가 말했다. "저도 그랬어요."

그날 오후 레이철 누나 가족을 비롯해 여러 병문안 객이 다녀갔다. 모두가 병실 안에 장마전선이라도 지나가듯 이따금 울음을 터뜨리다가 간호사가 들어오면 울음을 그치곤 했지만 전반적으로는 지난 추억을 떠올리며 밝은 분위기로 보낸 하루였다. 면회 시간이 끝나고 우리가 일어날 준비를 하자 어머니는 상자 밑바닥에 있던 작은 공책 하나를 꺼내더니 가져가겠느냐고 물었다.

해나 누나의 일기장이었다.

"그때 넌 너무 어렸지." 어머니가 말했다. "그땐 네가 받아들이지 못할 거라 생각했다. 그러다 보니 시간이 흘렀고, 어쩌면 좋을지 알 수 없었어."

나는 레이철 누나 쪽을 쳐다보았다. 나보다는 레이철 누나가 해나 누나와 친했으니까.

"가져가," 레이철 누나가 말했다. "진심이야. 난 그 일기 백 번쯤 읽었거든."

그날 밤 집으로 돌아오니 줄리로부터 메시지가 잔뜩 남겨져 있었다. 전날 어머니가 뇌졸중을 일으켰을 때 줄리는 시카고의 학회에 가 있었고 나는 돌아오지 말고 논문 발표를 마치라고 했다. 줄리가 남긴 메시지는 발표 시간을 앞당길 수 있게 되었으니 비행기로 다음 날 아침에 돌아오겠다는 내용이었다. 호텔방으로 전화를 달라고 부탁했기에 나는 전화를 걸었다.

줄리와의 통화가 끝난 뒤에 나는 임대주택의 부엌, 평소 잘 앉지 않는 바 스툴에 앉아 해나 누나의 일기장을 펼쳤다. 전에 없이 초조했다. 아마 그건 이제는 내가 누나를 하나도 몰랐다는 것을 깨달을 만큼 나이가 들었고, 어쩌면 이 일기장을 보면 그 사실을 깨닫게 될 것 같다는 생각에서였던 것 같다.

놀랍게도 이 일기장은 누나의 집필 인생 전체를 아우르는 것이었다. 일기를 쓴 날은 드문드문했고, 날짜가 없는 일기도 있었고, 일기의 내용은 시에서부터 소설, 노래, 내가 태어나기 전과 후에 우리 가족에게 일어나는 일들을 두서없이 지켜본 기록까지 넘나들었다. 우리 아버지에게 실망한 내용, 또래 남자애들과의 해로운, 나아가 위험해 보이기까지 한 관계를 다룬 괴로운 일기들은 읽기가 힘들었다. 아무도 읽을 수 없게 풀로 붙이거나 샤피 펜으로 검게 칠해버린 페이지들도 있었는데, 아마 어떤 개인적인 이유로 누나가 직접 한 일 같았다. 우리 모두가 과거 일에 대해 그렇게 하듯이 말이다. 그러나 누나의 일기에서 언뜻 내비치는 남자, 그리고 남자들의 의도에 대한 당연한 회의주의를 보자 오래전 린디가 내게 전화로 해주던 말들이 생각났다. 그러나 누나가 어린 시절에 쓴 경쾌한 일기들, 누나가 지어낸 공주와 용이 등장하는 이야기들에 조차 줄리를 연상케 하는 독특한 지혜가 배어 있는 것 같았

417

다. 모두 강렬한 글이었다. 아무리 읽어도 질리지 않았다.

그러나 그중에서도 두 편의 일기가 특히 내 마음을 사로잡았다.

하나는 1989년 초여름, 린디가 강간을 당했던 그 여름의 일기였는데, 당시에 누나는 집에 와 있었거나 아니면 수영을 하려고 잠시 들렀던 것 같다. 배경은 파이니 크리크 로드를 내다보는 우리 집 창가였고, 그곳에서 누나는 파이널리 더글러스를 향한 〈운 좋은 심장〉이라는 사랑 노래를 쓰는 중이었다. 페이지 여백에는 누나가 외부인의 눈으로 본 우리 동네의 모습들이 휘갈겨 쓴 글씨로 적혀 있었다. 어쩌면 나중에 노래로 만들려고 적어둔 걸지도 모른다. 아니면 그냥 연습이었는지도 모르고. 하지만 하나 확실한 사실은 이 글을 쓸 당시에 누나는 오랜 세월이 흐른 뒤 이 글이 내게 어떤 의미를 갖게 될지 몰랐으리라는 것이다.

서툰 구절들도 있었다.

사라진 메르세데스는 / 고통을 감출 수 없네
떡갈나무는 / 다시 제 것이 될 것들을 떨어뜨린다

내 형편없는 시 취향은 누나에게서 물려받은 것인가 보다.
하지만 그 페이지 맨 아래쪽에 이런 구절이 적혀 있는 것이 눈에 띄었다.

깡마른 소년 하나가 슬금슬금 걷는다

/ 밤처럼 짙푸른 타투를 하고.

머리는 그가 가로등에 돌을 던지던 / 거리처럼 텅 비었다.

이거였다.

타일러 배니스터. 분명 그놈이었을 것이다. 파이니 크리크 로드에서 타투를 하고 머리를 박박 민 아이는 타일러 말고는 없었다. 랜드리 집을 떠난 뒤 그는 이 동네로 돌아와서 가로등을 부쉈을 것이다. 모든 게 다 계획대로였을 것이다. 타일러, 제이슨, 그리고 내가 린디의 집 앞에 서서 습지성 떡갈나무 이야기를 했던 그날, 린디의 아버지가 차를 세우더니 웃는 얼굴로 자기 딸에게 육상 트랙에서 돌아오는 시간이 몇 시인지 다시 알려달라고 말할 때 우리가 원격조종 미니카를 가지고 노는 척했던 그날을 떠올리니 뱃속이 울렁거렸다. 8시 반에 돌아와요, 아빠, 하고 그 애는 말했다, 평소랑 똑같아요, 그 기억이 떠오른 순간 나는 이 끔찍한 일이 일어난 경위를 분명히 알 수 있었다.

타일러 배니스터가 몇 달 전 이 동네를 떠났다는, 그래서 사건 당시에는 랜드리 가족과 살고 있지 않았다는 사실엔 아무 의미가 없었다. 간단한 진실은, 그의 삶에서 한 시절 동안 우드랜드 힐스가 그의 집이었다는 것, 그리고 집이란 멋진 곳이건 궂은 곳이건 결코 잊히지 않는 장소라는 것이다. 그 누구에게 물어보아도 그렇게 대답할 것이다.

그러니 나의 수수께끼는 풀렸다.

그러나 기분은 조금도 나아지지 않았다.

나름대로 이유도 있다.

일단, 어째서 우리가 전에는 이 연관성을 깨닫지 못했던 걸까? 당시 해나 누나가 동네 저쪽에 살았던 데다가 자기 삶을 사느라 바쁜 건 사실이었지만, 그렇다면 어머니나 레이첼 누나, 심지어 경찰조차 누나에게 린디 사건 이야기를 해주지 않았단 말인가? 모두가 망가진 가로등이나 자꾸 나타나는 수상한 남자애들 같은 단서를 놓고 설왕설래하며 온 힘을 다한 게 아니었단 말인가? 난 항상 그랬을 거라고 생각했었다. 그러고 보면 어쩌면 우리가 이 점을 놓친 데는 또 다른, 한층 더 어두운 이유가 있는 게 아닐까 하는 생각이 들었다. 어쩌면 어머니나 레이첼 누나는 내가 조금 전에야 비로소 알게 된 해나 누나의 힘겨운 연애사를 알고 있었기에, 바로 우리집 근처에서 린디 심프슨에게 일어난 사건에 대해서는 이야기하지 않는 게 좋겠다고 생각했던 건지도 모르겠다. 어쩌면 그 때문에 어머니는 그날 경찰관이 냉장고에 명함을 붙여두고 갔을 때, 딸들이 뭔가 먹으려 할 때마다 그런 것을 보게 하고 싶지 않다는 듯, 이런 현실을 일깨워주고 싶지 않다는 듯 명함을 떼어서 서랍 안에 넣어버린 건지도 모르겠다.

물론 그런 식의 조심성은 해나 누나가 죽고 난 뒤 어머니 앞에서 누나를 입에 올리지 않으려 조심했던 다른 사람들의 것과 다르지 않으리라. 그제야 나는 강간은 여자들이 말하고 다니지 않는 이야기라는 줄리의 말이 정확히 무슨 의미였을까, 여자들의 마음속에서는 어떤 끔찍한 앎이 조용히 지나가고 있을까 하는 생각이 들었고, 문득 남자라는 족속 전반을,

그리고 우리가 저지를 수 있는 해악을, 그리고 어째서 내가 그들 중 하나일 수 있는지를 이해할 수 없다는 생각이 들었다.

누나의 일기장을 읽은 순간부터 지금 이 순간까지 몇 년 동안 나는 린디 심프슨의 강간 사건에 대해 알게 된 것들을 묻어버렸다. 아무에게도 이야기하지 않았다. 그래도 할 수 있는 만큼 타일러 배니스터의 근황을 알아보기는 했는데, 놀랍지 않게도 그는 이미 여러 가지 다양한 혐의로 감옥에 들어가 있었고 그중에는 구타를 동반한 성폭행도 있었다. 그렇다고 해서 내 양심의 가책이 덜어지는 것은 아니었기에, 나는 만에 하나라도 린디를 찾아 내가 알게 된 사실을 알려줄 수 있을까 하는 생각으로 어린 시절 살던 동네를 향한 낯선 추억 여행을 하기도 했다. 그렇기에 그날 밤 풋볼 경기장에서 린디를 우연히 만난 뒤 그렇게 지독한 기분이 들었던 것이다.

린디의 삶이 극적으로 변해버린 이래, 그리고 그 애가 강간당한 밤 이후 나 스스로의 비겁함에 사로잡혀 살았던 이래, 우리가 만난 건 적어도 내 기억엔 처음이었는데, 그때도 나는 사과하겠단 생각을 미처 못 했다. 그렇게, 아주 지독한 방식으로, 나는 다시금 내가 그 범죄에 가담했던 것 같은 느낌이 들었다.

어쩌면 그게 맞는지도 모르겠다.

그렇기에 내 곁에 줄리가 있고, 또 어머니와 레이철 누나도 오랫동안 있어주었기에 나, 그리고 내 양심의 무게를 내려놓는 것 외에도 삶에는 여러 가지 이야기가 존재한단 걸 알 수 있어 다행일 뿐이다. 예를 들면 린디의 강간 이야기.

그 이야기는 린디에 관한 것이다. 그게 다다.

그러나 나에 관한 이야기, 그리고 내가 네게 이 이야기를 하고 있는 건 해나 누나의 일기장 속 또 하나의 일기 때문이다.

누나가 열한 살쯤, 추정하건대 어린 시절 필수로 참석해야 했던 현장학습에 갔을 때 쓴 일기였다. 아마 우리가 강제로 가야 했던, 시골구석에 우리를 던져놓고 너희가 얼마나 운이 좋은지, 자연은 얼마나 아름다운지를 주지시키는 게 목적이었던 그런 자연 캠프였던 것 같다. 그래서 누나는 숲속에 혼자 앉아서 감사한 것들을 목록으로 써보라는 과제를 받았다. 목록 맨 위, 끄적여놓은 나비 그림들 옆에 누나는 큼직한 필기체로 "새로운 아기 남동생"을 주셔서 하느님께 감사드린다고, 기적 같은 일이라고 했다.

그 글을 보는 순간 나는 엄청난 충격을 받았다.

아직 이해가 안 되니?

누나는 내가 누나를 알기도 전부터 내 이름을 써두었다. 내가 내 딸의 타고난 선함과 네 타고난 선함을 믿는 것과 똑같이 누나도 내가 선하다고 믿었다. 누나의 글을 읽는 순간 마치 누나의 목소리가 다시금 귓가에 들리는 것 같았다. 누나가 눈앞에 보일 것만 같았다. 내가 다시 완전해진 것 같았다. 죄의식은 사라졌다. 후회도 없었다. 용서받은 기분이었다.

이 글을 읽은 뒤로 갑자기 내 미래에는 오래전 해나 누나가 느꼈을 그대로 햇살 한 줄기가 비칠 것만 같았다. 그리고 나는, 아주 간절히, 이 감정을 나누고 싶다. 그 누구도 린디에게, 해나 누나에게, 다른 그 누구에게 일어난 일을 바꿀 수 없

422

다. 우리의 역사들은 그런 것이다. 그러나 내가 누나에게 느끼는 유대감이 가지는 가장 근사한 점은, 이런 유대를 가능하게 한 것은 오로지 아직은 내가 보답할 수조차 없던 시절부터 누나가 내게 보여준 사랑이었다는 것이다.

그러니까, **너.**

의사는 네가 아들이라는구나.

그리고 네가 건강하단다.

네 엄마와 누나는 나만큼이나 기뻐 어쩔 줄 모르지만, 나는 벅차오르는 한편으로 너를 최선의 남자로 키워낼 수 없을 것 같다는 두려움이 든다. 당연히 과거의 나보다 나을 뿐 아니라, 내가 되고 싶었던 그런 남자로 말이야. 이 단순한 이유 하나 때문에 나는 너를 향해 내 어린 시절과 그때 저지른 실수를 솔직히 털어놓았고, 내게 있었던 다정한 가족이라는 믿기지 않은 행운에 대해서도 이야기했지. 나는 우리의 시작이 순조로웠으면 해. 나는 우리 둘이 이 세상 속에서 좋은 남성으로 살아갔으면 해.

그리고 내가 너를 사랑한다 말할 때, 그게 어떤 의미인지 네가 이해하길 간절히 바라.

매슈 토머스와 M. O. 월시의 대화

매슈 토머스Matthew Thomas는《뉴욕타임스》베스트셀러로 선정된 『우리는 우리 자신이 아니다We Are Not Ourselves』로 제임스 테이트 블랙 기념상, 센터 포 픽션 선정 데뷔 소설상 본심 후보로 올랐으며, 가디언 퍼스트북상 예심 후보, 폴리오상 후보로 지명되었고, 존 가드너 소설상 최종 후보에 올랐다. 또한 《뉴욕타임스》선정 올해의 주목할 만한 책에 이름을 올렸으며, 《워싱턴포스트》, 《에스콰이어》, 《엔터테인먼트위클리》, 《퍼블리셔스위클리》 등에서 선정한 올해 최고의 책 중 하나로 선정되기도 했다.

매슈 토머스 : 『마이 선샤인 어웨이』를 노스럽 프라이가 정의한 대로의 "고백"—죄를 인정하기보다는 청자를 화자의 세계관으로 끌어들이려 시도하는 것—으로 본다면, 화자는 타인에게 갖는 책임을 어떤 관점으로 보고 있습니까? 죄의식이 없다는 것은 곧 결백한 것과 같은 의미일까요? 화자는 자신의 이름을 밝히지 않는데, 이 선택은 이 이야기를 하는 데 있어 화자의 의도를 드러내는 것입니까?

M. O. 윌시 : 저는 모든 1인칭 서술은 근본적으로 고백이라고 봅니다. 아마 이런 관점을 갖게 된 건 제가 가톨릭 가정에서 성장해서인지도 모르겠지만, 만약 지금 털어놓지 않는다면 펄펄 끓어 자신의 몸을 안에서부터 익혀버릴 내적 딜레마를 설명하거나, 내려놓거나, 공유하려는 생각이 없다면, 화자는 애초에 이 이야기를 할 이유가 없었을 겁니다. 물론 그 목적이 청자의 세계관을 화자의 것처럼 변화시키는 것일 수도 있겠으나 어쩌면 그 의도는 화자가 응당 받아야 하는 동정을 얻거나, 박탈당한 일종의 심리적 공동체를 건설하려는 시도일 수도 있겠지요. 저는 고백이 총체적으로 이기적인 행위라고 생각지는 않습니다. 고백을 한다는 것은, 고백을 통해 드러날 나의 잘못이 두려워서 침묵했던 이야기를 털어놓는 것입니다. 충분히 많은 사람들이 고백을 하고, 충분히 많은 사람들이 타인의 고백에 귀를 기울인다면, 우리는 존재의 겉치레에 안주하기를 그만두고 마침내 우리 존재의 진실에 다가갈 수 있게 됩니다. 저는 이런 고백 나누기가 그 자체로 서로에 대한 책임이라고 봅니다. 그렇게 나쁜 것이 아니라고요.

그러나 죄책감에 대해 이야기하자면, 선생님의

지적대로입니다. 이 책의 화자는 자신의 행동
만큼이나 '행동하지 않음'에도 책임이 있다고
느낍니다. 무겁고 또 부당하게 느껴질 수도 있
는 이야기지만, 드문 일은 아니라고 봅니다. 예
를 들면, 화자는 린디 사건에 있어 자신이 완전
히 결백하다 생각하지는 않지만, 법의 관점에
서 볼 때 그에게는 아무런 죄가 없습니다. 우리
의 감정과 논리 사이의 간극이 바로 양심의 영
역입니다. 저는 이 책의 모든 서스펜스와 미스
터리보다도 독자들이 마침내 작동하기 시작한
한 양심을 보기를 바랐습니다.

하지만 제가 화자가 자신의 이름을 끝까지 숨
기도록 한 이유는, 대부분의 독자들이 생각했
던 대로, 인물의 성격에 어느 정도 '소름 끼치
는 면'을 더하기 위해서는 아니었습니다. 이름
을 밝히지 않은 것을 위장의 수단이라거나 익
명성이나 보편성을 획득하는 방법으로 보지는
않았습니다. 저는 그건 순전히 화자가 궁극적
으로, 또 구체적으로 누구를 향해 이 이야기를
들려주는가와 관련된 선택이라고 생각했습니
다. 청자의 정체가 밝혀지고 나면, 이름을 밝히
지 않은 것은 두려움 때문이 아니라 친밀함 때
문에 한 선택이라는 것을 독자들이 이해할 수
있기를 바랐습니다. 사랑하는 사람에게 이야기

할 때는 이름이 중요하지 않으니까요.

매슈 토머스 : 독자들은 잃어버린 순수라는 감각을 뚜렷하게
감지합니다. 지상에서의 모든 고통을 사후에
보상받으리라 상정하는 종교적 세계관이 부재
할 때, 잔혹한 행위의 피해자들에게 구원은 존
재할까요? 아니면 이들은 일종의 지옥을 떠돌
아다니게 되는 것일까요?

M. O. 월시 : 저는 내세에서의 구원이라는 관념 자체를 부정
하는 사람은 아니지만, 현생에서 피해자 그리
고 가해자 모두에게 구원은 존재한다고도 믿습
니다. 물론 우리는 과거에 속박되어 있지만, 그
렇다고 과거에 얽매여 아무것도 할 수 없는 것
은 아닙니다. 그럼에도 모든 피해자, 특히 성폭
력 피해자의 경우는 독특하다는 사실을 십분
이해합니다. 그들 모두가 같은 기간 내에 같은
방식으로 회복할 수 있는 마법의 물약이나 처
방약은 존재하지 않습니다. 이들의 회복은 아
주 힘들고 사적인, 매일의 투쟁입니다. 그렇기
때문에 저는 제가 '강간에 대한 책' 또는 '성폭
력에 대한 책'을 쓰고 있다고 생각지 않았습니
다. 저에게는 그럴 자격이 없으니까요. 대부분
의 소설가가 그럴 테지만, 저는 그저 특정한 인

물들에 대한 한 가지 이야기를 하고자 했고, 이 인물들을 공정하게 다루고 싶었을 뿐입니다.

그러나 제 삶에서 저는 여전히 구원의 가능성에 대해 낙관적입니다. 제 가족이 거쳐온 온갖 비극에도 불구하고 대체로 행복한 사람으로 살아가고 있기도 하고요. 분명 그런 낙관주의 중 일부는 이 책, 그리고 책의 결말에서 지워졌겠으나, 낙관적이거나 사람을 믿는 것이 잘못된 것이라 생각하지는 않습니다. 이를 부정하기엔 세상의 선한 면들을 너무 많이 보았으니까요.

매슈 토머스 : 배턴루지가 뉴올리언스와는 다르다고 말하는 부분이 화자에게는 무척이나 중요한 부분 같습니다. 우리는 영영 우리가 갖지 못한 것들을 바라며 살아가는 걸까요? 이 책에서는 그 끝없는 굴레를 벗어나는 방법으로 무엇을 제시하고 있는지 궁금합니다.

M. O. 월시 : 배턴루지와 뉴올리언스의 관계를 다룬 장이 저에게는 이 책에서 가장 중요한 부분 중 하나입니다. 화자와 린디에 대한 은유의 확장에 그치는 것이 아니라, 선생님의 말씀대로 배경, 화자가 이야기를 하는 이유, 그리고 정당한 고통 대 그렇지 않은 고통이라는 이상한 관념을

이야기한다는 측면에서 중요합니다. 저는 이 장을 제대로 써내려 애쓰며 6개월의 시간을 쏟았고, 그렇게 완성된 이 장은 제가 무슨 일이 있어도 이 책에서 삭제할 수 없는 유일한 부분이 되었습니다. 솔직히 말하면 끝까지 이 장에 매달릴 수 있었다는 사실이 정말 기쁩니다.

또 모든 장들 중 배턴루지와 뉴올리언스 출신 독자들로부터 가장 많은 반응을 들은 것도 이 장이었습니다. 전체적으로 보면, 배턴루지 사람들은 대부분 지금까지 기다려온 진실을 마침내 들었다는 듯 이 장을 정말 좋아해준 반면, 뉴올리언스 사람들 중 많은 수가 이 장이 정말 웃기다고 했습니다. 뉴올리언스에서 태어나서 자란 한 독자가 얼마 전 저에게 이러더군요. "정말 웃겼습니다. 그 동네 포보이가 맛이 없다는 우리의 말에 당신들이 상처를 받았다는 사실이요." 여기서 '당신들'이란 물론 '우리', 즉 배턴루지 사람들을 가리키는 거겠죠.

이 반응 속에는 제가 지적하고자 한 바로 그 점이 담겨 있었습니다. 배턴루지 사람들은 카트리나라는 엄청난 자연재해이자 인재이자 민간 재해가 일어난 마당에 샌드위치나 도로 공사나 슈퍼마켓의 긴 줄에 대한 반응 하나하나를 불평할

정도로 쩨쩨한 사람들인가? 글쎄, 저한테 문제
는 다르게 받아들여집니다. 중요한 건, 원치 않
은 것을 강제로 바꾸어야 하는 상황, 우리의 즐
거움이 타인의 즐거움보다 더 하찮아 보인다는,
그리고 그 역으로 우리의 고통조차 타인의 고통
보다 사소해 보인다는 괴로움입니다. 중요한 건
모든 고통은 정당하다는 것을 이해하는 것입니
다. 고통은 경쟁이 아니니까요. 화자는 카트리
나가 뉴올리언스에 미친 여파는 뉴올리언스 바
깥의 사람들에게는 불가해한 것임을 이해하고,
같은 방식으로 린디에게 행해진 범죄 역시 린디
를 제외하면 그 누구에게도 불가해한 것임을 이
해합니다. 그러나 크고 분명한 재난만이 바라볼
가치가 있는 것, 그런 것만이 피해를 불러오는
것이라고 생각한다면 오산입니다.

비극이 경쟁이라면 우리 모두 패배자겠지요. (앞
페이지에 실리건 뒤 페이지에 실리건) 모든 비
극이 인간의 마음에 미치는 고통에 있어서는 동
등하다는 사실을 이해하고 나면 우리에게는 기
회가 생깁니다. 이를 이해해야만 인류에 대한 우
리의 관심이 그들에게 주어진 상황이 아니라 인
간 자체를 향할 수 있기 때문입니다.

매슈 토머스 : 독자들은 화자에게 죄가 있는가 아닌가에 집

중하는 과정에서 그와 공모하여 가장 큰 여파를 감당하게 된 사람이 강간 피해자라는 사실을 잊게 됩니다. 화자가 자신의 상황에 집중하는 것이 서스펜스를 창출하려는 전략적 선택에 그치는 것은 아니라는 생각이 계속 들었습니다. 그러다 보니 우리의 문화가 끊임없이 여성을 대상화하고 주변화하는 비인간적 방식에 대한 섬세한 성찰이라고 읽히기도 했습니다. 이 책의 진정한 드라마는 화자가 죄가 있는가 아닌가가 아니라 무대 바깥에서 일어나는 서사, 즉 이 여성이 심리적으로 어떻게 살아남을 수 있을지, 그 여성이 충만한 삶을 살아갈 수 있을지가 아닐까요?

M. O. 월시 : 시작이 무엇이었는지는 잘 모르겠지만—제가 여성이 많은 집에서 자라났기 때문일 수도 있고, 고등학교 시절 여자친구의 말에 귀를 기울이다가 느꼈거나, 대학 강의실에서 깨달았던 건지도 모르고, 어쩌면 허세가 심한 남자들과 함께 맥주를 마시다가 느낀 걸 수도 있고, 잘 모르겠습니다만—저는 오래전부터 사람들이 '남성의 시선'이라고 부르는 것을 의식했으며 저 역시도 이에 가세하고 있다고 느꼈습니다. 광고판, 잡지, 텔레비전, 인터넷, 심지어 우리

아이들이 가지고 노는 몇몇 장난감에서도 남성의 시선이 가진 명백한 위험성을 느꼈지요. 뿐만 아니라 여성이 조깅을 하며 지나쳐 가거나 백미러를 보면서 화장을 고치는 걸 보면 절로 고개가 그쪽을 향하려는 걸 참을 때에도 느꼈습니다. 아름다운 것을 인식하는 것과 포식자가 되는 것 사이의 경계는 아주 아슬아슬하다는 생각이 듭니다. 또 낯부끄러운 상상 속에서 저 역시 다른 사람들이 고개를 돌려 쳐다보는 대상이 되고 싶은 마음이 있다는 것 역시 이상하지요. 우리는 내면에 이상한 모순을 품고 있는 것 같습니다.

그러나 제가 현실을 살아가며 겪은 경험, 특히 위험과 맺는 관계는 근본적으로 여성의 경험과 다릅니다. 그 사실을 저는 이해합니다. 아마도 그렇기 때문에 소설을 쓰는 내내 제가 린디에 대해 깊이 공감한 것 같고, 또 선생님께서 이야기하시는, 무대 바깥에서 일어나는 그녀의 삶이라는 드라마의 서스펜스를 느낀 것 같습니다. 자기 집 마당, 자기가 사는 거리에서도, 자신의 신체 속에 존재한다는 그 이유만으로, 전혀 통제할 수 없는 그 무엇 때문에 안전하지 못하다고 느끼는 사람이 있다는 것을 알아차리기는 쉽지 않습니다. 이런 생각에 과도하게 빠져들면

433

남성도, 여성도 고통스럽겠지요. 그러면 우리가 할 수 있는 일은 무엇이 있을까요? 각자의 행동에 책임을 질 수 있습니다. 충만한 삶을 살고 타인에게 영감을 주고 공감을 주고받으면서요. 저는 그것이 이 책의 화자가 궁극적으로 하고자 했던 일이라고 믿습니다.

매슈 토머스 : 일명 남부 소설Southern Novel이라는, 풍부한 역사를 지녔으며 어마어마한, 그리고 어마어마할 만큼 다양한 기대들을 동반하는 문학적 전통에 명백히 맞물리는 리얼리즘 소설을 쓰셨습니다. 선생님께서는 이런 기대를 얼마나 의식하셨는지, 그리고 어떻게 이런 기대를 의도적으로 배반하셨는지 궁금합니다. 한 발짝 더 나아가, 글을 쓰는 과정에서 이 책의 핵심에 있는 것과 같은 극적인 플롯을 전개할 때, 선생님께서는 언제나 '남부 고딕' 양식을 거부하거나 포용하는 극적 드러냄revelation의 경제를 염두에 두십니까? 아니면 그런 고려 사항으로부터 탈출 속도를 얻는 게 가능합니까?

M. O. 윌시 : 정말 흥미로운 질문인데, 저한테는 닭이 먼저냐 달걀이 먼저냐 하는 질문과 비슷하게 들립니다. 솔직히 말씀드릴 수 있는 건, 이 책을 쓰

는 7년 동안, 저는 한 번도 이 책이 남부 고딕 양식, 심지어 남부의 전통을 따르는가 하는 문제를 염두에 둔 적이 없습니다. 그저 좋은 문장을 쓰는 것, 광범위하고 개념적으로 생각할 수 있는 강력한 장면을 만들어내는 데 몰두했기 때문입니다. 아마 선생님께서 말씀하시는 탈출 속도라는 것은 이런 식의 단순한 사고를 통해 얻을 수 있었던 건지도 모르겠습니다. 저는 그저 이 책이 모든 사건이 일어난 루이지애나주를 배경으로 했다는 점만을 염두에 두었습니다. 이제 와 돌아보면, 이 책엔 물론 남부 고딕 문학의 특징인 폭력, 어둠, 구석구석 배어든 배경이 모두 담겨 있습니다. 그러나 처음부터 의도적으로 그렇게 계획한 것은 아니었습니다. 그러면, 어떻게 그렇게 된 걸까요? 아마 삼투압과 같은 영향 때문일 것입니다. 결국 저 역시 남부 소설을 읽으며 자랐습니다. 저의 스승들—배리 해나Barry Hannah, 톰 프랭클린Tom Franklin, 마이클 나이트Michael Knight, 브래드 왓슨Brad Watson, 앨런 위어Allen Wier—모두 남부 출신 백인 남성이었고요. 그러니 저 역시 같은 결의 글을 쓰게 된 것이 불가피했던 것 같습니다. 아니기를 바라지만요.

저는 그저 저의 고향인 고장에 대한 글을 최선

을 다해 쓴 것이라고, 그리고 이 책에 붙게 된 다른 이름들은 전부 외부에서 온 것이라고 생각하는 편입니다. 이 책이 오랜 전통에 나름대로 보탬이 된다면 그건 운 좋은 보너스라고 생각하고요. 9장에 등장하는, 화자가 루이지애나가 "부당한 악명"에 시달린다고 느끼는 방어적인 태도는 문학사에 대한 생각이라기보다는, 남부를 낮추어 보는 사람들에 대한 화자 자신의 (또한 이 경우엔 저 자신의) 개인적 경험에서 나온 것입니다. 남부의 문화적·경제적 파산 상태를 명확하게 수량화한 신문 기사나 연구 결과를 읽다가, 정작 창밖을 바라보면 수많은 사람들이 행복하게 서로 도와가는 모습을 보일 때 느끼는 그런 감정입니다. 인종과 성별을 가리지 않고 제가 아는 대부분의 사람들이 영영 이곳을 떠나지 않겠다고 맹세하거나, 이곳을 떠난 이들의 경우에는 반드시 돌아오겠다고 다짐하는 말을 들으며 지내는 한편으로, 남부는 살기 좋은 곳이 아니라는 전 국민적 선입견을 탐색하는 것입니다.

물론 제가 남부 문학의 전통을 의식하지 않는다는 의미는 아닙니다. 저는 이 전통을 깊이 의식하고 있고, 제가 가장 좋아하는 책들 중 남부가 배경인 책들도 있지요. 언젠가 제가 저의 글쓰기를 돌아보고 제가 이 전통에 무언가 보탬이 되었다고 말하게 된다면, 그건 세상에는 알코올중독에 빠진 학대범이 아닌 남부 출신 남성도 존재하며, 허리에 총을 차지 않고도 거칠면서도 공정하고 고결한 남부 출신 남성도 있다는 사실을 이야기하기 위해서일 겁니다. 저는 그런 남성들을 많이 압니다. 그런 남성들에 둘러싸여 자라났습니다. 하지만 남부 소설에선 별로 본 적이 없죠. 그래서 계속 찾아보고 있습니다.

매슈 토머스 : 화자가 죄가 있는지에 독자가 의문을 품게 만드는 크나큰 긴장감을 형성하셨습니다. 그러나 한편으로는 숨김없이 드러내는 주인공을 선호하는 독자들을 소외시킬지도 모른다는 위험을 감수하기도 하셨습니다. 독자를 잃을지도 모른다는 걱정을 하셨습니까? 만약 그랬다면, 어떻게 극복하셨습니까?

M. O. 윌시 : 저는 대부분의 책은 도입부에서 독자를 선택한다고 생각합니다. 어떤 책의 첫 장에서 믿을 수 없는 화자, 어쩌면 의심스럽기까지 한 화자를 만나는 건 다른 책에서 외계 비행체나 월스트리트 거물을 맞닥뜨리는 것과 다를 바가 없

지요. 어떤 독자들은 흥미가 생길 것이고, 아닌 독자들도 있을 것입니다. 저는 내심 이 화자가 처음부터 무언가 가치 있는 할 말이 있을 거라는 사실을 알고 있었던 것 같습니다. 그렇기에, 맞습니다. 독자들이 그 말을 들을 때까지 오래 기다려주기를 바랐지요. 독자의 관대함에 기대는 것 외에 작가가 할 수 있는 일이 달리 무엇이 있을까요? 만약 다른 답이 있다면, 알고 싶습니다.

매슈 토머스 : 이 책은 20년 전 정도의 과거를 다루고 있습니다. 역사 소설처럼 느껴지지는 않지만, 소설에 등장하는 시대는 우리가 살아가는 시대와 여러 면에서 사뭇 다릅니다. 선생님이 보기에 가장 두드러진 차이는 무엇이었습니까?

M. O. 월시 : 이 책의 대부분을 차지하는 시대 배경인 80년대 후반과 90년대 초반에 대해, 화자가 느끼는 향수에 공감하는 독자들의 반응을 보고 정말 놀랐습니다. 화자와 동년배인 독자들이 아니라 훨씬 나이가 많은 독자들도 그 시절을 훨씬 단순하던 시대라고 여기는 것 같더군요. 고작 20~30년 전일 뿐인데, 이런 반응이 참 독특하다는 생각이 들었습니다. 그러니까

〈비버에게 맡겨둬〉의 시대인 1950년대 미국도 아니니까요. 우리가 90년대를 그리워하는, 적어도 지금보다 더 순수했다고 여기는 이유는 무엇일까요?

생각하면 할수록, 답은 참 단순하다는 생각이 듭니다. 인터넷이 존재하지 않던 시대의 끝자락이었기 때문이겠죠. 90년대 중반 전화회선만 있다면 누구나 PC 통신 서비스에 접속할 수 있게 된 뒤로 우리가 알던 청소년의 모습은 사라지고 다시는 돌아오지 않았습니다. 통신 기술의 발달, 핸드폰의 등장 등에 힘입어 전화기에 대고 속삭이거나, 섹스에 대해 알고 싶은 걸 뭐든지 찾아보려던 간절한 시도로 이루어진 우리의 청소년기가 사라지고 오늘날의 모습으로 바뀌게 되었다는 점은 굳이 언급할 필요도 없을 테고요. 그런데 서로에게 다가갈 수 있는 문자 메시지, 소셜미디어, 인터넷 검색 등이 늘어나면서 우리가 더 고립되고 고독해지기도 한다는 점이 참 이상하다는 생각도 듭니다. 벽에 유선 전화기가 달려 있는 장면, 화자가 통화 중 대기 서비스에 절망감을 느끼는 장면을 보고 독자들이 웃을 때, 저는 그 사람들이 살아왔던 예전의 시대를 이해하게 됩니다. 우리는 고작 20년 사이에 불가능하게 변해버린 방식으로 서로와,

동네 사람들과, 그리고 가족과 연결되어 있었습니다. 아마 그 시절을 기억하는 이들이라면 때때로 그 점을 그리워할 테지요.

매슈 토머스 : 이 책은 장소성sense of place이 두드러집니다만, 그럼에도 '남부성Southernness'을 환기시키려는 의도적인 노력은 엿보이지 않습니다. 세밀한 지역성을 띠면서도 보편성이 느껴지는 책을 썼다는 것이 뛰어난 성취로 느껴집니다. 이런 경계를 어떻게 찾으셨는지, 어떻게 밀고 나가셨는지 궁금합니다. 같은 맥락에서, 이 책에는 시대적 중대사들이 등장하지만, 과하지는 않습니다. 독자들은 1991년에 사는 것 같지만 그 사실을 잊어버릴 수 있기에, 힘들여 재현해낸 시대라는 느낌은 들지 않지요. 특정 시대라는 대체 현실을 구축하는 동시에, 그 어느 때건 일어날 수 있는 이야기를 한다는 균형을 어떻게 유지하셨습니까?

M. O. 윌시 : 제가 소설 속 배경을 잘 안다는 사실이 큰 도움이 되었던 것 같습니다. 저는 아이들이 헤집고 다니던 숲을 압니다. 퍼킨스 스쿨 같은 곳도 알고요. 배턴루지를 알지요. 또, 인물을 둘러싼 자연을 알아차리는 글쓰기에도 늘 매력을 느꼈습

440

니다. 저는 인물이 날씨, 아니면 지나가는 길에 있는 나무나 꽃에 대해 언급할 때 장소성이 생겨날 뿐 아니라 인물과 장소 간의 관계를 전달하기도 한다고 생각합니다. 『암흑의 핵심*Heart of Darkness*』 같은 장편소설이 이 점을 더 잘 보여주는 예이겠으나, 루이지애나주 배경의 소설을 예로 들자면 워커 퍼시의 『영화구경꾼*The Moviegoer*』이나 존 케네디 툴의 『바보들의 결탁*A Confederacy of Dunces*』 같은 소설에서 나타나는 것과 근본적으로 다르지는 않다고 생각합니다. 자연 세계는 당신이 어디에 있건 자연 세계로서 존재하지만, 화자가 이를 묘사하는 방식은 인물과 성격을 보여줍니다. 그렇기에 저는 '남부' 소설에 어떤 묘사가 등장해야 하는가 하는 문제보다는, 지난날을 돌아보는 식물학자인 화자의 눈에 어떤 것들이 흥미로웠을까 생각하는 데 더 많은 시간을 들였습니다.

시대적 중대사에 대해 말하자면, 한 세대 전체가 공유할 만한 미국사의 결정적 순간들을 생각해보자는 것이 제 전략이었습니다. 모두가 공유하는 '성장의' 순간이 무엇일까 생각해보다가, 방 안에 있는 모든 어른들이 우는 모습을 한 아이가 보는 순간을 생각해냈지요. 제가 속한 세대에게 그 순간은 챌린저호가 폭발하는 순간이었습니다. 다른 세대에게는 케네디 암살이 그 순간이었을 테고요. 제 다음 세대에게는 9/11 테러일 겁니다. "보편적인 것이 특수한 것이다"라는 오래된 글쓰기 격언은 고통스러울 만치 진실하다고 생각합니다. 텔레비전과 인터넷을 통해 세상에서 벌어지는 특수한 뉴스에 접근하면 할수록 이 점은 더욱더 분명해집니다. 그렇기에 저는 이런 중대사들이 이 소설에 담긴 경험을 특정한 하나의 마을, 하나의 동네, 한 명의 화자에게 국한되지 않는 것으로 만들어주기를, 독자들이 우리 모두가 함께 공유하는 경험이라고 느끼게 해주기를 바랐습니다.

옮긴이의 말

삶을 어느 정도 살아본 그 누구에게나 자꾸만 되돌아가게 되는 어떤 순간이 있을 것이다. 어린 시절 또는 청년기에 위치하는 그 순간은 아름답거나 끔찍하고, 실제 길이와는 별개로 영원히 연장되는 사건이 되어 이미 그 시절을 지나온 자신의 일부가 된다. 많은 경우 우리는 이런 사건과 선택이 지금의 우리 자신에게 책임이 있다고 생각하게 된다. 때문에 우리는 이미 돌이킬 수 없어진 과거를 자꾸만 방문하고, 어떤 선택들을 취소한다면 더 나은 자신이 될 수 있다고 믿는다.

과거를 해소하기 위해, 이미 저질러진 잘못을 고백하기 위해, 우리는 더 많은 실수를 저지르기도 한다. 용서받을 수 없는 일에 끊임없이 용서를 구하고, 어쩔 수 없었다고 변명하고, 주어진 것 중 최선의 선택이었다고 합리화한다.

회상과 고백이 과거에 대한 지루한 집착이 아니라 좋은 이야기가 될 수 있으려면, 과거를 돌아보는 태도가 얼마나 성실한가, 그 태도는 얼마나 겸손한가, 그리고 이 모든 이야기를 누구에게, 무엇을 위해 털어놓는가가 중요할 것이다.

『마이 선샤인 어웨이』를 이끄는 삼십 대의 화자는 누군가를 향해 1989년의 어느 여름, 그가 루이지애나주 배턴루지에 사는 한 소년이었던 시절을 회고한다. 소년의 삶을 사건 이전과 이후로 쪼개지게 만든 건 첫사랑이던 이웃집 소녀 린디 심프슨이 당한 성폭행이라는 미제 사건이다.

어떤 독자들은 (번역자인 나를 포함해서) 남성 화자의 입장에서, 타인인 여성의 성폭행에 얽힌 기억을 장편소설 분량으로 되돌아본다는 이 이야기의 줄거리를 접하자마자 움츠러들지도 모른다. 아무리 그 시절을 함께했다 해도, 또 아무리 그 소녀를 사랑했다 해도, 그리고 이 사건으로 인해 화자의 삶에도 지워지지 않는 흔적이 남았다고 해도 그 사건은 어디까지나, 영원히, 화자가 아니라 린디 심프슨의 것이기 때문이다.

이런 문제의식을 공유하는 독자들이 이 이야기를 차분하게 끝까지 읽어주었으면 좋겠다. 『마이 선샤인 어웨이』는 사랑하는 소녀에게 일어난 사건을 해결하는 영웅이 될 수 있다고 믿었던 소년이 어떻게 비극적인 타인의 고통이 내 것이 아님을, 이 사건에 사로잡힐, 그리고 사건으로부터 벗어날 권리가 자신이 아닌 타인에게 있음을 인정하게 되는지에 관한 이야기이기 때문이다. 화자는 많은 잘못을 저지른다. 그가 괴로워하는 것들 중에는 심지어 그가 실제로 저지르지 않은 잘못들도 있다. 그리고 부끄러움 속에서 화자가 처음부터 끝까지 이 이야기를 털어놓는 것은 자기가 더 나은 사람이었다고 주장하기 위해서가 아니라 (소설의 마지막에서야 밝혀지는) 오로지 단 한 명의 청자가 자신보다 나은 남성이 될 수 있기를 간절히 바라기 때문이다.

소설의 무대이자 저자의 고향, 그리고 그가 아직까지 살면서 작품 활동을 하고 있는 장소인 루이지애나주 배턴루지는 저자가 한 장章 전체를 할애할 정도로 소중하게 다루어진다. 인근에 있는 뉴올리언스만큼 유명하거나 화려하지 않은 곳, 이곳의 가장 큰 자랑거리들조차도 다른 곳에 조금 못 미치거나 놀림거리인 곳. 음악과 미식보다는 이곳으로 가까스로 피해 간 허리케인으로만 기억되는 곳이자, 노예제도의 수치스러운 과거가 남아 있고 아직도 미국에서 가장 보수적인 남부 지역에 속하는 곳인 이 동네는 『마이 선샤인 어웨이』, 그리고 가장 뜨거운 여름을 보내고 있는 주인공 소년을 닮았다. "루이지애나주의 철쭉 덤불 속에 숨어본 사람만이 이해할 수 있다"는 화자의 말은 소설 내내 섬세하게 묘사되는 배턴루지의 자연과 문화를 기억하게 만들기도 하지만, 어쩌면 이 소설 전체의 주제를 담은 말인지도 모르겠다. 타인은 물론 자기 자신의 과거를 이해하기 위해서 해야 하는 끈질긴 노력 말이다.

한국 독자들에게 아직까지 낯선 이름일 M. O. 월시의 대표

작을 소개하게 되어서 기쁘다. 마치 내가 긴 시간 번역 작업을 하며 점점 더 이해하게 된 한 소년을 독자들에게 처음으로 내보이는 느낌이다. 실수를 만회하고 나은 사람이 되려는 이 소년의 시도가 당신에게는 어떻게 다가갈지 궁금하다. M. O. 윌시의 다른 작품들 역시 곧 선보일 수 있기를 기대하고 있다.

번역 원고가 책이 되어 나오기까지 많은 도움과 응원을 보내준 작가정신 출판사, 그리고 김미래 편집자께 감사드린다.

마이 선샤인 어웨이

초판 1쇄 2021년 11월 2일

지은이 M. O. 월시
옮긴이 송섬별
펴낸이 박진숙 | **펴낸곳** 작가정신
편집 황민지 김미래 | **디자인** 이아름
마케팅 김미숙 | **홍보** 조윤선 | **디지털콘텐츠** 김영란 | **재무** 오수정
인쇄 및 제본 한영문화사

주소 (10881) 경기도 파주시 문발로 314
대표전화 031-955-6230 | **팩스** 031-944-2858
이메일 editor@jakka.co.kr | **블로그** blog.naver.com/jakkapub
페이스북 facebook.com/jakkajungsin
인스타그램 instagram.com/jakkajungsin
출판 등록 제406-2012-000021호

ISBN 979-11-6026-243-8 03840